MYRTA UND ALANDER

MARIE-LUISE FISCHER

MYRTA

UND

ALANDER

... VON SINN UND SINNLICHKEIT

EINE LIEBESERZÄHLUNG

Bibliografische Information der Deutschen Nationalbibliothek:
Die Deutsche Nationalbibliothek verzeichnet diese Publikation in der Deutschen Natio-
nalbibliografie; detaillierte bibliografische Daten sind im Internet über
http://dnb.dnb.de abrufbar.

Satz und Korrektorat: **Alfred Franz Dworak, Rechtmehring**
Illustration: **Dino Buljubasic, Malaga (Spanien)**
Bildmaterial: shutterstock_683191255 (Esteban De Armas)
shutterstock_268712462 (Gabriele Huller)
Bild Autorin Coverrückseite (Andrea Gartner)
Herstellung und Verlag: BoD – Books on Demand, Norderstedt
ISBN: 978-3-**7528-7992-6**

INHALTSVERZEICHNIS

PROLOG

Und die weihevolle Herrlichkeit trat hervor und verkündete:
»Dieser kostbare Teil meines göttlichen Scheins ist dem seligen Lichte enthoben und wird herniederfahren in die tiefste Schwere des Schöpfungsersinnens.

Schlag Mitternacht wird dieser zärtlich-liebende Lichtstern als feminine Intention meiner unantastbaren Heiligkeit eintreten in die irdische Weltenebene und das von mir erkorene Werk beginnen.

Sie wird sich in mir und mit mir wiedervereinen und in dieser salbungsvollen Hinneigung erneut mit meinem glanzvollen Liebesgelübde verschmelzen – gekrönt von den sieben Lichtblüten des ewigen Heils.

Überreicht ihr beim Eintritt in den menschlichen Leib jenes geweihte Pfand, welches die lichtvolle Verheißung der Erlösung in sich trägt.

Sie ist geweiht dem gesegneten Klangbild Myrta Maria. Geführt und gewürdigt durch dessen hohe Berufung.

Mein maskulines dunkles Echo ist vorausgeeilt, um in würdevoller Demut zu dienen, zu ergänzen und zu gleichen. Es weiß um das Geheimnis dieses großen Mysteriums. So wird das Wunder offenbart – das Unbegreifliche greifbar.

Weicht nicht von ihren Seiten und weiset meine hohe Klarsicht gut.

Das heilige Votum ist erbracht, das gnadenreiche Opus vollendet.
Mein himmlisches Ersehnen erfüllt.

Amen«

ERSTER LOBGESANG

»Der hohe Ratschluss ist erbracht,
und trägt das Wort zum Gültigsein.
Das Licht, mit dem man uns bedacht,
es leuchtet warm im hellen Schein.

Wir betten es in Erdgestein,
und nähren es mit Zuversicht.
Doch rasch, das Fünklein wird zu klein,
wir fühlen kaum noch sein Gewicht.

Geschwind, geschwind ihr Geister schnell,
sonst erlischt es noch in unsrer Hand,
es soll doch wieder scheinen hell,
geheiligt durch licht Blumenband.

Welch kaltes Beet für sie erdacht,
die Vier wird die Erlösung sein,
die Zier der Blüte wird erbracht,
das Heil der Liebe schwingt sich ein.«

Halleluja

I. Die Ankunft

Klangschwingung

»Sei gegrüßt, ewiges Sein.«

Mystischer Rätselgesang

Ludwig van Beethoven

»Ewig dein ...«

Kanon a 3 WoO 161

Trönenwald, anno dazumal

>Der Wein des Lebens ist gekeltert aus Schwefel und Licht.
So reich mir den Becher, auf dass meine Seele trunken.
Trunken von all der Pein ... trunken von all dem Glück.<

1. DAS STEINERNE WIEGLEIN

Es war eine ungute, finstere Nacht. Laut heulend jagte ein wütender Föhnsturm über das Land und riss mit sich fort, was nicht felsenfest verankert war. Die Luft vibrierte vor Anspannung und Überreizung.

Alles Lebende zitterte vor Angst und Schrecken, erstarrte ob ihrer Hilflosigkeit oder floh im panischen Entsetzen von diesem verfluchten Fleckchen Erde. Selbst die stämmigen, tiefverwurzelten Eichenbäume waren gezwungen, sich dieser zornigen Wucht zu unterwerfen und ihr Geäst in Demut zu beugen. Nur das mürrische Ächzen und Knarren der knorrigen Rinden und Gezweige trug Kunde über den Unmut ihres verletzten Stolzes.

Ein geisterhafter Schattenmensch verharrte regungslos vor einer kleinen, windschiefen Holzkate und trotzte dieser verheerenden Naturgewalt. Er stand ruhig und still, gesammelt in tiefer Versenkung. Er musste nicht erst durch die winzige Luke spähen, um das große Leid im Inneren des armseligen Häuschens zu erfassen. Er wusste auch so von dem qualvollen Kampf auf Leben und Tod. War es ihm doch vor langer Zeit verkündet. Ihm, dem machtvollen Mittler des strebenden Wirkens.

Drinnen in der Stube bot sich ein Bild des Jammers. Die taube Mutzin kniete im Herrgottswinkel und erflehte mit Fürbitten den Schutz der göttlichen Mutter herbei. Sie hielt krampfhaft die entzündete Wehkerze in ihren gichtgeplagten Händen. Dieses verhutzelte, uralte Weiberl wusste noch um den respektvollen Umgang mit jener Omenmacht und war stets in rührender Fürsorge darauf bedacht, die ihr anvertrauten Kerzenlichter zu hüten. Doch diesmal verlief alles unheilverkündend. Die Flamme begann, bedenklich zu flackern. Sie drohte zu erlöschen. Das wäre der vernichtende Urteilsspruch für Mutter und Kind. Die alte Mutzin weinte. Diese tapfere, treue Seele. Bei jeder Niederkunft zugegen – unverzichtbar als bittender Beistand in Weh und Not.

».. barmherzige Muttergottes, steh uns bei, gesegnet sei dein holder Name ...«

Es war eine allzu lange, schwere Geburt. Magret lag bereits seit zwei Tagen in den elendigen Schmerzen. Es blieb nicht mehr viel Zeit. Theres, die kundige Wehmutter war angespannt. Jetzt musste sie zügig handeln. Die Lebensuhr lief ab, die wenigen kostbaren Sekunden galt es, zu nutzen.

».. segne uns mit deiner gnadenreichen Liebe ...«

»Pressen«, ermahnte sie die Geschundene. »Press, gleich hast du's geschafft. Mach zu, Magret, ich sehe schon das Kopferl. Press, Margret, press! Jetzt kommt's. Gleich ... gleich ist es da.«

».. schenk uns deine Gnade, du Mutter der Liebe, steh uns bei in unserer bitteren Not ...«

Die Glocke des naheliegenden kleinen Klosters ›Der demütigen Gottesbrüder im Geiste‹ schlug zur Mittnachtstunde.

Mit geübtem Griff fing Theres das winzige, schrumpelige Menschlein auf, gab ihm einen Klaps und wischte es mit ihrer Schürze notdürftig ab. Der erste Atemzug – ein schwaches Wimmern. Theres stockte das Blut. Ein Schauder des Entsetzens durchrieselte sie. Erschrocken drückte sie das kleine Kind an ihren Busen.

».. gebenedeit sei dein Name, heilige Gottesmutter Maria ...«

»Theres, was is es? Is ein Bub?" fragte Magret mit schwacher, banger Stimme.

».. gepriesen seist du unter den Frauen, du, die jeden Schmerz ertragen hat ...«

»Theres, sag doch. Is ein Bub?«

».. erlöse uns aus der Hölle der Verdammnis und Trostlosigkeit ...«

Magret streckte verzweifelt ihre mageren Ärmchen nach dem Kind. »Theres, Theres, sag doch endlich. Is ein Bub? Warum gibst ihn mir net?«

Die Hebamme stand leichenblass: »Aber Margret ... Magret, ja hast du denn nichts gesehen ... hast du denn nichts bemerkt? Die zwei Engel ... die zwei heiligen Engel und der Duft, der liebliche Duft ... riechst du's denn nicht?

».. heilige Himmelsmutter steh uns bei und schenk uns deine Gnade ...«

»Theres, was is mit meinem Bub? Gib ihn mir, ich bitt dich gar schön. So gib ihn mir doch endlich ...«

»Dein Kind ... Magret, dein Kind ist gesegnet. So was Wunderliches hab ich noch nie erlebt. Schau doch, es ist rundherum umhüllt vom Zauber der Myrte und wart mal ... vom ... vom ... vom heiligen Duft der sieben himmlischen Lichtblüten.« Theres sprach leise den Dank.

»... gepriesen seist du in deiner unendlichen Güte ...«

»So gib mir doch endlich meinen Bub. Gib ihn mir. Gib ihn mir doch endlich, ich bitt dich ...«

Theres hielt kurz inne, blickte voller Mitgefühl in Magrets abgehärmtes, bleiches Gesicht und sprach mit sanfter Stimme: »Margret, du musst jetzt ganz, ganz tapfer sein. Du hast keinen Sohn. Es ist wieder ein Mädchen. Aber ein gesegnetes kleines Mädchen. Bedenke dich doch der Engel, der heiligen Engel ...«

»In Teufels Namen nochmal, wieder nur ein nutzlos Gör ...« Magret wand sich in ihrer Pein. »Ich will's net. Mir graut davor. Theres, jetzt wird er mich endgültig verlasse. Das verzeihet er mir net. Wie soll ich lebe ohne ihn?«

»Schweig still, Margret. Du versündigst dich. Dein Kind ist auserkoren. Das lichtvolle Auge der Göttin ruht auf deiner Tochter. Die heiligen Himmelsboten ... der glücksverheißende Duft. Ich sag dir's jetzt in aller Deutlichkeit: Dieses Mädchen muss überleben, da geht kein Weg dran vorbei. Und schau doch, sie ist zu klein gewachsen und geschwächt von der langen Geburt. Gib ihr sogleich die Brust, sonst stirbt sie uns unter den Händen weg ...«

»Theres, ich will's net! Weg damit! Ich will's net!«

Verbittert wendete sich Margret ab. »Er wird mich verlasse ... für immer verlasse ...«

»Margret, jetzt hör mir gut zu: Drei Töchter hast du verkümmern lassen und heimlich fortgeschafft. Keins hat je den Mondwechsel erlebt. Ich hab immer geschwiegen ... dich gedeckt. Aber dieses Kind ist was Besonderes. Dieses Mal meld ich dich, das versprech ich dir. Und du weißt doch, was Kindsmörderinnen blüht. Ich meld dich, du wirst schon sehen. Sei jetzt versöhnlich und gib ihr sogleich die Brust. Es eilt. Ich schau derweil nach deiner Blutung und wasch dich. Sei vernünftig, sonst ...«

»... bewahre uns vor Sünde und den Qualen des ewigen Fegefeuers ...«

Theres ging zur Feuerstelle, schürte die Glut nach, goss Kräutersuppe in eine Tonschüssel und reichte sie Margret. »Da trink, das wird dich stärken ...«

»... lass uns in deiner gnadenvollen Obhut Zuflucht finden ...«

»Und Magret, wo wir schon beim Thema sind: Wo ist er denn eigentlich, der gnädige Herr Gemahl? Vermutlich wieder im Wirtshaus beim Zocken und Saufen. Sei bloß froh, wenn du den Taugenichts los bist. Und das sag ich dir gleich: Lass ihn ja nicht mehr bei dir liegen. Weis ihn ein für alle Mal ab.

Nicht auszudenken, wenn er dich nochmal besteigt. Die nächste Kindshoffnung bringt dich um. Schau doch, die Blutung hört nicht auf. Dein Körper ist ausgezerrt und krank. Und du musst leben. Leben für deine Tochter. Sie braucht dich. Ich halt zu dir und schau die nächsten Wochen öfters bei dir nach.«

»Das kann ich net. Ich lieb ihn doch. Und du kennst ihn, er schlaget und …«

»Ach was, heut Nacht bleibt die alte Mutzin bei dir. An ihr kommt er nie und nimmer vorbei. Und morgen früh spreche ich gleich mit der Atzenberger Kathi. Sie wird dir beistehen und dich pflegen, bis du wieder bei Kräften bist. Die Kathi kennt sich aus und ist obendrein nicht wählerisch. Sie weiß schon, was zu tun ist und hält ihn dir vom Leib. Da kann ich mich auf sie verlassen.«

Das kleine Kind begann zu saugen.

»*… heilige Gottesmutter, wir danken dir für dein huldvolles Erbarmen …*«

Theres sah besorgt zur Wehkerze. Der kränkelnde Funke hatte sich gefangen, wirkte gestärkt, lebte auf. Das Licht begann, erneut zu züngeln. Sie war wie gebannt, konnte ihren Blick nicht abwenden. Mysteriöse Zeichen und Buchstaben entschwebten der aufsteigenden Flamme. Hoben sich an, traten hervor – geheimnisvoll … deutlich:

MYRTA MARIA

Theres beugte ihr Knie und dankte abermals. »Myrta Maria …«, flüsterte sie ehrfurchtsvoll, »… die lichtvolle Hüterin der Meeressterne …« Sie fasste sich: »Du wirst dich dem Kind annehmen. Aufs Julfest schick ich dir Bruder Dominik für das erste Sakrament. Er soll das Mädchen der gnadenreichen Himmelsmutter anvertrauen.

So ist es für sie vorbestimmt und so soll es auch geschehen. Gib ihr den Namen Myrta Maria. Hörst du? Lass deine Tochter auf Myrta Maria taufen. Versprich es mir in die Hand! Myrta Maria soll sie heißen! Und das sag ich dir: Verstoß bloß nicht mehr gegen der Liebe Gebot. Dein Jammern hilft auch nicht weiter. Sei klug und füg dich ins Geschick. Du wirst sehen, dann wird es schon gut und recht werden. Und noch was: Häng endlich den schmachvoll Gekreuzigten ab. Ich hab's dir schon tausendmal gepredigt. Oder verlangt es dir immer noch nach mehr Schmerz und Schuldigkeit. Könnt grad meinen, es reicht noch nicht, was dir sowieso schon in die Wiege gelegt. Besinn dich doch endlich und werde vernünftig. Stell die segensreiche Madonna auf. Wir Frauen bedürfen mehr denn je den Schutz der hohen Göttin ...«

Draußen hatte sich der Sturm gelegt. Die Nacht lag sternenlos und still. Hades unergründlicher Bote war verschwunden ...

IM ZAUBERREICH DER GEISTER

Reigentanz der dicken Moospfeifer

»Klopfkäfer komm, gib vor den Takt,
wir schließen heut den Teufelspakt.
Im Tanze drehn wir uns geschwind,
zu dienen jedem Erdenkind.«

Tipp-tapp

»Die Menschen sind doch ziemlich dumm,
sie hetzten viel, die Seel schweigt stumm.
Es fehlt an Freud und Heiterkeit,
kein sinnlich Fühlen weit und breit.«

Tipp-tapp

»Aus Dornen flechten wir den Kranz,
mit Nesselkraut im schwarzem Glanz.
Der Schmerz wird die Errettung sein,
das warme Licht im Herz befrein.«

Tipp-tapp

2. Das verleugnete Erdmännchen

Und hier beginnt meine Erzählung von den munter-beschwingten Liebesreigen im dunklen, tiefen Trönenwald und den buntschimmernden Wunderlichkeiten, die sie mit sich brachten. Ich werde bestrebt sein, alle Begebenheiten, so wie sie mir anvertraut wurden, getreulich wiederzugeben. Aber ehrlich gestanden, ist mein Part von geringem Maß. Denn es ist die Liebe selbst, die von sich erzählen wird. Die uns mit so mancherlei bezaubernder Merkwürdigkeit umwerben, erobern und sogleich wieder umwerben wird. Die unsere Herzen mit zärtlicher Geste zu berühren gedenkt, um uns das Gelöbnis ihrer Wahrhaftigkeit erneut beteuern zu können. In vielen sonderbaren Gewandungen wird sie in Erscheinung treten und damit Entzücken und Erstaunen auslösen. Aber auch im trüben Öden, im Wahnwitzigen, wird sie ihr tröstliches Tragen und Hegen vor unserem Blick entschleiern, um uns mit Hoffnung und Zuversicht zu nähren. Viel Geheimnisvolles hat sie zu berichten. Sie wird erzählen von den unsichtbaren Fäden der Verbundenheit, von den längst vergessenen Reizen der Lustbarkeit und von den drei magischen Zauberklängen, die alles zu verwandeln wissen. So lassen wir uns von ihr umspielen, liebkosen und verführen, auf dass jedes sinnliche Erleben zu einem sakralen Liebestanz erblühen kann. Zu einem Liebestanze, der beglückt, bereichert und befreit.

****

»Ein Thymianzweig möcht dir zur Wonne sein,
dein Antlitz hell erleuchten.«

»Ungeheuerlich, wie töricht und leichtsinnig die Frauenzimmer selbst heutzutage noch sind.« Theres war wieder einmal erschüttert.

»Liebe, Liebe ... alles dreht sich bei diesen Traumwandlerinnen um die gespinnerte Liebe. Liebe hin – Liebe her, rundherum, das ist nicht schwer. Als ob die Liebe den ganzen Aufwand wert wär. In meinen Augen ist die Liebe eine Plag ... ein Gebrechen. Man beschwört doch das Unglück geradezu herauf, wenn man sie als verlässliche Begleiterin sieht. Denn die Liebe mit ihrer verschlagenen Hinterlist stellt alles in den Schatten. Wer klug ist, erweist ihr keine Gastfreundschaft. Aber man kann es den einfältigen Dienstmägden und

19

all den anderen benommenen Nebelgeschöpfen nicht wirklich verdenken. Es wäre unangemessen, sie wegen ihrer bescheidenen Gesinnung zu verachten. Diese irregeführten Wesen sind halt ihrer Zeit noch weit hinterher und begreifen nicht so flink. Ihnen fehlt es an der Besonnenheit, sich gleichzeitig mehrere Möglichkeiten … sich gleichzeitig aussichtsreichere Möglichkeiten offen zu halten. Begriffsstutzig, wie sie nun eben mal sind, folgen sie noch blindlings den anspruchslosen Bestrebungen ihres Herzens und erhoffen sich dadurch den Vorzug eines erfüllten Lebens. Und so kommen sie natürlich auch nicht umhin, hingerissen den Ammenmärchen vom treuen Zipfelzwerglein und vom vereinsamten, zu Unrecht verstoßenen Stachelwichtel, zu lauschen. Und sich mit ganzer Kraft an die Mär vom verwunschenen Königssohn zu klammern. Vom verwunschenen Königssohn, der seine einzig wahre Geliebte eines schönen Tages zu sich auf sein Schloss holen wird, wo sie dann in seliger Eintracht bis zum Ende ihrer Tage glücklich zusammenleben werden. Aber natürlich erst, wenn er vom Fluch seiner bitterbösen Hexenfrau erlöst ist. Aber das kann nicht mehr lange dauern, da hat er ein gutes Gefühl. Und darum, nur darum haben sie nichts anderes als die Mannsbilder mit ihren listigen Tändelwerken im Kopf und wundern sich dann, wenn sie in Teufels Kohleglut landen. Lassen sich jeden, aber auch jeden noch so lächerlichen Bären auf die Nase binden, nur um dann wie ein rührseliges Häufchen Elend dazusitzen und sich ob ihrer Vertrauensseligkeit die Augen auszuweinen. Und wenn sich dann auch noch herausstellen sollt, dass der Pechvogel sie nach Ablauf der Frist weiterhin in seinen Fängen hält, dann heißt es nicht mehr lange zu fackeln, sondern in schnellster Bälde einen Tölpel zu finden, dem sie das Kuckucksei ins Nest legen können. Einen Trotteligen, der geistig nicht dazu befähigt ist, genauer hinzuschauen und abzuzählen. Und diesem ungeliebten Lückenbüßer können sie dann auf Lebzeit zu Diensten sein – in jeder Beziehung zu Diensten sein. Freudebringend zu Diensten sein – das versteht sich doch von selbst. Ein hoher Preis, wie ich meinen mag. Aber den die Unglücklichen durchaus zu begleichen bereit sind, nur um ihren Missstand zu vertuschen und der gefürchteten Nachred der Leut zu entgehen. Und ich als Hebamme und einzig Vertraute kann dann schauen, wie ich alles arrangiere, um die Köpfe aus der Schlinge zu ziehen. Aber wie könnte ich diese zu Tode verängstigten Mädchen auch fallen lassen. Es zerreißt einem doch schier das Herz, wenn sie mit schlotternden Händen ihre armselig zusammengekratzten, spärlichen Münzlein aus der Schürze ziehen: »Da Theres, ich geb dir alles, was ich hab. Aber verrat mich nicht. Ich bitt dich, halt zu mir und deck mich, sonst werfen sie mich auf die Straße. Wo soll ich denn dann hin? Ich seh mir keinen Ausweg. Wenn was rauskommt, stürz ich mich vom Dachfirst … oder ich nehm gleich Rattengift, um mein Elend zu beenden.« »Steck deine Münzlein wieder ein, es ist nicht vonnöten. Ich bleib dir auch ohne eine Stütze. Kopf hoch, das biegen wir schon wieder gerade.« Aber was mich wirklich in Rage bringt und meine Duldsamkeit in höchstem Maße überreizt, sind die unverschämten Mütter mit ihrer Arglist und den großzügig gefüllten Schatullen: »Da Theres, kannst alles haben, wenn du mir nur eins zu sagen versprichst – Ist das Mädel noch unberührt? Für meinen wählerischen … meinen außergewöhnlich hochtrabenden Sohn kommt nur eine unbescholtene, eine unbeschmutzte Braut in Frag. Einer anderen würd ich sofort Tür und Tor weisen. Eine Schlampe mit einem Bankert im Bauch käm mir erst gar nicht ins Haus.« Und diesem herablassenden Ton zürne ich. Da ist es mit meiner Zurückhaltung dann ganz schnell vorbei und ich zahl es diesen Närrinnen im gleichen kränkenden Zuge heim. »Ich bedaure zutiefst, aber ich seh mich veranlasst, zu passen. Du verstehst … meine Schweigepflicht. Also behalt dein Bestechungsgeld, ich würd es sowieso nicht nehmen. Du hättest zwar um dieses brave Mädel mehr wie froh sein können, aber gut, wenn du deinem Sohn die traute Zweisamkeit nicht zu gönnen verstehst, dann soll es mir nur recht sein. Ich hab mich nämlich umgetan: Wie es scheint, folgt deiner Familie seit Generationen ein lasterhafter Ruf. Ich würde dieses anständige Mädchen ungern mit so viel Verruchtheit und Dunstigkeit behaftet sehen. Sie ist eine ganz Liebe, sie hat es nicht nötig, sich in eine dermaßen schlechte Gesellschaft herabzulassen. Es wär mir arg, wenn sie sich an euch verschwenden würd. Sag deinem Tollpatsch, er kann getrost um eine andere schauen. Vielleicht macht er auf dem Fischmarkt sein Glück. Und was das Mädel betrifft … sie wird sich erheben. Ihr Einfluss wird wachsen. Ein weiterer Bewerber … nobel und von respektablem Rang.« Und dann flitzen sie wie die aufgescheuchten Hühner los, damit das Aufgebot gelesen sein kann. Es ist doch immer wieder das Gleiche. Aber was mich wirklich verwundert, warum das Weibervolk niemals müde wird, immer und immer wieder die alte Leier zu spielen. Eine Schande ist das … eine Schande! Und allen vorab die Magret, dieses dumme Dingelchen. Direkt leidtun kann sie einem mit ihrem grantigen Grobian. Da würd ich lieber Springflöh mit Quasten fressen, als den … oder sonst einen.

Das würd mir grad noch einfallen. Bringen allesamt nur Scherereien. Aber Gott sei Dank steh ich diesem Trödelkram haushoch nach oben hin weg. Bei mir pfeift ein anderer Wind ums Haus. Da müssen die geschwätzigen Herren schon früher aufstehen, wenn sie mir das Wasser reichen wollen. Den alten Schmus hab ich schon längst durchschaut. Denn in aller Bescheidenheit bemerkt: Ich hab von jeher nur dem Verstandesgeist mein Ohr geschenkt. Und damit war ich immer bestens beraten. Ich hab mir meine Unabhängigkeit redlich verdient. War zwar ein mühsamer Weg, aber ich hab es geschafft. Heut bin ich selbstbestimmend und frei! Ich brauch keinen von diesen lächerlichen Hampelmännern, nur, um gut dazustehen. Ich nicht! Ich kann tun und lassen, nach was mir steht. Und das ist wunderbar und so soll es auch weiterhin bleiben!«

»Aber Theres«, hob die Liebe mit leiser Stimme an, »bist du mit deinem Urteil nicht allzu hart im Gange?«

»Mit meinem Urteil zu hart im Gange?«, warf Theres verbittert ein. »Zu hart im Gange, weil ich deine Hinterlist nicht gutheißen kann.

Oder, weil ich deine Niedertracht nicht billige? Ist es das, was du an mir bemängelst? Oder prangerst du mein Schweigen an? Mein Schweigen, damit gerettet werden kann, was noch zu retten ist. Oder, weil ich es nicht ungerührt wegzustecken vermag, wenn die Braut vorn am Altar verzweifelt den Bauch einzuziehen versucht und beim Ja-Wort tapfer lächelt, nur damit der arme Tropf nicht noch auf den allerletzten Paukenschlag was bemerken möcht und ihrer abspenstig wird. Ist es etwa das, was du mir zulasten legst?«

»Nein, nein liebste Theres, nein, nein … weit gefehlt. Zu hart in deinem Urteil über mich und meiner Sinnhaftigkeit. Deine Anschauung erscheint mir allzu einseitig, zu schief und unvollständig.

Es könnt doch alles ganz anders sein. Wäre es nicht auch für dich an der Zeit, mir vertrauensvoll die Hand zu reichen und geschehen zu lassen, was geschehen soll? Wär es denn nicht eine Erlösung, den Schlüssel zu deinem Glück im menschlichen Fühlen und Erleben zu suchen? Damit auch du in allem Sichtbaren die Liebe des unsichtbaren Geistes erspüren kannst? Damit deiner Bestimmung und deinem Heil nichts mehr im Wege steht?«

»Im menschlichen Fühlen und Erleben den liebevollen Geist erspüren? Bleib mir bloß mit diesem Firlefanz vom Hals. Als ob es die reine, die wahrhaftige Liebe noch geben würd. Der Brunfttrieb ist der Liebe zweiter Name und die Dummheit der Liebe Triebfeder.

Die Dummheit und die Unbeherrschtheit geben bei dir das Sagen an.«

»Welche Wahrheit mag wohl in deiner Wahrheit verborgen liegen? Deine Vermutungen scheinen zwar augenscheinlich für richtig zu gelten, aber nichtsdestoweniger sind sie doch weit hergeholt. Du vermagst nicht die tief-gründigen Verstrickungen zu durchschauen. Jedem fällt das Los zu, dass er sich erwählt. Und du missverstehst meine Fügung. Ich leite zur Lösung. Und in der Lösung zur nächsten Lösung. So lange, bis jegliches vom Erdenschmerz befreit. Und trotzdem: Du verschmähst mich. Du verschließt dich vor meiner Zärtlichkeit und leidest dadurch Mangel. «

»Ich verschließ mich vor dem Verrat. Ich hab genug Federn gelassen und viel zu viel mitangesehen, um dem Guten noch rechten Glaubens zu sein.«

»Ach liebste Theres, du versteigst dich da in was. Dein kühler Intellekt macht alles Weichfließende, alles Wärmende zunichte. Neige dich mir wie-der zu und folge der Sehnsucht deines Schoßherzens.

Damit auch du in den heiligen Raum, in die heilige Zeit, in das heilige Ge-schehen miteintreten kannst.«

»Ich ersehe ab sofort und bis in alle Ewigkeit diese nichtsnutzige Konver-sation für aus und beendet. Der ganze Krampf steigt mir jetzt langsam aber sicher über die Hutschnur. Über dich und deine armseligen Belehrungen kann ich nur lachen! Und nur dass du es weißt: Im weiblichen Schoß gibt es kein Herz. Da ist weit und breit von einem Herzen nichts zu sehen. Wann wirst du das endlich begreifen? Ich hab schließlich lange genug studiert, um es wis-sen zu müssen. Da gibt es einfach kein Herz!!! Dir bedarf es an Bildung … an anatomischen Tatsachen. Und darum kann ich über deine albernen Rettungs-versuche nur lachen. Nur lachen kann ich über deine Rettungsversuche! Nur lachen kann ich über dich …«

Aber ganz so stimmte das natürlich nicht. Auch Theres war verliebt, und zwar ganz dolle. Ihr Herz war für den schönen Hannes entflammt. Nur hielt sie es strengstens geheim – so geheim, dass sie es selbst nicht mal bemerkte. Oder vielmehr, bemerken wollte. Ja, der Hannes. Drunten im Dorf beim Maienfest ist es passiert. Seine stattliche Erscheinung, seine schwarzen Augen, sein lockiges Haar. Ein Blick, ein Lächeln genügte und es war um sie gesche-hen. Theres war ihm mit Haut und Haaren verfallen. Nur allzu verständlich: Hannes war ein sinnlicher, ein berückender Mann. Ein Mann der Tat, ein Mann mit großen Visionen. Und weithin bekannt für seine Rechtschaffenheit. Und er lachte einmal gern. Sein herzlich-befreites Lachen konnte selbst die beinharten Kometenerze zum Schmelzen bringen. Aber grad, wie es so schön angelaufen wär, der unerwartete Abruf zu einer schweren Geburt. Theres stürzte davon, ohne ein Wort des Abschieds zu hinterlassen. Es war kein Au-genblick zu verlieren. Noch am selbigen Abend kam die stolze Sophie und schnappte ihn ihr vor der Nase weg. Theres ballte ihre Fäuste: »Diese blöde Wachtel, diese überkandidelte Meckerziege, dieses unverschämte Flitt..." Die sonst so beherrschte Theres verlor sich in unschönen Gedanken. Weit holte sie an diesem Tage aus und eilte ihres Weges.

Sie bedurfte eines Orakelspruchs. Zur ›Heiligen Quelle‹ drängte es sie. Dort würde sie die klärenden Antworten erhalten. Aber wie so oft fand sie sich wieder einmal ganz wo anders ein. Nämlich auf der kleinen Anhöhe bei der uralten, ehrwürdigen Eiche. In fiebriger Erwartung bezog sie Posten und spähte in das idyllisch gelegene Tal.

Aus der Senke ertönte der Ruf eines einsamen Reihers. Sie nahm ihn nicht wahr. Leider ... er wäre zu deuten gewesen. Theres lächelte versonnen: »Dieser prächtige Herrensitz – dieses blühende Anwesen. Und alles so gepflegt und ordentlich. Der Hannes versteht sich halt aufs Wirtschaften. Ja, mein Hannes ... mein strahlendschöner Held ...« Im Hof entstand Bewegung. Theres beugte sich noch weiter vor und starrte angespannt nach unten. »Da geht doch jemand.

Wer ist denn das? Ist das gar der Hannes? Grundgütiger, das ist doch der Gipfel der Schikane. Ich kann nichts erkennen. Nichts ... nichts, absolut nichts. Alles verschwommen und trüb. Gleich morgen fahr ich nach Müggelheim und besorg mir Gläser für die Augen.«

Sie beugte sich noch weiter nach vorn und starrte und hoffte, hoffte und starrte. Sie bemerkte weder die vorbeihuschenden Eidachserl noch die gaukelnden Schmetterlinge. Weder die summenden, fleißigen Bienchen noch das glitzernde Lichtgefunkel der lieben Sonne.

Vom lustigen, wollüstigen Gegrunze der borstigen Wildrüssler ganz zu schweigen.

Man kann nur staunen, auf welch wundersame Wege die Liebe zu führen vermag. Theres hätt zur Stund auf Bein und Stein geschworen, kein Auge auf den feschen Hannes geworfen zu haben. Aber wie schon erwähnt: Theres hielt ihre zärtlichen Liebesgefühle in den Tiefen ihres Unbewussten hartnäckig vereist und siebenfach versiegelt. Jeder aufkommende Keim des dringlichen Erkennens wurde schnellstens in Grund und Boden gestampft, erstickt und plattgedrückt. Ihr war noch nicht bewusst, wie sehr sie sich nach ihrem Geliebten sehnte. Theres steckte nach wie vor in der Verdrängungsschleife fest. Sie zeichnete sich noch ein verzehrtes ... ein grimmiges Bild von der Liebe. Doch ihre Ablehnung war nicht aus der Luft gegriffen. In ihr lag ein tiefer, schwerer Schmerz. Und darum war es ihr noch ein Albtraum, zu neuen Ufern aufzubrechen. Und erzwingen … erzwingen kann man es halt auch nicht. Alles braucht seine Zeit. Drücken wir ihr die Daumen, dass sie die harte Nuss noch rechtzeitig knackt. Nicht dass es am Schluss so kommen mag, wie es in der traurigen Liebesballade überliefert steht:

>>Es waren zwei Königskinder,
die hatten einander so lieb.
Sie konnten zusammen nicht kommen,
das Wasser war viel zu tief.<<

>>Ach Liebster, könntest du schwimmen,
so schwimm doch rüber zu mir.
Zwei Kerzen will ich anzünden,
die sollen leuchten dir.<<

>>Da war die böse Verstellung,
es schien, als ob sie schlief.
Sie tat die Kerzen auslöschen,
der Jüngling versank so tief … so tief.<<

3. DAS DREIKNOSPIGE TRATSCHRÖSCHEN

»Was du gebieterisch erzwingst, ist nicht von hohem Wert.
Schenk dich mir hin, ich trage dich zu deinem Glück.«

Altweibersommer. Es war einer der letzten milden Marienseiden-Tage. Der kaltfeuchte Herbst schickte bereits seine nebligen Vorboten. Das Laub begann sich zu färben, die Ernte war eingeholt, die Felder frisch gepflügt und neu bestellt.

Theres war in Aufruhr. Sie konnte sich weder an den glitzernden Spinnengespinsten noch an den letzten geschenkten Sonnenstrahlen erfreuen. Es lag ihr schwer auf der Brust. Sie war besorgt – mehr als besorgt. Immer wieder dachte sie an Myrta. Das Kind schwebte in größter Bedrängnis und Gefahr. Nicht nur, dass das Mädchen allzu schmächtig und verwahrlost war, es war auch krumm gewachsen und dem natürlichen Prozess beängstigend weit hinterher. Wie sehr liebte sie das kleine Mädchen – vom ersten Augenblick an war sie ihr auf das Innigste zugetan. Myrta weckte warme, mütterliche Gefühle in ihrem Herzen. Liebend gerne hätte Theres eine Tochter ihr Eigen genannt und ebenso gerne würde sie Myrta an Kindesstatt zu sich holen. Sie pflegen, hegen, beschützen und umsorgen. Diese zarte, feine Seele. Aber es ging halt nicht. Zu oft wurde Theres in den nächtlichen Stunden zu einer Gebärenden gerufen. Sie konnte doch das kleine Kind nicht aus dem Schlafe aufschrecken oder gar alleine zurücklassen.

Aber dem Übel noch lange nicht genug. Jetzt auch noch das unselige Gerede. Das Kind bringe Unglück, das Kind sei verflucht, das Kind sei vom Leibhaftigen selbst. Seit ihrer Geburt husche ein schwarzer Schatten ums Haus – flüsterten die Leute – gefolgt von einem tollwütigen, räudigen Wolfshund. Das dunkle Wesen treibe entsetzliche Gräueltaten, es verbreite Furcht und Schrecken. Viele haben es schon gesehen, furchterregend und böse soll es sein. Sein ständiger Begleiter, der stinkende Köter, reiße unten am Fluss jungfräuliche Wäscherinnen, zerre sie ins dichte Unterholz und fresse sie dort ratzeputz auf. Erst gestern sei wieder eine spurlos verschwunden.

Theres erschauerte: »Man macht sich keinen Begriff, wie tief diese Hinterwäldler noch mit dem vermaledeiten Aberglauben verwurzelt sind ...«

Doch heute sollte die Stunde der Wahrheit schlagen. Theres brauchte Gewissheit. Sie hoffte auf Klarheit und stichfestes Basiswissen, um ihre weiteren

Lebenspläne erfolgversprechend schmieden zu können. Eilfertig setzte sie ihren Weg zur ›Heiligen Quelle‹ fort. »Jetzt ist aber äußerste Achtsamkeit angesagt! Nicht dass ich mich abermals verlaufe. Es ist wie verhext – aber einerlei, wo ich hinwill, ständig finde ich mich auf der kleinen Anhöhe wieder. Heute darf mir das nicht noch mal passieren, sonst steh ich schön dumm da. Da könnt ich mir ja gleich eine Narrenkappe mit Klingelschellen aufsetzen … oder eine Kasperlemütze überziehen. Jahrelang hab ich an der berühmten Müggelheimer Universität die hohen Heilwissenschaften für Frauenleiden und Geburtshilfen studiert, bin gebildet und zielstrebig, aber im Trönenwald verirre ich mich trotz alledem stetig aufs Neue. Es ist zum Verrücktwerden. Als ob jeder Weg auf der kleinen Anhöhe enden würde. Wahrscheinlich ist es die uralte, ehrwürdige Eiche, die mich immer wieder zu sich zieht.«

Theres eilte ungeduldig voran. Sie wirkte fahrig und angespannt. »Hab ich ein Glück! Da kommt der Müller Schorschi mit seinem Gespann. Der nimmt mich sicherlich ein Stück mit.«

»Ja, da schau her, unsere Hebamm. Bist mal wieder allein unterwegs oder wie oder was? Wird höchste Zeit, dass du dir einen Mann suchst, das sag ich dir. Aber nichts für ungut, kommst mir grad wie gerufen. Steig auf, ich nehm dich mit. Ich hab mit dir was zu besprechen … was fundamental Wichtiges zu besprechen. Und jetzt mal ganz ehrlich: Stimmt das eigentlich, dass die stolze Sophie ein Kindlein kriegt? Zeit wär es worden. Sind doch schon zwei oder wart mal … gar drei Jahr verheiratet. Also, wie schaut's aus? Kriegt sie eins?«

»Schorschi, um Himmels willen, wer sagt denn sowas? Wie kommst denn da drauf?«

»Ganz einfach, Theres. Gestern beim Kegelscheiben hab ich es mit dem Jager Hansel ausgetragen und dabei hat er mir erzählt, dass er dich auf der kleinen Anhöhe bei der uralten, ehrwürdigen Eich hat sitzen sehen. Ganz angestrengt hast runter geschaut … zum Hannes sein Hof. Grad so, als ob du auf was warten würdest. Auf ein Zeichen sozusagen, dass das Kindlein kommen tut. Er hat dich gegrüßt – hat er gesagt – aber du hast so angestrengt runtergeschaut, hast ihn gar nicht bemerkt. Er ist dann weiter, wollt dich nicht stören.

Schließlich – hat er gesagt – steckt er aus Prinzip seine Nase nicht in anderer Leut Angelegenheit. Sowas tut man nämlich nicht, hat er dann auch noch gesagt. Und wo er Recht hat, hat er Recht. Also, was ist jetzt? Kriegt sie eins?«

»Aber … aber …«, stotterte Theres verwirrt.

»Genau Theres, da bin ich ganz deiner Meinung. Weil, der Jager Hansel auch gesagt hat, er ist sich ganz sicher, dass da bald ein Kindlein kommt. Hast doch deine schwarze Tasche, die mit den Messern und Zangen dabeigehabt. Weißt schon, wenn du mal einer den Bauch aufschneiden musst und so ...«

Theres zitterte am ganzen Körper. Ihr wurde schwindelig – ihr wurde schlecht. »Schorschi, ein Missverständnis ... ein riesiges Missverständnis. Eine ... eine Verwechslung. Musst schon verstehen Schorschi, es ist wegen der uralten, ehrwürdigen Eiche ... wegen der alten Eiche ist es. Aber halt sogleich an und lass mich absteigen.

Lass mich auf der Stelle absteigen! Ich möchte, ich muss ...«

Theres wartete nicht erst lange ab, sondern sprang noch unterm flotten Ruckeln vom Kutschbock, raffte ihren Rock und lief wie vom Teufel getrieben in das schützende Dunkel des verschwiegenen, gütigen Laubenwaldes. Der arme Schorschi schaute ihr verdattert nach. »Kruzitürken nochmal, was hat sie denn auf einmal? Hab ich jetzt schon wieder was Verkehrtes gesagt? Oder könnt es sein ...? Hahaha, die Weibsen, so sind sie halt einmal im Monat. Wahrscheinlich wird sie es grad haben, die rote Heimsuchung oder wie das heißt. Da spinnt die Meinige auch allerweil.« Und dem Wirrwarr nicht genug, setzte Schorschi dem Ganzen noch die Krone auf, indem er seinen (wirklich!) gutgemeinten Gedankengang folgenderweise weiterstrickte: »Aber das ist jetzt wurscht, jetzt weiß ich's auf alle Fälle ganz genau. Sie hat's ja schließlich selber zugegeben. Beim Hannes kommt Nachwuchs. Schwarz auf weiß hab ich's!

Schwarz auf weiß! Und jetzt nichts wie ab zum Stammtisch. Auf diese Gaudi muss drauf angestoßen sein. Ha, heut wird's noch so fidel, dass es kracht. Heut wird gedudelt bis zum Umfallen ... bis zum endgültigen Hirnaus. Ja sowas, der Hannes. Wie ich mich für ihn freu!« Und Schorschi – der einfühlsamste Frauenversteher und treuste Spezi von der Welt – knallte unternehmungslustig mit der langen Peitsche und rief im Überschwang der Freude:

»Hüha, auf geht's Buam ... Galopp!

Jetzt pressiert's!

Ab ins Wirtshaus ...

den Weg kennt's ja ...

Hollerie und hollero ...
Hollerie, jucheeeeee ...!«

4. DAS GOLDENE GESCHENKKÖRBCHEN

»Greis Mütterchen, was soll ich tun? Mir ist so weh im Herz ...«

Theres lag wie ein waidwundes Tier auf dem feuchten, schwammigen Waldboden. Sie strampelte, zuckte, schluchzte und weinte. Die Welt erschien ihr düster und kalt – das Leben sinnlos und leer. Endlich raffte sie sich doch noch auf, wischte die letzten Tränen fort, putzte sich die Nase, streifte ihren Rock zurecht und richtete notdürftig Bluse und Frisur.

Sie fasste die nächsten Schritte ins Auge: Als Erstes musste sie schnellstens zur ›Heiligen Quelle‹. Denn dort – so hoffte sie inständig – würde sie verständnisvollen Trost und stärkenden Zuspruch finden. An diesem lichten Orte – so sagte sie sich – wird ihr das noch Ungewisse auf das Liebevollste entschleiert werden und der dumme, stechende Schmerz ein für alle Mal gebannt. Und ist sie erst wieder ganz bei Sinnen – so nahm sie sich vor – wird sie die heiligen Vorhersagen auf das Gründlichste analysieren und dann nach und nach, je nach Begebenheiten und Lage, in ihre Entscheidungen stabilisierend und gewinnbringend miteinfließen lassen. Sie wird sich wieder beruhigen – so schwor sie sich – ihre Mitte finden und den weiteren Lebensweg zielgerichtet und mit geballter Kompetenz fortsetzen. Ihr Sein findet erneut in die bodenständige Routine – so ihre Überzeugung – basierend auf dem stabilen Stahlwerk des vernunftbezogenen Denkens und sicher verankert im Hafen der geometrischen Harmonielehre liegend. Jederlei findet wieder auf seinen für ihn angestammten Platz – lächelte sie erleichtert – welcher mit dem Anspruch auf Perfektion zugeordnet sein wird. Alles, aber wirklich alles wird fortan erstmals auf das Sorgfältigste geprüft und bedacht, dann poliert, sortiert und gereiht – gleich den kostbaren Perlen auf der Silberschnur.

Soweit zu Theres weiterer Lebensplanung. Wir wollen sehen ...

Wieder halbwegs gefasst, vollzog Theres das traditionelle Ritual der läuternden Reinigung. Erfrischt entstieg sie dem kalten Bächlein, kniete vor dem kleinen Tempelaltar nieder und betete aus ganzem Herzen um Erleuchtung, Erbauung und den von ihr so begehrten Seelenfrieden. Um wirklich allen guten Schutzgeistern die gebietende Achtung zu erweisen, stimmte sie noch die sieben Psalmen der demütigen Anrufung an und entzündete zu guter Letzt eine kleine Kerze, verziert mit rosa Korallen und blauschimmernden Muschelschälchen. Die Atmosphäre war durchtränkt von feierlicher Hingabe, getragen von salbungsvollem Erbarmen. Ehrfürchtig setzte sich Theres an der leicht abfallenden Uferböschung nieder und sammelte sich.

Weißgewandete Priesterinnen schritten erhobenen Hauptes anher und brachten mit zärtlicher Hand geweihte Opfergaben dar. Würdevoll entkleideten sie sich und begaben sich zum täglichen Bade.

Theres beobachtete ihr verspieltes Treiben, hörte ihr leises, glückliches Lachen. Wie schön sie waren. Lebendig, stolz und frei. Ganz anders als ›Die keuschen Kreuzesschwestern im Dienste des Herrn‹, mit ihren bleichen, wächsernen Gesichtern. Immer gebückt, furchtsam und scheu. Stets das Weltliche verneinend, abgewandt von allem Wärmenden und Weichen, verachtend gegenüber Sinnlichkeit und Freude. Diese bedauernswerten, leidenswilligen Geschöpfe, welche sich auf Lebenszeit der Entsagung, Buße und Zerknirschung unterworfen haben. »Wie es sowas gibt? Beide dienen derselben Kraft und doch dieser himmelschreiende Unterschied ...«, sinnierte Theres verwundert. »Ob es wohl stimmt, dass die Priesterinnen der ›Heiligen Quelle‹ in Vollmondnächten den Wasserwesen lustvoll beiliegen?«, schoss es ihr durch den Kopf. »Nein, nein ... das kann nicht sein. An der angesehen Müggelheimer Universität tut man solcherlei Gerede als blanken Unsinn ab. Und die müssen es doch wissen, so weltoffen und aufgeklärt die dortigen Dozenten sind.

Prof. Dr. Dr. Raspelhausen hat bei einer eigens anberaumten Sondervorlesung alles genauestens erklärt. Wer möchte denn – bitteschön – mit schuppigen, glitschigen, kalten ...? Aber wenn doch ein Fünklein Wahrheit dran wäre?« Theres erwärmte sich an erregenden Spekulationen. »Jetzt ist aber Schluss damit!«, ermahnte sie sich selbst, ich muss todernst bleiben. Es gibt schließlich Wichtigeres.

Ich hab Fragen ... ich brauche schleunigst sondierte Informationen aus erster Hand.« Theres schüttelte sich, straffte Haltung und Mut und machte sich bereit zur dringlichen Befragung des Sachverhaltes.

Sie blickte ins Wasser und lauschte dem Geplätscher der Quelle.

Ein Bild blitzte auf:

H A N N E S !

»Sag endlich ja, er ist doch dein ... es soll doch noch Vermählung sein ...«, säuselte das Bächlein.

Theres erschrak fürchterlich, wischte sich die Augen und verschloss ihr Herz. »Ich muss eingeschlafen sein. Ein Traum, ein böser, böser Albtraum – mehr war das nicht«, beruhigte sie sich selbst. »Ich hab was falsch gemacht. Ich werde jetzt ganz klar und deutlich nachfragen, sonst wird das nie und nimmer was.« Sie konzentrierte sich wieder.

»Bitte, bitte liebes Bächlein gib mir Antwort: Was ist mit Myrta? Mit

M Y R T A ! «

Zwei Bilder blitzten auf: Ein Jüngling und ein Apfelbaum.

»In einem Jahr ist es soweit, dann wird das Mägdelein befreit.
Ein menschlich Engel gibt Geleit und bringt sie dir zur rechten Zeit.
Du findest sie beim Apfelbaum, nimm sie zu dir, schenk duftend Traum.
Damit das Wunder wird vollbracht, in einer sternenlosen Nacht.
Hab keine Angst, mach dich bereit, für diese gnadenreiche Zeit.«

Theres schüttelte es. »Ja ist das denn die Möglichkeit? Das klappt ja wie am Schnürchen. Bei allem was mir heilig … ein Wunder … ein Wunder!« Sie kratze die spärlichen Reste ihres noch verbliebenen Mutes zusammen und hakte nach:

Liebes Bächlein und der Jüngling? Wer ist der

J Ü N G L I N G ! «

»Alander ist's, ihr dunkler Teil. Er wird um Myrta einstens frein.
Sie werden wieder Ganzes sein – vereint im Glanz vom Liebesschein.
So hat sich's Himmlische erdacht: Aus Zwei wird EINS, in Lieb erbracht.
Auf dass, sie sind auf ewiglich: Vereint – beseelt durch göttlich Licht.«

Theres holte tief Luft. Sie war ergriffen, erschüttert … ja, geradezu fassungslos. »Das ist doch unglaublich. Sowas kann's doch gar nicht geben. Da wird doch dran gedreht ... oder bin ich jetzt auch noch einem Hirngespinst von mir auf den Leim gegangen? So abwegig wär der Gedanke zwar nicht, nach allem, was ich durchgemacht hab ... aber, nein, nein ... niemals! Noch steh ich mit meinen zwei Beinen fest auf dem Boden der Tatsachen. Und immerhin hat mein hochverehrte Prof. Dr. Dr. Raspelhausen uns Studiosi immer und immer wieder eingeimpft, dass es für alles Unerklärliche eine logische, eine wissenschaftlich fundierte Erklärung gibt. ›Allerdings‹, so betonte er auch unermüdlich, ›bei den Leichtgläubigen und Naiven kommt man mit realitätsbezogener Argumentation keinen Schritt weiter. Da läuft man gegen eine Wand. Bei denen lohnt sich nicht der Müh!‹«.

Und zu den Unbelehrbaren wollte sich unsere liebe Theres nun wirklich nicht zählen lassen. Sie war doch so stolz auf ihr gescheites Köpfchen. »So, jetzt aber mit Vernunft und geschärften Sinnes voran! Jetzt heißt es der Sache auf den Grund gegangen. Aufklärung tut bitter Not!« Sie lugte nochmals ins Bächlein.

Wieder blitzte ein Bild auf – klar und deutlich:

H A N N E S !

»Sag endlich ja, er ist doch dein ... es soll doch noch Vermählung sein ...
Sag endlich ja, er ist doch dein ... es soll doch noch Vermählung sein ...
Sag endlich ja, er ist doch dein ... es soll ...«

Und jetzt ging es mit unserer sonst so disziplinierten Theres durch. »Nein, nein, nein ...!«, kreischte sie hysterisch und schlug mit aller Kraft auf das liebe Bächlein ein. »Nein, nein, nein und nochmals nein«, schrie sie außer Rand und Band. »Es wird nicht sein, es darf nicht sein!« Und sie schlug und schlug in ihrer Not immer und immer wieder auf das unschuldige Bächlein ein. Mit der ganzen Kraft ihrer Fäuste und Füße.

»Sag endlich ja, er ist doch dein ...«

Theres hielt sich beide Ohren zu, sprang auf und lief wie von der Tarantel gestochen in das schützende Dunkel des verschwiegenen, gütigen Laubenwaldes.

Doch ihr maßloses Treiben hatte schreckliche Folgen. Das ehrwürdige Heiligtum war befleckt, Neptuns göttlicher Geduldsfaden zerrissen. Mit seinem mitfühlenden Verständnis war's aus und vorbei.

Er hielt sogleich Strafgericht, sprach das harte Bannurteil und schickte obendrein auch noch seinen gerechten Zorn. Dröhnender Donnerhagel erschütterte die Lichtsphären des Universums. Irrsinnige Strahlengewitter zerhackten die Unantastbarkeit des geweihten Kleinods. Tosende Sturmwellen erhoben sich zu einem schaudernden Wall und rissen die frommen Bekenntnisse mit sich fort. Ein blutrünstiger, breitschultriger Titan tauchte brüllend und schäumend vor Empörung vom tiefsten Urgrund des Rätselhaften auf und entstieg mit ohrenbetäubendem Getöse den hochschlagenden Fluten. In ungehaltener Raserei geißelte er auf die heilige Kostbarkeit ein. Der kriegerische, unverschämt gutaussehende Meeresadmiral Sir Peer van Haagen war erzürnt und bis auf sein königliches Blut gereizt.

Er forderte Satisfaktion!

5. Das wuschige Kräuselzwirnlein

»Ein golden Hörnlein schenk ich dir. Es soll zum Heil gereichen ...«

Bist deppert – jetzt zerlegt's mich gleich.« Der imposante, umwerfend gutgebaute Meeresadmiral Sir Peer van Haagen – seines Zeichens Oberbefehlshaber des göttlichen Orakelkommandos unter Wasser – rückte seinen prächtigen, reichverzierten Purpurorden (Auszeichnung für besondere Tapferkeit im Dienste der Liebe) zurecht und knuddelte sein zuckersüßes linkes Ohr. »Die hat ja gleich gar nichts kneißt, die narrische Amsel. Ich dacht, sie hätt's Matura gmacht und an der angesehenen Müggelheimer Uni protzt? Pfürti Gott, ist die bodschert. Omeiomeiomei, so was ist uns noch nie passiert.« Er fieselte gedehnt ein festgesaugtes Schalenweichtier von seinem rechten, kraftstrotzenden Oberarm, begutachtete es in aller Ruhe, verzog alsdann angewidert sein markantes, durch und durch anregendes Gesicht und ärgerte sich fort, »Ja Servus, direkt fremdschämen könnt man sich für die Theres ... direkt fremdschämen.

Omeiomeiomei, so eine blöde Gschicht. Wär so gut anglaufen und dann ging der Schuss doch noch achteraus. Die ganze Müh umsonst.

Wie steh ich denn jetzt da, wie steh ich denn jetzt da ...«

Ausgiebig kratzte er sich mit seinem goldenen Dreizack den muskulösen Rücken. »Bei Delfinus, bin ich ausbrennt. Direkt ausblattelt bin ich. Hätt grad Schneid auf ein Glaserl Zuckertangwein oder ein Stamperl Quellergeist. Und angspannt bin ich ... angspannt! Wann hat's denn bloß wieder Vollmond? Ja sowas, ja sowas. Aber da muss ich jetzt durch, da hilft alles nichts. Buckeln ist buckeln und schnackseln ist schnackseln. Wenn mich bloß keiner mauscht, dann könnt ich mir wieder was anhören von der oberen Etage. Die Herrn Theoretiker babbeln sich leicht. Faulenzen in ihren Wolkenschlösserl rum und drehn gelangweilt ihre Daumerl. Und ich kann zuschaun, wie ich alles deichsle, da herunten auf der Erden.

Ja sag einmal, ja sag einmal ... was mach ich denn jetzt, was mach ich denn jetzt?« Er schüttelte sein hüftlanges, kristallglitzerndes Haar und streichelte es mit einer selbstherrlichen Geste nach hinten.

»Aber so grob, wie's auch klingen mag: Ich brauch auf ›Rumsti-bumsti-rutsch, wir fahren mit der Kutsch‹ einen Blitzschnackler für einen himmlisch korrekten Schachzug, sonst seh ich schwarz.«

Er wuschelte sich behäbig am Bauch, zog ein kleines Algenflöckchen aus seinem entzückenden Nabelkringel, beäugte es von allen Seiten und pustete es im hohen Bogen fort. »So, jetzt trommle ich die ganze Rasselbande zu mir und dann sehn wir's schon ... omeiomeiomei ...«

Sir Peer van Haagen wurde amtshalber militärisch: »Fischlein, Schwämmlein, Zackenstiche, kommt's sofort her!!!«, kommandierte er aus vollem Hals. »Das ganze Schwimmgeschwader hopphopp zu mir:

K R I S E N S I T Z U N G ! «

Die Wasseroberfläche begann zu schäumen. Tausende kleine Wassergeister und blitzende Fischflitzer kamen plantschend und spritzend an die Oberfläche. Ein lustiges, buntes Durcheinander. Es wurde gewitzelt, gescherzt und gelacht. Noch!

»Euch wird die gute Laun gleich vergehen!«, brüllte Sir Peer van Haagen. «Der Admiralsstab nach vorn — zu mir! Sofort!!! Sammelt euch und ...

S T I L L G E S T A N D E N ! « ,

herrschte der fantastisch erotisierende Meeresadmiral. »Ruhe ... Ruhe! Jetzt red ich! Spitzt's eure Luser. Hab eine pressante Ansag zu machen. Mit dem Sandeln ist's ab sofort aus und vorbei! Aus und vorbei, das versprech ich euch. Passt mal auf, Burschen: Ich leg gleich los und sag's, wie's ist — wir haben einen Mordsärger am Arsch. So schaut's aus. Einen Mordsärger. Da gibt's nichts schön zu reden. Bloß, dass ihrs wisst! Also: Die Theres hat das mit ihrem Gspusi, dem Hannes, noch nicht geschluckt. Wir müssen jetzt auf Hoppeldepoppel das Drehbuch ändern und mit List der Fährte folgen! Habt ihr verstanden? Mit List der Fährte folgen! Jetzt machen wir Nagerl mit Köpf und legen noch einmal nach. Derer schicken wir jetzt einen ganz harten Brocken. Am besten ... ha, am besten den Weithauser Horsti ... hahaha ... dann werden ihr schon die Schupperl von den Guggerl fallen ... hahahaha ... Also, ewig haben wir nimmer Zeit. Ich, als euer befehlshabender Vorgesetzter und umsichtiger Heeresvater hab schon — zickizacki — einen ausgeklügelten Drei-Stufen-Masterplan aufgestellt. Aber alles noch unter Verschluss und

T O P S E C R E T !

Reiht euch ... jetzt schwimmen wir runter und dann gibt's erst mal für jeden ein Kaffeetscherl mit Schlagobers und knusprige Fadenkrautstangerl. Und dann plauschen wir's in aller Ruhe aus.

Passt aber auf, bleibt's Steuerbord. Heut hat's Saugströmung auf Schlag Neun. Wer abtriftet, hat's Nachschaun! Und jetzt:

Aufstellung und fertigmachen zum Abtauch!
Alles bereit?
Und auf geht's!
Im Ganserlmarsch mir nach ...«

... blubb-blubb-blubb ...
... blubb-blubb-blubb ...

»Weiß einer von euch zufällig, wann's wieder Vollmond hat?«

... blubb-blubb-blubb ...
... blubb-blubb-blubb ...

6. DAS WIDERSPENSTIGE REISIGBESLEIN

»Ich bin der Fürst der Unterwelt
und lad dich ein – komm folge mir.
Auf dass du siehst, was war – was ist und was wird sein.«

Theres hatte wieder eine verheerende Nacht hinter sich. Nicht die Erste in jüngster Zeit. Seit dem unglücksseligen Besuch bei der ›Heiligen Quelle‹ plagten sie schwerste Albträume, grauenvolle Panikattacken und fatale Krampftorturen. Mit matschigem Kopf und verquollenen Augen quälte sie sich aus dem Bett, tastete – noch halbblind vor Anspannung und Verdruss – nach ihrer Kleidung, wusch ihr Gesicht mit Rosenseife und Lavendelwasser, wagte dann mutig einen trüben Blick in das Spiegelchen und wich entsetzt zurück.

»Heilige Agnes, steh mir bei! Ich schau aus ... wie ... wie eine grausige Kletzenhex. Mein attraktives, gepflegtes Aussehen ist dahin ... dahin für alle Zeiten. Soweit hat es also mit mir kommen müssen.

Jetzt bin ich dem Tode näher als dem Leben.«

Aber Theres wäre nicht Theres, wenn sie sich so schnell hätte unterkriegen lassen. Ganz im Gegenteil. Sie sah das unsägliche Dilemma mittlerweile als gnadenreichen Schliff, welcher ihren Charakter festigte, ihren Standpunkt stärkte und ihre Seele läuterte. Theres, seit Kindesbeinen an den harten Drill der Selbstverleugnung gewöhnt, war eine Kämpferin – jederzeit bereit, ihren Kopf auf Biegen und Brechen durchzusetzen. »Niemals die Contenance verlieren«, betonte sie ständig zu jeder passenden und unpassenden Gelegenheit, »das wäre der Anfang eines schrecklichen Endes. Allen ab bei Männern. Da heißt es, besonders wachsam zu sein. Sobald Gefühle ins Spiel kommen, ist man verratzt und schnurstracks zum Drutscherl abgestempelt. Keine auch nur halbwegs vernünftig denkende Frau lässt sich von Herzensduseleien einlullen und freiwillig zum Betthaserl machen!«

Zu Theres Entlastung muss an dieser Stelle erwähnt sein, dass sie bis dato noch nicht, das seit Jahrhunderten mündlich überlieferte und nur für Eingeweihte zugängige, weise Trönenwalder Geheimsprichwort kannte:

»Wo man hinspuckt, da schleckt man gefälligst auch auf!«

Sie war bis zu diesem Zeitpunkt noch sehr stolz auf ihre Courage und Selbstdisziplin. Waren es doch für sie die erstrebenswerten Prägungen der Himmelstreue, der Selbstüberwindung und der geistigen Erhabenheit. »Bloß keine Schwäche zeigen, Kopf hoch und immer geradeaus«, so ihr täglich Credo, welches sie wie einen flatternden Banner vor sich hertrug. Lediglich der seit Wochen anhaltende dumpfe Druck in der Brust und die immer öfters auftretende Atemnot machten ihr noch schwer zu schaffen. Aber das würde sie früher oder später auch noch in den Griff bekommen. Da war sie zuversichtlich. Alles eine Frage der Willenskraft und Perspektive.

Sie puschte sich mit Kräutertee und einem positiven Kalendersprüchlein, packte ihre große schwarze Tasche und machte sich beherzt auf den Weg. Der Terminplaner war krachend voll. Ihr war es recht so. Das würde sie von diesem kindischen Kummer ablenken.

»Arbeit ist die beste Medizin«, sagte sie sich, wiederholte diesen Wahlspruch dreimal laut und deutlich, verschloss die Tür und begab sich ans Tageswerk.

Soweit – so gut.

Bis zum frühen Nachmittag lief alles wie geschmiert. Lediglich der lange Steig durch den dunklen, tiefen Trönenwald machte ihr ein banges Gefühl. Sie fühlte sich beobachtet. Sie meinte fast, ein Schatten folge ihr. Hier ein Knacken – dort ein Rascheln. »Bin ich froh, da kommt der Weithauser Horsti. Der ist immer für einen Ratsch gut. Der liebe Horsti wird mich durch den Wald begleiten. Ihm kann ich mich ohne Weiteres anvertrauen.«

»Grüß dich Gott, Theres«, rief der Horsti schon von Weitem. »Gut, dass ich dich antreff. Wollt grad zu dir. Weißt, meinem Herzblatt geht's nicht gut. Das Zipperlein plagt sie. Stinkesauer ist sie und nörgeln tut's Tag und Nacht. Nimmer zum Aushalten ist das, das sag ich dir. Allerweil hackt sie auf mir rum und schimpft mich von früh bis spät aus. Sie meint halt, es kommt wieder eins und ich hirnverbranntes Rindvieh wär Schuld dran. Weil ich damischer Hirsch ihr keine Ruh nicht lass … in der Nacht. Jetzt haben wir schon achte, ein Neuntes braucht sie nimmermehr. Sie weiß sich keinen Rat vor lauter Arbeit und Sorg und so weiter und so fort. Du kennst sie ja.

Immer wenn es bei ihr wieder einmal soweit ist, wird's ungerecht zu mir. Sei doch so gut und schau mal auf eine Visit vorbei. Brauchst dich aber nicht zu drängen. Wenn du halt mal Zeit hast … irgendwann mal. Aber jetzt zu was Wichtigen: Stimmt es, dass die stolze Sophie guter Hoffnung ist? Die Leut reden von nichts anderem mehr. Eigentlich wundert's mich nicht, hab mir sowas schon gedacht. So gwampert ... oh hoppala, mollig wollt ich sagen ... also ... äh, so mollig, wie sie worden ist. Ich bin ja kein Experte, wirklich nicht, aber wenn du mich fragst, kriegt sie Zwilling oder sogar Drilling. Ich mein, meine Elsa ... weißt schon, meine Zuchtsau, die war auch so fett wie die stolze Sophie. Und was soll ich sagen?

Zwölf Fackerl hat sie gestern Nacht geworfen. Eins schöner als das andere. Mei, hab ich eine Freud! Abbusselt hab ich meine Elsa ... abbusselt sag ich dir. Meine Elsa ... so ein Glück! Schau dir doch die Hutzifackerl in den nächsten Tagen mal an. Darfst sie auch aufheben und streicheln. Da wirst schauen: Eins schöner als das andere. Du Theres, und wenn du schon mal bei uns bist, dann sei so gut und leg bei meiner besseren Hälfte ein gutes Wörterl für mich ein. Damit sie mich wieder gernhat und für mich kocht und wäscht ... und mich auch wieder in die Schlafkammer lässt.«

Theres verstand den Sinn seiner Worte nicht mehr. Stolze Sophie, Elsa, Drilling, Hutzifackerl, Schlafkammer ... wie ein Karussell drehten sich die Gedanken in ihrem Kopf. Fremdartige Stimmen und schrille Pfeiftöne zischten wild durcheinander und mischten den wirbelnden Ringelreih auch noch ordentlich auf. Dadurch wurde es auch nicht angenehmer. Das kann man sich ja lebhaft vorstellen. Es war einfach furchtbar. Siedend heiße Fieberschauer schüttelten Theres, eisigkalter Schweiß rann ihr über Stirn und Rücken. Ihr wurde schwarz vor Augen, sie wankte, sie fiel und stürzte in eine tiefe, bodenlose Höllenschlucht. Theres wehrte sich verzweifelt und hielt dagegen an, aber der unheimliche Sog zog sie immer weiter nach unten. Schließlich übergab sie sich erschöpft dem Unausweichlichen. Sie ließ sich fallen und sank und sank und sank ...

7. Das jubelnde Goldkehlchen

»Ein Perlenkranz versank im Schlund der rohen Triebe.
Erhebe dich und steige auf zum Licht.«

Der lang herbeigesehnte große Augenblick war gekommen. Theres' Seele machte sich bereit zum Abstieg in ihr eigenes schauriges Sein.

Heute war ihr der Zutritt in das geheimnisvolle Schattenreich ihrer verborgen, dunklen Schätze gewährt. Hades demütiger Priester hatte alles wohl bereitet. Die schwere Zugbrücke war abgelassen, das eisenbeschlagene Schleusentor weit geöffnet. Würdevoll und ruhig durchschritt sie den steinernen Sperrbogen und strebte dem düsteren Abgrund zu. Schroffe Granitwände säumten den steilen, kargen Pfad. Sie war glücklich. Sie genoss den Weg durch ihre eigene beklemmende Stille. Viel zu lange schon war sie ferngeblieben.

Wie sehr hatte sie diese raue Stätte mit all ihren schmerzvollen Geheimnissen vermisst. Sie durchsuchte die verrotteten Kammern der Ablehnungen und umarmte mit wärmender Zuneigung all die darin angestauten modrigen Erstarrungen. Sie huschte in die verschlungenen Höhlengänge der Ängste und Zweifel und labte sich wohlig an ihrem Weh und Leid. Sie öffnete die grobgezimmerten Hartholzsärge des Verrats und der Niedertracht, streichelte alles mit sanfter Hand und küsste sie in freudiger Erregung. All das gehörte zu ihr. All das wollte sie wieder ins Lichte zurückholen, mit Bedacht umhegen, in sich einfügen und dann auf ewiglich in ihrem lichtvollen Glanze bewahren.

Endlich erreichte sie die schwarze Schlucht des Furchtbarsten. Der Weg war gespickt von steinernen Prellpfählen. Ein schwarzgewandeter Jüngling harrte ihrer. Schweigend verneigte er sich vor ihr.

»Alander«, flüsterte die Seele glücklich. »Alander ... endlich.«

Lautlos führte er sie durch einen schmalen, feuchten Tunnelgang bis ins Innerste der grausamen Verderbtheit. Peinigende Bilder stiegen auf. Ein kleines Mädchen – an ihrem achten Geburtstag – die harte Faust – die hinterhältige Schmach. Unerträglicher Gestank nach Erbrochenem, nach Blut, nach altem säuerlichen Männerschweiß und Brandweinfusel. Grobe Worte: »Hör auf zu rotzen ... du wolltest es doch auch. Kannst froh sein, dass ich es dir besorg ... wer würde dich sonst schon nehmen. Kein Mensch will so eine hässliche, verdorbene Kröte. Und halt bloß dein Maul, sonst muss es deine Mama büßen. Ich bring sie um ...«

Theres lag auf dem kalten Steinboden. Sie wand sich in unsäglicher Qual. »Oheim, nein ... du tust mir weh! Bitte, bitte Oheim, hör auf ... es tut so weh ...«

Der Jüngling kniete vor Theres nieder und berührte sanft ihre Stirn. Leise sprach er das Gebet des Dankes. Eine anmutige Lichtgestalt entstieg dem dunklen Schrecken. Das fließende Lichtkleid war durchwebt von Tausenden zartrosa Kirschblüten, die Taille umschmeichelt vom Duft des weißen Jasmins. Das goldene Haar geschmückt vom Schein der unschuldigen, bescheidenen Margeriten.

In den schneeweißen Engelshänden erblühten zwei zartschimmernde Edenrosen. Liebkosend umhüllten seine weiten, weichen Schwingen Theres' Seele. Zärtelnd durchwirkte des Engels liebliches Odeur ihr Herz. Wie Schmelz legte sich das samtweiche Blütenflair auf ihre entzündeten Wunden. Theres öffnete langsam die Augen. Ihr war warm und leicht. Sie sah mildes, weichfließendes Licht – verspürte das Prickeln der Freude. Liebevoll hob die von Sanftmut durchwirkte Himmelsbotin Theres auf und trug sie mit sich fort.

»Wohin bringst du mich?«, fragte Theres.

»Du bist von deiner schweren Last befreit. Jetzt ist der Weg frei, um dich in das Glück zu führen.«

»Aber ich verspüre wieder Schmerz und Angst.«

»Noch ist es vonnöten. Doch sei unbesorgt, ich bleibe bei dir und führe dich deiner Bestimmung zu. Siehst du dort oben das Licht?

Dorthin steigen wir auf, denn dort im lichten Sein wirst du mit deinem Liebsten vereint.«

Theres lächelte. »Hannes«, flüsterte sie glücklich, »liebster, liebster Hannes ...«

Und sie stiegen gemeinsam höher und höher. Weiter und immer weiter hinauf ...

Heiliger Gral

»Was stimmt dich froh?«

ZWEITER LOBGESANG

»Die sieben Jahre sind vorbei,
dem König Leid wurd recht gedient,
so arg der dröhnend Höllenschrei,
es wurd erbracht, wie es sich ziemt.

Wie oft zerbarste unser Herz,
erschauderte der Wärme Strahl,
bei all der Qual, bei all dem Schmerz,
verschollen war der Heilig Gral.

Nun wird ein milder Vers gereimt,
frohlockend Klang steigt ab zum Nieder,
das spröde Kalt mit Licht vereint,
die Hoffnung kehret freudig wieder.

Heilbringend Wink soll führend sein,
die Schalen werden neu bestückt,
das Pendel schwingt erfreut sich ein,
und zieht den Weg, der reich beglückt.«

Halleluja

II. DAS ERWACHEN

KLANGSCHWINGUNG

»GEPRIESEN SEI MEIN WEISEND LICHT.«

Mystischer Rätselgesang

Ludwig van Beethoven

»Der Bardengeist«

Lied für Singstimme und Klavier

WoO 142

1. DAS STUMME FRÖSCHLEIN

»Wenn ich wanke, stürze ich.
Doch wank ich nicht, so stürz ich auch.
Es bleibt sich gleich.
Noch hält die Schmerzvolle ihr Zepter hoch.«

Mytra war ein sonderbares Kind. Sie lachte nicht, sie sprach nicht. Sie bat um nichts und weinte nicht. Schläge und Tritte ließ sie in fast beschämender Wehrlosigkeit über sich ergehen, Spott und Hohn prallten am Schutzschild ihrer Gleichgültigkeit ab. Myrta hatte gelernt, sich selbst zu schützen, indem sie sich in ihre eigene kleine innere Welt zurückzog und dort regungslos verharrte wie ein Napfschneckerl im Häuschen. Und das war gut so. Wie sonst hätte sie diesen Wahnsinn überleben können?

Von Geburt an verachtet und abgelehnt, fristete sie ihr Leben in einem Dämmerzustand der trostlosen Abgestumpftheit. Sie vermisste weder Geborgenheit noch Nestwärme. Wie auch – sie wusste ja nicht mal, dass es solchermaßen überhaupt gab. Ihre Mutter Magret, selbst ein krankes, ausgezerrtes Menschlein, nahm sich ihrer nicht an. Der Vater, schwach und der Trunksucht verschrieben, beachtete sie kaum. Die Leute mieden das verwachsene Kind wie die Pest, die Dorfkinder quälten sie. Myrta nahm alles nur schleierhaft, wie durch eine dicke, wattierte Nebelwand, wahr. Für sie war dieses raue Vergessen das Normalste von der Welt – schließlich war es von erster Sekunde an ihr tägliches Los. Sie stellte nichts infrage und nahm das Gegebene mit unberührter Miene hin.

Lediglich wenn Theres kam, ging für Myrta die Sonne auf. Theres nahm das vernachlässigte Kind sogleich auf den Schoss, umarmte, herzte und küsste es. Da fühlte Myrta dann doch was Warmes, Gutes und sie tauchte für kurze Momente aus ihrer Erstarrung auf. Sie klammerte sich an Theres, kuschelte sich in ihre weichen Arme und saugte alle Zärtlichkeiten gierig auf – wie ein ausgetrockneter Schwamm das Nass.

»Was denkest denn von mir, Theres? Natürlich kümmere ich mich um meine Myrta. Ganz genau so, wie du's mir befohle hast«, versicherte Magret der besorgten Hebamme immer wieder auf das Neue.

»Freilich geb ich ihr genug zum Essen. Ich bin doch keine Rabenmutter. Aber was soll ich mache? Das Kind hält eben nichts bei sich. Sie bricht das gute Essen gleich wieder im hohen Bogen aus«, jammerte sie in größter Sorge. »So glaub mir doch, jeden Tag wasch ich sie, ich schwör es dir, aber du sehest es ja selber, wie wild und frech sie ist. Sie höret net auf mich, ist allweil im Hühnerstall und in der Scheun und spielet mit Mist und Dreck. Schau doch selber, wie sie wieder ausschaut. Aber gleich, wenn du gegangen bist, bad ich sie, das versprech ich dir ...« Zum Abschied steckte Theres Myrta heimlich Schokolade und Kekse zu, die unser armes Kind begierig verschlang. Dann sogleich wieder die gnadenlose Hand der Mutter:

»Wenn'st doch bald verrecke tätest ...«

Magret konnte nicht anders, sie war nicht dazu angetan, eine liebevolle, gütige Mutter zu sein. Sie hatte nie gelernt, eigenverantwortlich zu denken und vorausschauend zu handeln. Aus diesem Grunde gab sie alles eins zu eins so weiter, wie sie es selbst von Geburt an abbekommen und durchlitten hatte. Magret war ein traumatisiertes, bis in die tiefsten Fundamente ihrer Seele erschüttertes, hilfloses Menschenwesen. Was bis zu diesem Zeitpunkt noch keiner ahnen konnte: Für Magret sollte sich das Blatt bald wenden. Und es war Myrta, ihre misshandelte Tochter, die ihr die Tür für eine bessere Zukunft öffnen wird.

Sehen wir nun sogleich weiter, wie sich die einzelnen Begebenheiten entwickelten, sich miteinander verästelten, zusammenfügten und ineinander verwalzten.

Nach und nach begannen die Leute, zu tuscheln und zu hetzen. Das Kind sei verhext und bringe Unglück. Sie sei genauso verdarbt, wie sie verwachsen sei. Ungehörig, unansehnlich, nicht ganz richtig im Kopf. Eine Plage, eine Zumutung ... gefährlich. Erst letzte Woche ist wieder eine Kuh beim Kalben erbärmlich draufgegangen. Bereits die Dritte in diesem Monat. Ganz zu schweigen von dem verregneten Sommer und der mageren Ernte. Das ist nicht mehr normal. Ein schrecklicher Fluch laste auf dem Kind. Die Geistlichkeit soll kommen, nachschauen und sich ihrer annehmen. Aber bis dahin gehört der missratene Krüppel weggesperrt. Magret verwies sie nur allzu gerne aus dem Haus. Myrta schlief fortan in der zugigen Scheune und ernährte sich von dem wenigen, das man ihr vorwarf.

Die Anschwärzereien verstummten nicht. Sie schlugen von Tag zu Tag höhere und immer höhere Wellen. Schließlich drangen die unsäglichen Anprangerungen bis zu seiner kirchlichen Heiligkeit, Erzbischof Kronster, vor.

Drei gewichtige, aufgewichste Herren, welche den Behuf als Amtsträger der Mission ›Erhaltung der vorgeschriebenen Glaubensstruktur anhand der gottesfürchtigen Kirchentreue‹ innehatten, traten schnellstens die Reise zur Residenz des geistlichen Kirchenfürsten nach Müggelheim an. Wichtigtuerisch baten sie um eine Audienz bei seiner erlauchten Exzellenz mit dem Vermerk:»Ihr dringliches Anliegen dulde keinen Aufschub, die Angelegenheit sei mehr wie prägnant.« Endlich, nach längerem Warten vorgelassen, überreichten sie dem heiligen Würdenträger mit überernsten Gesichtern und unter tausend Bücklingen die sorgsam verfasste Bittschrift und brachten ihre belastenden Anschuldigungen vor. Erzbischof Kronster hörte sich aufmerksam die immer dreister werdenden Anklagen an, sein stiller Sekretär notierte eifrig mit. Von Störung des Dorffriedens war die Rede, von Spaltung und Verschwörung, von Rückfall ins Heidentum und Schutzamulette gegen den bösen Blick. Abtrünnige und Gebotslose bekannten sich zu diesem besessenen, durchtriebenen Kinde und setzten sich für deren Schutz ein. Die drei selbstgerechten Abgesandten gerieten erst in Erregung, dann in Rage. Wenn das nicht Ketzerei ist, Häresie – Verrat an Mutter Kirche, Abfall vom einzig rechten Glauben.

Namen wurden genannt: Georg Müller, Johann Jager, Katharina Atzenberger, Hannes Enzter, die ortsansässige Wehmutter Theres ... und selbst der Herr Amtsvorsteher ...

Erzbischof Kronster erschien Einmischung und Aufklärung von kirchlicher Seite ratsam. Er versprach schützenden Beistand, baldige Regelung und umfassende Abhilfe, schlug das Kreuzeszeichen und entließ sie mit:»Ite, missa est«.

Sein bleicher Sekretär winkte die drei aufdringlichen Herren eilfertig raus.

Noch am selbigen Tage wurde ein Dekret verfasst und dem religiösen Eiferer und kirchlichen Vertrauensmann Prälat Brennst zugestellt. Der erzbischöfliche Erlass enthielt die Befehle der sofortigen Abreise in die Gemeinde Kirchlilanger, das schnellstmögliche Einleiten der nötigen Schritte, die notpeinliche Befragung von Vater, Mutter und Kind und den Aufruf an alle Gläubigen zum Kirchgang mit anschließender Beichtgelegenheit am darauffolgenden Sonntag.

Man erwarte in einem Monat die abgeschlossenen Aufzeichnungen und die persönliche Stellungnahme zu diesem heiklen Fall.

Prälat Brennst war in seinem Element. Endlich konnte er wieder Schäfchen retten und Abgefallene auf den rechten, gottestreuen Weg zurückführen. Er packte sein kleines Köfferchen und reiste frohen Mutes im kalten Morgengrauen ab ...

IM ZAUBERREICH DER GEISTER

Reigentanz der quirligen Zapfenspringer

»Heut wollen wir recht fröhlich sein,
und trinken vom süß Frühlingswein,
wir drehen uns im Kreise,
gebrochen ist das Eise.«

Spring-sprang

»Geschmolzen ist der weiße Schnee,
wir balgen uns im frischen Klee,
der lange Winter ist vorbei,
die einstig Sorgen einerlei.«

Spring-sprang

»Wir bauen ein weich Nestelein,
dort legen wir viel Zäpfchen rein,
die Liebste küssen wir behag,
und schenken's ihr als Hochzeitsgab.«

Spring-sprang

2. DAS VERÄNGSTIGTE PALMZWEIGLEIN

»Das Kreuz ist der Anbetung weder würdig noch wert.
Es ist ein qualvoll Marterwerk.
Von finsterer Macht erdacht, um Unterwerfung einzufordern.«

Die leidgeplagte Magret zitterte am ganzen Leib und flehte herzzerreißend. »Aber ich habet doch den Teufel noch nie gesehen«, wiederholte sie zum x-ten Mal. »Wenn denn auch, ich kommet doch net aus dem Häusle. Bin doch allweil in der Stub herinnen. Nein, ich hab mich net mit Pelzebub eingelasse, das Kind ist von meinem Mann. Ja, jeden Tag erzähl ich Myrta vom Jesuskindle und bet mit ihr, aber sie höret nicht. Sie bleibet störrisch und verstockt ...«

Prälat Brennst befragte Magret bereits seit geraumen Stunden. Er blieb unerbittlich und hart. Man konnte schließlich diesen hintertriebenen Fall nicht einfach so auf sich beruhen lassen. Nein, er wollte – ja, musste geradezu – sie mit seinen zermürbenden Verhörtaktiken brechen, zermahlen und die reuevolle Aussage des unzüchtigen Fehltritts aus ihr herausquetschen. Koste es, was es wolle – er stand als dienender Geistlicher seinem Gott, der Menschheit und Magret gegenüber in Pflicht und Schuldigkeit. Einzig anhand eines reuevollen Geständnisses würde das Böse aus ihr weichen und ihre Seele durch angemessene Bestrafung, Zucht und Sühne gerettet werden. So hatte er es von Pike auf erlernt und so hatte er es auch nur allzu gern in seiner Überzeugung verinnerlicht. Allein durch seine schonungslosen Maßnahmen würde die abtrünnige Magret der Verdammnis des höllischen Fegefeuers entrissen, sie selbst im nachsichtigen Mutterschiff seiner Glaubenslehre wieder zu Einsicht und Halt finden, um dann, nach ihrem zeitlichen Ableben in die ewige Glückseligkeit eintreten zu können.

Prälat Brennst war kein mutwillig bösartiger Mensch. Er selbst sah sich als demütiger Diener des Allmächtigen, berufen den Heilsweg für den einzig wahren Glauben durchgreifend und einbringlich vorzubereiten. Sadismus und Machtansprüche schienen ihm fremd und er wäre niemals auf die Idee gekommen, dass gerade er, der doch sein wichtiges Amt in größter Selbstaufopferung und inbrünstiger Hingabe ausübte, der Blasphemie ergeben war. Nie im

Traum wäre es ihm eingefallen, dass er so viel Angst und Schrecken verbreiteten würde und sein wohlgemeintes Bestreben die Gebote der Nächstenliebe und Toleranz bereits im Urkeim erstickte. Er wollte helfen, retten und dazu beitragen, Wahres und Edles allen Menschen zugutekommen zu lassen. Als guter Hirte des Herrn sah er es als seine auserwählte Berufung, die ihm anvertrauten Schutzbefohlenen einzusammeln und in den kirchlichen Schoß zurückzuholen, auf dass sie dort gut verwahrt bis zu ihrer einstigen Himmelsfahrt verweilten.

Aber bei den Kirchlilangern hatte Prälat Brennst einen wirklich sperrigen Brocken zu schlucken. Obwohl ihm sein unheilträchtiger Leumund vorausgeeilt war, hatte er nicht bei allen ein leichtes Spiel.

Einige ganz Abgesottene stellten sich seinen gutgemeinten Bekehrungsversuchen gegenüber quer und taub, hielten es demzufolge mit dem Teuflischen und ließen sich weder durch gutes Zureden noch durch Androhungen zur Besinnung bringen. Da konnte er tun und machen, was er wollte, bei denen biss er auf Granit und das wurmte ihn gewaltig. »Tagein, tagaus servieren die mir nichts als Lügen und Unverschämtheiten. Statt in die sonntägliche Messfeier zu kommen, sind sie beim Frühschoppen anzutreffen. Statt zu meinen großzügig angelegten Beichtgelegenheiten zu erscheinen, gehen sie scharenweise zum unabhängigen Kloster ›Der demütigen Gottesbrüder im Geiste‹ und erbitten bei Bruder Dominik die Absolution.« Prälat Brennst war missgelaunt. War er doch gerade bei den Freidenkenden auf die kleinen, vertraulichen Informationen im Beichtstuhl angewiesen. Wie sonst sollte er dem Übel auf die Schliche kommen?

»Und überdies«, erboste er sich, »ist Bruder Dominik auch nicht ganz so sündenlos und rein, wie er sich gibt. Der steckt doch mit der ganzen Brut unter einer Decke. Steht nicht zu Unrecht auf meiner schwarzen Liste wie so viel andere auch. Aber die werden mich noch kennenlernen. Die bieg ich mir noch zurecht und zwing sie zu ihrem Glück«, eiferte er sich aufgebracht. »Und die beschränkte Magret ist auch so eine. Dumm wie Bohnenstroh und frech bis unters Dach. Mit der fang ich an. Zuckerbrot und Peitsche! Damit hab ich noch jede Sünderin überführt«, gestand er sich mit Stolz ein.

Und so richtete er die verzweifelte Magret zu guter Letzt wieder auf und sprach ihr mitfühlende Worte des Trostes zu. Sie fühlte sich verstanden und errettet, warf sich voller Erleichterung zu seinen Füßen und küsste dankbar seine Hände. Er segnete sie und verwies sie des Raumes. Sodann entzündete er die mitgebrachte Kerze, besprengte Myrta mit geweihtem Wasser, kniete sich unter das Herrgottskreuz und faltete die Hände zum Gebet. Myrta blieb abwesend und stumm. »Musst ein braves Mädel sein und mit mir beten. Sonst weint der liebe Gott, weil er denkt, dass du ihn nicht liebhast«, belehrte er das kleine Kind. Myrta regte sich nicht. »Wenn du nicht mit mir betest, dann straft dich der gütige Himmelspapa und schmeißt dich in die Hölle, wo du qualvoll verbrennen musst.«

Myrta blieb weiterhin in sich erstarrt und still. Prälat Brennst lief vor Zorn rot an, sprang auf, fuchtelte aufgebracht mit seinem wulstigen Zeigefinger vor ihrer Nase rum und schrie wie von allen guten Geistern verlassen: »Du bist ein bitterböses, schlechtes Kind. Du brauchst dich nicht zu wundern, dass dich keiner mag. So verstockt und unleidig du bist. Aber warte nur, die lieben Engelein werden jetzt auch nicht mehr für dich beten. Das hast du von deinem Eigensinn. Jetzt kannst schauen, wo du bleibst ...«

Der bemitleidenswerte Prälat Brennst war in seinem religiösen Wahn wieder einmal weit über das Ziel hinausgeschossen. Viel zu weit. Er wollte doch nur Gutes und Gefälliges tun, helfen und retten. Und in seinem Übereifer bemerkte er nicht mehr, dass eigentlich er derjenige war, der Rettung und Klärung am nötigsten hatte.

Er steckte in der Verblendung seiner Bigotterie fest wie ein Mäuslein in der Speckfalle.

Aber auch das sollte sich noch ändern. Die himmlische Liebe nahm sich seiner an und stellte die Weichen um ...

3. Das verspielte Kreuzspinnlein

»Marienkind … Marienkind, vernimm das Jauchzen deiner Seel.«

Gewöhnlich wirft das knatternde Räderwerk des Schicksalsrades seine Schatten weit voraus. In diesem Fall war alles anders. Die tiefgreifenden Ereignisse traten gleich Naturgewalten urplötzlich und ohne ersichtliche Vorzeichen aus dem scheinbaren Nichts hervor, hoben die Welt aus den Angeln und stellten sie kurzerhand auf den Kopf. Sie bombardierten – ohne mit der Wimper zu zucken – die verstaubten Ahnen aus ihrem traumzeitlosen Schlaf, durchbrachen kurzerhand die seit Jahrhunderten althergebrachten unsäglichen Verhaltensmuster und überholten Traditionen, rüttelten und schüttelten lachend alles Gegenwärtige bis auf die Grundfeste durch und setzten so rasant wie ein scharfes Wurfgeschoss, die längst fälligen reformierenden Maßstäbe für zukünftige Generationen. In einem Satz: Im dunklen, tiefen Trönenwald wurden die Schicksalskarten neu gemischt, Blickwinkel radikal verändert und jedem Einzelnen sein umgeformter Lebensweg sowie sein neuer Platz im Gefüge des großen Ganzen zugewiesen.

Und es war unsere kleine unscheinbare Myrta, der dieses göttliche Apostolat anvertraut war. Noch lag es wohlbehütet, in ihrem Unbewussten, verborgen, doch war die Zeit gekommen, das Siegel zu brechen und den Blutschwur zu tilgen. Sie war der auserwählte, detonierende Knotenpunkt, in welchem sich die aufgeladenen Energieströme seit nunmehr sieben Lebensjahren geduldig angesammelt hatten, sich urplötzlich um die eigene Achse zu drehen begannen, sodann in hitziger Erregung hochschnellten, im rasenden Zorn ihre festzementierten Gefängnismauern sprengten und in zentrierter Kraft explodierend in die Höhe schossen.

Wie ein winziges Schneebällchen sich zu einer riesigen, alles mit sich reißenden Lawine mausern kann, so lösten Myrtas innere Verschiebungen eine Kettenreaktion von weitreichenden Veränderungen im Außen aus. Selbst Myrta, die Bevollmächtigte, blieb bis zur letzten Sekunde in Unkenntnis. Dieses einschneidende Geschehen wurde ihr aus wohlüberlegten Gründen verschwiegen, denn unser lieber Schatz hätte sich zu Tode erschrocken. Und anhand dieser taktvollen Maßnahme wurde das bahnbrechende Inferno in aller

Stille geplant, im Untergrund geschmiedet und erst im entscheidenden Moment an die Oberfläche katapultiert.

So schwach und hilflos das Mädchen, so stark und prachtvoll war ihre wunderbare Seele. Fünf Tage vor Myrtas siebenten Geburtstag erhob sie sich aus ihrem kalten Bett, entfaltete sich zu ihrer ganzen lichtvollen Schönheit und proklamierte mit von Engelsklängen erfüllter, lieblicher Stimme den Genius ihrer wundersamen Befreiung.

Ob dieser seligen Verkündigung erhellte sich das Firmament. Die wonnevollen Harfen wurden angestimmt und die himmlischen Fanfaren erschallten:

»Alea iacta est – ludi incipient!«

»Der Würfel ist gefallen – mögen die Spiele beginnen!«

4. DAS ZERPLATZTE SEIFENBLÄSCHEN

»Hörst du des Teufels Fiedelspiel?
Komm tanz mit mir, lass uns die Wirbel drehn ...«

Es waren noch fünf Tage bis zu Myrtas siebentem Geburtstag. Seit ihrem legendären Zusammenbruch war Theres wie ausgewechselt. Sie fühlte sich leichter, weicher, fröhlicher. Ihr schien, als entdecke sie das Leben von einer neuen, von einer völlig unbekannten Seite. Es wirkte plötzlich beschwingt, bunt, frohsinnig – vollgepackt mit spannenden Möglichkeiten und ausgelassenen Abenteuern. Auch heute wollte sie dem Tag mit gewinnenden Herzen begegnen und ihn zum allseitigen Vergnügen nutzen. Sie machte sich auf den Weg zu Myrta. Theres war erfüllt von der Vorfreude auf das Kind. Und so nahm sie sich auch genügend Zeit, um ihren Liebling zu liebkosen, zu verwöhnen und zu umschmeicheln. Myrta spürte ihrerseits Theres innere Wandlung, öffnete sich noch mehr für die zärtlichen Neckereien und gab sich dem vergnüglichen Treiben selbstvergessen hin. Das kleine Mädchen genoss das unbeschwerte Zusammensein in vollen Zügen und fiel gerade deshalb umso mehr in eine unendliche Trostlosigkeit, als Theres aufbrach.

Wieder die gewalttätige Hand der Mutter, die hasserfüllten Beschimpfungen. Noch grausamer, noch verzweifelter als jemals zuvor, prügelte Magret auf ihre zerrüttete Tochter ein. Myrta verlor den Halt, fiel zu Boden, rang verzweifelt nach Luft und verdrehte in Todesangst ihre Augen und Glieder. Ihr wurde tiefenschwarz, ihr wurde speiübel. Sie drohte im reißenden Strom ihrer nie geweinten Tränen zu ertrinken – in der modrigen Fäulnis ihres ehrlosen Ausgeliefertseins zu ersticken. Und da, an diesem tiefsten Punkt des heiligen Wahns, am tiefsten Punkt der eigenen bestialischen Demütigungen riss krachend und polternd der dicke, eiserne Schalengürtel ihres inneren Zentrums entzwei. Ein aufbrausender Energiestrom durchschlug mit gigantischer Wucht die Schranken, bahnte sich mit zornesentbrannter Kraft seinen Weg nach oben und stachelte die Misshandelte mit dem Flammenkeil der maßlosen Entrüstung an. Myrtas animalische Instinkte waren erwacht. Sie beharrten auf das Recht des Überlebens. Und sie – die ewig Gepeinigte – erkannte mit einem Schlag die eigene Mitverantwortung an dieser ungerechten, anmaßenden Züchtigung. Sie – die ewig Verstoßene – wurde sich im Quantensprung einer Mikrosekunde der beschämend-lächerlichen Sinnlosigkeit ihres willenlosen Erduldens bewusst. Ein gewaltiges Blitzspektakel durchzuckte ihre Gedanken, ein unbeherrschtes Feuermeer überhitzte ihre Emotionen. Es brodelte, gurgelte und zischte. Das Maß war voll, das Fass bis zum Überlaufen gefüllt. Myrta war aus ihrem Dornröschenschlaf erwacht, die todbringende Dornenhecke durchschnitten und der bittere Kelch bis zum letzten Tropfen ausgetrunken. Und jetzt war sie bereit zu leben, bereit zu handeln, bereit zu kämpfen. Sie sprang auf, stürzte sich wie eine wildgewordene Kriegsbraut auf ihre Peinigerin und schlug, rasend vor Wut, mit beiden Fäusten auf sie ein. Myrta drosch, trat, kratzte und biss. Schließlich ließ sie erschöpft ab, stieß ihre Mutter heftig von sich und wendete sich weg. Magret stand wie gelähmt. Kreidebleich starrte sie ihre Tochter an. Langsam – beängstigend langsam drehte sich Magret um und stolperte nach draußen. Der Schock saß tief – sehr, sehr tief.

Diese schmerzhafte Lektion sollte Magrets Errettung werden. In ihr war der vortreffliche Same des Erkennens gelegt. Es bedurfte jedoch noch eine Spanne von zwei Jahren, bis seine duftig-keimende Botschaft endgültig in ihr Bewusstsein vorzudringen vermochte.

Aber dazu später noch mehr ...

5. Das verwirrte Dotterköpfchen

»Warum sollt ich zum Sündenbock geschlagen sein?
Ich bin ein Mensch, bemächtigt der Magie des Wandelns.
Ein Wort genügt!«

Zwei Tage vor Myrtas siebentem Geburtstag.
Es war ein ungewöhnlich milder Tag. Der kalte Ostwind hatte sich gelegt, die Sonne strahlte vom wolkenlosen Firmament, die Vöglein zwitscherten munter drauflos.

Prälat Brennst saß bei Tische und stärkte sich mit knusprig gebackenem Schwarzkümmelbrot, resch gebratenen Speck, cremig gerührter Rahmbutter, süßem Bergblütenhonig und frisch aufgebrühtem Bohnenkaffee mit Milch. Der Theologe war bester Laune. Er hatte in mühsamer Nachtarbeit einen bombensicheren und – wie er befand – pädagogisch höchst wertvollen Plan ausgetüftelt, um Myrta zu brechen und ihr rußiges Herz auf der Folterbank der qualvollen Bereuung zu erweichen. Er wollte sie so lange mit dem groben Schlegel der peinigenden Marter bearbeiten, bis sie bereit und guten Willens war, von ihrer boshaften Verderbtheit abzulassen. »Heut«, so schmunzelte er zufrieden, »ist der große Tag der Abrechnung. Heut kommt es zum entscheidenden Durchbruch. Ich nehm dieses verstockte, hochmütige Kind so lange in die Zwickzange, bis bei ihr der Groschen fällt. Ich zieh ihr die Daumenschrauben dermaßen an, bis sie zur Besinnung kommt, ihr frevelhaftes Treiben bitterlich bereut und sich wieder gehorsam dem gottesfürchtigen Glaubensweg zuwendet. Ich werde voller Genugtuung zusehen, wie die galligen Geistwesen unter Wehgeschrei aus ihr entweichen und zu Tode gehetzt in die Hölle zurückfahren, wo sie schließlich auch hingehören. Dort sollen sie in ihrer eigenen triebhaften Wollust und gotthöhnenden Gehässigkeit schmoren – bis in alle Ewigkeit, Amen. Ich werde – und das schwör ich beim heiligen Paulus – nicht eher von ihr ablassen, bis der triumphale Erfolg mein Eigen ist. So wahr mir Gott helfe.« Er schnalzte genüsslich mit der Zunge, sprach ein Gebet, packte die goldumrandete Bibel, ein Fläschchen mit gesegnetem Wasser, weißen Weihrauch plus Fässchen, den seligen Knochensplitter der heiligen Josefa sowie seinen schwarzmatten Rosenkranz in den kantigen Amtskoffer, rückte sein Pfaffenkäppchen zurecht und brach frohen Mutes auf.

Angeschwollen betrat er die dustere Stube, schaute sich suchend um und erhaschte das verzagte, zusammengerollte Würmchen in einer dunklen Ecke. Er atmete erleichtert auf und hob die Hand zum Gruß: »Gelobt sei Jesus Christus ...« Myrta blieb stumm. Ermunternd zwinkerte er ihr zu, machte eine treibende Aufwärtsbewegung mit der Hand, wartete auf ihre Erwiderung. Sie reagierte nicht, blieb wortlos und unbeteiligt. So beendete er notgedrungen selbst den noch offenstehenden Kirchenspruch mit: »... bis in alle Ewigkeit. Amen.« Noch war er guter Dinge und durch und durch erfüllt von berechnender Nachsicht und Scheinheiligkeit. Er streifte seine Soutane glatt und trat zum Kinde. »So, meine liebe Myrta. Hast schon auf mich gewartet? Hast auch immer deiner Mama brav gefolgt?«, fragte er sie in gütigem Ton. »Du musst immer ganz artig sein und tun, was man dir sagt. Du weißt doch, was mit Kindern passiert, die unleidig sind? Komm, setzen wir uns an den Tisch.«

Prälat Brennst ließ die Verschlüsse seines Koffers unangenehm laut klacken, lächelte ob dieses Geräusches und breitete in höchster Wichtigkeit die mitgebrachten Reliquien aus. »Heute wollen wir etwas ganz Schönes zusammen machen. Aber zuerst hab ich noch was Wichtiges mit dir zu besprechen.« Er zog grämliche Kummerfalten und schaute Myrta mit traurigen Augen an. »Du bist doch schon ein großes Mädel und darum spreche ich zu dir wie zu einer Erwachsenen. Um es kurz zu machen: Ich hab große Sorgen um dich. Sehr große Sorgen um dich. Du bist ungezogen zu deiner lieben Mama und gemein zu allen anderen. Auch zu mir ... und das macht uns alle sehr, sehr traurig. Du hast unseren gütigen Himmelspapa vergessen, du hast ihn nicht mehr lieb. Du hältst es lieber mit den Verfluchten, den stinkenden Dämonen ... seinen Feinden, die ihn töten wollen. Du hast sogar zugelassen, dass diese bösen Hexentiere in deinem Körper wohnen dürfen. Darum bist du auch so schmutzig, hässlich und dumm im Kopf. Ich hab dich lange beobachtet und dabei bemerkt, dass du hinter meinem Rücken ungehörige, ja sogar unzüchtige Dinge treibst. Aber wenn du mir versprichst, dich zu bessern, dann werde ich dir helfen, dass du die hinterhältige Teufelsbande wieder loswirst. Und wenn sie erstmal weg sind, dann freuen sich alle guten Menschen und sind wieder glücklich. Und das willst du doch auch ... oder?« Prälat Brennst machte eine theatralische Pause, schlug das vorgemerkte Kapitel seiner Bibel auf und las ihr mit noch beherrschter Stimme von Sodom und Gomorra, erklärte ihr die Stelle mit dem entsetzlichen Strafgericht mehrmals bis auf das kleinste, schrecklichste Futzelchen und rundete die Vorlesestunde mit ausführlichen Erläuterungen über die unvorstellbaren Drangsale, deren die sündigen Menschen unterworfen werden, ab. Sodann besprengte er das hilflose Kind mit dem von ihm geweihtem Wasser, stellte das Fläschchen wieder ordentlich zurück und setzte emsig sein Räucherbitscherl in Bewegung. Er schwengelte es hierhin, dann dorthin, dann nach oben, nach unten und flehte mit zum Himmel gerichteten Augen: »Herr, steh mir bei in meiner Not. Beschenk mich durch deines Antlitzes mächtige Kraft. Verhelfe mir zu Recht und Sieg. Barmherziger Gott, erhöre meiner Bitte Ruf.« Zu guter Letzt packte er diesem Kasperletrara noch eine geladene Schippe voll drauf, indem er sich seinem Lieblingsthema, den sieben Todsünden, zuwandte. Er drohte Myrta auf das Widersinnigste, durchbohrte sie mit seinen kleinen Fettäugelein, hob wieder und immer wieder mahnend seinen Zeigefinger, ergab sich in weitläufige Zwischenthemen und schmückte jedes noch so Grauenvolle auf das Sorgfältigste aus. Bis schließlich und endlich sein stinkendes Pulver unwiderruflich verschossen war.

Unterm Strich gesagt: Das Ganze, sicherlich von ihm ›gut gemeinte‹ und perfekt inszenierte Szenario, glich eher einem schaurigen Gruselkabinett als sonst irgendwas. Und wär's nicht so traurig gewesen, hätte man darüber lachen können. Aber dem ungeachtet: Seiner Hochwürden durchtriebener, hinterhältiger Machtmissbrauch sollte — gegenläufig seiner Planung — zu einem unerwarteten Wendepunkt führen.

Denn: »Der Mensch denkt und die Vorhersehung lenkt.«

Aber ich will nicht allzu weit vorgreifen.

Myrta saß apathisch, ihr Blick verlor sich ins Leere. Trotz alledem wahrte Prälat Brennst sein Gesicht und tat nach außen hin liebevoll und geduldig. Er befand sich noch als Herr der Situation. Der argtäuschende Priester hatte nämlich einen Kritischen im Ärmel versteckt und mit dem gedachte er, den entscheidenden Stich zu machen. »So Myrta, jetzt hab ich mir so viel Mühe und Arbeit gemacht, nur um dich zu retten. Jetzt musst du aber auch was für mich tun.

Hörst du? Das verstehst du doch. Du bist doch ein gescheites Mädel. Zum Dank für meine Anstrengungen betest du jetzt mit mir. Versprichst du mir das? Komm, knie dich mit mir unter das heilige Kruzifix und falte brav deine Hände.« Myrta verharrte regungslos auf ihrem Stuhl. Und jetzt wurde es Prälat Brennst dann doch zu viel und er verlor die Fassung, dass es nur so bumste. Mal kurz unter uns: Der bedauernswerte Prälat Brennst war doch schon von jeher ein schlechter Verlierer. Und mit seinem Mitgefühl war's halt auch so eine Sache. Damit war es nicht grad weit her. Also, mit Prälat Brennsts Selbstbeherrschung war's vorbei und es ging im gestreckten Karacho mit ihm durch. Er erlag einem Tobsuchtsanfall fünften Grades. Fuchsteufelswild sprang er auf, riss das hölzerne Kreuz von der Wand, fuchtelte damit vor Myrta rum und gellte wie ein komplett Verrückter: »Da ... da schau nur hin, da schau nur hin, wie Gottes einziger Sohn leiden muss. Angenagelt ist er am Holz ... brutal angenagelt. Und nur wegen dir! Nur weil du so halsstarrig und lasterhaft bist. Nur wegen dir hängt er so armselig dort, du mistige, verfluchte Krüppelhex du! Nur wegen dir muss er so leiden und sich abquälen ...«

Und in diesem Augenblick geschah das große Wunder. Myrta stand langsam auf, sah ihn mit offenen, grundehrlichen Augen an und sprach ihr allererstes Wort:

»NEIN.«

Der reine, unschuldige Klang ihrer Stimme fuhr Prälat Brennst durch Mark und Bein. Beinah hätte ihn ein Schlagerl getroffen. Viel hat jedenfalls nicht mehr gefehlt. Er stand starr und steif und wie vom Donner gerührt. Es lag etwas so Großes, Wissendes und Übersinnliches ... etwas so Wahrhaftiges und Schönes in ihrem Blick, in diesem Moment, in diesem Geschehen, dass er vor Scham puterrot erglühte und den Blick zu Boden senkte. Die Stützpfeiler seiner religiösen Werte, seiner stur eingepaukten Thesen, seiner inwendigsten Überzeugungen krachten in sich zusammen wie ein loses Kartenhaus im Wirbelsturm. Er stürzte aus dem Haus, flüchtete sich in seine Kammer und verriegelte in fahriger Hast die Tür. Gebeutelt wie niemals zuvor, warf er sich zu Füßen des Gekreuzigten, wand sich im Schmerz wie ein Fischlein auf dem Trockeneis und erbrach sich schließlich bis zur Galle. In dieser heilerbringenden Nacht weinte Prälat Brennst, seit nunmehr vier Jahrzehnten zum ersten Male wieder. Die Schleusen waren geöffnet, der befreiende Tränenfluss riss ihn mit sich fort. Am nächsten Morgen war er spurlos verschwunden. Seine penibel geführten Aufzeichnungen und Anklagen im kleinen Kamin zu Asche verbrannt. Von den wenigen Ausnahmen mal abgesehen, atmeten alle erleichtert auf. Um den Schein zu wahren, suchte man noch hier und dort ein bisserl nach ihm – halbherzig und widerstrebend – aber Prälat

Brennst blieb zur Freude der Mehrheit, unauffindbar. Seine Spur verlor sich bis auf den heutigen Tag im Dunklen.

Und die Handvoll gramgebeugter, gutgläubigen Wittweiberl sollten auch noch Erwähnung finden. Sie trauerten dem Kirchenmann wirklich nach. Jetzt hatten sie auch noch ihren allerletzten Halt verloren ...

6. Das wundersame Gebetsbüchlein

»Die Abendmahlschale ist aus des Einhorns Horn ...
dem Segenshorn – dem Heilighorn.«

Ein Tag vor Myrtas siebentem Geburtstag.
Die Esse glühte, die Funken stoben, der Blasebalg stöhnte. Es wurde geschmiedet, gehämmert und geklopft, was das Zeug hielt. Die Zeit drängte. Der Meister legte noch einmal Hand an. Sein langes schwarzes Haar hing pitschnass über den Schultern, auf seinem nackten, von Brandwunden übersäten Oberkörper traten die Muskeln in harten Strängen hervor. Er arbeitete konzentriert, bedacht, ja – fast schon sinnlich. Eine kleine ungeschickte Bewegung, ein Moment der Unachtsamkeit und sein Lebenswerk wäre auf ewig zerstört. Jetzt war der große Tag gekommen. In wenigen Stunden würde er den Zweihänder zum Leben erwecken und seiner Bestimmung zuführen. Er hatte nur für diesen Augenblick gelebt.

Matthäus war immer seinem Ruf gefolgt. Er hatte die schwere Bürde seines Schicksals auf sich genommen – ohne ein Wort der Klage, ohne ein Wort des Widerspruchs. Die ellenlangen Schindereien in den verkohlten Schmiedestätten, die harten Züchtigungen der jähzornigen Lehrmeister. Die zeitlose Dunstigkeit bei den Schwarzalben unter Tage, die endlos scheinenden Ausformungen vom Schwertfeger bis zum Waffenschmied, vom Wehrschläger bis zum Schwertkämpfer, vom Magier bis zum Schwarzfaber. Sein steiniger Opfergang machte sich bezahlt. Er hatte – zäh, wie er war – allen Widrigkeiten zum Trotze standgehalten, sich durchgebissen, behauptet und sich Schritt für Schritt, der ihn zugedachten Position einer Führerschaft angenähert. War vom zerlumpten, verlausten Rotzlöffel zum gefeierten Oberhaupt einer unabdingbaren und hochgeschätzten, wie ebengleich gefürchteten und verhassten Zunft, aufgestiegen.

Matthäus – Hohepriester und Großmeister der Dämmer-

schmiederei.

Wie viele Schlachtwaffen hatte er wohl gefertigt? Wieviel Blut wurde durch seine Werkskunst vergossen? Wie viele Leben durch seine geschickte

Handfertigkeit beendet? Wie oft wurde er von den unsäglichen Schmerzensschreien der Sterbenden auf den blutigen Schlachtfeldern geflucht und verwunschen? Er – der Teufelsschmied, der gefürchtete Eisenbeschwörer, der mitleidslose Hexenmeister und Bannsprecher. Matthäus war der unbestrittene Machthaber über Sieg oder Niederlage, Ehre oder Schande, Leben oder Tod. Er allein hielt die Kriegsfäden in den Händen – sein Wort war federführend.

Matthäus umgab ein undurchdringbarer Schutzmantel der Unnahbarkeit und Härte. Er fühlte sich wohl in seiner eigenen Bedürfnislosigkeit und hitzigen Kälte. In ihm floss noch das alte Blut Wodans.

Er war mit der rauen Männerwelt der Krieger und Kämpfer verwebt. Bei jeder Schlacht war er dabei, vornan, suhlte sich im Kampfgeschrei, verlor sich im Blutrausch, stärkte sich am Klirren des schlagenden Eisens. Nach jedem Sieg die wüsten Saufgelage, das vulgäre Gegröle, die wahnwitzigen Debatten. Dann, sogleich das erneute Schleifen und Stählen der Schwerter, Schärfen der Waffen und Beschlagen der unberechenbaren Streitrösser. Es drängte wieder zum Aufbruch, sie zogen weiter in die nächste blutige Schlacht.

Entbehrung, Verzicht, Angstschweiß, Tod. Das war seine Welt. In jenen Kriegszeiten teilte er mit unzähligen Marketenderinnen das schmale Feldlager. Dann im Wohlstand lebend, holte er sich so manch eine, der liebäugelnden, eleganten Hofdamen aus König Maximilian August XII. fürnehmen Gefolge, ins weiche Daunenbett.

Die Huren waren ihm lieber, sie standen ihm näher. Sie waren aus demselben Holz geschnitzt. Er erkannte sehr wohl hinter ihrem heiseren Gelächter, ihren ordinären Flüchen und losem Mundwerk den Herzensschmerz, die Niedergeschlagenheit, das Elend. Er schonte sie, war bedächtig und entlohnte jede reichlich. Diese geschundenen Kreaturen waren auf ihre ganz eigene Art ehrlich und anständig. Sie spreizten ihre Beine, um zu überleben. Sie mussten nehmen, was sich bot und waren dankbar für jedes noch so kleine freundliche Wort. Er zollte ihnen mehr Anerkennung, als den hochmütigen, verwöhnten Hofdamen mit ihren gekünstelten Koketterien, ihrem gezierten Getue, ihren blasierten Manieren und verweichlichten Körpern. Diese nahm er hart, diabolisch, rücksichtslos. Riss ihnen die Masken der Selbstsucht und Affektiertheit vom Gesicht, trieb ihnen die arroganten Allüren aus und wies sie mit gnadenloser Strenge in die Schranken. Doch weder die einen noch die anderen standen ihm nahe. Alle schickte er mit grausamer Gleichgültigkeit wieder von sich fort.

Die zärtliche Hand der Liebe hatte noch niemals sein Herz berührt.

Matthäus war seines Lebens überdrüssig geworden. Er war ausgebrannt. Er war unglücklich. Von Ehrenbezeichnungen, Erfolg und Wohlstand zu Tode gesättigt, von den ihm erbrachten Hoffärtigkeiten, Demutsbezeugungen und Schmeicheleien bis zum Abwinken ausgelaugt. Es bedeutete ihm nichts mehr. Die brühwarmen Ausdünstungen der ehrgeizigen Eiferer und eitlen Possenreiter kamen ihm, allzu teuer zu stehen. Ihr schales Streben erschöpfte ihn, ihre berechnende Aufdringlichkeit höhlte ihn aus. Und so hätte er lieber heute als morgen der ganzen lausigen Verderbtheit den Rücken gekehrt, um sein Glück an anderer Stelle zu suchen. Matthäus wünschte sich zu Esse und Amboss, zu Feuer und Kohle, zu Schweiß und Ruß zurück. Er sehnte sich nach einem ehrlichen, wilden, schroffen Leben in Freiheit. Doch fügte er sich wie eh und je seiner ihm zugewiesenen Pflicht und waltete sein Amt mit Verantwortungsbewusstsein und Disziplin. Matthäus füllte seine ranghohe Instanz weiterhin mit Autorität und Strenge und häufte Macht, Respekt und Pfründe im Überfluss.

Die Jahre gingen ins Land, sein Leben zog in den vorgesehenen Bahnen dahin. Dann, ganz unvermittelt, wie aus dem Nichts wieder der Ruf – die göttliche Order. Im Traum die weihevolle Kunde eines lichtvollen Boten.

Matthäus verlor keine Sekunde, verließ von Stund an das laute, desolate Weltentreiben und machte sich auf den langen Weg der Pilgerschaft. Ließ ohne ein Wort des Bedauerns alles liegen und zurück, und entschwand in die Stille der Einsamkeit. Er durchquerte – wieder arm und mittellos wie eine Kirchenmaus – den dunklen, tiefen Trönenwald, barg dem ihm zugewiesenen verschütteten Stollenzugang am rauen Nordhang des Gemeinen Kretzgebirges und bezog Quartier. Matthäus lebte auf. Er fand wieder zu sich, schöpfte neue Kräfte und ahnte sich zum ersten Male angekommen – am richtigen Platz. Er entspannte sich – er fühlte sich mittig und gelöst.

Was Matthäus noch nicht wissen konnte: Die Liebe war startklar zum Einzug. Sie wartete bereits voll Ungeduld auf ihn und freute sich schon mächtig auf ein beschwingtes Tänzchen mit seinem verschlossenen, grobfasrigen Herzen. So ihr Plan: Sie wollte diesen furchterregenden, wunderbaren Hünen so lange im Dreivierteltakt mit sich zerren, rumwirbeln und allseitig umdrehen, bis er wie Butter in der Sonne schmolz und gleich Himbeergrütze schwabbelnd zu Boden flutschte. Aber eins nach dem anderen. Kehren wir wieder zum eigentlichen Hergang zurück. Wo war ich stehengeblieben? Ach ja, er entspannte sich – er fühlte sich mittig und gelöst. Und an diesem verlorenen, unwirklichen Fleckchen Erde sollte er das Unmögliche möglich machen und die ihm anvertraute heilige Glorie erbringen.

Matthäus hatte sieben Jahre, um das magische Schwert zu fertigen. In einer unguten, finsteren Nacht begann er auf Schlag Mitternacht – zeitgleich mit Myrtas Eintritt in die Welt – mit seinem imposanten Schmiedestück. Er arbeitete Tag und Nacht wie ein Berserker und bot all sein Wissen und handwerkliches Können auf. Zuallererst die langwierige Suche nach den geeigneten Materialien: Die vier wesensfremden Sterneneisen, die mattgrauen Rohdiamanten und regenbogenfarbigen Edelsteine ... alles musste rein und makellos sein, nie zuvor von menschlicher Hand berührt. Die Himmelsrichtungen:

Süden, Osten, Norden, Westen, Stand und Lauf der Planeten. Alles fand Beachtung und unterstand den exakten Berechnungen. Jeder Arbeitsschritt akribisch darauf ausgerichtet. Die sieben heiligen Segenssprüche, die sieben höllischen Bannflüche, sein Herzblut, seine Freude, sein Schweiß, seine Ängste, seine Kraft und Finsternis. Nichts durfte vergessen werden, alles musste beherzigt und in Rechnung getragen sein. Der Zweihänder bedurfte des Erdenballs Schwere wie auch des Flaumhärchens Leichtigkeit. Des verdorbenen Abgrunds hässliche Schwärze wie auch des göttlichen Antlitzes liebliche Helle. Des Diamantens Härte und Schärfe wie auch des frischgeborenen Lämmleins Unschuld und Sanftheit. Kraftvoll und schwach, erhaben und gebrochen, glänzend und matt ... Jede noch so winzige, der irdischen Spaltung unterworfene Halbwahrheit wurde aufgesammelt und im heißen Eisen mit seiner gegenpoligen Andershälfte vereint. Sodann, gleich wieder auf dem schweren Amboss geschnitten und entzweit, abermals aufgeschichtet, ineinander gefaltet und unter glühenden Sterndern zusammengefügt. Tausendundfünfzigmal Lage auf Lage gelegt, geschnitten, gefaltet und verschmolzen, bis jegliche, irdische Erscheinung der Polarität enthoben und auf ewig in der friedvollen Himmelseinheit ruhte. Und aus diesem heiligen Damaststahl sollte das magische Schwert geschmiedet sein.

Nun war der große Augenblick gekommen, das überirdische Meisterwerk strebte seiner Vollendung zu. Die in feinstem Nardenöl gehärtete Kostbarkeit war bereit zu erwachen. Matthäus bettete den Beidhänder auf einen erlenhölzernen Altar und beglänzte ihn mit dem weichen Lockenhaar eines Wolfswelpen. Schlag Mitternacht erweckte er das noch leblose, kalte Eisenherz mit einem zärtlichen Kuss, beatmete das salbungsvolle Kleinod mit seinem Odem und gab mit einem kleinen Quarzhämmerchen den Pulsschlag vor:

Bumm-bumm … bumm-bumm … bumm-bumm …

Das Heiligtum begann zu vibrieren, zu leuchten – es wurde warm und wärmer. Angespannt tastete Matthäus über die messerscharfe Klinge und fühlte nach dem fließenden Lebensstrom. Erleichtert atmete er auf. Er hatte es geschafft. Der göttliche Wunsch war erfüllt – das große, mystische Werk vollbracht.

Matthäus hob das Wunderschwert mit aller ihm gegebenen Zärtlichkeit an, küsste es zum letzten Male, ließ es sachte in die Scheide gleiten, drückte die Gnadenschöpfung noch einmal an sein Herz und flüsterte zum Lebewohl die drei Worte, die er noch niemals zuvor gedacht oder gar ausgesprochen hatte:
»Ich liebe dich.«

Dann trat er nach draußen …

7. DAS ROLLENDE ERBSLEIN

>>So sprich mir Bruder Argwohn:
Wenn nicht die Liebe – wer dann?<<

Myrtas siebenter Geburtstag.
Ein durch und durch lichterfüllter Cherubim verneigte sich vor Matthäus. Seine Reinheit war von solch erschütternder Schönheit, dass Matthäus erschrocken zurückwich. Des Engels bezaubernde Augen glänzten wie grünes Sternenlicht, seinem samtig-weichen Herzen entströmte der Zauberschimmer einer geheimnisvollen Glückseligkeit. Die Mitte umspielte eine edle, mit erlesenen Smaragdfunken geschmückte Schärpe. Ein golden-grüner Sternenäther umkoste sein erhabenes Haupt. Das sonnengleiche Manna war getragen vom seidigen Duft der milchweißen Madonnenlilien. Ganze Heerscharen von Himmelswesen spiegelten sich in seinem Glanze.

>>Matthäus, du hast es vollbracht.<< Der heilige Engel kniete vor der geschmiedeten Vollkommenheit nieder, faltete seine Hände und flüsterte:

>>Myrtaland<<

Mit leiser, von Liebe getragener Stimme fuhr er fort: >>Kupfergolden – wie der Heilige Gral. Hast du etwa auch ...?<<

>>Ja, auch vom Heiligen Gral ...<< Stille kehrte ein. Matthäus zerfloss in der Sanftheit des Cherubim. Er kämpfte mit den Tränen. Dieser starke, tapfere Mann. Mit einer kaum merklichen, weichen Geste hob der gnadenvolle Engel seine Hand. Die Scheidestunde war gekommen. Matthäus gewann an Fassung. Jählings wischte er sich die Tränen fort und richtete sich schwankend auf. Mit zitternden Händen überreichte er dem hohen Lichtgesandten das Schwert.

>>Bring es ihm ...<< Der Engel nahm es in feierlicher Würde auf, drückte es an sich und begann sich zu erhöhen. Er wurde durchscheinend, er wurde unwirklich ... er mutete zu einer ahnungsvollen, zu einer seligen Dichtung. Doch noch einmal hielt er inne, stieg ab und trat hervor: >>Matthäus, dir sei Lob und Dank gewiss. Und nun das letzte himmlische Ansuchen an dich. Noch einmal zweigt dein Weg. Brich heute noch auf, lass alles liegen und zurück. Begib dich nach Osten. Drei Tagesmärsche von hier findest du auf einer kleinen Anhöhe die uralte, ehrwürdige Eiche. Dort erwartet dich dein wohlverdienter Lohn.

Geliebter Matthäus, dein weiterer Weg ist von Liebe und Eintracht erfüllt. Der himmlische Segen ist auf ewig mit dir.«

Der huldvolle Cherubim verneigte sich noch einmal, begann schwebend aufzusteigen und löste sich in den unendlichen Weiten der Herrlichkeit auf.

Der hünenhafte, dunkle Mann löschte die Esse, verschüttete den Stollenzugang, setzte sich auf einen Geröllblock und heulte wie ein Schlosshund.

Matthäus sollte ›Myrtaland‹ in diesem Leben nicht wiedersehen.

****

»Nach was sehnst du dich, mein liebes, unschuldiges Mädchen?«, flüsterte die Seele.

»Sehnen? Mir liegt der Sinn dieses Wortes verschleiert dar.«

»So komm und trete ein in mein verborgenes Reich, auf dass die Verachtung deine Heilung erwirkt.«

Es schüttete wie aus Kübeln. Myrta war in der zugigen Scheune eingesperrt. Der strenge Nordwind pfiff durch alle Ritzen und Rillen. Es war entrüstend, ja regelrecht bestürzend, in welch verheerenden Zustand sich das kleine Kind befand. Sie wirkte noch zerbrechlicher, noch verängstigter, als man es sich überhaupt vorzustellen wagte. Und um auch weiterhin nicht lange um den heißen Brei zu reden: Der schreckliche Verdacht lag begründet, dass Myrta die Zuversicht an ihre Kraft verloren glaubte. Die grimmige Not hatte sie dazu erniedrigt. Myrta war wieder in die schwer zu ergründende Gefühlskälte des unabdingbaren Ausgeliefertseins eingetaucht. Das innere, eisenschwere Fallgitter ward in Wehr und ihr Lebenswille zu einem abgedankten Eisklümpchen geschrumpft. Es war an Trostlosigkeit mit nichts zu überbieten.

Myrta lag mit leichenhafter Blässe auf dem klammen Strohlager und starrte ins Dunkel. Ein herzzerreißendes Miauen ließ sie hochfahren.

Sie horchte, sprang auf und folgte dem schmerzlichen Wehklagen.

Suchend tastete sie auf dem Boden, im Stroh und fand ein kleines, noch blindes Kätzchen. Weiß der Kuckuck, wo es herkam. Zu dieser Jahreszeit ... Myrta nahm es vorsichtig an sich und streichelte über das winzige Köpfchen. Drückte es an sich und versuchte das schutzlose Wesen zu wärmen. »Wenn mir nur jemand zu Essen brächte, dann könnte ich es mit dem kleinen Kätzchen teilen.«

Myrtas Mutterinstinkt war erwacht. Das liebe Mädchen hatte ihre erste Bürgschaft übernommen und wusste dieses fruchtbare Bündnis sehr wohl zu würdigen. Mit einem beherzten Ruck schwang sie sich aus der Unterwelt empor und trat ins Außen, um zu handeln. Untrüglich, ein Wunder! Die Vorhersehung – wie stets ein unerschöpflicher Born der Erquickung – hatte richtungsweisend eingegriffen.

Endlich, das Scheunentor wurde laut polternd aufgestoßen. Ihr Vater, wieder einmal randvoll wie ein Klingelbeutel am Osterfest, warf ihr achtlos Brot und Käse zu. »Was hast denn jetzt wieder angestellt? Was hast denn da in deiner Pratz? Pfui Teufel nochmal, eine Krametkatz. Was willst denn mit dem grauseligen Vieh? Brauchst gar nicht erst denke, du kannst es behalte!« Er riss ihr das Kätzchen aus der Hand, warf es auf den feuchten Lehmboden und stieß es unnötigerweise auch noch mit einem niederträchtigen Tritt beiseite. »Wenn ich es noch einmal bei dir seh, dann ertränk ich's. Hast verstande? Ich ertränk's ... oder wart, ich dreh ihr gleich den Krage um.« Er lachte böse auf, nahm noch einen ordentlichen Schluck, wankte sodann gefährlich nach hinten, ruderte wie ein Besessener mit beiden Armen, fing sich erstmals wieder ein und bückte sich, um nach dem Kätzchen zu fassen. In diesem Moment verlor er endgültig den Halt und plumpste wie ein alter Kartoffelsack in die verschimmelten, matschnassen Rüben. Dort blieb er laut fluchend liegen. Myrta zögerte keinen Moment. Todesmutig sprang sie über ihren wild um sich schlagenden Vater, erhaschte behänd das halbtote Kätzchen, drückte es fest an sich, flüchtete aus dem offenen Scheunentor und eilte so schnell und flink, wie ihre dünnen Beinchen sie zu tragen vermochten, drauflos. Sie lief und lief, stolperte und lief ...

Am abschießenden Bachlauf stand ein schwarzgewandeter Jüngling und tränkte sein Pferd. An seinem Hüftgürtel hing ein auffälliger, kupfergoldleuchtender Beidhänder. Zu seiner Rechten stand ein großer, grauer Wolfsrüde. Des Jünglings aufmerksamer Blick folgte dem tapferen Kinde. Ein glückliches Lächeln huschte über seine Lippen ...

Das Schicksal hatte sich zu Myrtas Gunst geneigt. Und es neigte sich noch mehr. Denn die erste der sieben heiligen Lichtblüten begann, sich zu regen.

Das liebe, kleine Sämelein lag seit nunmehr sieben langen Jahren in Myrtas innerer Gesteinshalde brach danieder. Doch jetzt ... die jüngst erschütternden Ereignisse hatten eine rumsende Schotterlawine ausgelöst und das winzige Kernlein freigelegt. Es gähnte herzhaft, schnackelte dreimal laut auf und rieb sich verdattert die Stirn:

»Ja, sag einmal … was ist denn jetzt los? Bin ich etwa schon aufgewacht?«
Es streckte und reckte sich, wischte sich die Äugelein und guckte neugierig
um sich. »Ziemlich biedere Verhältnisse hier. Wo sind denn die anderen? Sag
bloß, ich bin die Erste …«

Es gähnte nochmal, bohrte sich die Ohren frei und spitzte vorsichtig weiter. In Anbetracht ihrer misslichen Lage wurde es sehr nachdenklich: »Mein
liebes Haschpfeiferl, in welch abtörnende Geschichte bin ich denn da geraten?
In dieser staubigen Proletenbude ist jedenfalls nichts mit locker leben und
munter rumknutschen. Hier ist es bürgerlicher, als mir lieb. Ist doch auch
wahr … wird man schier verrückt bei. Wär wohl angebracht, grenzspren-
gende Initiativen zu ergreifen. Hab Bock auf Sonne, Elfengesang und frucht-
bares Erdreich. So, am besten ich mach mich gleich mal auf einen Erkun-
dungstrip. Schließlich, welche Knalltüte würde sich schon freiwillig als ordi-
näres Samenkorn zu Tode dörren, wenn es alternativ zu einer heiligen, vier-
blättrigen und duftig zartroten Pracht – wie es mir zugrundeliegt – erblühen
könnt? Ich jedenfalls nicht! Jetzt aber schnell mein Hippiekleidchen über und
nach obenhin gekraxelt. Wo sind denn bloß meine Christuslatschen? Ach,
hier liegen sie rum … So, fertig und ab geht die Post, nicht dass ich noch was
verpass.

Beim heiligen Jointerl, meiner Intelligenz liegen kreative Lösungswege …
Aua, aua, aua, jetzt hab ich mich aber sowas von fies gestoßen. Der erleuch-
tete Guru steh mir bei, nicht dass noch Schlimmeres passieren möcht. Sa-
xendi, jetzt bin ich auch noch auf dieser Schmiergelglätte … auf dieser
Schmalzpisse ausgerutscht. Eine Zumutung ist das hier unten vielleicht. Eine
Zumutung … muss tierisch aufpassen, wenn's mich jetzt auch noch überschla-
gen tät, dann aber gute Nacht …«

»WELCHER ABSCHIED TRÄGT SICH
LEICHT?«

DRITTER LOBGESANG

»Wir zünden an die Kerzelein,
und stellen sie ins kalte Noch,
es wärmt der Lichter heller Schein,
und schmilzt das eisig-schwere Joch.

Aus göttlich Liebe tritt hervor,
ein duftend Engel, hold und fein,
er nimmt das Weh und trägt's empor,
ins lichte Reich des freien Sein.

Berührt so manches brache Herz,
mit seiner lieben, zarten Hand,
erweckt des Sehnens süßen Schmerz,
um weben treu das gülden Band.

Noch eine Gnad gewährt er gern,
es ist die Kraft der Dankbarkeit,
zu finden auch im dunklen Stern,
den Gleichmut und die Heiterkeit.«

Halleluja.

III. Das Erkennen

Klangschwingung:

»Ich bin in meiner Seele Kraft.«

Mystischer Rätselgesang

Ludwig van Beethoven

»Man strebt, die Flamme zu verhehlen«

Lied WoO 120

1. Das unschuldige Zimtdöschen

»Die Liebe wird niemals in sich erlöschen …«

Mytras siebenter Geburtstag.
König Winter kündete sein Kommen. Die eiskalten Regengüsse würden schon bald in ein weißes Flockengewirbel übergehen. Doch noch flossen Wege und Stege von Matsch und Morast über. Kälte und Feuchtigkeit drangen bis zu jedem Winkel vor.

Theres schloss die Tür auf, schüttelte ihr pitschnasses Umhängetuch aus und streifte die durchweichten Stiefel ab. Sie war erschöpft, klamm und überreizt. Die beißenden Gerüche der giftigen Gerberbeizen klebten nach wie vor wie die Blattern an ihr. Sie wusch sich übergründlich mit Rosenseife und Lavendelwasser, bürstet ausgiebig ihr fülliges Haar, hüllte sich in eine flauschige Decke und setzte sich an den knisternden Kamin. Niedergedrückt überdachte sie die vergangenen zwei Tage. Sie war in Müggelheim bei ihrer langjährigen, bezaubernden Freundin Julianne gewesen. Eine Erstgeburt, alles verlief bestens. Der aus Leibeskräften brüllende Stammhalter wurde von Eltern und Großeltern überschwänglich beklatscht und gefeiert.

Theres lächelte versonnen: Antone – ihr erstes Patenkind. Sie nahm die herzliche Einladung zum abendlichen Festmahle gerne an, nächtigte in einem entzückend heimeligen Dachkämmerchen und nutzte die günstige Gelegenheit, um vor ihrer Abreise noch bei einer neuen Klientin auf Visite vorbeizuschauen. Es war Myrtas siebenter Geburtstag, sie hatte versprochen zu kommen. Es ging sich leicht aus, denn der Bahnsteigschaffner würde den Mittagszug fahrplanmäßig um 11.30 Uhr vom Hauptbahnhof abpfeifen. Theres würde laut ihrer Berechnung am frühen Nachmittag bei Myrta eintreffen. Die liebevoll verpackten Geschenke lagen auf dem Tisch bereit, der süße Schokoladenkuchen war gebacken, mit Vanillecreme gefüllt und von bunten Streuseln ummantelt. Alles war genauestens durchkalkuliert und ausgetüftelt. Aber es kam durch die Schnur anders, als geplant und das sollte zum allseitigen Segen gereichen.

Theres macht sich am nächsten Morgen zeitig auf den langwierigen Weg zum Gerberviertel, welches vor Müggelheims nördlichem Stadttor lag. Der Verdruss begann bereits mit der Anfahrt durch die Stadt. Die ausgemergelte Mietdroschke ratterte nervenaufreibend langsam durch das weitverzweigte, erbärmliche Getto der Ausgestoßenen, Bettler und Lungenkranken. Torkelte im Schneckentempo zu den trostlosen Dirnengassen mit ihren heruntergekommenen Baracken und verzwackten Verschlägen, und tranig und teigig an den fiebrigen, opiumsüchtigen Straßenmädchen vorüber. Dann schleppend und schleichend durch die von Blut, Exkrementen und Urin verschmierten Gassen der angrenzenden Schlachthäuser und ungerührt und träge durch die entsetzlichen Todesschreie der verängstigten Tiere und groben Beschimpfungen der schlagenden Treiber. Theres saß wie auf heißen Kohlen. Endlich – sie glaubte schon selbst nicht mehr daran – hielt der Kutscher vor einem herrschaftlichen Anwesen, öffnete den Schlag und reichte ihr hilfreich die Hand. Die wohlhabende, gepflegte Gerbergattin, Johanna Kremstein, erwartete Theres bereits und hieß ihren eleganten Butler die hochgepriesene Hebamme auf das Herzlichste zu empfangen, sie mit feinstem Rosenblütentee, Anisplätzchen und Sahneschnittchen zu verwöhnen und dann sogleich zu ihr ins ausladende Schlafgemach zu geleiten. Johanna Kremstein war wieder guter Hoffnung. Nach zwei Fehlgeburten hoffte sie erneut auf einen gesunden Sohn – auf den dringlich benötigten Nachfolger. Aber just in dem Augenblick, als Theres über die Schwelle trat, setzten bei Johanna die vorzeitigen Wehen ein. Theres blieb bei ihr, stand ihr bei und tat, was nötig und möglich. Sie entband einen noch etwas kleinen, aber überaus willensstarken, blondgelockten Erbprinzen. Mit etwas Glück würde er sich behaupten.

Die Heimfahrt in der überfüllten, feucht-dampfenden Müggelheimer Bummelbahn war das reinste Fiasko. Erst nach Einbruch der Dunkelheit traf sie am Kirchlilanger Bahnsteig ein. Theres war durchweicht, durchfroren und durchbeutelt. Sie bedingte für sich nur noch eins: Schnellstmöglich nach Hause, um ins warme, behagliche Bettchen zu schlüpfen. Aber es sollte Theres noch lange nicht vergönnt sein. Es begab sich folgenderweise: Unser unergründlicher, launenhafter Amor bedachte Theres schon seit geraumer Zeit mit seinem Blicke. Er war muffelig und gekränkt, ja – ihrer geradezu überdrüssig. Sie untergrub – so befand er – ständig und bei jeder Gelegenheit seine einflussnehmende Autorität und erbrachte ihm – dem mächtigen Regenten der sinnlichen Liebe – weder die nötigen Reverenzen noch schenkte sie ihm ihre ungeteilte Bewunderung. Sie erdreistete sich sogar – ihm, dem unwiderstehlichsten und verlockendsten aller Götter – wie eh und je die kalte Schulter zu zeigen. Nun erwog er den Zeitpunkt für günstig, um seine Geltung zu Markte zu tragen. Er lächelte rätselhaft, spannte seinen schwarzbraunen Haselnussbogen, zielte und …

Wie eine weise Trönenwalder Bauernregel es so treffend auf den Punkt zu bringen vermag:

»Wenn's Pfeilchen zuckt, dann juckt's!«

Also: Unsere übernächtigte Theres wollte nur noch heim, um in ihr warmes, behagliches Bettchen zu schlüpfen. Doch die nächste unrechtmäßige Überraschung flog nicht nur ungefragt, sondern obendrein auch noch herzlichst unpassend, mit trompetenhaftem Schall um die Schicksalswinde: Hannes! Er hätte keinen ungünstigeren Zeitpunkt wählen können.

Hannes wirkte besorgt. Er hielt angespannt Ausschau und blickte sich suchend nach allen Richtungen um. Theres ihrerseits platt und durchnässt wie ein begossener Pudel, wollte sich gerade hinter eine buntplakatierte Litfaßsäule retten, da hörte sie auch schon ihren Namen. »Theres ... Theres, so wart doch. Kannst mit mir kommen, ich bring dich nach Haus.« Hannes stand vor ihr und sah sie mit fassungslosen Augen an. »Aber Theres, was um alles in der Welt tust denn da hinter der Säule? Warum versteckst dich denn vor mir?

Fehlt dir was? Ist dir nicht wohl? Du schaust so ängstlich und verschreckt wie ein verirrtes Spatzerl. Komm doch vor, ich bring dich nach Hause.« Was in diesem beschämenden Augenblick in unserer leidgeprüften Theres vor sich ging, brauch ich wohl niemanden näher erklären. Ich denke, es ist im Sinne von uns allen, wenn ich diese hochpeinliche Blamage großzügig überspringe. Jeder von uns kennt das schließlich selbst zur Genüge: Man braucht nur ein einziges Mal verquollen, zerfranst und mit ein paar Speckpfunden zu viel ums Eck ruckeln, aber dann ...!

Fahren wir unverzüglich fort:

Sie kutschierten schweigend durch den peitschenden Regen. Hannes wirkte ernst und gedankenversunken. Theres saß steif wie ein Marmorpfeiler neben ihm, hielt ihre große schwarze Tasche ängstlich an sich gedrückt und ließ keinen einzigen Mucks von sich verlauten.

»So«, sagte Hannes schließlich, als er ihr von der Kutsche half. Er fasste zum Abschied nach ihrer Hand, hielt diese einen winzigen – aber bereits ungehörigen – Tick zu lange in seiner, ließ sie sodann wieder los und wendete sich, ohne eine weitere Erklärung ab.

Theres nahm mit einem Satz die drei Steinstufen, schloss die Tür auf, schüttelte ihr pitschnasses Umhängetuch aus und streifte die durchweichten Stiefel ab.

Ja, und dann saß sie vor dem knisternden Kaminfeuer und weinte.

Sie wusste sich nicht mehr ein noch aus. Sie war mit ihrem Latein am Ende. Und das sollte bei Theres was heißen! Man kann sich gar nicht an den zehn Fingern abzählen, wie zerfleddert ihr Gemütszustand war. Theres dachte an Myrta. Reuevolle Schuldgefühle schnürten ihr die Kehle zu. Theres seufzte und dachte an Hannes.

Sie schluckte … schluckte noch einmal und dann gingen mit ihr die Pferde durch …

Im Zauberreich der Geister

Reigentanz der plattfüßigen Moorglitscher

»Wir werkeln und schunkeln,
wir spritzen und munkeln,
wir stechen und schaben,
wir hacken und graben.«

Plitsch-Platsch

»Es gurgelt und matscht,
es blubbert und klatscht,
es schmiergelt und rutscht,
es plattelt und flutscht.«

Plitsch-Platsch

»Uns treibt es voran,
uns ist wohlgetan,
uns wurd viel gegeben,
uns freuet das Leben.«

Plitsch-Platsch

2. DAS SCHÄUMENDE ZAUBERBECHLEIN

»Wenn die Sonne untergeht, bricht die dunkle Nacht.«

Theres' Gedanken wirbelten umher, wie Sandkörnchen im Auge eines Wüstentornados. Der schrecklich-herrliche Hexenkessel der Emotionen schwappte, garte und rumorte, dass es jeder Schicklichkeit zum Hohne trug. Sie saß in der wetzenden Höllenbahn ihrer Gefühlswallungen wie eingemeißelt fest und sah sich gezwungen, gute Miene zum bösen Spiele zu machen. Was blieb ihr auch anderes zu tun, so frag ich Sie? Lautstarkes Aufbegehren? Energisches Einhaltgebieten? Nichts davon wäre von Nutzen. Da wird keiner üblichen Gepflogenheit – und sei sie noch so altbewährt – Vorrang eingeräumt. Wen der Liebeswahn am Schlawitterl hat, der kann einpacken. Der wird vor nichts mehr bewahrt – der wird vor gar nichts mehr bewahrt! Man ist besiegt, bevor man sich umschaut!

Und wer darauf hofft, durch Zurückstecken mit heiler Haut davonzukommen, besteigt im Büßergewand der Selbstverleugnung den lichterloh brennenden Scheiterhaufen. Denn auch der Verzicht war noch niemals von Ruhme bekränzt. Und um den Schein zu wahren, seine frommen, gottesfürchtigen Bekenntnisse mit allerletzter Kraft aufrechterhalten? Das flutscht schon zweimal nicht. Eher plündert man der Krone Schatzkammer, als sich mit diesen Schwindeleien aus der Affäre zu ziehen. So oder so: Hopfen und Malz sind von vornherein verloren. Da tut man doch besser daran, gleich den Degen zu senken und bedingungslos zu kapitulieren. Um es dem tapferen Sankt Martin gleichzutun, der sich ebenfalls genötigt sah, seinen Mantel zu teilen. Der Ärmste wurde auch nicht lange gefragt, ob er dazu überhaupt Muße und Lust hatte. Nein – und was hat er nun davon? Sein Edelmut wird noch heute von allen Dächern kundgetan und jedem Kinde zum Vorbild gereicht. Aber – und ich denke, da sind wir uns einig – man möchte den Liebeswahn um keinen Preis der Welt missen. Er gehört einfach dazu. Und wenn es einen noch so zerlegt – er ist auch schön ... abenteuerlich und aufregend schön.

Gültige Trönenwalder Bauernweisheit:
»Wenn's Pfeilchen surrt, dann gurrts!«

Doch nun zurück zu Theres: Die scheppernde Eisengondel ihrer brausenden Emotionen stürzte im Affenzahn nach unten, schnellte im haarsträubenden Donnertempo nach oben, schnitt halsbrechende Kurven und schlug tollkühne Kapriolen. Sie raste, fuhrwerkelte und ratterte, dass es nur so zischte. Wie das bei Verliebten so ist. Oder mit poetischer Anmut umwandelt: Das Schlänglein erkennt man am Klappern und das Sternlein am Funkeln. Betrachten wir uns doch einmal die – nur allzu gern beschmunzelten – Torheiten ihres inwendigen Liebestumults etwas näher.

»Seine männliche, gepflegte Erscheinung ... sein lauteres Herz. So ein feines Benehmen findet man nicht in einer Hafenkneipe. Da hebt sich Hannes schon gipfelhoch von all den anderen ab. Ach, und seine lieben Lippen ... ach, ich gäbe alles dafür, um einmal, wirklich nur einmal seine lieben, lieben Lippen auf den meinen zu spüren. Ein liebes, winzig-kleines Busserl. Da ist doch nicht wirklich Großes bei.

Das würde bestimmt nicht zu beklagen sein. Und wer das krummnimmt, der hört auch Läuse niesen. Nein, das wird und darf nicht sein! Nein, nein und nochmals nein! Ich laufe Gefahr, wegen eines flüchtigen Abenteuers meinen unbescholtenen Ruf zu ruinieren. Die Klatschweiber würden es doch in aller Munde tragen. Aber wenn sich doch etwas zwischen uns anbahnen würd? Wär doch traumhaft.

Ich will auch mal Zeit mit ihm verbringen. Und ganz genau genommen: Die anderen machen es doch auch. Die sind nicht so schusslig, die greifen bei jedem sich bietenden Nervenkitzel zu. Die überlegen nicht lang und darum sind sie auch so glücklich und zufrieden. Bloß ich komm immer zu kurz. Immer geh ich leer aus. Und warum?

Weil ich mich nicht trau. Weil ich so anständig und pflichtbewusst bin. Aber das langweilt mich auch noch zu Tode. Das bringt mich allmählich um meinen Verstand. Ach, seine wunderschöne Stimme ... nur noch einmal seine liebe, liebe Stimme hören. Mehr verlang ich nicht vom Leben ...« Sie sah ihn vor sich. Die müden, eingesunkenen Augen, das ungeschorene Gesicht, die tiefen Falten auf der Stirn. Theres fühlte einen lustvoll ziehenden Stich im Schoß. »Heilige Mutter Maria, steh mir bei! Ich begehre diesen Mann! Bin ich denn noch recht bei Trost?«

»Nichts da ... jetzt heißt es vernünftig sein und sauber parieren.

Noch habe **ich** das Sagen im Ring. Also, weg, weg, weg mit den Luftschlössern! Das sind doch nur alberne Seifenblasen und die zerplatzen schnell.

Alles eine Frage des Durchhaltvermögens und der konsequenten Vorgehensweise. Jetzt lass ich erstmals Gras darüber wachsen. Dann kehrt auch wieder Frieden ein. Und dann klär ich die ganze Sache auf eigene Faust. Ich bin doch nicht blöd und lass mich wie ein vertrauensseliges Lamm zum Schächter führen. Wegen ihm mach ich mich nicht verrückt … wegen ihm nicht!!! Und überhaupt: Die stolze Sophie kann ihn gern behalten. An den Hut stecken kann sie sich ihn. Jawohl! An den Hut stecken! Ich werde mir jedenfalls nichts anmerken lassen. Ein Moment der Schwäche, ein Moment der Unachtsamkeit und ich wär in eine ruinöse Liebschaft verwickelt oder schlimmer noch, er würde mich abweisen, hassen, für immer verachten. Dieser wunderbare Mann könnte sich doch niemals in mich verlieben … niemals! Soll er doch bei seiner geliebten Sophie bleiben. Sollen sie glücklich sein, von mir aus gern! Meinen Segen haben sie! Barmherziger, sowas wie heute darf mir nicht noch mal passieren. Oh weh, oh weh, oh weh, hatte ich einen Aussetzer. Ein Aussetzer war das vielleicht … aber kein Grund zum Schämen, sowas kann jedem einmal passieren. Und ganz abgesehen davon: Ich werde mich ab sofort von meiner Schokoladenseite präsentieren. Da geh ich jetzt auf Nummer sicher. Ich schneidere mir etwas Gewagtes, etwas Freizügiges … um meinen Busen zur Geltung zu bringen. Um in den Genuss seiner Bewunderung zu gelangen. Schließlich, ein Esel trabt auch williger, wenn man ihm einen knackigen Apfel vor die Nase hängt. Herrje, wo denk ich denn jetzt schon wieder hin? Am besten, ich leg die ganzen Tollheiten auf Eis.

Sofort und unwiderruflich für immer und ewig auf Eis! So, und jetzt die Pantoffeln ab, langgelegt und Entspannung in der Tiefenatmung gefunden. Und ein … und aus … und ein … und aus …«

Theres begann, ins Reich der Träume abzutauchen. Das Letzte, was sie noch geistsinnig erkor, war: »Die ganze Sache ist verzwickt, aber nicht unlösbar. Ein disziplinierter Verstandesgeist vermag alle Probleme zu meistern.« Dann entschwand sie in die warmen Arme des schon ungeduldig wartenden Sandmännchens.

Aber nicht für lange. Ein lauter Knall! Theres fuhr erschrocken hoch und horchte. Sie fühlte sich beobachtet. Irgendetwas Grausiges, Unheimliches saß ihr im Kreuz. Oben im Dachgebälk kratzte und schabte eine knochige Krallenhand:

… rauf und runter … rauf und runter … rauf und runter …

Draußen im Freien drosch der schneidende Ostwind wie ein Gottloser auf die Läden ein:

... bumm-wumm ... bumm-wumm ... bumm-wumm ...

Schaudernd zog sie die Decke fester um sich, stand leise auf, schlich auf Zehenspitzen zum Kamin und schürte das Feuer nach. Es wurde wieder wärmer, die Flammen stiegen hoch und höher. Sie trugen Macht in sich. Sie zogen Theres in ihren Bann. Ihr Kopf wurde seltsam leer, ein schummriger Schwindel erfasste sie. Die Lohe saugte Theres förmlich ein und sie ließ es willenlos geschehen. Schattierungen, erst schemenhaft, dann immer deutlicher, wurden erkennbar.

Ein schwarz gewandeter Jüngling, an der Hüfte ein auffälliges, kupfergolden-leuchtendes Schwert. Der Zweihänder schien belebt – es schien, als pulsiere er, als atme er, als fühle er. Ein großer, grauer Wolfsrüde lag hechelnd am Boden und schaute sie mit treuherzigen Augen an. Der geheimnisvolle Jüngling hob an, er sprach ruhig und vertraulich: »Theres ... Theres, fürcht dich nicht. Ich überbring dir eine Botschaft. Lauf geschwind zum Dorfplatz. Unterm großen Apfelbaum findest du das kleine Myrtalein. Sie ist ...«

Er hielt inne, sein Blick verlor sich im Unendlichen, das Bild begann zu verschwimmen. Theres atmete tief durch – hoffentlich ... Der Jüngling trat erneut hervor: »Theres, das Kind ist soeben angekommen. Sie hat ein kleines Kätzchen bei sich. Nimm beide bittschön zu dir und sei ihnen gut. Mach dir keine Sorgen, alles ist für euch gerichtet. Aber jetzt lauf zu, es drängt ... nicht, dass wir noch aus dem Schöpfungsgedanken fallen.« Die Vision begann sich, zurückzuziehen. Sie verdunkelte, klappte in sich zusammen und erlosch mit einem leisen Puff.

Unsere mittlerweile beidseitig schwer angeschlagene und – durch nervliche Überbelastung – auf dem geistigen Niveau einer ordinären Dampfspritze gelandete Theres, ließ sich nicht lange bitten. Kurz entschlossen schleuderte sie die flauschige Decke zu Boden, riss die Tür auf, spurte wie sie erschaffen (also splitterfasernackt!) durch die beißend-eisige Regenflut zum Dorfplatz, packte das leblose Körperchen mitsamt dem Kätzchen und flitzte wie ein Wespenschwarm auf Beutezug zurück ins Warme.

Im nahegelegenen kleinen Kloster ›Der demütigen Gottesbrüder im Geiste‹ läutete Bruder Mesner zur Mittnachtstunde. Auf Schlag zwölf krachte die Tür ins Schloss.

3. Das schunkelnde Strohsternlein

»Wohin du dich auch wenden magst, du siehst immer nur dich selbst.«

Es schneite von früh bis spät. Das weite Land lag unter einer dicken, weißen Flockendecke und schlief. Im dunklen, tiefen Trönenwalde ging alles den alljährlich gewohnten Adventsgang.

Unserem verwöhnten, unberechenbaren Amor war's langweilig. Er fühlte sich unterfordert und überflüssig. Jetzt in diesen stillen Wochen des Fastens und in sich Gehens gab es für ihn nicht viel zu tun.

Die Ehegatten machten es sich wieder am häuslichen Kaminfeuer gemütlich und die Weibersleut hatten alle Hände mit Hausrat, Federvieh und Festtagsvorbereitungen zu tun. Die Jugendschaft wurde mit einem entschiedenen ›Das Daheimbleiben wird euch guttun. Zu unserer Zeit mussten wir noch viel mehr daheimbleiben als ihr heutzutage. Wir mussten andauernd daheimbleiben, durften uns nicht rühren, mussten stille dasitzen und stumm schweigen. Schufteten Tag und Nacht, beteten und waren noch fröhlich bei. Nehmt euch das zum Vorbild, sonst ist es ganz schnell essigsaure Gurkenzeit mit der Bescherung!‹ ans Haus gefesselt. Jedermann bereitete sich ganz individuell auf die Heilige Nacht vor.

»Ach ja, die Theres. Will mal schauen, was sie so treibt.« Und er lugte nach unten. Und was er sah, betrübte sein ästhetisches Feingefühl bis in das tiefste Sonstnochwas. »Oho, das übersteigt jetzt aber meine kühnsten Träume. Sitzt sie doch schon wieder in ihrer heilen Scheinwelt wie ein Ribiselnockerl im Butterreindl und bastelt an rührseligen Wunschvorstellungen rum. Tritt mir und meinem unerschöpflichen, einzigartigen Genie immer noch unversöhnlich gegenüber und wagt es tatsächlich, weiterhin trotzköpfig und unbelehrbar zu bleiben. Ja, sie ist geradezu verstockt wie ein alter Maulesel. Mir dünkt fast, die Theres ist nicht guten Willens. Ihr gebricht es nach wie vor an der samtigen Süße des träumerischen Dahinschmelzens.

Jetzt seh ich mich abermals genötigt, durchzuladen, um sie auf Trab zu bringen. Aber diesmal kram ich für unser Thereserl etwas ganz Keckes aus meinem Zauberkisterl. Wart einmal, wart einmal … soso, und schon hab ich's. Der Müller Schorschi ist der richtige Mann für diese hochheikle Mission. Dieses aufgeweckte Bürscherl wird mir wie immer vorzüglich zu Diensten stehen. Und zum Dank dafür schick ich ihm auf Heilig Drei König ein Zuckerbienchen. Für den lieben Schorschi lass ich diesmal eine ganz Süße ... einen ganz steilen Zahn antanzen. Das hat er sich redlich verdient. Immerhin ist er einer meiner zuverlässigsten Verehrer. Ja, ja, der liebe, gute Schorschi, da wird er sich freuen.«

Amor warf noch einen letzten kurzen Blick auf Theres, lächelte rätselhaft, spannte seinen schweren, kohleschwarzen Eibenholzbogen, zielte und ...

Wollen mal schauen, was bei Theres vor sich ging. Im kleinen Kamin knisterte das Feuer, auf dem Ofen stand vorsorglich ein Töpfchen Grießsuppe mit Gemüse, in einem kleinen Körbchen lag frischgebackenes, knuspriges Roggenbrot. Myrta schlief bereits seit zwei Tagen ohne Unterlass. Theres steckte ihr vorgewärmte Backsteine ins Bett, fühlte den Pulsschlag, sang dem Kind ein Wiegenlied und streichelte ihr über das Haar. Dann eilte sie zum kleinen Kätzchen und fütterte dieses mithilfe einer milchgefüllten Glaspipette.

Zwischendurch nähte sie neue Kleider für das Kind, die alten hatte sie in einem großen Kessel im Garten verbrannt. Nichts sollte mehr an die vergangenen, schrecklichen Jahre erinnern.

Theres hatte viel zu tun und noch mehr zu bedenken. Sie strickte soeben an warmen, hellrosa Söckchen. Diese wollte sie Myrta unter den geschmückten Tannenbaum legen. Die Nadeln klapperten eifrig, der Faden lief emsig durch die Finger, das Wollknäul wurde kleiner und kleiner.

Das leidige Desaster mit Hannes nagte noch empfindlich an ihr. Es hing nach wie vor wie eine bedrohliche, dustere Wolke in den einst so seligen Sphären. »Ich muss das bisher bestehende Reglement meines vernunftbezogenen Denkens kursändernd umschichten und erweiternd ausbauen, um dann die neugewonnenen – auf klarer Logik basierenden – Denkanstöße und die dadurch hervorgerufenen, weitreichenden Gesetzmäßigkeiten auf das ganz offensichtlich Vorhandene, wie gleichzeitig auch nicht Vorhandene, umlegen.

Dadurch entkräftet und verflüchtigt sich das noch bestehende, wie auch das nicht bestehende Unlogische. Soll heißen: Das Verworrene wird systematisch aufgedeckt und entworren. Und auf diesem basisbezogenen Fundament scharfsinniger Neuerkenntnisse und wiederum logischer – auf den festen Pfeilern der mathematischen Berechnungen gegründeten – Denkansätze ziehe ich einen aus reiner Vernunft errichteten Dreisatzturm hoch, der das noch wage Unlogische, seinerseits mit Logik füllt, dadurch step by step erhöht und die darin befindliche, wie auch gleichzeitig nicht befindliche Unlogik auflöst.

So kann ich diese grenzsprengenden Konsequenzen meines reformierten Denkens dauerhaft und ohne großen Aufwand in mein weiteres Leben miteinfließen lassen und je nach Lust und Laune für mich gültig und bewusstseinserweiternd integrieren. Soll wiederum heißen: Ich werde mich in Zukunft am Riemen reißen, mein kluges Köpfchen benutzen und meinen weiteren Lebensweg nach eigenem Dafürhalten gestalten.«

Sie hörte das fröhliche Gebimmel kleiner Winterglöckchen. Besuch kündete sich an. Der Müller Schorschi sprang vom vollgepackten Schlitten und legte seinem dampfenden Zugross eine schützende Decke über.

»Der liebe, gute Schorschi, bin ich froh ihn zu sehen …«

»Servus, Theres! Hat sich schon rumgesprochen, dass die Myrta jetzt bei dir ist. War grad auf dem Amt. Der Barthel sagt, dass das Kindlein auf alle Fälle in deiner Obhut bleiben soll. Da wär jedem geholfen, meint er. Brauchst keine Angst haben, hat er gesagt, er richtet die Schreiberei schon parat, und wenn du dann mal Zeit hast, sollst dich bei ihm melden … zum Unterzeichnen. Pressiert aber überhaupt nicht, meint er, jetzt schneit es uns sowieso erst mal ein.

Weißt Theres, gehst halt zu ihm, wenn es wieder ein Durchkommen hat. Im Frühjahr langt es leicht. Du Theres, ich hab mir denkt, du wirst nicht angerichtet sein und hab gleich was mitbracht. Schau … Erdäpfel, Rahnen, zwei Krautköpf, Äpfel, Feingemahlenes und die Meinige schickt dir Eier, Butterfett, einen Nussstollen und Platzerl. Jetzt muss ich aber schon wieder weiter. Treff mich gleich mit dem Jager Hansel zur Wildfütterung. Mag ihn in der Kälten nicht zu lange stehen lassen. Jetzt pressiert es wirklich langsam.

Wenn was ist, dann meldest dich bei mir. Ich helf dir dann schon weiter.« Schorschi war schon zur Tür raus, da trete er sich nochmal um. »Du Theres, was ich dich noch fragen wollt: Wann ist es jetzt bei der stolzen Sophie soweit? Kann nimmer lang hergehen, wenn du mich fragst. Letztens beim Kramer ist sie mir über den Weg gerollt. Du, die hat nochmal sowas von zugelegt. Bin direkt erschrocken, wie zeckerlfett sie geworden ist. Wenn's Kindlein nicht bald kommt, dann platzt sie. Ich mein, die stolze Sophie ist nicht grad wegen ihrer Liebeswürdigkeit berühmt, aber wenn sie's zerreißt wie einen Gasballon, dann tät es mir schon leid … irgendwie. Ich mein, wegen dem Hannes halt. Er hängt doch recht an ihr. Aber wie gesagt: Er wird dich dann schon holen kommen. Wenn er seinen leichten Kufer nimmt und die zwei Braunen vorspannt, dann wird er es mit Gottes Hilf schon schaffen. Also, jetzt muss ich wirklich weiter.

Ich schau auf Weihnachten noch mal rein.« Und draußen war er.

Für Theres war der Tag gelaufen. Sie warf sich kraftlos auf das Bett und weinte – wie sie sich selbst zu versichern suchte – grundlos viele, viel zu viele unnötige Tränen. Sie fühlte sich so verloren wie niemals zuvor.

4. Das trunkene Räucherstäblein

»Zuweilen ist es angeraten,
tapfer und kühn der Wahrheit ins nackte Angesicht zu sehen.«

Theres war das Urbild einer erschütterten, vergrämten Frau. Noch niemals zuvor hatte sie fahler gewirkt. Sie fühlte sich wie abgewürgt – wie aufgebahrt in einem einsamen, kühlen Leichenhäuschen liegend. Die vom vielen Weinen rotentzündeten Augen lagen trübe und unterhöhlt. Ihr Körper einst blühend und schön – nun ungelenk und überflüssig wie ein klotzschwerer Wackerstein. Das Blut einst sprudelnd und rauschend – nun bewegungslos und kalt wie eine enttäuschte Eisscholle im nordischen Meere. Die grässlichen Schläge der Höllenpein waren einer in sich ruhenden, bewegungslosen Vereisung gewichen. Sie saß bei Myrta an der Bettstatt, seufzte auf, wischte sich mit einem veilchenbestickten Spitzentüchlein die Nase, blätterte sodann ihr Schreibbüchlein auf und zog Bilanz.

Wissenschaftliche Betrachtungsansätze mit periodischen Aufsplitterungsdetails meines nunmehr zutiefst gräulichen Daseinsvakuums!

Mein Versprechen an mich:

Ich werde mich mühen, mir alle vorherrschenden Leidensaspekte schonungslos einzugestehen, diese mit den hygienischen Maßnahmen der sorgsamen Auflistung zu ordnen und unter Einbezug der qualifizierten Psychoanalyse zu konkretisieren. Auf dass ich wieder zu einem normalen Leben zurückfinden kann!

1. Mein Hirn funktioniert wieder tadellos.
2. Mein Verstand ist schärfer als ein Barbarendolch.
3. Ich liebe Hannes.
4. Augenscheinlich war die Latte meiner amourösen Ansprüche zu hoch gelegt – viel zu hoch gelegt!
5. Könnte seine mir zugutekommende Fürsorge jemals mehr als mitleidsvolle Galanterie gewesen sein?
   Antwort: wohl kaum!
6. Was verführte mich zu dem Irrglauben, dass sein liebes, liebes Herz mir zugeneigt sein könnte?

Antwort: momentan noch zu schmerzhaft – später beantworten.

7. Was hat die stolze Sophie, was ich nicht habe?
   Antwort: Hannes!
8. Wäre es nicht der Gipfel der Dummheit, würde ich noch länger hoffen und harren?
   Antwort: Ja – denn: »Hoffen und harren, hält manchen zum Narren!«
9. Käme eine rein platonische Liaison in Betracht?
   Antwort: NEIN!

Bahnbrechende Begründungen zu Punkt 9:

A. Sonst noch was – ich denk nicht dran.
B. Wenn schon, denn schon.
C. Nicht realisierbar – da ich aus Fleisch und Blut.
D. Hege das Bedürfnis, in sexueller Hinsicht auch mal was zu erleben!

Ergebnis: Werde mich – nach nunmehr sorgfältiger Erforschung der Fakten und gewissenhaft Prüfung meines Gewissens (siehe 3 bis 9) – ab sofort und unwiderruflich SEINER ganz und gar entsagen.
Bahnbrechende Begründung:
Da für mich nicht verfügbar!

10. Mein Trostspruch: »Die Zeit heilt alle Wunden!«
11. Unwiderruflicher Beschluss: Ich werde schnellstmöglich im ruhigem Hafen der Ehe Anker werfen.

Bahnbrechende Begründungen zu Punkt 11:

A. Um nicht länger wie eine ausgemachte Blendbirne dazustehen.
B. Allmählich wächst mir alles wie Dschungelkraut über den Kopf.
C. Damit er sich (hoffentlich!) schwarz und bucklig ärgert!!!
D. Möchte nicht als vertrocknete Jungfer zu Grabe getragen sein.
E. Andere Mütter haben auch schöne Söhne.

Abschließendes Ergebnis mit empfohlener Handlungsstrategie:

Suche mir in Anbetracht von Punkt 11 schnellstens einen braven, soliden Ehemann.

Fazit: Mein Glück wird dadurch nicht vollkommen – mitnichten vollkommen.

Aber besser den Spatz in der Hand, als die Taube auf dem Dach!

P.S.

Wunschbestellung an das Universum:

»Mein zukünftiger Gemahl soll für meine vergnügliche Kurzweil Sorge tragen, indem er auf der Zither romantische Weisen zupft!«

Liebes Universum, ich würde mich freuen, wenn du meinem Wunsche entsprechen würdest!

Mit besten Grüßen!
Deine Theres

Theres seufzte, legte die Schreibfeder auf die Nachtkonsole und wischte sich die Augen. Da – endlich! Myrta begann, sich zu regen.

Sie kam zu Bewusstsein, sie fand zu sich. Ihr Blick trat ins Außen – und sie erfasste und erkannte. Ein glückliches Leuchten entstieg ihrem Innersten und sie sprach ihr zweites Wort, seit nunmehr sieben Jahren: »Theres!«

Theres war außer sich vor Erleichterung, reichte ihr sogleich Suppe und Brot, herzte und umschmeichelte das liebe Kind. »Schau doch mal, mein Schatz. Deine liebe Freundin will dir grüß Gott sagen.«

Theres legte das kleine Kätzchen zu ihr auf das weiche Kissen. Myrta lachte vor Freude hell auf, zog die wuselige Miezekatz fest an sich, fasste mit der anderen Hand nach Theres, schloss ihre Augen und fiel – wohlig umgeben von Wärme und Geborgenheit – in einen tiefen Schlaf. Theres wischte ihr die Stirn, gab ihr unzählige Küsse, sprang alsdann auf, lief aufgeregt hin und her, schnappte sich die begonnene Strickarbeit, klapperte mit den Nadeln und … dachte an Hannes. Sie weinte und schluchzte. »Herrgott nochmal, jetzt hätt ich beinah die Weisheit des Tages vergessen! Das Kalendersprüchlein … es wird mich bestimmt trösten.« Sie sprang auf, riss ab und las die in verschnörkelter Schönschrift liebevoll verfassten Zeilen:

»Ist das Herz so schwer wie Stein,
und es fließt manch Tränelein,
umso schöner wird es sein,
ist die Liebe endlich dein.«

»Da hört sich doch gleich alles auf. So eine bodenlose Frechheit! Welcher Schmierfink hat sich bloß solch eine hinfällige Geschmacklosigkeit ausgedacht? *(Ehrlich gesagt, ich.)* Von so viel plumpem Kitsch wird es einem ja schlecht.« *(Ich find's gelungen und schön – sehr schön sogar.)* Das grenzt schon an eine persönliche Belästigung und darum sollte es auch bestraft werden. Da darf man kein Auge zudrücken, da muss unerbittlich durchgegriffen werden. Auch wenn die großen Geister ausgestorben, so darf man noch lange nicht jeden an die Feder lassen. Da gehört schon vorab gründlich aussortiert.

Wahrscheinlich kommt dieser Verserlramsch von einem dieser aufdringlichen Schnatterschnackerl mit Butterstroh im Kopf und Selbstbehauptungszwang. Ein Mann wär zu einem solchen Sudelmampf nie und nimmer fähig.«

Theres zerknüllte das Papier und feuerte es in den Kamin, wo es traurig verbrannte. »Umso schöner wird es sein, ist die Liebe endlich dein … Allmächtiger, das ist doch allerhand! Und so ein Blödsinn wird in einem Kalenderchen mit Lebensweisheiten aufgenommen. Da hatte wohl jemand einen betuchten Gönner an der Hand. Möchte nicht wissen, wieviel der über den Tisch schieben musste.

Anders kann ich es mir beim besten Willen nicht vorstellen. Ich jedenfalls bin mit der Liebe sowieso durch. Soviel kann ich mit Bestimmtheit sagen: Die Liebe zerschmettert jedes Gemüt, denn sie ist schrecklicher als der kalte Tod. Tausendmal schrecklicher als der kalte Tod! Aber jetzt lass ich mich nicht mehr länger ins Bockshorn jagen. Soweit würd es noch kommen! Jetzt zieh ich aus dieser unseligen Tragödie mit Hannes die längst fällige Schlussfolgerung.

Schließlich hat jede Sache mehrere Ausprägungen und ich werde mir nunmehr den intellektuellen Ansatzpunkt zunutze machen. Was dieses freche Reimebätzerl kann, kann ich schon lange. Das sollen nur alle von vornherein wissen. Ich lass mich jetzt auch auf Händen tragen. Ich fädle mein Leben noch einmal von vorne auf und schaffe mir ebenso förderliche, ebenso wohltuende Umstände. Gleich morgen schmeiß ich meine Netze aus und zieh mir so manch zappelndes Fischlein an Land. Und ich werde mich dabei amüsieren. Ja, amüsieren und lachen werde ich. Und wie ich lachen werde ...«

»Aber Theres«, hob die Liebe mit sanfter Stimme an, »was ist ein Wunsch ohne einen Wunsch? Du suchst dich selbst zu täuschen. Du beherbergst zu viel Missmut in dir. Nimm deine Widersprüche und bring sie miteinander in Einklang. Auf dass dein Herzensbewusstsein hell erstrahlt und dir den Weg zu deinem Glücke weisen kann.«

»Nein danke! Ich verzichte!«

»Liebste Theres, ich bitte dich: Lenke deine Aufmerksamkeit mir zu und bette dein Sein auf die weiche Blütenwolke der Erfüllung. Sei klug, mach dir die Weisheit des Geschehenlassens zur Fürsprecherin. Die Hingabe fühlt sich so wundervoll an. Tue es dir selbst zuliebe. Tue es, damit das Tor zu deinem Liebestempel geöffnet werden kann.«

»Nein, nein und nochmals nein! Mir ist dank deiner verdrießlich genug. Suche dir eine andere, die du vor deinem rumpligen Karren spannen kannst. Und sei dir ein für alle Mal gewiss: Du warst mir noch nie von großem Belang. Und jetzt lass es darauf bewendet. Ich steh dir nicht länger zur Verfügung ...«

»Ach Theres, bedenke doch: Gedanken und Handlungen, die von Liebe erfüllt, sind über allem erhaben. Optimiere die Kraft deines hinneigenden Sinnesgeistes, um dein Leben in segensreiche Bahnen zu lenken. Lass dich von mir wiegen und tragen.«

»Klar, um mich weiterhin lächerlich zu machen. Aber wie schon gesagt: Nein danke! Ich hab eh schon viel zu viel aufs Spiel gesetzt. Ich ziehe keinen Lustgewinn am hinten anstellen. Und ich hab es über, mich von dir abhandeln zu lassen.«

»Meine ungeduldige Theres, die Zeit hat ihre eigene Dauer. Und diese gilt es, einzuhalten. Doch webt sie unaufhörlich für dich und dein Glück. Stell dich nicht länger dagegen an. Überlass es uns, alles zu deinem Wohlgefallen zu regeln. Und du fühlst es doch, dass der Hannes für dich bestimmt ist. Ihr beide gehört zusammen. Darum zeige dich versöhnlich, zeige dich verbindlich, damit ...«

»Schweig still! Schweig endlich still! Wann wirst du lernen, auf meine Empfindsamkeit Rücksicht zu nehmen? Leide ich noch nicht genug? Und was den Hannes betrifft: Der hat bereits ein Eheweib.

Hast du diese Tatsache etwa verdrängt? Das wäre allerdings ungeheuerlich!«

»Herzallerliebste Theres, das bisschen Gegenwind sollte dir nicht zulasten liegen. Der Hannes ist dir gut und …«

»Tatsächlich? Könnte es sein, dass du mich mit deinen leeren Versprechungen ins Verderben locken willst? Aber auf diese gemeine Finte falle ich nicht herein. Mit dir war doch noch nie ein gutes Auskommen. Ich jedenfalls blase nicht in das gleiche schändliche Horn wie diese schamlosen, gewissenlosen Ehebrecherinnen. Und falls es dir entgangen sein sollte: Die Lage ist noch verfahrener, als man es sich überhaupt denken kann: Hannes Verbundenheit gipfelt jetzt auch noch in einem kleinen Kindlein.«

»Ach, das liegt dir so schwer. Aber da kann ich dich beruhigen. Die Sophie …«

»Ha, du willst mich mit deinen Lügenmärchen wieder einmal übervorteilen. Aber die Saat, die du wirfst, geht nicht auf. Denn deine Überredungskünste sind von peinlich geringem Niveau. Das greift bei mir schon lange nicht mehr. Doch horch, es kommt jemand … meine Rettung naht! Du siehst, so schnell kann es gehen: Unsere Diskussion ist beendet!«

Das fröhliche Gebimmel kleiner Winterglöckchen kündete nahenden Besuch. Der Müller Schorschi sprang vom vollgepackten Schlitten und legte seinem dampfenden Zugross eine schützende Decke über.

»Jessas Maria und Josef, der Schorschi! Wird das jetzt die Krönung des Tages oder was? Ich glaub, ich werde gleich ohnmächtig.«

»Servus Theres, die Meinige schickt mich. Hab einen frischgebackenen Apfelstrudel und ein Kasperle für die kleine Myrta dabei. Schau mal, wie lustig er ausschaut und wie weich und wollig er ist. Ist die Myrta schon aufgewacht? Geht es euch gut? Du, ich muss gleich weiter zur Wildfütterung. Der Jager Hansel wird schon warten. Möchte ihn nicht zu lange in der Kälten stehen lassen. Wünsch euch recht schöne Weihnacht und meldest dich bei mir, wenn du was brauchst.« Schorschi war schon durch die Tür, da trete er sich nochmal um. »Du Theres, was ich dich noch fra…«

»Nein, nein, nein! Ich weiß nichts!«, kreischte Theres und hielt sich wieder einmal beide Ohren zu. »Nichts weiß ich! Hörst du, gar nichts weiß ich! Und ich will auch nichts wissen, gar nichts will ich wissen! Kaum mein ich, es ist vorbei und gut, dann geht's von vorne los! Nein, nein und nochmals nein! Glaub mir Schorschi, ich bin dem Strick näher als dem Leben! Hörst du, ich hab von diesem Abrakadabra die Nase gestrichen voll, gestrichen voll …«

»Was hat sie denn auf einmal? Ich hab doch nichts Verkehrtes gesagt.

Wollt doch nur fragen, ob sie noch Feuerholz braucht. Ah ... aha, natürlich das wird es wieder sein ...« Ein wissendes Schmunzeln huschte Schorschi übers Gesicht. »Natürlich, v e r s t e h e ... einmal im Monat, der kunterbunte Kirmeszauber. Da spinnt die Meinige auch immer.«

Unser atemberaubender, geistreicher Amor rieb sich zufrieden die Hände. »Potzblitz, bin ich gut! Das nenn ich Maßarbeit vom Feinsten. Besser kann man es nicht machen! Jetzt geht's da unten aber so richtig ab! So, jetzt lass ich die ganze Chose ein Weilchen im eigenen Saft brutzeln und schmoren, um dann ...«

Er lehnte sich gemütlich zurück und lächelte rätselhaft ...

5. Das vergnügte Tannenzweiglein

»Willst du die Seele eines Menschen ergründen,
dann schaue nicht auf sein Wollen.
Schaue, wonach er sich sehnt.«

Zur Abendstunde lag Myrta in fiebernder Bruthitz. Theres betreute das kranke Kind mit eifrig umsorgender Hand. Sie wich keinen Atemzug von ihrer Seite ab und pflegte das sieche Geschöpfchen nach bestem Wissen und Dafürhalten. Trotz allem: Bis zum frühen Morgen war das schmächtige Körperchen von wässrigen Blasen überzogen. Die Lippen blutig aufgesprungen und die Zunge von einem kurzflaumig, grünlichen Pelzchen überwuchert. Die Temperatur stieg und stieg. Myrta begann zu strampeln und schlug um sich, erwachte aber nicht aus ihrem besinnungslosen Dämmerzustand. Gegen Nachmittag begann die Situation endgültig zu eskalieren.

Theres entfachte drei Segenskerzen, kniete sich vor das Bildnis der Mutter Maria und flehte um Beistand: »Heilige Muttergottes mach, ich bitte dich, mach ...«

Dennoch: Myrtas Zustand verschlimmerte sich von Stunde zu Stunde. Theres schaute sorgenvoll aus dem beschlagenen Sprossenglas.

Die weißen Flocken fielen im dichten Schleier vom tiefengrauen Winterhimmel. An ein Abklingen war noch lange nicht zu denken.

»Ich weiß mir keinen Rat. Wenn das Fieber weiter steigt, erlebt Myrta den morgigen Heilig Abend nicht mehr. Bei diesem Gestöber ist kein Durchkommen, ganz zu schweigen bis nach Müggelheim zum heilkundigen Prof. Dr. Dr. Raspelhausen. Ich kann es drehen, wie ich will, mir bleibt keine andere Wahl, als mich zur bösen Usch durchzuschlagen. Sie soll mein Myrtalein zur Aderlassen und von mir aus auch ihren grauseligen Beschwörungshokuspokus brabbeln.

Schaden wird es schon nicht. Ich darf nichts unversucht lassen. Nicht auszudenken, wenn das Kind stirbt oder ihr Leben lang gezeichnet bleibt. Ich seh beim besten Willen keinen anderen Ausweg. Es zieht sich zu, in einer Stund wird's dunkel. Wenn ich mich gleich auf den Weg mache, dann könnt ich es noch schaffen.« Sie löschte die Kerzen, schlüpfte in den warmen Wollmantel und stürzte aus dem Haus. Der eisige Nordwind pfiff dermaßen unhöflich um Nase und Ohren, dass selbst die Steine vor Kälte bibberten. Theres erschrak, sie stockte, ihr gefror das Blut. Da war jemand, da stand jemand und beobachtete sie. Ein schwarzgewandeter Jüngling – kaum den Flegeljahren entwachsen – lehnte lässig an seinem bärenstarken Schlachtross, biss seelenruhig in einen Apfel, warf den Stumpen im hohen Bogen fort und kam auf Theres zu. Ein auffälliges, kupfergoldleuchtendes Schwert wippte munter an seiner – mit schwarzem Ledergeflecht und Dämonensilber – umgürteten Hüfte. Ein großer, grauer Wolfsrüde stand ihm wachsam zur Seite.

»Theres, brauchst keine Angst haben. Araç und Rubin tun dir nichts. Sind meine zwei besten Freunde. Allemal friedfertig und freundlich. Fürcht dich nicht vor uns. Willst wohl zur Usch? Kannst dir den Weg sparen. Myrta ist bald über dem Damm. Sie ist noch in der nötigen Klärung, sowas dauert halt. Weißt doch: Gut Ding will Weil. Ist aber bald überstanden und dann geht es mit ihr steil bergauf«, erklärte er mit der Unbeschwertheit von Heranwachsenden.

Lebhaft fuhr er fort: »Wart mal, ich hab Geschenke für euch dabei.«

Er griff in seine Brusttasche und zog ein knittriges Ledertäschchen hervor. »Das hier ... also, das hier sind von mir p e r s ö n l i c h gesammelte Gebirgswurzeln, Blütenblätter, Gewürzkapseln und so. Eine Geheimmedizin«, flüsterte er wichtigtuerisch, »... ein wundertätiger Kräuterlabsal. Hab die Rezeptur oben am Gipfelkreuz, in einem versteckten Schrein gefunden. Konnte es fast nicht entziffern, so krakelig und brüchig war's schon. Aber dann ... dann hab ich's doch noch geschafft. Und hier, voilà ...«, er warf Theres schwungvoll das Beutelchen zu. »Theres jetzt pass gut auf: Gieß den Heiltrank mit heißer Milch auf und lass das Ganze dann zehn Minuten zugedeckt ... z u g e d e c k t ... ziehen. Gib es Myrta schluckweise übern Tag verteilt. Es wird sie wieder auf die Beine stellen. Und hier hab ich noch was für sie. Kleinen Moment noch ...«

Er öffnete seine linke Hand und fuchtelte mit prahlerischem Gehabe vor Theres' Nase rum, sprang dann leichtfüßig von einer Seite zur anderen Seite, ging in Hockestellung und wieder zurück, vollführte eine elegante Linksdrehung, setzte zur Rechtsbeuge an und dann – meine Nerven (!) – auch noch der unverzichtbare raubeinige Überschlag ... Glücklich wirtschaftete er in draufgängerischer Kampfprotzerei vor unserer fassungslosen Theres herum. Wie es das ausgelassene Jungherrnvolk halt einmal zu gerne macht. Endlich kam er dann doch noch zur Besinnung und hielt inne. Er ging in sich, er sammelte sich. Aus seiner Handinnenfläche entstiegen kleine glitzernde Kügelchen und Sternschnuppen. Erst vereinzelte, dann immer mehr, schließlich schossen sie wie ein ausgelassenes Bollerwerk ›en miniature‹ surrend und zischend nach oben. Das eindrucksvolle Spektakel dauerte einige wenige Augenblicke, dann wurde es urplötzlich still. Ein goldenes Licht erschien, begann sich zu verdichten … zu gestalten. Eine filigrane Kristallphiole formte sich aus dem unwirklichen Schein. »Da nimm«, sagte er mit unbefangener Herzlichkeit, »mummle Myrta damit rundherum ein. Es ist der Duft des Wundersamens. Aus himmlischen Sphären gesandt. Wird ihre Lebensgeister wecken und die Seel entlasten. So Theres, und für dich hab ich auch noch eine Weihnachtsgabe dabei …«

Er öffnete seine rechte Hand. Auf dem Handteller erschien – wie aus dem Nichts – eine hauchfeine Pergamentrolle, umschlungen von drei zartgoldenen Flechtschnürchen. »Da Theres, das ist für dich. Brauchst dich doch nicht zu zieren. Nimm es ruhig an, es beißt nicht. Aber Theres, was ist denn mit dir? Du wirkst plötzlich so abwesend … so entgeistert und rühren tust dich auch nicht mehr.

Stehst steif wie ein Zinnsoldat. Mir scheint grad, dich hat die Freud so maßlos überwältigt. Komm, sei doch so gut und nimm es an. Es ist doch für dich gedacht. Schau, ich stecke dir die Rolle in deine Manteltasche. So jetzt … pass aber auf, dass sie dir nicht verloren geht. Und gedulde dich noch. Mach sie erst morgen auf. Morgen am Heilig Abend. Wenn du für dich bist … wenn alles schläft. Da wirst nicht schlecht staunen, das schwör ich dir. Wirst große Augen machen. Steht nämlich ein magischer Zauberklang drinnen. Ein Zauberklang mit großer Macht … mit sehr großer Macht. Mit dem kannst du fortan jegliches, wirklich jegliches zum allseitigen Segen wandeln. Glaub mir, Theres, der tut seine Wirkung. Drum nütz ihn so oft, du nur kannst. Lass ihn nach Herzenslust klingen und schwingen. Und erfreu dich an den Wundern, die er zu vollbringen vermag. Mehr wird aber nicht mehr verraten. Lass dich überraschen. Und ü b r i g e n g s, mach dich schon mal darauf gefasst: Für dich sind noch weitere Vorkehrungen getroffen. Quasi, vertraulich von höchster Stelle dir zugedacht. Dein nächster Stichtag wäre dann am Frühlingsanfang. Weißt, wenn die ersten Blümchen spitzen. Da musst du dann achtsam sein, denn an diesem Sonnentag … an diesem äußerst vergnüglichen Sonnentag wird dir ein weiteres Liebesklänglein anvertraut. Und stell dir mal vor, haargenau so, wie es in deiner Chronik verzeichnet steht. Das dritte magische Wörterl spiele ich dir dann auch noch zu. Zur rechten Zeit … sozusagen, im entscheidenden Moment. So, das war es einstweilen. Für heut soll es gut sein.« Er wandte sich um und sprang mit einem Satz in den Sattel. »Und Theres, Folgendes sei nicht zu vergessen: Mach auf Lichtmess mit Myrta einen Ausflug. Geh mit ihr auf die kleine Anhöh und zeig ihr die uralte, ehrwürdige Eiche. Es will euch Gutes beschieden sein. Ganz großes Ehrenwort!« Er schmunzelte spitzbübisch, klopfte Rubin den Hals und hob die Hand zum Gruß.

»So wart doch, um Himmels willen. So wart doch. Wie ... wie heißt du denn?«

»Alander.«

»Alander ... Alander kommst du wieder? «

»Ja, in sieben Jahr! Aber jetzt geh gleich rein ins Warme. Du zitterst ja vor Kälte. Und nimm noch einen Schlummertrunk zu dir. Nicht dass dich die Vorfreud auf den morgigen Abend um deinen wohlverdienten Schlaf bringt.«

Er galoppierte los, zügelte sein Pferd nochmal ein, drehte sich im Sattel um und rief frohgelaunt: »Theres und sei doch so lieb, grüß den Hannes recht herzlich!«

Dann war er verschwunden. Und Theres verstand die Welt nicht mehr ...

6. DAS ANDÄCHTIGE BRÜNNLEIN

»Lieb Ahnfrau, wohin führt mein Weg?
Dorthin … dorthin, wohin du dich sehnst …«

Komm mit mir«, flüsterte der blütenzarte Engel mit flirrendem Timbre, »steigen wir hinab ins Inferno der zermürbenden Finsternis, auf dass du den Sinn deiner erlittenen Schmach ersiehst.« Er lächelte berauschend, reichte Myrta seine helle, linde Hand und umhüllte sie mit seiner weiten, federleichten Erscheinung.

Und sie stiegen gemeinsam hinab in den dunklen Abgrund. Immer tiefer in das grausame, stinkende Grab der Verwünschungen und Häme, in die schwefligen Dämpfe der schonungslosen Marter, in die verschimmelten Fäulnisgase der geknechteten Seelen und gequälten Herzen.

»Schau, dein Vater … schau liebe Myrta und erkenne, wie sehr er leidet und sich knebelt. Auch er von Geburt an verflucht. Am rohen Galgen der Grobheit stranguliert. Schau, wie sehr er sich verrenkt, sich in Selbsthass und Verzweiflung peitscht. Und deine Mutter, auch sie von Geburt an unerwünscht und drangsaliert. Von Vater und Bruder geschlagen und missbraucht. Schau, wie sehr sie sich schindet. Will doch nur ein gutes Wort, ein bisschen Geborgenheit und Halt. Wie einsam und verloren beide sind. Fühle in deinem Herzen den unendlichen Schmerz ihrer Pein. Beide konnten noch nicht anders, beide winden sich am Marterpfahl der eigenen grausamen Barbareien und quälenden Zwänge. Doch nun haben sie den tiefsten Punkt des beschämenden Menschenelends erreicht. Das pechschwarze Mirakel ist vollendet. Sie dürfen sich wieder erheben und noch in diesem Erdenleben in die irdische Freundlichkeit zurückfinden.«

Und Myrta erschaute das geheimnisvolle Mysterium der Menschwerdung. Erfasste die ganze Tragweite von Abspaltung und Zusammenführung, von Entzweiung und Einigung. Den notwendigen tiefen Fall, den Sinn des willentlichen Aufstiegs, die Gefährlichkeit von Bewertung und Verurteilung, das Heil der Darbringung und Hinneigung.

»Doch verrate mir noch mehr: Wer ist der Jüngling, der meiner Mutter den Arm stützend reicht?«

»Das ist Alander – der Auserkorene … der Gesalbte. Er trägt den Glanz der himmlischen Erlösung in sich. Alander ist, ein zu Fleische verdichteter

Funke, aus dem heiligen Lichte Christus. Und siehst du sein kupfergoldleuchtendes Schwert? Noch niemals zuvor war Kostbareres auf Erden. Denn Myrtaland ist der göttlichen Wahrhaftigkeit zum Bilde. Dieses gnadenträchtige Schwert ist die sichtbar gewordene Geistigkeit. In ihm liegt das Versprechen der ewigen Befreiung beglaubigt.«

»Aber was begründet Alanders Abstieg in das furchtbare Reich der Höllenqual?«

»Alander weiß um das große Geheimnis. Ihm ist das Rätselhafte enträtselt. Für ihn trägt alles Gültigkeit. Und dementsprechend reicht er beiden Mächten die Hand. Er steigt auf zum Lichte des Heilands und ebengleich folgt er dem Schatten, wenn er hinabsinkt, in Hades' kalte Schwere. Alander ist bestrebt zu vermitteln. Er führt hell und dunkel zusammen, auf dass sie wieder zu einem Ganzen verschmelzen.«

»Aber so sprich mir noch eins: Warum ist sein Blick auf mich gerichtet?«

»Alander wartet auf deine Vergebung. Auf dass er deine Mutter in ein von Milde durchwirktes Erdenlicht tragen kann. Es liegt einzig und allein in deinem Erbarmen, den ans steinerne Kreuz Genagelten hilfreichen Beistand zu leisten und sie von ihren beklagenswerten Verhaftungen zu erlösen. Aber es ist dir freigestellt, deinen Eltern die Lossprechung zu gewähren. Doch bist du dir schlüssig und ist es dir Geltung, so verfüge über meine segnende Gunst. Nimm von mir und schenke deinen Eltern den Zauber der sinnlichen Düfte, um ihre Herzen zu berühren und ihren weiteren Weg zu Achtsamkeit und Zuversicht zu lenken. Kränze sie mit den weißen Sternen der Myrte, um die innere Wandlung zu bewirken. Salbe sie mit Sandelholz, Wacholder und Zeder, um ihnen ihre menschliche Würde zu beteuern. Wärme sie mit Zimt, Karamell und Vanille, um Vertrauen und Lebenskraft zu stärken. Becirce Sie mit den hoffnungsbringenden Frühlingsknospen, um sie ihrer zartesten Wünsche zu erinnern. Streichle sie mit dem seidigen Hauch von Flieder und Jasmin, um ihre geistige Reinheit zu erneuern. Beglücke sie mit der Poesie der pudrigen Rosen- und Mandelblüten, um ihre Geneigtheit zu beleben. Tauche sie in das ausgedehnte Vergnügen der Strahlenanemonen und Sternenorchideen, um ihre Sehnsucht nach den Weiten des Weltenkosmos einzuleiten. Und bereichere sie mit der Wonne von Pfirsich, Kirsch und Granatapfel, um sie mit den Gefühlen der Fülle und Lust zu betrauen.«

Und Myrta nahm reichlich von ihrem blütenzarten Begleiter und streute Tausende von Blumen, Knospen, Balsamsternen und Gewürzflocken über ihre leiblichen Eltern. Bettete sie in das sanftwiegende Wolkenreich der Geborgenheit, des Friedens und des Behütetseins. Dann trug der Liebesengel Myrta wieder mit sich fort. Ein hauchzarter Kuss ...

Oh, welch süßer Stachel! Myrta fuhr erschrocken aus dem Schlafe. Stoßende Schmerzwellen bohrten sich vom Steißbein bis zur Schädeldecke durch. Wie aufpeitschende Brandungsschläge bahnten sich die ungeduldigen Kraftströme ihren Weg steil senkrecht nach oben an. Ungehalten zerrten sie an den versteiften Muskelsträngen, durchstießen die knöchernen Verrenkungen und streckten die verkrümmten Gliedmaßen aus. Endlich in Schwung gekommen, ließen sie sich nicht mehr an die Kandare legen. Allzulange hatten sie im Trübsinnigen rumgebummelt und gefaulenzt. Wussten nichts mit sich und ihrem Dasein anzufangen, hatten keinerlei Ambitionen, keinerlei ehrgeiziges Erstreben. Ihr Leben war mit Warten abgetan.

Aber in dieser gesegneten Nacht wurden sie von ihrer dösigen Nutzlosigkeit erlöst und die Bahnen für ihre Bestimmungen freigelegt.

Nunmehr durch unterirdische Quellen gespeist und gestärkt, schnellten sie lauthallend auf und strebten ihrer sinnhaften Anerkennung zu.

Myrta war wie auf die Folterbank gespannt. Unablässig wurde sie von den energisch aufwärtstreibenden Energieströmen durchzogen und langgestreckt. Aber dann, als sie schon dachte, es fände sich kein Einhalt mehr, wurde es in ihr wunderlich flauschig und leicht.

Die göttliche Mutter nahm ihre Tochter in den Arm und nährte sie mit ihrer heilbringenden, süßen Milch. Erleichtert kuschelte sich unser liebes Mädchen an ihr Kätzchen und fiel in einen traumlosen Schlaf. Myrta schlief ihrer Genesung entgegen.

Stella Maris lächelte. Sie hob ihre Hand und senkte ein kleines Wassersämlein in Myrtas Innerstes. Und diese weihevolle Weihnachtsgabe, dieses bedeutsame Samenkörnchen trug die magnetisch gepolte Essenz der Weiblichkeit in sich. Dieses wundersame Lichtsternlein wird ihrer innigsten Sehnsucht folgen und im weiblichen Urwasser verbleiben. Es wird niemals in die ›Welt‹ eintreten, sondern fernab von allen Berechnungen, Formen, Strukturen und Geschäftigkeit ihre Erfüllung finden. Es wird niemals nach oben streben, um Christi Licht zu erschauen. Sondern ihren Blick nach unten wenden – ins trübe Dunkel, um ihre Mutterquelle wieder zu finden, um zurückzukehren in ihre wahre Heimat. Es wird niemals betteln und fordern, sondern ihrer Neigung gemäß empfangen. Es wird niemals aufbegehren, niemals versuchen zu entfliehen, sondern schweigend und fühlend, sich an der stillen Einkehr – an ihrer Selbstgenügsamkeit – nähren. Es lebt um zu SEIN – um zu SEIN.

Und in diesem schwebenden SEIN wird es sich auflösen, um sich selbst zu finden. Es wird in der Wiederkehr des Wellenganges sich der Zeit entheben. Es wird mit den Strudelbläschen spielen und sich selbst zur Lust sein.

Doch noch verweilte es im Schaum der Gischt und mondete sich im Licht der Silbernächte. Es wird erst bei Myrtas Menarche entkeimen und beginnen abzusinken. Und in Myrtas Hochzeitsnacht – während der heiligen Vereinigung zweier Körper, zweier Herzen, zweier Seelen – zu einem sechsfarbig schimmernden Hexagramm – zu einem heiligen Meeresstern erblühen, um auf allezeit im selig-süßen Schoßkelch unserer göttlichen Lichtmutter wohlbehütet zu verweilen.

»Aus der Tiefe rufst du mich. Mutter, geliebte Mutter ich folge deiner Stimme . . .«

Der Glöckner läutete zur Andacht. Im tiefen, dunklen Trönenwalde kehrten Ruhe und Frieden ein. Theres erhob sich, nahm das sakrale Pergament an sich und entrollte es mit behutsamer Hand:

DANKE

HEILIGER GRAL

»WAS DARF DICH BEZAUBERN?«

VIERTER LOBGESANG

»Zu steigen auf ins ferne Reich,
so ist es holder Seele Sinn,
das Menschenkind wird liegen weich,
und strecken sich zur Sonne hin.

Wird sehnen nach hold luftig Sein,
erheben sich zum Sternenweit,
erfühlen, was ist mein, was dein,
was ist allein, was ist zu zweit.

Und finden auch im rauchig Dunst,
und in des Dunkels heimlich weben,
des klaren Äthers reiche Gunst,
den Dank für den geschenkten Segen.

Manch glitzernd Nüsslein legen wir,
ins träumerische, milde Wandeln,
zu lenken ihren Geist ins hier,
zu führen ins bewusste Handeln.«

Halleluja

IV. Die Einsicht

Klangschwingung:

»Es ist, weil es ist.«

MYSTISCHER RÄTSELGESANG

LUDWIG VAN BEETHOVEN

»ROMANZE«

LIED WoO 96/2

1. DAS HERZIGE MARIENKÄFERCHEN

»Wer bewusst zu sprechen vermag, bewirkt großes Heil.«

Was meinst du, Myrtalein«, fragte Theres lachend, »wollen wir einen kleinen Ausflug machen? Jetzt haben wir drei Tage entrümpelt, geschrubbt, gebohnert und poliert. Ich mein, eine vergnügliche Zerstreuung wär uns vergönnt. Heut ist doch Lichtmess. Das Wetter ist so schön, der erste milde Frühlingstag in diesem Jahr. Ich hätt nicht übel Lust auf ein Picknick mit dir. Lass uns doch dem Lenz zur Freude sein und die uralte, ehrwürdige Eiche besuchen. Wenn wir uns sputen, sind wir nachmittags wieder zurück und erledigen das bisschen Rest.« Und so stellten sie kurzerhand das Vergnügen über die Pflicht, füllten im Feuereifer das Weidenkörbchen und liefen übermütig drauflos. Sie sprangen über Stock und Stein, sangen und pfiffen, glucksten und alberten.

Weit kamen sie allerdings nicht. Wie es eben ist, wenn man die Rechnung ohne unseren verspielten, übermütigen Amor macht.

Der schöne Gott der sinnlichen Liebe sah zu seiner Bestürzung wieder seinen Einfluss verblassen und Theres' beschlossene Brautschaft zu einem Nebelschleier verflüchtigen. Und so traf er eine denkwürdige Entscheidung, um einen weiteren Beweis seiner gewissenhaften Mannesvernunft zu liefern. Er legte sein gesprenkeltes Flötenholz an und spielte zum belebenden Taumel von Herzensflimmern und Flügelzittern auf. Ach, welch bezaubernder, umsichtiger Streich. Man kann gar nicht anders, man muss ihn einfach lieben.

Theres sah das leider etwas anders. »Um alles in der Welt, das hat mir gerade noch gefehlt. Hannes! Und wie ich wieder ausschaue.

Myrtalein, mein altbackenes Kleid, meine zottige Frisur – ich versteck mich schnell. Bin gleich wieder bei dir. Verrat mich nicht!«

Theres stürzte sich die steile Böschung hinab und duckte sich hinter einem stachligen Himbeergebüsch. Hannes schlenderte desweilen gemütlich und ohne Spur von Argwohn daher, führte den zufriedenschnaubenden Reitschimmel am Zügel und ließ ihn hie und da am ersten Grün zupfen. Noch war er entspannt und frohgemut.

»Nanu, Myrtalein, bist du ganz alleine? Hast du dich etwa verlaufen?« Myrta schlenkerte verlegen mit ihren dünnen Ärmchen: »Ich weiß nicht. Vielleicht ...«

»Ja, soll ich dich nach Hause bringen?«

Myrta trat zappelig von einem Fuß auf den anderen. »Nein ... ich weiß nicht, ich wart noch. Vielleicht, nein ... ich weiß nicht.«

»Ja, auf wen wartest du denn? Wo ist denn die Theres?« Hannes schaute sich suchend um.

Myrta zupfte bekümmert an ihren Zöpfen. »Ich weiß nicht. Ja oder nein ... nein, versteckt oder so. Nein ... ich weiß auch nicht ...«

»Aber Myrtalein, warum hat sich die Theres denn versteckt? Was ist denn los?«

Myrta wippte unglücklich auf und ab. »Das Kleid ... vielleicht ... altbacken und zottelig und so. Nein, nein. Ich weiß auch nicht ... vielleicht ...«

»Du hast doch ein sehr schönes Kleid. Und so viele lustige Knöpfchen und Schleifen dran. Du siehst sehr hübsch darin aus. Wie eine richtige kleine Dame. Weißt was, ich bring dich jetzt nach Haus. Theres wird sich schon sorgen. Darfst auch reiten. Komm, ich heb dich auf mein Pferd ...«

Myrta rieb sich hilflos beide Ohren, bohrte verwirrt in ihrer Nase. »Nein vielleicht ... ich weiß auch nicht ... ich bleib noch. Geheimnis ... vielleicht oder nein ...«

Hannes beugte sich noch tiefer zu ihr runter und sprach jetzt auch sehr langsam und wohlartikuliert: »Dann machen wir es so. Ich muss noch runter ins Dorf. Bring es aber so schnell wie möglich hinter mich. Brauchst dich nicht zu fürchten, ich bin bald wieder bei dir und dann sehen wir schon, wie es weitergeht. Ist dir das recht?

Willst du solange auf mich warten?«

»Ja ... nein, nein ... vielleicht ... ich weiß auch nicht ... nein ... vielleicht ...«

Hannes bestieg sein Pferd und galoppierte los. »Mein lieber Schwan, das ist jetzt schon ein hartes Kaliber. Das arme, arme Kind. Ich dachte eigentlich, dass bei ihr alles gut wär. Aber da fehlt es ja um die ganze Breitseite der Vernunft. Sie hat sich jetzt so gut rausgewachsen, ist direkt grad geworden. Aber im Kopf ... das arme, arme Kind. Und so was von eingeschüchtert und verklemmt ... das arme, arme Mädel ...«

Verflucht und zugenäht, so schnell kann es gehen.

»Ei Myrtalein, das hast du wirklich gutgemacht«, lobte Theres das verstörte Kind. »Wenn wir das nächste Mal in die Stadt fahren, kauf ich dir zur Belohnung Eiscreme mit Sahne und Eierwaffeln.«

»Au fein. Aber Theres, warum bist du so rot im Gesicht? Bist du etwa verliebt?«

»Bin ich rot? Ich bin doch nicht rot. Woher weißt du überhaupt von solchen Sachen? Schau … schau doch, Myrtalein, ein schöner gelber Schmetterling …«

An dieser Stelle möchte ich ein paar klärende Worte miteinflechten. Pädagogisch gesehen war dieser verheerende Fauxpas allertiefste Schublade. Zugegeben. Und es ist nicht verwunderlich, wenn in uns ein leichter Zweifel an Theres' Glaubwürdigkeit keimt. Aber wir sollten uns in Nachsicht üben, denn es ist vorauszusetzen, dass Theres schlichtweg überfordert war. Die sonst so bodenständige und korrekte Theres war schließlich in einer mehr als prekären Notlage. Denn – und mit diesem Argument werde ich alle Vorbehalte sprengen – der fesche Hannes war erschienen und Theres war wieder einmal nicht hergerichtet! N i c h t h e r g e r i c h t e t ! Man kann doch nicht in einem Flickengewand auf dem Schauplatz der Liebe erscheinen. Bei aller Aufgeschlossenheit, aber das geht nun wirklich nicht. Und darum sollten wir es ihr nicht länger aufwiegen.

Und schließlich: Wer hat aus lauter eitler Liebestollerei noch keine beschämenden Schnitzer gemacht? Ich jedenfalls, ich darf gar nicht mehr daran denken …

Halbwegs gefasst machte Theres den Stein des Anstoßes mehr wie wett. Sie war wieder so mustergültig und vorbildlich, wie wir sie kennen. Theres nahm Myrta fürsorglich an der Hand, nannte ihr die sprießenden Knospen und Blumen beim Namen und erklärte ihr deren Heilkraft und Nutzen. Sie verwies auf funkelnde Steinchen, geheimnisträchtiges Wurzelwerk und vorüberhuschende Tierchen. Öffnete dem staunenden Kinde die Augen, für die vielfältigen Wunder der Natur. Und Myrta sog alles in sich auf – so begierig wie ein ausgetrockneter Bachlauf den lang herbeigesehnten Regen.

Als die beiden bei der uralten, ehrwürdigen Eiche eintrafen, sahen sie das Holzbänkchen besetzt. Ein hünenhafter, dunkler Mann hielt zärtlich mit einer üppigen, weichen, hellen Frau Händchen. Sie flüsterten sich verliebte Neckereien ins Ohr, warfen sich vielversprechende Küsschen zu und tuschelten entzückende Albernheiten. Sie umkosten und hätschelten einander und überhäuften sich mit Zuneigung und Wohlwollen. Die im Liebestaumel Entflammten lachten glücklich und ständig – glitzerten und strahlten heller als der Sonne Schein. Beide nicht mehr jung, aber verschossen wie Teenager.

Die kleine Anhöhe war von der schwärmerischen Aura der Verliebten durchtränkt. Theres und Myrta sahen sich einander an, zwinkerten sich zu, wendeten sich einvernehmlich ab und machten sich auf Zehenspitzen aus dem Staub. Und das sollten wir ihnen gleich tun. Lassen wir die Verliebten ungestört weiterturteln, träumen und sich an ihrem Liebesglück erfreuen. Denn beide haben es mehr wie verdient.

Ein seltsames Gefühl – gleich einem lockenden Ruf – bewog Theres dazu, sich nochmals umzudrehen. Ein schillernder Regenbogen wölbte sich über dem glücklichen Herzenspaar. Im leuchtenden Schein schwebten groß und bedeutungsvoll zwei goldene, mit zarten Blüten umflorte Letter.

JA

Ein nie gekanntes Glücksempfinden durchflutete Theres, streichelte und liebkoste ihr Herz und Seele. Ihr tiefstes Wesen verstand. Sie hatte – wie in der eisig kalten Winterdämmerung von Alander vorausschauend prophezeit – das zweite der drei wandelmagischen Zauberklänglein gefunden.

Ja … ja … ja …

Als beide erfüllt von all dem Schönen in ihrem häuslichen Nest eintrafen, fanden sie vor dem Gartentürchen ein kleines Büscherl samtig-pelziger Palmkätzchen vor. Das Sträußchen liebevoll gefasst von drei langen, weißen Schweifhaaren.

Im Zauberreich der Geister

Reigentanz der flitternden Borstenfuzzler

»Es dämmert schon, macht euch bereit,
jetzt kommt für uns die Wonnezeit,
die Sonne wird bald untergehen,
lasst uns in Freud die Runden drehn.«

Flirr-Flarr

»Der Mondentraum im silbrig Schein,
umschmeichelt uns, umhegt uns fein,
ergötzt uns Körper, Geist und Sinn,
wir neigen uns der Gnade hin.«

Flirr-Flarr

»Wir schwirren hoch in weiten Raum
zu küssen milden, flockig Saum,
und steigen ab zur schweren Erd,
zu teilen, was ist uns gewährt.«

Flirr-Flarr

2. DAS VORWITZIGE TEUFELCHEN

»Selbst in einer stumpfen Scherbe spiegelt sich der Liebe Schein.«

Ursula Katharina Köll – im dunklen, tiefen Trönenwald kurz und prägnant »die böse Usch« – stammte ebenbürtig aus der glanzlosen und wie die Cholera gemiedene Dynastie der Scharfrichter. Wie oftmals in diesem grausigen Gewerbe üblich, so stand auch ihre Mutter tapfer und hilfreich ihrem innerlich gespaltenen und nervlich zerrütteten Henkersgatten stützend zur Seite. Sie wusste sehr wohl um seine Schwäche, um sein Mitgefühl, um seine Bestürzung. Er war nicht zu allem fähig, war nicht geschaffen, um ein solch brutales Handwerk auszuüben. Es fehlte ihm entschieden an Rückgrat und Ehrgeiz. Aber trotz alledem, sie begehrte ihn von erster Sekunde an und liebte ihn immer noch. Sie war nach wie vor in seine furchteinflößende Erscheinung, in seinen wuchtigen, breitschultrigen Körperbau, in seinen geheimnisvoll verschleierten, dunklen Blick vernarrt. Ihn wollte sie haben, ihn und sonst keinen. Und was er nicht vermochte, musste sie eben doppelt miteinbringen. Schließlich stand sie in Verantwortlichkeit – hatte Ruf, Gebot und Familienvermögen zu wahren. So fasste sie sich ein Herz, verhehlte ihre Enttäuschung unter dem Deckmäntelchen des charmanten Lächelns und füllte in aufopfernder Umsicht die Lücken seiner Schuldigkeit mit den nötigen Erfordernissen. Vertuschte seine Melancholie und Schwermut durch gewandtes, emsiges Auftreten – die verflixte Trunksucht durch notige, listige Falschreden. Sie packte tüchtig mit an und war sich für keinen noch so schmutzigen Handlangerdienst zu schade. Immer einfühlsam darauf bedacht, seine ihm angediehene Empfindsamkeit und sein männliches Ehrgefühl unverletzt zu sehen.

Immer darauf bedacht, ihn zu stärken, ihn zu schützen und für ihn zu kämpfen. Sie führte in den feuchten Verliesen und stinkenden Folterkammern seine zitternde Hand und stärkte ihn bei Schwindel und Erbrechen. Überspielte überzeugend seine bescheidene Geschicklichkeit bei Marter und Folter und schickte ihn stets durch findige Vorwände ins Abseits, um das von ihm halbherzig und ihrer Meinung nach stümperhaft begonnene Schinderwerk im Namen der Wahrheit zu einem zwingenden Geständnis zu führen. War Verwalterin und Mitwirtschafterin in der ruchlosen Abdeckerei und verstand sich

darauf, wie ein Marktweib zu handeln und zu feilschen. Sie hielt alle nur er-
denklichen Anrüchigkeiten in ihren fleißigen Händen und tat unermüdlich,
was zu tun sie sich geheißen. Aber gerade die öffentlichen Hinrichtungen am
Strang oder mit Beil, das komplizierte, langgezogene Rädern bereiteten ihr
größte Sorgen und Kopfzerbrechen. Da betraten sie dünnes Eis – ganz, ganz
dünnes Eis. Sie musste stark sein, stark für ihn. Musste ihn vorab seelisch und
moralisch abhärten, musste ihm streng ins Gewissen reden. Eine undenkbare
Bloßstellung, wenn es mit ihm durchginge und er seinen Kopf verlieren
würde ... naja ... Doch sie wusste, mit ihm umzugehen. Sie sorgte schon
dafür, dass er sich zusammenriss und bot, was von ihm erwartet wurde. Er
hatte sich am Richtplatz gewalttätig, ja geradezu entmenschlicht zu zeigen.
Da stand er seinem weitverbreiteten Leumund als des Teufels Hohepriester
in Wert und Schuldigkeit. Selbst der winzigste, aus Mitleid begangene Schnitzer, wäre der unwiderrufliche Untergang seiner vielgerühmten satanischen
Meisterschaft gewesen. Eine nicht wiedergutzumachende Beschämung und
Schande für die ganze Familie und Sippschaft. Keiner würde mehr entsetzt
vor ihm zurückweichen. Keiner mehr hinter vorgehaltener Hand angewidert
seine bestialische Kunstfertigkeit preisen. Einzig aus diesen Gründen war sie
immer am Pranger und Schafott dabei, überwachte seine Maßnahmen auf das
Pingeligste, gebot ihm in kritischen Momenten durch beschlichtende Gesten
Einhalt, im zögerlichen Vorgehen durch aufmunterndes Winken Rücken-
wind. Ein noch so kleiner, ungeschickter Patzer, der den elenden Delinquen-
ten zu schnell den erlösenden Tod brächte, ein, durch unnötige Sentimenta-
litäten hervorgerufener, verfrühter Gnadenstoß und ihr Mann wäre dem glühenden Volkszorn, den Unkenrufen des verloderten Pöbels, den üblen Unterstellungen, der auf himmlische Gerechtigkeit bedachten scheinheiligen
Geistlichkeit, haltlos ausgeliefert. Ganz zu schweigen von der penetranten
Obrigkeit, den sogenannt gesetzlich befugten Behauptern der regelnden Ordnung. Diese selbstgefälligen Herren überwachten jedes von ihm erbrachte
Detail mit stechenden, abschätzenden Blicken – ungeachtet der bröckelnden
Fassade ihrer eigenen lüsternen Geilheit und verlogenen-schwülstigen Mo-
ralsätze.

Und erst die wieselflinken, schmierigen Spitzel. Horchten und schnüffelten
nach allen Richtungen und verbreiteten nichts als Angst und Unwohlsein.
Vieles gab es für seine begehrten Auftritte zu obwalten. Nichts durfte über-
sehen werden. Allem mussten Achtung und größte Sorgfalt erwiesen sein.
War er doch berüchtigt für seine kaltblütige Grausamkeit, für seine brutale

Fingerfertigkeit, für sein rücksichtsloses Vorgehen. Da galt es immer wieder etwas Exklusives, Taufrisches, etwas noch nie Gewesenes darzubieten. Da musste er einfach seiner sensationslüsternen Anhängerschaft mit ganzer Kraft seines (ihres!) Einfallsreichtums auf das Abscheulichste zu Diensten stehen. Nicht umsonst strömte die breite Masse zu jedem seiner schaurigen Auftritte in Strömen herbei. Die Ärmsten zu Fuß oder in überfüllten, von Ochsen gezogenen roh gezimmerten Deichselwagen, die Wohlhabenden und Adeligen in ihren Prachtkutschen mit weichgepolsterten Sitzbänken und Dienerschaft. Aber auch sie selbst wurde für all die erbrachten Mühen reichlich entschädigt. Es war für sie ein Hochgenuss, wenn die überfüllte, aufgeheizte Stadt in eine Blutrauschorgie verfiel. Wenn unter Trommelwirbel der schwankende Schinderkarren feierlich Einzug hielt, wenn der winselnde Unselige von groben Söldnerfäusten gepackt und nach oben gezerrt wurde. Und ihr Herz zerbarst vor Stolz, wenn ihr fanatisch umjubelter und nichtsdestoweniger zu Tode gefürchteter Liebster erhobenen Hauptes auf dem Schreckensplatz erschien und gemessenen Schrittes das hölzerne Podest bestieg. Sie suhlte sich in der schweißigen Anspannung der abgebrühten, rabiaten Schaulustigen.

Sie weidete sich an der Entladung des aufgestauten Hasses der Unterdrückten und Verstoßenen. Sie genoss den aufgewiegelten Ausnahmezustand der sonst so kleinkarierten Bürgerstadt. Die bunten, herzlosen Turbulenzen, das lautstarke Getöse und das vielfältige, ungesittete Durcheinander. Und wie sie erst die eingefahrenen Rituale liebte: Das Besaufen bis zur Bewusstlosigkeit, das Schreien und Brüllen bis zur Besinnungslosigkeit, die hundsgemeinen, aufdringlichen Belästigungen, die perversen Beschimpfungen und gottlosen Flüche. Die Hurenhäuser platzen aus allen Nieten und Nähten, die fahrenden Händler verdienten sich eine goldene Nase und die Erlauchten trieben auf den Fensterplätzen vor aller Augen unzüchtige Handlungen. Kaum angekommen, wurden die wogenden Brüste schamlos entblößt, die bauschigen Reifröcke hochgeschoben, die plusternden Beinkleider aufgeschnallt und mit routiniertem Griff runtergelassen. Paarungsbereitschaft und Unzucht ungeniert zur Schau gestellt. Jedes Fünkchen Anstand, jedes Quantum Zartgefühl, jedes Körnchen Feinsinn war an einem solch besonderen, schönen Tag zu Grabe getragen. Und sie – die Unscheinbare, die Dienende, die Opferbringende – war insgeheim die machtvolle Königin und treibende Kraft dieses explodierenden, mordlüsternen Chaos.

116

Zur Belohnung für das wonnereiche, gelungene Spektakel verwöhnte sie ihren, vom langen Tageswerk müde heimkehrenden Gemahl, mit romantischem Kerzenschein, leiser Musik und einem – in Hingabe zubereiteten – Festtagsschmaus. Und waren zur späten Stunde die Dolche abgebrannt und auch die allerletzte Flasche Wein geköpft, umschmeichelte sie ihren Liebsten mit den phantasievoll erdichteten, zärtlichen Köstlichkeiten der anschmiegsamen, körperlichen Zuwendung.

Aber bei all der reichhaltigen Arbeit und täglichen Hetze vergaß sie ihre Tochter nie. Und so wies sie die kleine Ursula mit mütterlicher Fürsorge in das schändliche Metier der Quäler und Schnitter ein. Denn sie ersehnte sich für ihr einziges Kind das Beste vom Besten – das Optimum. Wollte die kleine Ursula mit reinstem Gewissen und Dafürhalten zu einer ebenso tüchtigen, geschickten Ehefrau und verlässlichen Gefährtin erziehen. Schließlich war aus ihrer Sicht Zimperlichkeit keinem zuträglich und nur für Schwächlinge und Versager erdacht. Aber der Tod – der Tod ein wahrhaft profitbringendes, krisensicheres und ehrbares Geschäft.

Und Ursula Katharina, vom Charakter her abgebrüht und berechnend, zeigte zu ihrer großen Beglückung, Gespür und Talent.

3. Das neugierige Birklein

»Nachtgespenst, ich lach dir eins.
Du lehrst mir nicht das Fürchten ...«

Ursula reifte in dem diesigen, muffigen Schwadenkreis der Spinner und Narren, Mörder und Mördersmörder, der Lügner und Verräter, der Habgierigsten und Zweifelhaftesten heran. Und dieser undurchschaubare, bodenlose Wahnsinn erschien ihr selbstverständlich und völlig normal. So viele Blutlinien berühmter Henkersfamilien kreuzten sich in ihren Genen, dass es beizeiten dünkte, alle verrufenen Eigenschaften hätten sich in ihr angesammelt und im wahnwitzigen Wirbel eines Irrentanzes miteinander vermischt. Erschwerend kam hinzu, dass dem heranwachsenden Mädchen ungesunde Lebenswerte vermittelt wurden, die keinesfalls zuträglich sein konnten. Was Wunder, wenn sie abgehärteter, störrischer Natur war und sich der Vorstellung verwehrte, ihr Leben im Schatten eines willensschwachen Familienoberhauptes zu tristen.

Ursula wirkte durch ihre grobschlächtige Ausstrahlung auf den ersten Blick ungebildet und einfältig. Irrtum! Wie in den Kreisen der Vollstrecker üblich, durchlief sie eine exzellent breit gefächerte Allgemeinbildung, war in die Relevanz der zur Schau gestellten gottesfürchtigen Frömmigkeit unterwiesen, beherrschte die Wissenschaft der Naturheilkunde, die Grundkenntnisse der Chirurgie, verstand sich auf heilmagische Salben, schmerzlindernde Ziehpflaster, auf die begehrten Liebespulver und Bange machenden Rachesäftlein. Sie wusste mit dem Blick ihrer Augen zu lähmen, mit einem einzig gesprochen Wort zu herrschen, alles rundherum zu unterwerfen und ihr Willens zu machen. Aber sie forderte mehr, noch viel mehr.

Die Kunstfertigkeit der Giftmischerei war ihre insgeheime Leidenschaft. Und sie hatte weitläufige, fantastisch umfangreiche Lebenspläne. Ihre Profession galt der unabhängigen Erwerbsmöglichkeit, ihr Engagement der Errichtung eines eigenen Gewaltzirkels.

So durchbrach sie mit dem Trotzkopf einer Sechzehnjährigen den enggelegten Rahmen der möglichen Heiratskandidaten und beruflichen Aufstiegsmöglichkeiten, verscherbelte in einer Nacht- und Nebelaktion, das von ihren Eltern großzügig angehäufte Brautgut, und brannte ohne einen Blick zurück Richtung Süden durch. Angestachelt von ihrer unbeirrbaren Halsstarrigkeit fand sie sehr schnell in der abgeschirmten Jüngerschaft des versteckten Untergrunds Anschluss und Aufnahme. Dieses dubiose Refugium der Geistbeschwörer, Querdenker und Unruhestifter war ihr Heimat, Halt und Bestätigung. Und ihr führender, umsichtiger Schicksalsstern arrangierte angesichts ihrer hochfahrenden Passionen, dass Ursula mithilfe ihrer messerscharfen Intelligenz und rücksichtslosen Unverfrorenheit, dem, in jener Epoche bedeutendsten und größten aller schwarzmagischen Hexenmeister, angenehm ins Auge fiel. Der renommierte, vielbewunderte Patron beobachtete Ursula eine geraume Weil, durchleuchtete sie eingehen unter der Nickellupe, prüfte sie auf Festigkeit und Verstand und entschied zur Fassungslosigkeit aller, sie unter seine Fittiche zu nehmen. Der weise, greise Gelehrte wollte ihr allein — unbeachtet der wütenden Neider — die imposanten Schätze seines umfangreichen Wissens lückenlos übertragen. Er wusste von der Kürze seines noch weltlichen Verbleibens und so wurde das gemeinsam besprochene Unterfangen in fliegender Hast in die Wege geleitet. Ursula zog sogleich zu ihm in das windschiefe Türmchen, war eine durchaus befähigte und gelehrige Schülerin, besorgt das Hauswesen und pflegt den schon hochbetagten Lehrmeister — letztendlich bis zu seinem Tode.

Kaum angekommen und noch ganz außer Atem, da begann er schon avanti drauflos zu dozieren und referieren, zu schwadronieren und argumentieren. Er füllte ihren Verstand mit der Prägnanz um den ausgetüftelten Rezepturen der siechbringenden Pflanzenpotenzen und Drogensubstrate, mit dem Verständnis um die stützenden Säulen der Astrologie, weckte ihr Interesse für das gründelnde, tiefsinnige Tarot und führte sie im vollen Umfang in die Qualifikationen der Schadensmagie und des Abwehrzaubers, der Beschwörungsformeln und der Bannzeichen ein. Aber das essenzielle Bedeutendste und was ihrem charakterlichen Wesensgemüt ungemein vertraut und zugetan war: Er lehrte ihr Vorsicht und Verschwiegenheit.

»Ohne dieses tragende Strebewerk wäre«, betont er — indes er genüsslich an seiner Meerschaumpfeife paffte, »alles andere nichtig und wertlos. Nur auf dem starken Fundus der absoluten Diskretion kannst du dein angestrebtes — und wie mir scheinen mag — anbetungswürdiges Machtimperium errichten.«

Und sie vergaß niemals, die von ihm in väterlicher Sorge auf dem Sterbelager übertragenen letzten Ermahnungen: »Ursula, hör auf mich. Nimm dich vor der hohen Geistlichkeit in Acht. Hüte dich vor dieser verschlagenen Natternbrut. Sie haben ihre fetttropfenden Spitzohren überall und ihre Büttel übers ganze Land verteilt. Diese selbsternannten Stellvertreter Gottes mit ihren abgestumpften Glaubenssätzen und unstatthaften Foppwerken, mit ihren von Scheinheiligkeit aufgedunsenen Larven, ihrem Protz und Prunk sind den Gesetzmäßigkeiten der universellen transzendenten Geisteskraft, dem Hohelied der Ethik und stelle dir bloß vor, selbst dem Wahrpreis der Moral von mehr als erschütternder Unkenntnis. Es ist zum Gruseln, aber sie versperren sich noch immer vor der grandiosen Wirklichkeit des allumfassenden, im ewigen Wandel befindlichen Schöpfertums. Gehen in ihrem blindrotzigen Größenwahn sogar so weit, dass sie die göttliche Beseeltheit allen Seins verneinen und bis auf das Blut abstreiten. Ihre Intoleranz und Ignoranz sind von solch epischen Ausmaßen, dass es alle Grenzen meines Verstehens sprengt. Freilich, mit einem vollen Bauch und reichgefüllten Schatzkammern lässt es sich nach vorne hin leicht von Liebe, Frieden, Harmonie predigen. Und hintenherum unterwerfen und zertreten sie ihre schutzsuchenden Gläubigen sowie alle Andersdenkende durch erbarmungslose Freveltaten, tyrannische Schuldzuweisungen und diktatorische Androhungen. Sie sind es, die die größten Übel in diese Welt miteinbringen und verbreiten. Bleib auf der Hut und meide sie wie die plättende Krätze. Traue keinem von diesen hinterlistigen Pharisäern, lass dich nicht von ihnen täuschen und einsacken. Denn bedenke, wenn sie wirklich – wie sie behaupten – das lichtvolle Abbild Gottes in sich tragen, dann mein braves Mädchen, ist es für uns keine Schande, sich den Kräften des Leibhaftigen zu bedienen. Der Höllensatan ist allemal noch milder und gnädiger als ihr strafender, rachsüchtiger Gott. Glaub mir, ich bin viel rumgekommen … hab viel zu viel gesehen. Hab mich nicht umsonst in die schützenden, mütterlichen Arme der Unterwelt begeben. Wir, mein sanftes Rehlein, gestatten uns der Menschen Leiber zu vergiften. Ob zu Recht oder zu Unrecht, wer vermag das zu beurteilen. Aber das tun sie ja – trotz ihres mehr als übergenug rezitierten hochgepriesenen Gottesgebotes »Du sollst nicht töten« – erstaunlicherweise ebenso. Selbst in den eigenen Reihen ist keiner vor den internen eifersüchtigen Ränkemorden sicher. Ich hab es selbst oft genug miterlebt. Ich war mal einer von denen und dafür, meine süße Meeresprinzessin, schäme ich mich heute noch. Das kannst du mir glauben. Aber was viel schwerer wiegt und meiner Ansicht das unverzeihlichste all ihrer gewissenlosen Verfehlungen ist: Sie töten der Menschen Seelen mit dem boshaften Druckversprechen der Errettung und ewigen Erlösung am Jüngsten Tage. Nehmen mit offener Hand – denk nur an die Ablassbriefe –

selbst von den Geringsten der Geringsten, derweilen die Kinder an der Mutter Brust verhungern. Und das ist ein verwerfliches, ein nicht wiedergutzumachendes Verbrechen. Tu es ihnen niemals gleich. Lass dieses Verderbnis nicht an dich ran. Beschmutze dich nicht, indem du von den Armen und Hungernden nimmst. Lass es dir zur Lehre sein und begeh niemals dieselbe primitive Liederlichkeit. Verhöhn nicht auch noch die ohnehin Gebrochenen, sondern übe dich in Rücksicht und Anteilnahme. Richte sie mit Zuspruch und Beistand auf. Merke es dir gut, mein liebreizender Augenstern, sonst ist dein Leben ebenso ehrlos und vertan und auch keinen Pfifferling mehr wert, als das dieser frechen Schwindler mit ihren goldenen Altären und juwelenbesetzten Kreuzer. Wir, mein bezauberndes Sonnenbienlein, wir sind Philosophen, Freigeister ... wir sind Feinsinnige und keine von diesen heuchelnden, schnatternden Laffen mit vorwurfsvollem Fingerzeig. Merke es dir gut! Erniedrige dich nicht, indem du dich zu solch lächerlichem Belehrungsgehabe hinreißen lässt. Und noch eine weitere Empfehlung will ich dir ans Herz legen: Du, meine liebliche Seerose, du bist ein Weib und zugegeben ein sehr schönes und begehrenswertes Weib. Das erweckt stets Eifersucht und Neid. Darum sei auf Wacht und halte dich stets im Hintergrund bedeckt. Jetzt bist du noch Adeptin und unterstehst meinem Schutz, aber nach meinem Ableben – und das wird noch vor Sonnenaufgang sein – geht die Meisterschaft auf dich über. Viele wollen dich fallen sehen. Sie werden dir nachstellen und nach deinem Leben trachten. Darum trage Sorge für deinen Schutz. Und Donner und Hagelblitz, das ist jetzt noch von größter Bedeutsamkeit: Schmälere nicht deine Ehrbarkeit, indem du dich zu schändlichen Liaisons verführen lässt. Versage dich der Buhlerei. Gib dich niemals für Barschaft oder angestrebte Zweckdienlichkeiten einem Manne hin. Bleib dir treu und achte die Reinheit der Göttin. Verschenke dich nur in beidseitig wahrhaftiger Liebe. Denn das ist die einzige Gewähr für das Tribut eines unbefleckten Schoßes. Spiele diese falschen unwirklichen Spiele nicht mit. Versprichst du mir das?« Und Ursula versprach es in seine Hand, besiegelte es durch dreimaliges Draufspucken und dem traditionellen, linkswendigen Fingerumkreisen. »So, dann ist jetzt alles gesagt und getan und ich kann in Ruhe scheiden. Aber bevor ich meine Augen auf ewig schließe, mach zum Abschied noch einmal deinen köstlichen Apfelschmarren mit Zimt und Zwetschgentauch.

Ich will nicht mit knurrendem Magen die aufregende Exkursion antreten. Wer weiß, was kommt und wie lange es dauern wird. Ich will vorbereitet sein. Und wisch dir gefälligst die kindischen Tränen fort, das macht jetzt grad einen sehr unguten Eindruck auf mich.

Wie du sehr wohl weißt, bringt es keinen Segen, wenn die Lebenskerze durch Jammern und Betteln am Lodern gehalten wird. Ein solcher Handel trägt keinen Gewinn. Und darum lassen wir das Licht verlöschen, wann immer es verlöschen will. Wo kämen wir denn hin, wenn unser treusorgender Gevatter Tod nicht einmal auf das bisschen respektvolle Entgegenkommen hoffen dürfte? Und ehrlich gesagt: Ich geh mit leichtem Herzen. Ich bin bereit und werde mich an diesem Kuriosum auf das Herzlichste erheitern. Mal schauen, was im Jenseits zustatten geht. Wird ein Riesenspaß. Aber jetzt eil dich, die Zeit verrinnt.«

»Meister ... geliebter Meister gestattet mir noch eine letzte Frage.«

»Oha, ich seh, dein Wissensdurst ist noch immer nicht gestillt. Das freut mich, das freut mich. So frag ...«

»Bester aller Meister, ich sah euch niemals tierfleischliche Nahrung einverleiben. Welche Bewandtnis hat es damit? Seid so großherzig und teilt auch diese Lebensweisheit mit mir, auf dass ich sie immer in meinem Herzen bewahren kann.«

»Weil ich von jeher Herz und Gespür über meinen Gaumenkitzel stellte. Es war mir immer unerträglich, ein unschuldiges ... ein zutiefst gepeinigtes Tier für meinen lustvollen Gusto getötet zu sehen. Soviel taktvolle Höflichkeit gegenüber unseren wehrlosen Brüdern und Schwestern kann erwartet sein. Und ich hielt dieses Optimum auch in all meinen anderen Domänen. Schau auf meine übervollen, bestens sortierten Schränke. Alle Drogen, Arzneien, Säfte, Pillen und Zaubermittel begründen sich auf rein mineralischem und pflanzlichem Fundament. Du kannst noch so lange suchen und stöbern, bei mir wirst du weder Hahnenkämme noch Krötenzungen, weder Fledermauszähne noch Rattenkrallen finden. Es widerstrebte mir von Jugend an, mich des tierischen Unrechts zu bedienen. Meine Hand lag mein lebtaglang schützend über dem vielfältigen Reich der Fauna, weil ich all diese putzigen Geschöpfe achte und liebe. Nur die Beschränkten und Minderbemittelten bedürfen der grobstofflichen, mitleidserregenden Zauberingredienzen. Diese Hanswursten haben nicht den leisesten Schimmer von energetischer Feinarbeit und kultivierter Handlungsweise. Sie wirkten auf mein sensibilisiertes Gemüt stets kränkend. Im traurigen Hinblick auf diese barbarischen Patzer bevorzugte ich es, die sinnvollen Schranken und Tabus zu akzeptieren, die elegante Noblesse zu pflegen und den formvollendeten Stil zu zelebrieren.

122

Und das sind die Gründe, warum ich im Status eines Genies stehe und diese stümperhaften Jammerlappen in meinem Windschatten speichelleckend, zweite Garnitur blieben. Schreib es dir hinter die Ohren: Der Demut, der Achtung und der Dankbarkeit bedarf es dem Schöpfergeist. Reiche es ihm mit hingeneigten Herzen und alles wird sich zum Wünschenswertesten formen. Und jetzt, mein süßer Flatterschmetterling, ab zur Feuerstelle, meine Lebensuhr ist gleich abgelaufen …«

4. DAS VERSTECKTE SCHATZKÄSTLEIN

»Richte dich nach dem Nordstern aus, wenn du das Mastwerk lädst.«

Was lag unter den, von ihrem besorgten Mentor zugeratenen Vorsichtsmaßnahmen für Ursula näher, als sich in der Kirchlilangers abseits gelegenen Schottersenke niederzulassen, die dort vor sich hinrottenden Ruinenreste des ehemals schmucken Henkershäuschens zu erwerben und sich zweckdienlich einzurichten? Zu allererst schnappte sie sich den herumlungernden und in chronisch finanzieller Verlegenheit befindlichen Matze.

Matze, seines Wortes nach Genießer und Lebemann, unermüdlicher Weltverbesserer und einfühlsamer Dichter mit romantischer Neigung, kam ihr gerade Recht.

Um bei der Wahrheit zu bleiben: Dieser zwar bullenstarke, aber um seine Denkerkraft eher betrogene, windige Schlodrian, war ein dem hochprozentigen Obstbrand verfallener, in alles einmischender und besserwissender Dauernörgler. Und dem noch längst nicht genug: einschlägiger Verfasser von aufwieglerischen Pamphleten und pornographischen Erbauungsbüchlein. Allerdings – und das soll lobend erwähnt sein – Letzteres mit von persönlicher Hand entzückend getuschter und zauberhaft kolorierter, detailverliebter Bebilderung.

Ursula fällte diesen arbeitsscheuen Faulenzer wie der Schlachter den ausblutenden Ochsen. Sie nahm ihm mit sofortiger Wirkung die Schnapsflasche weg und kaufte seine aufgeblasenen Aufschneidereien und flegelhaften Zudringlichkeiten durch die deftigsten Androhungen (nämlich sein bestes Stück betreffend!) ab. Vergeben Sie mir, wenn ich mich zurückhalte und kein einziges, aus dem Munde Ursulas hervorgegangenes Schmutzvokabular, preisgebe. Es stünde zu befürchten, dass Sie und ich sowie meine geduldige Schreibfeder vor Beschämung erröten würden.

Ursula reagierte auf Matzes altkluge Überheblichkeiten, die wie folgt lauteten, »Im Schlafe liegt die wahre Kraft – Weile ist ertragsreicher als Eile – Rege sein am Morgen bringt Kummer und Sorgen – Dem ausgeruhten Vogel kriechen die fettesten Würmer in den Schnabel «, mit saftigen Ohrfeigen und quittierte seine großkotzigen Sperenzchen mit üblen Tritten und Hieben. Matze verfiel zusehends Ursulas' herben Charme und verliebte sich bis über beide Ohren in ihr aufbrausendes Temperament. Er unterwarf sich rasend schnell ihrem strengen Reglement und fraß ihr zu guter Letzt, wie ein zutrauliches Katerchen schnurrend, aus der Hand. Matze verblieb fünf Jahrzehnte bei Ursula, wich keinen Deut seitwärts ab und verschmolz schlussendlich mit ihrem Schattenbild. War ihr Beschützer, Botengänger, Diener, Geliebter … und verlässlichster Freund.

Nach dieser schon längst fälligen und erfolgreichen Züchtigung begannen sie gemeinsam, das verfallene Häuschen zu sanieren und bewohnbar zu machen. Dieser muskelstrotzende – und jetzt auch willige – Gehilfe wusste die größten Felsbrocken zu hieven, die zentnerschweren, moosbewachsenen Steine wegzuschleppen, unermüdlich zu schaufeln, zu graben, zu sägen und zu klopfen. In wenigen Monaten beseitigten sie die Anhäufungen des eingestürzten Mauerwerks, verspachtelten die rissigen, von dürftigen Grasbüscheln durchwachsenen Winkel und Ecken, zogen Wände und Stützbalken auf, mauerten einen einwandfrei abziehenden Kaminschacht und setzten fachgerecht Bleiglasscheiben ein. Das Glück war ihnen weiterhin hold und so stöberten sie zum günstigstens Zeitpunkt zwei auf der Walz befindliche, fleißige Zimmerergesellen auf.

Im gut eingespielten Teamwork errichteten sie Hand in Hand das stabile Stuhlgebälk für die Bedachung, legten die hölzerne Schalung und hämmerten tagelang mit Kupfernagerl die schwarzädrigen Schieferschindeln sturm-und wetterfest an. Zum Schluss dämmten sie die Fachwerkfassade mit Schilf und Strohmatten, verputzen diese luftdicht und blasenfrei mit grauzähem Lehm und befestigten die stattliche Regentraufe. Den Vorgarten sowie den beiliegenden Schinderanger ließen sie aus wohlweislich gut überlegten Gründen weiter verwildern und verdisteln. Um ihrer inneren Ablehnung gegenüber unerwünschten Schererein angemessen Antwort zu stehen, errichteten sie um das sowieso schon auf das übelste verrufene Areal, die zwingend benötigte Sperrbarriere. In einer sternenlosen Neumondnacht zogen sie – unter dem wachsamen Blick eines alten Uhus – auf der Grenzscheide verlaufend ein dreizehn Zentimeter tiefes Rinnsal, befüllten dieses mit dem schaurigem Gematsche aus feingemahlenem Menschenhaar von Verstorbenen, Stacheldornzweiglein, Horngewächsrinden und blaudunklen Bitterbeeren, verbargen es sodann wieder sorgsam unter dem Erdreich und stampften die Narbe platt. Der Vollständigkeit halber und um sich ihrer unbeschwerten Lebensstimmung noch recht lange zu erfreuen, umrundeten sie mit monotonem Singsang den frisch gezogenen Schutzgürtel und weihten ihn mit abgestandenem Moorwasser nachhaltig ein.

Ursula und Matze waren mit dem Resümee ihres, um Perfektion bemühten Engagements, mehr als zufrieden. Die jetzt wie in Leichenstarre darniederliegende Behausung schreckte alles Unerwünschte, Abträgliche — wie die nervigen Gerechtigkeitsfanatiker, die säuerlichen Moralapostel oder lasterhaften Klatschmäuler — gehörig und unwiederbringlich auf immer und ewig ab. Dieser unwirsche Atmosphärenpegel hatte so gar nichts mit den weichwattierten Brutnesterl der harmoniesüchtigen Heulsusen mit dünner Haut und piepsigem Stimmchen gemein. Und konnte auch nicht im Entferntesten mit den farbenfrohen Spieleinselchen der immer vergnügten, lustigen Hampelmännchen wetteifern. Denn kein Vöglein trillerte, kein Blümlein blühte, kein Käferchen krabbelte im Radius von fünfzig Meter dieser Angst einjagenden Gemarkung. Alles schien gegeißelt, verlassen und gespenstisch. Lediglich nervenstarke, heroische Beobachter konnten zur rechten Zeit — und mit viel Glück — doch so etwas wie Lebendigkeit ausmachen. Nämlich immer dann, wenn in einer Vollmondnacht aus der Giebelluke ein galiläisches Fernrohr aufblitzte.

Jetzt werden Sie voller Entsetzen ausrufen: »Aber warum in Dreifaltigkeits Namen so kurzläufig am kleinen Kloster ›Der demütigen Gottesbrüder im Geiste‹?«

Weil von diesen unabhängigen, freundlichen Laienbrüder keinerlei Gefahr drohte. Diese selbstgenügsamen, behutsamen Mönchlein lebten zurückgezogen und bescheiden in ihrer friedfertigen Glaubensgemeinschaft und erfreuten sich lieber an der milden Süße Seelenfreuden, als an dem lächerlichen Arroganzgehabe der belehrenden Zurechtweisungen. Sie waren schon längst den Zwängen des Beweisenwollens und Einmischenmüssens entwachsen. Bereicherten sich an der Rückbindung ans Wesentliche, spiegelten sich im Einklangsempfinden mit sich und allem Sein, vertieften sich in Kontemplation und Läuterung und erweiterten sich in Huldgebeten und Lobgesängen. Maßten sich weder Kritik noch Verrisse an, halfen wo Hilfe erbeten und gaben wo Schenkungen nötig. Sie drängten sich grundsätzlich nicht in fremde Anliegen — frei nach der Doktrin:

»Ein jeder kehr vor seiner Tür, da hat er Dreck genug dafür.«

5. Das verzagte Tränlein

»Elbenfee verrate mir: Bin ich schön?"
»Du bist schön ... so wunderschön ...«

Wer jemals eine Audienz bei Ursula erwirken konnte (und das vermochte man nur über eine Empfehlungsbitte mit einer nicht zu knappbemessenen finanziellen Zulage), dem verschlug es bereits beim Eintritt in ihr räumliches Ambiente die Sprache. Denn so furchtbar und verwahrlost Ursulas Hexenhäuschen von außen auch wirken mochte, so bemerkenswert und eindrucksvoll war es inwendig gestaltet. Ursula machte stets großes Aufheben um Vollständigkeit und Ordnung. Intoleranz und Unachtsamkeit gegenüber den universellen Gesetzmäßigkeiten bereiteten ihr sichtbares Unbehagen und körperlichen Schmerz. Sie hegte kontinuierlich große Visionen und wusste diese anhand ihres disziplinierten, wachsamen Geistes auf das Vorzüglichste umzusetzen. Und so verblüffte es nicht, dass folgendes Leitgemahn eine ihrer stärksten Antriebsfedern war:

»Die Geistesgaben der Ebenmaße und Bestimmtheit
ziemen sich für die Herrschenden.
Das Geschmiere und Geschmuddel
für das Gesotz.«

Ursula wusste zu kombinieren und zu arrangieren. Sie hatte, dank ihres Meisters unermüdlichen Unterweisungen, nicht nur den Genuss eines exquisiten Geheimwissens, sondern auch den Schliff in Benimm und Etikette davongetragen. Letzteres klingt jetzt recht angenehm und apart. Aber dem war leider nicht immer so. Denn auf diesem Sektor gab es zwei wesentliche Knackpunkte. Mit Ursulas Toleranzgrenze stand es nicht zum Besten. Und wenn sie in Rage geriet, dann war nicht gut Kirschen essen. Sie hatte mächtig Haare auf den Zähnen und vermochte sich demgemäß erschreckend ausfallend und verletzend zu äußern. Und – das ist eine ebenso unbestrittene Tatsache – eine Ader für Vulgaritäten. Und das war ihr Fluch und Segen zugleich.

Alsdann ... ihr kleiner, mondäner Empfangssalon spiegelte Geschmack und Eleganz. Wohl angeraten, bestückte und fürnehme Klientel zu empfangen. »Schließlich«, so sagte ihr Meister immer, »was dem Auge schmeichelt, schmeichelt auch dem Herzen.«

In den wandhohen Rosenholzregalen ordnete sich in Akkuratesse, das nach Fachbereichen sortierte, eindrucksvolle Bücherwerk. Mittig auf dem gepflegten, handgeknüpften Gobelin tat sich ein, mit filigranen Schnitzereien aufwendig graviertes Tischchen hervor, selbiges umreiht von rotsamtig gepolsterten Lehnstühlen. Das unerlässliche Tarotset lag auf einem schwarzseidenen Tuche bei. Zur Rechten flackerten rund um die Uhr silbergraue Spitzleuchter vor einer erlesen angefertigten Statue des segnenden Christus'. Den, mit liebevoll ausgewählten Kräutern und Gewürzen angefüllten Bisamäpfeln, entströmte ein schmeichelndes *Duftbouquet*. Die aufwendigen, mit orientalischen Ornamenten durchwebten Portiere – ausgeklügelt und auf das Nobelste drapiert – rundeten den eleganten Gesamteindruck vortrefflich ab. Im rückwärtigen Teil des Hauses fand sich das hellgetünchte, für chirurgische Eingriffe vorgesehene Kabinett an. Die erforderliche Liegestatt war tadellos sauber, die blitzenden Skalpelle, Zangen, Messer und Klingen übersichtlich und zweckdienlich aufgebreitet und abgedeckt. Die blütenweißen Decken und Tücher auf den Seitenborden, Kante auf Kante gestapelt.

Auch dort silberne Pomander, gefüllt mit Eukalyptus, Wachholder, Minze und Rosmarin.

Im Laboratorium standen Brennkolben, Mörser, Kupfergefäße, Metallschälchen, Rührstäbe, Schöpfkellen und Einfülltrichter größengeordnet handlich bereit, die blitzblanken Phiolen, Gläser und Schälchen etikettiert in Reih und Glied. Die unabdingbaren, illegalen Drogenpräparate und Zauberutensilien verweilten gut verborgen in einem ins Steingut eingelassenen Schließschränkchen. Ursula machte zum Schutze ihrer Klientel weder Vermerke noch Aufzeichnungen – sie führte weder Abrechnungsbücher noch anderweitige verräterische Belastungsunterlagen. Ich könnte schwören, dass im ganzen Hause kein Staubflöckchen, kein Schmutzkörnchen und kein Flusenbällchen aufzufinden war.

Ihre respektable Reputation um heilkundiges Geschick und okkulte Bewanderung verbreitete sich wie in einem kanalisierten Lauffeuer bei den Erlauchten, Edlen, Vornehmen und Betuchten. Es gab so viele, die ihres diskreten Beistandes bedurften. Die Verzweifelten, die Entwürdigten, die Ehrgeizigen und Rachsüchtigen – alle ersuchten sich ihrer vertraulichen Dienste, alle erhofften sich durch ihre Gewandtheit, Beistand und Abhilfe.

Und so sah man unter dem Schutzmantel der träumenden Nächte, die auf äußerste Zurückhaltung bedachten vierspännigen, ja selbst sechsspännigen Kutschengefährte vorfahren und auf dem Zuwege verdeckt innehalten. Die eisenbeschlagenen Hufe der kräftigen Pferde mit Sackleinen umwickelt, die prunken Wappenbilder von schweren, steifen Laken verhangen, die Laternenlichter vorsorglich gelöscht. Selbst die Hochmütigsten und Stolzesten untersagten sich liebend gerne ihrer Lakaien und schwatzhaften Zofen. Solche risikoreichen und hundsgefährlichen Husarenstücke verliefen stets unter dem Gewahrsam der strengsten Geheimhaltung und Verschwiegenheit. Derweilen die hohe Herrschaft geduckt und mit fliegendem Schritt durch den Einlass drängte, verharrten ihre verschlossenen Kutscher geduldig, mit tief ins Gesicht gezogenen Hüten und aufgeschlagenen Kragen, auf dem Bock. Sie vermochten kaum die unbändigen Kutschpferde zu besänftigen, welche ungeduldig zum heimischen Futtertrog und Strohbett drängten.

Ganz besonders das weibliche Geschlecht bedurfte Ursulas hilfreichem Beistand. Die rüde Fallengelassenen, die sträflich Vernachlässigten, die abgrundtief Enttäuschten, die Ängstlichen und Verzagten – allesamt nunmehr in äußerster Bedrängnis und Verlegenheit – flüchteten sich vertrauensvoll in Ursulas Obhut. Sie wussten um den Nutzen eines makellosen Rufes. Nun benötigte es der dringlichen Wiedergutmachung. Es bedurfte, so schnell wie möglich, das kompromittierende Unterpfand ihrer Niederlage loszuwerden. Und so halfen sie ihrem Glück wieder auf die Sprünge, indem sie sich ihrer Kümmernisse unter dem Joch der bitterlichen Pein entledigten. Nahmen – noch benommen von der durchlittenen Strapaze – mit zitternden Händen den trostreichen Opiumheiltrank an sich, taumelten tiefverschleiert und von Schmerz gekrümmt zum vorsorglich geöffneten Kutschenschlag, ließen sich ins Innere behelfen und erteilten den Befehl zum sofortigen Aufbruch. Die Kutscher lösten die Bremsen und die Gefährte schossen im halsbrecherischen Tempo davon. Erst kurz vor der Waldesgrenze parierten sie ihre Gespanne durch, sprangen ab, zogen beflissen die Bedeckungen ab und steckten die Laternen an. Griffen hieran die Fahrleinen erneut auf und trieben die schaumbedeckten Pferde im zügigen Trab durch das Grenzportal. Diese einsilbigen, hartgesottenen – aber ihrer Herrin treuergebenen – Burschen wurden für ihre verlässlichen Dienste mehr als fürstlich entlohnt. Die leidgeprüften Damen bezeugten ihnen ihre Dankbarkeit anhand eines prall gefüllten Münzsäckels und den Versprechungen von tausendunddrei weiteren Vergünstigungen. Die Welt drehte sich trotz aller Betrübnis weiter. Am nächsten Morgen erschienen die Unglücklichen wie gewohnt zu ihrem morgendlichen Empfangszeremoniell. Die Korsette lockerer geschnürt, die fieberfleckigen Gesichter dick abgepudert und mit Wangenrouge betupft, die verweinten Augen, hinter wedelnden Fächern versteckt.

Schenkten den einherstolzierenden Schwätzern, den seidenbestrumpften Nassauern und all den anderen unsäglichen Langeweilern wie erwartete ihr Ohr. Täuschten Interesse, Aufmerksamkeit und Erkenntlichkeit vor. Kokettierten, lächelten und scherzten – indes ihre Herzen im Fegefeuer der bitteren Reue zerbarsten. Doch noch, bevor die schmerzende Wunde verheilt, opferte so manch eine der Schönen ihre guten Vorsätze dem nächsten amourösen Leichtsinn.

Und Folgendes sollte auch noch ins Feld geführt sein: Der Jager Hansel beschwor felsenfest, zweifelsohne und auf sein gesprochenes Ehrenwort, dass er auf einem nächtlichen Pirschgang sogar die zwölfspännige Equipage ihrer Majestät Marie-Josepha vorbeischießen sah. Angeführt von vier fackeltragenden Vorreitern und umringt von einer bis auf die Zähne bewaffneten Leibgarde. Er konnte grad noch Abseits springen, sonst wäre er jetzt mausetot. Mausetot! Ganz traue ich dieser Geschichte nicht. Sie wissen schon, Jägerlatein und dergleichen. Aber der Jager Hansel bekreuzigte es auf Drängen seiner Saufkumpane über dem frisch aufgeschütteten Grabhügel seiner zutiefst betrauerten Großmutter. Wohl gemerkt, da hatte er bereits fünf Maß warmes Schaumbier intus.

6. Das treue Buschwindröschen

»Manch einer findet Vergnügen daran, ein Krähennest auszuheben.
Prahlt und erstrahlt, ob dieser heuchlerischen Tat.
Ein anderer teilt mit einem Bettelweib sein letztes Brot.
Und taucht so lautlos unter, wie er aufgetaucht.
Ein jeder, wie er kann ...«

Ich müsste lügen, wenn ich behauptete, Ursula wäre mir unlieb. Zugegeben, ein bisserl unheimlich ja. Aber unlieb oder gar unleidig – nichts liegt mir ferner. Ganz das Gegenteil ist nämlich der Fall. Ich schenke ihr meine aufrichtige Bewunderung. Man kann von ihr sagen, was man will, aber trotz aller gegebener Selbstsucht hatte sie doch einen ausgeprägten Sinn für Format und Geistesgröße. Ursula lag ein einzigartiger Ehrenkodex inne, der ihre Herzensstärke bewies und das kennzeichnende Signum ihrer Seele trug. Sie war auf ihre ganz eigene Art achtbar und vertrauenswürdig. Denn Denunzierung, Erpressung und Hintertragung waren für sie undenkbar.

Waren ihrem inneren Naturell gallespeiend zuwider. Und selbst, wenn es hart auf hart gekommen wäre, hätte sie kein verräterisches Wörtchen von sich gegeben. Hätte niemals jemandem niederträchtig die Ketzerklinge in den Rücken gestoßen, indem sie ihn verpfiff. Da konnte man sich auf sie verlassen. Und das, so denke ich, sollte ihr zum Dank und Ruhme gereichen.

Und diesem bemerkenswerten Status hielt sie bis zu ihrem letzten Atemzug die Treue. Selbst auf dem Sterbelager, unter der von Bruder Benedikt erbrachten Heilsölung leistete sie keine Abbitte, um mit einem bereinigten Gewissen über die Brücke zu schreiten. Sie blieb selbst da einsilbig und verschwiegen. Obwohl zu dieser Zeit der auch schon hochbetagte und bereits harthörige Bruder Benedikt eh nichts mehr verstanden hätte. Ursulas bewegtes, exzentrisches Leben fand in den Armen ihres Geliebten zu einem stillen Erlöschen.

Die selbstlosen Klosterbrüder ließen sich weder durch die bösartigen Gerüchte noch durch die unverschämten Androhungen beirren und erwiesen Ursula die letzte Ehre unter Zutun einer feierlichen Begräbnisandacht. Von Segensgebeten begleitet, senkten sie den buchhölzernen Sarg in die Ruhestatt, legten Blumengaben bei und bedeckten das mütterlich-bergende Erdengrab unter der getragenen Weihe des kanonischen Chorals. Und Ursula Katharina

Köll nahm all die schrecklichen Geheimnisse mit sich. Ihre herrliche Seele löste sich alsdann vom irdischen Verweilen und machte sich auf die Reise in eine andere – hoffentlich besser Welt.

Ursula blieb ohne Nachkommenschaft. Ob gewollt oder ungewollt liegt im Verborgenen. Sie verfügte in ihrem Letzten Willen den bescheidenen Laienbrüdern ihr gesamtes Barvermögen. Und erwartungsgemäß löste Matze sein Versprechen auch ein. Zwei Monate nach Ursulas Ableben erschien er in einer stockdunklen Nacht und bat an der Klosterpforte um Einlass und Gehör. Matze war erschreckend abgemagert und verwelkt. Der endgültige Abschied von Ursula machte ihm schwer zu schaffen. Sein kahlköpfiger, massiger Begleiter schleppte eine monströse Holztruhe hintendrein. Dieselbe bis oben hin gefüllt mit Goldtalern, Wertmünzen und Edelgestein.

Bruder Benedikt und seine Mönche verteilten es unter den Armen und Geschundenen. Lediglich ein spärliches Restchen hielten sie für sich zurück. Und mit diesem setzen sie ihren maroden Klosterkamin wieder in Gang, erweiterten ihren Gemüsegarten um ein kleines Stückchen Kartoffelacker, erwarben drei Milchziegen, fünf Legehühner und eine schon arg ramponierte Mundharmonika für den anfälligen Bruder Musikus. Und nicht zu vergessen, eine zartgeschwungene, zu einer Wasserfederblüte geformte Vogeltränke. Wie ich erst kürzlich in Erfahrung brachte, ist sie noch immer im beschaulichen Meditationsrundgang des kleinen Konvents gegenwärtig. »Zweifelsohne«, so wurde mir zugeflüstert, »für alle Suchenden, welche die göttliche Zärtlichkeit in der leisen Berührung zu fühlen ersehnen, einer Beehrung wert«.

Zum Zwecke der Gänze und zur Ermunterung aller, die einen herrischen Tyrannen ihr eigenen nennen, möchte ich noch Folgendes mitanfügen: Auch die gewitzten Trönenwalder Ehefrauen wussten Ursulas verheerenden Ruf zu ihrem Vorteil zu nutzen. Waren sie den ewigen Schikanen ihres grausamen, uneinsichtigen Gattens überdrüssig, so wurde der Spieß kurzerhand mal umgedreht. Und das mit ausgezeichneten Resultaten. Diese umsichtigen Frauen schlichen auffällig unauffällig um Ursulas Anwesen und gaben sich schleiervoll und rätselhaft. Sie konnten sich sicher sein, ehe sie in ihr Heim zurückzukehren vermochten, war ihr bockbeiniger Gemahl bereits bestens im Bilde. Und die Moral von der Geschicht: Er machte verdatterte Glotzaugen, hatte eine rote Triefnase und winselte wie ein geprügelter Hund um Erbarmen. Ließ sich aus purer Angst wochenlang außer Hause verkösten und hielt zu jeder Gelegenheit liebsäuselnd um schönes Wetter an. Der Reuevolle ging notgedrungen in sich und drehte sich schlussendlich um die Achse von 180 Grad.

Wandelte sich von einer aufgeblasenen Gewitterwolke zum Musterbeispiel eines aufmerksamen, liebevollen Mannes.

Das Leben war wieder angenehm und schön. So einfach kann es gehen. Freilich, heutzutage zieht das nicht mehr. Und so tröstlich der Gedanke auch zu sein verspricht, rate ich von einer solch gefährlichen Maßnahme eindringlich ab. Man bedenke nur die medizinischen Fortschritte, die routinemäßige Blutabnahme, die Obduktion. Hand aufs Herz: Das Wagnis wäre zu groß. Ein solches Unterfangen ist zum gegebenen Zeitpunkt eher kontraproduktiv und würde zu 99,9 % in die Binsen laufen. Und das gilt es tunlichst, zu vermeiden!

Diese unliebsamen Scherereien kann man sich getrost ersparen. Sie sind weder zeitgemäß noch vonnöten. Und ob in diesen aufgezeigten Härtefällen männlicher Ausschweifungen und Verfehlungen gewöhnliches Liebespulver oder Herzliebgelee Wirkung zeigen, kann ich nicht beurteilen. Wohl eher nicht. Aber ich denke, eine fantasievolle Frau weiß sich anderweitig zu behelfen. Es gibt noch so viele befähigte Wege, um einen halsstarrigen Hitzschopf zu beschwichtigen, zu lenken und einsichtig zu machen. Verzagen Sie also nicht und schlichten Sie ihre partnerschaftlichen Zerwürfnisse mit den Waffen der weiblichen Raffinesse. Und glauben Sie mir, allein das Austüfteln eines exzellenten, effektiven Konzepts ist schon ungemein tröstlich und erheiternd.

Viel Glück!

Und bitte nicht vergessen: Ist er erst wieder bei Sinnen und guten Willens, dann belohnen Sie sein Entgegenkommen. Bleiben Sie aufmerksam und verwöhnen Sie ihn. Schenken Sie ihm großzügig, was er für sein Wohlergehen benötigt. Sie wissen schon, was ich meine ... Denn Geben und Nehmen sollten sich die Waage halten.

Im Guten wie im Unguten. Gestatten Sie ihm das Recht auf die Position, die einem zärtlichen Manne zusteht. Dann ist jeder bereichert, beflügelt und beseelt. Und das – so will mir scheinen – ist doch das Sahnehäubchen eines ausgewogenen Zuspiels zwischen Frau und Mann.

7. DAS PERLENDE FISCHLEIN

»Es ist der Zeit beschieden, dass sie verstreicht.«

Im dunklen, tiefen Trönenwald zogen die Jahre ins Land. Ein Tag reihte sich an den anderen, die Natur tauschte turnusmäßig ihr Kleid und die Jahreswechsel kamen und gingen. Alles lief wie geschmiert und an den vereinzelten Stolpersteinen störte sich kein Mensch. Man gab sein Bestes und gut war's. Es war insgesamt gesehen eine ersprießliche und einträgliche Zeit.

Außer bei Theres. Bei ihr begab es sich wie eh und je. Die vereinzelten Zusammentreffen mit Hannes brachten sie nach wie vor außer Rand und Band. Dann schäumten die Emotionen über und ihre bereits überspitzen Gedankenwirrungen schossen nur so drauf los. Sie verfiel in hysterische Weinkrämpfe, lief tagelang hibbelig und aufgekratzt durch die Gegend und aß so pieksig wie ein Spatz. Von einer gesegneten Schlafesruh mit süßen Träumereien konnte schon lange keine Rede mehr sein. Kaum wieder bei Sinnen, die nächste Begegnung, der nächste fingerweisende Wink mit dem Zaunpfahl. Unser entwaffnender, grausamer Amor hielt die Fäden nach wie vor in seinen Händen und zog die Spur vor. Spannte Theres aus wie die fleißige Hausfrau ihre Wäscheleine, zog sodann wieder an wie der hölzerne Galgen den Strang. Theres war kurz davor, den Verstand zu verlieren. Doch der Spuk fand und fand kein Ende. Aber so sehr sie sich auch dagegen anzustemmen versuchte, jeder Vorstoß zum Entziehen war bereits im Kern zum Scheitern verurteilt. Es gab kein Entrinnen. Der strudelnde Liebessog hatte sie fest im Griff. Hannes seinerseits hielt sich nach wie vor bedeckt.

Myrtalein war in ihrem vierzehnten Lebensjahr. Sie hatte sich zu einem liebreizenden, aufgeweckten Mädchen geformt, ihr Denken und Fühlen war von Feinsinn und Frohmut geprägt. Sie entwickelte sich erstklassig und wie bei jedem Menschenkinde, so waren auch ihr besondere Gaben mitgegeben. Und derer waren gleich drei:

Myrta verfügte über ein ausgezeichnetes Gedächtnis, über einen ausgeprägten Sinn für Gerechtigkeit und Ordnung und über das entschlossene Streben nach persönlicher Erweiterung und Verfeinerung. Sie neigte sich der zartstofflichen, der sinnlichen Welt zu. Die hauchluftigen Reiche der Düfte und

Aromen, der Wohlklänge und Dichterkunst, der Ästhetik und Reinheit waren ihr seelisches Zuhause. Dort fand sie die gesuchten Antworten, Anregungen und Erfüllungen.

Das klingt jetzt alles tadellos und man möcht meinen, vorteilhafter geht's nimmermehr. Falsch gedacht! Es kam alles noch viel, viel besser. Es gibt Lebensperioden, die helfen, an die göttliche Fügung zu glauben. Die fliegen so glatt und leicht dahin wie eine schneeweiße Wattewolke am strahlend blauen Firmament. Jedes Puzzleteilchen fügt sich wie von selbst geschmeidig in das andere, die Gunst des Schicksals wird aus zarter Engelshand gereicht, Fortunas Füllhorn frohlockend im Überfluss entleert. Und so ein fabelhafter Zyklus war für Theres und Myrta vorgesehen. Alles kam bereits unter Hochstimmung ins Rollen und führte zu einem Ausgang, den man sich niemals zu erhoffen wagte.

Doch bevor ich in meiner Erzählung fortfahre, möchte ich ein ganz reizendes Bonmot miteinbringen:

»Unterschätze niemals, wirklich niemals deine beste Freundin! Sie weiß oftmals mehr, als der Herrgott selbst!«

Eilen wir sogleich weiter. Ich brenne darauf, Ihnen die Details auszumalen.

Theres lief lachend zu Myrta und wedelte mit einem feinparfümierten, von rosigem Bande umschnürten Faltbrief. »Myrtalein, rat doch mal, wer uns geschrieben hat. Die liebe Julianne. Komm, lass uns gleich schauen, was sie zu berichten weiß.«

»Meine liebe Freundin Theres, herzallerliebste Myrta!

Mein geliebter Tobio hat sich doch noch breitschlagen lassen. Auf den letzten Drücker sozusagen. Wir kommen zum großen Maienfest zu Euch nach Kirchlilanger. Und gleich vorab, die wichtigste Neuigkeit. Erschreckt jetzt bitte nicht! Diesmal fahren wir nicht mit unserem eleganten Fiaker vor. Nein! Mein Mann hat eine neue Marotte für sich entdeckt. Er ist jetzt stolzer Besitzer von zwei Ochsen mitsamt einem prächtigen, bequemen (wie er unermüdlich betont) Fuhrwagen. Ich weiß nicht, was in ihn gefahren ist, aber ich sah ihn selten so glücklich. Sonst könnte ich diesen ganzen Ringelschanz nicht ertragen. Ich schwöre es! Ihr kennt mich, ich bevorzuge die gehobene Noblesse. Aber sei's drum. Da muss ich jetzt durch. So oder so! Also: Wir holen euch am 1. Mai zur Mittagszeit ab. (Sollten wir bei dem Ochsengetritschel jemals ankommen). Mein Gefühl sagt mir, dass wir schönstes Sonnenwetter erwarten dürfen. Lasst uns diesen vielversprechenden Tag gebührlich angehen und feiern. Was meint ihr? Wollen wir uns besonders schick machen? Ich hab mir eigens ein Grünseidenes nach höfischer Vorgabe schneidern lassen. Vorne mit tiefgezogenem Dekolleté, hinten mit reichlich Rüscherlbehang. Dazu passende Bänder und Spitzen. Ich bitte Euch, mir gleich zu tun, denn wir sollten uns im besten Lichte zeigen. Ich freue mich auf unser Wiedersehen. Fühlt Euch gedrückt und geküsst. Also am 1. Mai zur Mittagszeit.

Ich grüße Euch!

Eure Julianne, mit Tobio und Antone.

Und seid so gut: Viel Lob und Anerkennung für die zwei fetten Ochsenviecher. Mein Schatzi wäre sonst enttäuscht. Wir müssen jetzt zusammenhalten und sehr, sehr stark sein. Tragen wir es mit Humor. Der Himmel wird's uns schon vergelten! Hoffentlich!!!

Wir sehen uns …«

Wie von Jule vorausgesagt, war das Wetter sonnig und warm. Am Kirmesplatz herrschte bereits lautstarkes Treiben. Die bauchigen Bierfässer waren angezapft – das erste Fasserl, wie es Brauch ist, vom Herrn Amtsvorsteher persönlich, diesjährig auf zwei Schläg – das Festzelt brechend voll. Die Mannersleut zechten, politisierten und ranggelten, das Weibervolk ratschte, tratschte und gackerte.

Und was alles zur Schau gestellt war. Wie Pilze waren die Buden, die Schaukästen, die Spitzzelte und Pavillons aus dem Boden geschossen. Fremdartige Schausteller und Händler priesen aus Leibeskräften ihre Künste und Waren feil. Verführerische Geruchswolken erfüllten die Luft: Karamellstangen, Mandelsplitter, Zuckerwatte, Apfelkücherl mit Zimtzucker, gesüßtes Kräuterbrot und mit Butterschmalz dick bestrichene, resche Salzbrezen. Es war herrlich. Und es gab noch so viel mehr zu bestaunen. Kasperletheater, Feuerschlucker und Seiltänzer, Schiffsschaukel und Kettenkarussell, Stelzenläufer, Spaßmacher und Akrobaten, Wahrsagerinnen mit schwarzen Augen und klirrendem Armgereif. Es schien, die ganze Welt hatte sich im dunklen, tiefen Trönenwald eingefunden, um diesen Tag zu feiern. Unsere Fünf ließen sich vom überdrehten Tumult nur allzu gern anstecken.

Sie schäkerten und blödelten, naschten hier, trollten sich dort und stießen mit so mancher Radlermaß aufs famose Wohl an.

Nahmen die verrücktesten Gauklereien mit lachenden Augen hin, beklatschten jeden Schabernack und erheiterten sich an den verwegenen Kühnheiten. Die Stunden verstrichen wie im Flug. Die Sonne neigte sich gen Westen. Julianne wurde unruhig. Sie blickte sich suchend nach allen Seiten um, wirkte hektisch und irritiert. »Was hast denn? Du bist plötzlich so durcheinander. Geht's dir nicht gut?«

Theres war besorgt.

Julianne machte große, unschuldige Augen. Meines Erachtens zu groß und zu unschuldig. Das war verdächtig! »Doch, doch, mir geht's schon gut. Weißt, die vielen Menschen machen mich hippelig … irgendwie … Da! Schaut mal, ein Riesenrad. Kommt, das tun wir uns jetzt an. Und wenn's uns drei Tag schlecht ist. Egaaaal! Rein mit Euch in die Gondel.«

Juliannes Geistesblitz war so genial, dass man vermuten möchte, er wurde ihr von allerhöchster Instanz eingegeben. Denn dieses atemberaubende Abenteuer sollte für jeden einzelnen von ihnen zu einem unvergesslichen, süßen Bonbon werden. Der sonst so lebhafte und mitteilungsfreudige Antone – jetzt kreidebleich vor Angst und Bange – saß sprachlos sowie stocksteif, hielt sich krampfhaft an der Brüstung fest und vergaß vor lauter Staunen Luft zu holen. Er wird diese wagemutige Fahrt niemals mehr vergessen und selbst seinen Enkelkindern noch erzählen. In den langen Winternächten … aufgebauscht und bis ins Unendliche ausgeschmückt. Aber das versteht sich von selbst.

Tobio seinerseits beobachtete von oben seine beiden auf dem Gemeindeanger gemütlich wiederkäuenden Ochsen. Sein Gesicht reflektierte die innere Genugtuung eines erfolgreichen, sich liebevoll umhegt wissenden Mannes.

Julianne starrte angestrengt hinab in die Menschenmasse – grad so, als suche sie jemanden … dort unten im Gewimmel. Plötzlich lachte sie glücklich auf und begann zu winken und zu schwenken. Sie lehnte sich sichtlich erleichtert zurück. In ihrem Antlitz spiegelten sich Wohlwollen und Selbstgefälligkeit.

Theres ihrerseits bemerkte plötzlich die vielen sich gernhabenden Pärchen. Beobachtete, wie die Burschen ihre Mädels neckten, um sie warben und balzten. Ein schmerzhaftes Stechen durchzuckte ihren Busen. Ihr wurde seltsam dunkel und sie versank in schwermütige Regungen. »Wann werde ich …?«

Eine eigentümliche Ahnung bewog sie, sich linkerhand zu wenden. Zeitgleich schoss vom Festplatz ein schlitzäugiger Feuerkünstler einen funkensprühenden Züngelzunder ab – haarscharf an ihrem Kopf vorbei. Es zischte und paffte. Der Flammenball hielt schräggeneigt über Theres inne und breitete sich wie ein Fächerwerk aus. Fünf goldene Buchstaben funkelnden im Feuerlicht:

EINIG

Theres ergriff ein himmlisches Freudengefühl. Ein Verstehen um die göttliche Vorhersehung, um die Wahrhaftigkeit, um die Sinnhaftigkeit allen Seins. Sie wusste in aller Deutlichkeit um ihren weiteren Lebensweg. Sah sich als Braut an der Hand ihres Bräutigams am blumengeschmückten Hochaltar stehen. Fühlte die gegenseitige Verbundenheit, die Eintracht, den Gleichklang ihrer Herzen. Dieser lichtvolle Schwebezustand dauerte nur wenige Augenblicke, dann vernebelte sich die zukunftsweisende Enthüllung. Das Bild sank wieder in die Tiefe ihrer Unbewusstheit ab. Aber das – von Alander in der eisigen Winterdämmerung angekündete dritte, verheißungsvolle Zauberklänglein – blieb in ihrem Herzen sicher eingebettet und jederzeit abrufbereit.

Aber auch Myrta fand Begnadigung. Ein Erweckungsflash, eine Bestimmungsschau. Oben in schwindelnder Höhe – abgehoben von der Welt – trat sie unvermutet in den heiligen Raum der Offenbarungen ein. Ihr Blick schweifte in die Ferne. Ganz hinten am Horizont – ein Schatten, ein Husch. Mehr war's nicht. Und trotzdem wusste sie um jede Einzelheit. Erkannte deutlich den schwarzgewandeten Reiter, sein wunderliches kupfergoldenes Schwert, sein mächtiges Schlachtross, den grauen Wolfsrüden. Ein uraltes Erinnerungsgefühl stieg in ihr auf. Das Bild war ihr bekannt und vertraut.

Mehr als vertraut. Aber woher? Ihr Herz fuhr erschrocken zusammen, begann sich zu winden. Myrta gewahrte das frischgestochene Emblem auf seiner Stirn. Sie beugte sich weiter vor ... und wich entsetzt zurück. »Heiliger Schutzengel steh mir bei! Der Gehörnte – das Hoheitszeichen des rebellischen Kriegeradels.« Die rotentzündeten Ränder wiesen auf das erst kürzlich durchlaufene, schmerzhafte Einweihungsritual hin. Myrtas Eingeweide zogen sich krampfhaft zusammen. Sie hatte Angst vor dem, was sie sah, schreckte sich vor der Erkenntnis. Er wandte den Kopf – Myrta durchschauerte es. Seine Augen ... sie kannte diese Augen, die so blau wie Chalcedon, die so vertraut und ihr zugehörig. Sie hatte schon tausendmal in sie geblickt, bevor ... ja, wann bevor? Es tat ihr weh, diese Augen zu sehen. Aber warum? Das Seelentor öffnete sich weiter. Und Myrta erfasste, spürte in dem bereitwilligen Preisgeben die Heiligkeit dieses Mysteriums. Und sie erkannte die Wahrheit: Ihr verlangte nach ihm, sie liebte ihn. Liebte ihn mehr als alles andere auf der Welt. Er war ihr schmerzlich vermisstes Gegenstück. Das dunkle Sein, das umsorgte, was sie verstieß – das Vertraute, was ihr ein Feind – das liebte, was sie sehnlichst mied. Er war dem Tod und Leide zugetan wie sie dem Leben und Glück. Myrta erinnerte sich all dessen und weinte im Gewahr ihrer Einsamkeit. Die Erleuchtungsbilder verloschen, wie sie gekommen. Wurden schwer und sanken ab.

Aber ein Gefühl, ein ganz besonderes Gefühl blieb in ihr zurück.

Und diese schmerzlich ziehende, köstlich aufwühlende Rührung erweckte in Myrtas Innerem einen etwas altklugen, winzigen Keimling aus seinem Schlummer. Es wurde ihm zu Nährboden und Reifung. Der idealistische, aber noch arg entrückte Wirrschopf setzte seine dicke Brille auf und blinzelte zaghaft um sich. »Wunderlich, wunderlich ... wahrlich wunderlich. Wie ist mir geschehen? Bin ich erloschen oder erwacht? Wenn erwacht – wo bin ich gestrandet?

Etwa in einer leichten Komödie oder fataler Weis in einer klassischen Tragödie? Ei, mir dünkt, ich brauch noch etwas Ruh. Ich bin noch nicht ganz auf dem Gipfel meiner Denkerhöh... Aber sei's drum, die Zeit verrinnt, ich will nicht länger trödeln. Zuerst mal eine bewusstseinsklärende Bestandsaufnahme: Also, wie kann ich mich am besten einbringen? Wie ist es mir jetzt angeraten? Sollte ich hohes Vorbild sein oder streunender Wandersmann? Zieht es mich zum Absoluten, zum Spiritus oder doch vielmehr zum irdischen Ideal der Vielfältigkeit, der Zerstreuung und Verlockung?« Nachdenklich rückte er seine Brille zurecht und grübelte weiter: »Soll ich den Halunken nacheifern oder in der umsorgenden Liebkosung mein Seelenheil finden?« Seine Brille war unterdessen wieder abgerutscht, er rückte sie abermals zurecht, schnäuzte in sein großes Schnupftuch und sinnierte weiter: »Muss ich zum Leide finden oder ist mir das Glück zur Seite gestellt? Andersrum gedacht: Ist es nicht vielmehr so, dass im Leide das Wunder des Glückes verborgen liegt? Wenn ja, warum sich dann noch lange sträuben? Dann wär es wahrlich sinnvoller – will man auf Dauer glücklich sein – gleich nach dem Unglück Ausschau zu halten. So viele Kniffe und Rätsel, die zu ergründen es gilt, sollte mein Leben nicht umsonst gelebet sein ...«

Er schüttelte ratlos sein Köpfchen, erhob sich und begab sich an sein voll-gepacktes Lesepult ...

Dieser kleine, tiefsinnige, liebenswerte Philosoph wird lernen den Zwie-spalt zu einen. Er wird im Herrschen dienen, im Geben empfangen und in der Macht die Demut finden. Es ist ihm von Anbeginn anvertraut, sich über die Wahrheitssuche in einer zehnblättrigen, heiligen Lichtblüte wiederzufin-den, um mit seinem wundervoll leuchtenden Sonnenglanze auf ewig im himmlischen Paradies Einkehr zu halten.

»Oh Seligkeit, wie erfüllend ist das Alleinsein mit mir.«

Die Fahrt mit dem Riesenrad war zu Ende, die Gondeltür wurde geöffnet. Man entstieg. Eine Hand berührte sachte Theres Schulter.

Theres drehte sich um. Ihr Herz machte einen Freudesprung. Hannes!!! Er sprach leise, mit zärtlicher Stimme: »Theres, ich hab nicht das Recht dich zu bitten, aber ... schenkst mir einen Tanz?«

»Hannes ... Hannes, du hast alles Recht der Welt ...«

Tja, was gibt es da noch lange zu sagen. Theres und Hannes fanden in der verträumten Melodie eines Liebeswalzers endgültig zueinander und ent-schwebten Takt auf Takt, Herzlieb an Herzlieb in den siebenten Himmel der Liebe. Waren sich fortan zugetan und blieben in Treue einander verbunden. Auf immer und ewig.

Theres sollte diesen Tanz nie mehr vergessen. Aber dazu später noch mehr ...

Heiliger Gral

»Welches Wagnis wäre zu ermessen?«

FÜNFTER LOBGESANG

»Wir sind der Erden willig Geister,
erschaffen, um zu Dienste sein,
das ICH ist unser Herr und Meister,
es wünscht mal Glück, es wünscht mal Pein.

Das Denken ist des Menschen Macht,
wir fliegen rasch, um zu erbringen,
was er in Freiheit sich erdacht,
so wird's im Weltenherz erklingen.

Der Wille ist es, der bewirkt,
wir sind dem Menschenwunsch erlegen,
das Urteil fällt, die Zeit verwirkt,
im Lästerfluche wie im Segen.

Erst wenn der göttlich Geist erwacht,
erhöht sich kläglich Liebesringen,
ein lichtvoll Knosp wird dann erdacht,
um großen Segen zu erbringen.«

Halleluja

V. Selbst und Sein

Klangschwingung:

»Ich vertraue mir.«

MYSTISCHER RÄTSELGESANG

LUDWIG VAN BEETHOVEN

»AN DIE GELIEBTE«

LIED WoO 140 (1. VERSION)

1. Das emsige Fädlein

»Ob Jesus noch der Nacht am Ölberg gedenkt?«

Myrta legte den Stickrahmen beiseite, sprang auf und wirbelte aufgebracht umher. Seit Tagen war sie von einer unerklärlichen Unruhe getrieben. Es lag was in der Luft und mit dem war nicht gut, Handel treiben. Soviel stand fest. Sie spürte die herannahende Bedrohung mit jeder Faser ihres Herzens. Ihr Innerstes brodelte wie in einem glühendheißen Kessel. Myrta war zerstreut und unleidig – sie haderte mit sich und den widrigen Umständen. Unser unschuldiges Mädel fühlte sich mehr als ungerecht behandelt – sie fühlte sich im höchsten Maße übervorteilt. In ihrer Pein schlug sie ihr geliebtes Versebüchlein auf, blätterte es fahrig durch, schnappte die Deckseiten verärgert zu und legte es unwirsch auf den Simms zurück. Selbst die Poesie vermochte sie nicht mehr zu trösten.

»Für was werde ich eigentlich so bestraft? Ich habe weder den täglichen Gebeten noch der Zuvorkommenheit oder gar dem Fleiß an Achtung mangeln lassen. Bin weder auf Abwege geraten, noch hab ich mich in Lügereien verfangen. Beachte auf das Sorgsamste das Gebot der Liebe und empfange die Kommunion. Aber mir zum Trotze bin ich in Ungnade gefallen. Heilige Muttergottes, mein Gewissen ist rein. Was wird mir zur Last gelegt, wo hätte ich gefehlt?« Myrta wusste sich nicht mehr zu behelfen. So sehr sie auch suchte, es fanden sich keine Erklärungen und Antworten.

Die Angst schnürte ihr die Kehle zu. Sie schlug die Holzläden zurück und holte tief Luft. Der Vollmond tauchte die Silhouette in ein unwirkliches, gespenstisches Licht. Eine Eule flog lautlos vorüber.

Myta schwindelte. Sie spürte deutlich das Nahen eines unentrinnbaren, grausigen Machwerkes. Sie spürte das Nahen eines ihr auferlegten, teuflischen Fluches. Eines Fluches, welcher von hinterhältiger Absicht gesandt.

Myrta trat vor die Tür. Leichte Nebelschwaden stiegen auf. Ein Igel schabte im Blumenbeet, in der Ferne fauchten zwei streitlustige Kater. Myrta nahm nichts von alledem wahr. Sie war wie hörig und übergab sich dem hinterhältigen Zwang. Ließ Tür und Tor unverschlossen hinter sich zurück und irrte in den dunklen, tiefen Trönenwald. Immer tiefer und tiefer ins Unglück hinein. Myrta konnte weder innehalten noch wenden. Auf ihren blutleeren Lippen formten sich lautlose Verwünschungen. Sie erreichte den steinigen Abhang der gruseligen Martersenke, kletterte ohne Zögern hinab und strebte Ursulas Häuschen zu. Mühelos durchbrach sie den machtvollen Abwehrgürtel, schlich zur nordseitig liegenden Scheune und zog den Riegel. Hastig durchwühlte sie die mit Holzwolle abgedeckten Standkörbe, fegte – wie von allen Schutzpatronen verlassen – Kisten und Blechnäpfe von den Regalen und stieß rücksichtslos die ordentlich aufgestapelten Feuerklafter um. Sodann umrundete sie das Hauswesen, rüttelte am verschwiegenen Hintertürchen und späte neugierig durch alle Ritzen und Rillen. Schwerfallender Brokat verwehrte ihr die Sicht ins Innere. Endlich – ein winziger Lichtschein, ein schmaler Spalt. Ein verschworener Zirkel von Gleichgesinnten hatte sich zu einer mitternächtlichen Betstunde eingefunden. Zwei, mit schwarzen Kerzen bestückte Kandelaber, erhellten die geheime Séance. Ursula, in mattperlendem Samt und Trauergeschmeide, reichte soeben, einem im Kirchenornat gewandeten Priester, die mit Teufelshörnern geschmückte Monstranz. Der unangenehm wirkende Zelebrant verneigte sich vor dem schwarzmagischen Gefäß, nahm es unter Preisgesang entgegen und hob es feierlich über einen von gelbstichigen Leichentüchern bedeckten Altar.

Matze, in schlichter Sackleinenkutte, kniete auf dem blanken Boden – seine Hände umwickelt von einer grobgewirkten Dornenschnur.

Aus den Kohlepfannen entstiegen umnachtende Dämpfe. Die Atmosphäre wirkte bedrückend und ungut. Da ... plötzlich holte der liederliche ›Teifelspriester‹ aus und riss einen langen, harten Rohrstock an sich. Unter hämischen Lästerflüchen schlug er mit ungehaltenen Hieben auf den Gottessohn am Kreuze ein. Nach dieser unsinnigen, ja regelrecht törichten Zurechtweisung, zerrte er – triefend vor Schadenfreude – den Verschmähten vom Todesholz und nagelte ihn abwärts hängend an einem rohgezimmerten Balkenstück fest. Und jetzt ... jetzt erst begann es, Myrta zu dämmern. Langsam – ganz, ganz langsam drang die abscheuliche Wahrheit in ihr Bewusstsein vor. Sie, die Reine wohnte dem dunklen Mirakel einer dämonischen Anrufung bei. Sie, die Unbefleckte war unversehens zur Zeugin und Mitwisserin der gefürchteten schwarzen Teufelsmesse geworden. Noch konnte Myrta ihre Augen nicht abwenden.

Die schuppigen Klauen des Grauens hatten sie nach wie vor fest im Griff. Drinnen kniete man nieder. Ursula bedeckte ihr Haupt mit einem tiefschwarzen Schleier und faltete schweigend ihre Hände. Sie hielt sich duldsam und gefasst. Ursula wusste um den weiteren Verlauf der Zeremonie. Aber Myrta

... Myrta sackte ob der kommenden schrecklichen Untaten in sich zusammen. Unversehens sprang der übelwollende Missetäter auf und riss mit einem verächtlichen Ruck das Altartuch fort. Ein ausladender, schwammiger Frauenkörper lag nackt auf dem Tisch. Der geräumige Schoß war angehoben, die Beine lüstern weit gespreizt. Der abscheuliche Unhold holte unter herablassendem Gelächter sein steil aufgerichtetes, riesiges Machtinstrument hervor und drang brutal in sie ein. Er nahm die Frau ungeschlacht und gemein – er stieß heftig und roh. Richtig abstoßend war das. Das kann ich Ihnen wirklich versichern. Auch Myrta hatte dergleich Grobes noch nie zuvor gesehen.

Ihr wurde sterbensübel. Die Besudelte wiederum schien den Gewaltakt durchaus zu genießen. Sie stöhnte lustvoll auf und hob in Verzückung den Kopf. Ihr langes Haar fiel nach hinten. Myrta fasste sich ans Herz. Sie erkannte das Gesicht. »Das ist ... Jesus Christus, sei meiner Seele gnädig, das ist ... das ist die ...« Myrta erbrach sich, wandte sich ab und flüchtete von diesem scheußlichen Schreckensort, so schnell sie nur vermochte. Sie vernahm weder das laute Hundegebell noch die sich nähernden stampfenden Hufschläge.

»Gemach, Myrtalein, du bist ja so flink wie ein Wiesel«, hörte sie eine lachende Männerstimme. Jetzt wärst mir beinah entwischt.«

Eine kräftige Hand fasste nach ihr und zog sie zu sich auf das ungesattelte Pferd. »Brauchst keine Angst mehr haben, jetzt bist in meiner Obhut. Ich trag Sorg um dich und bring dich wohlbehalten zurück in dein Heim.« Sein starker Arm barg das verschreckte Mädchen behütend und warm. Und Myrta zerfloss an seiner liebevoll bergenden Brust. So grob und verachtend das eine, so bezaubernd und berauschend war es mit ihm. Die Wonne ihrer Errettung, die Süße dieses Augenblicks, die Verheißung seiner Zuneigung – Myrta versank in den Fluten der Seligkeit. Es war entzückend, es war verwirrend ... es war so schön, mit ihm durch die dunkle Nacht zu reiten. Alles war plötzlich leicht und gut. Wäre unser lieber Schatz nicht in einer solch enthobenen Gemütsverfassung gewesen, dann hätte sie wohl bemerkt, dass er noch einen weitläufigen Umweg einlegte, bevor er sie an ihrer Schwelle vom Pferde hob. Sie schien wie im Traum. Sie war dem Irdischen entrückt. Aber selbst eine so erfüllende Romantiknacht musste dem Sonnenaufgang weichen.

Und es galt, den Anstand zu wahren. Es war nicht angetan für mehr.

Doch noch verblieben einige kostbare Momente der Zweisamkeit.

Und die wusste Myrtas geheimnisvoller Beschützer zu nutzen. Er überreichte ihr eine bezaubernde, perlmuttschimmernde Porzellanschote. »Hier Myrtalein, ich hab dir einen Segensduft aus dem Eden mitgebracht. Schau, brauchst nur das kleine Gewinde ein bisserl drehen und – schwupp – schon geht's wie von selber auf. Und jetzt Myrta ... jetzt kommen wir zum eigentlichen Krönungspunkt, ich möchte dir nämlich noch was Bedeutsames mit auf den Weg geben.

Sozusagen ans Herz legen. Äh, also kurz gesagt, ich möchte dich auf etwas vorbereiten. Es ist so ...«

Er starrte krampfhaft auf seine Stiefelspitzen. »Myrtalein, es gibt da diese eine Sache. Du hast dir doch auch schon Gedanken darüber gemacht ... über diese eine Sache.

Also, wir reden jetzt mal in aller Ruhe und ganz offen darüber. Ich mein, über diese eine, wichtige Sache ...«

Er kratzte sich am Kopf, zupfte sich am Ohrläppchen und wischte sich die Stirn. Unsicher haspelte er weiter. »Sakra, ich weiß jetzt gar nicht ... also, jetzt mal alles klar und deutlich auf einen Nenner gebracht. Die Sache, die ich meine ... also, die spezielle Sache, die alles, alles auf den Kopf stellt ... du weißt bestimmt, was ich mein ... Ja, und der Mond, der Mond natürlich auch ... Morgen Myrtalein, wirst du aufwachen.

Also, morgen wachst du auf und dann ... äh, dann ... So Myrta«, rief er erleichtert aus, »jetzt hab ich es dir aber in aller Ausführlichkeit erklärt. Und jetzt geh gleich rein und leg dich schlafen. Ruh dich gut aus, damit dir kein Schaden bleibt. Schau doch, die Sonne geht schon auf. Und hörst es, wie fröhlich die Vogerl zwitschern?«

Er drückte sie nochmal an sich, gab ihr einen hauchzarten Kuss auf die Lippen, drehte sich um und schwang sich auf sein Pferd. Im selben Augenblick war er verschwunden.

Myrta öffnete die zierliche Duftschote. Ein liebliches, achatschillerndes Lichtwesen entschwebte dem einnehmenden Odeur. Es umhüllte das Mädchen mit den wärmenden Schwingungen der Vanilleschoten und Karamellkristallen, stärkte sie mit den gewinnenden Aromen der Zimtstangen und Gewürznelken, bedeckte sie mit den Liebkosungen der frisch erblühten Sommerblumen und Wildgräser und benetzte sie mit den Tauküssen der glücksverheißenden Morgenröte. Myrta wurde auf samtig-weichen Kamelienblüten und zartgrünen Birkenblättern sanft in den Schlaf gewiegt.

Am nächsten Morgen bemerkte sie Bluttropfen auf dem Laken. So eine erfreuliche Überraschung! Endlich ... endlich war ihr der Weg zum mystischen Reich ihrer Weiblichkeit freigelegt, das Tor zur Fruchtbarkeit geöffnet.

Ein dreifach Hoch, liebe Myrta. Wir freuen uns mit dir! Aber das war bei Weitem noch nicht alles. Ein weiteres Wunder schickte sich an.

Ein niedliches, herzförmiges Saatkörnchen begann sich, in Myrtas innerstem Sein zu regen. Es öffnete ihre schwärmerischen Liebesaugen, schob die flaumweiche Decke von sich und setzte sich auf.

»Oh, welch bezauberndes Flair umschwebt mich da«, rief es mit glockenhellem Stimmchen, »und dieser lindenmilde Schein. Hier, in diesem freundlichen Seidenkokon lässt es sich gut weilen und zur Vollendung reifen. Nur in einem Umfeld mit harmonischen Gleichklängen wird es mir möglich sein, meinen eigenen Wert zu erspüren und meine feinfühlige, verletzbare Weiblichkeit zu schützen. Ich bedarf der friedvollen Eintracht der göttlichen Ich-Bin-Gegenwart und der gegenseitigen, einmütigen Zärtlichkeitsbeteuerungen, um mich auf das Unendliche ... auf das Einzigartige erfolgreich einschwingen zu können. Das leuchtet doch wohl jedem ein. Wie ... was? Das Leben ist nicht nur ein schaumfluffiges Cremeschnittchen. Ich verwechsle knallharte Fakten mit Kleinmädchenromantik ... auch die schönsten Rosen haben Dornen ... dem Teufel will der Zoll erbracht.«

Das goldige Sämelein wurde bockig und begann sich wie ein widerspenstiges Füllen zu sträuben. Die Töne schlugen ins Barsche um.

»Jetzt wird's aber hinten höher als vorn. Solch dummdreiste Behauptungen möchte ich überhört haben. Von dir traurigen Stoffel lass ich mir nicht mein sonniges Gemüt verunglimpfen. Schreib dir das gefälligst hinter deine Ohren! Ich ... ich bin nicht dafür da, die Zielscheibe deiner Übellaunigkeit zu spielen. Und was soll das überhaupt heißen? Die Sehnsucht nach göttlicher Erleuchtung steht nicht eins zu eins mit der Liebe zum Guten und jede Harmoniesucht ist mehr als hinderlich. Was verstehst denn du davon? Nur weil du dir selbst verleidet bist, brauchst du mir nicht alles zu verderben. Deinetwegen hab ich jetzt Migräne ... entsetzliche Migräne. Nur wegen deiner lumpigen Lügereien geht es mir jetzt schlecht. Schau mal, wie ich zittere. Da brauchst du gar nicht so saublöd zu grinsen.

Ü b r i g e n s: Wer im Glashaus sitzt, sollte nicht andere mit Steinen bewerfen. Denn offensichtlich hat dir noch niemand gesagt, dass bei dir ein Rad ab ist. Aber was kann man auch von einem Verblendeten, von einem Unwissenden ... wie du es leider bist ... anderes erwarten. Wenn du noch nicht dazu bereit bist, dich geistig weiterzuentwickeln, um in das Einheitsbewusstsein aufzusteigen, dann ist das einzig und alleine deine Sache ... deine Verantwortung.

DU ... DU musst mit den Konsequenzen deiner Handlungen zurechtkommen. Aber bittesehr, mach deine Erfahrungen. Ich werde dir bestimmt nicht dreinreden und dir deine negative Grundeinstellung austreiben. Und jetzt sieh zu, dass du aus meiner wunderschönen Aura rauskommst und scher dich gefälligst wieder dorthin zurück, wo du hergekommen bist. Nämlich in den verpesteten Meckerwinkel der Nestbeschmutzer und Möchtegerngurus. Ach Gottchen ... ach Gottchen, dieser unverschämte Ignorant hat meine makelreine Intimsphäre beschmutzt. Jetzt brauch ich jemanden, der mich in den Arm nimmt und streichelt. Der mich stützt und mir hilft, in meine Mitte zurückzufinden. Und ich brauche Ruhe. Absolute Ruhe, um meditieren zu können. Ich muss u n b e d i n g t die hohe Energie des Verzeihens aktivieren. Nur durch mein gnadenvolles Verzeihen kann dieser ... bla ... bla ... bla ...«

O weia, da ist jemand aber gehörig auf dem Holzweg gelandet. Dieses sensible Zimpersämlein ist wirklich besten Willens und so bestrebt, das Richtige zu tun. Will nichts Böses und meint es mehr als gut und ist gerade deshalb in die gefährliche Schieflage der Selbsttäuschung geraten. Ist halt keineswegs ratsam, die eigene Wahrheit zu bekämpfen, wenn man zur Selbsterkenntnis drängt. Da müssen die dunklen Anteile auch mitangesehen sein. Wäre zwar traumhaft, wenn man den inneren Fokus nur auf Liebe und Guttaten zu richten bräuchte, um ein für alle Mal aus dem Schneider zu sein. Aber — wie wir alle aus Erfahrung sehr wohl wissen — ist es leider nicht ganz so einfach. Da hängt noch mehr dran ... noch viel mehr. Aber dieses überbesorgte, hochängstliche Körnchen wird all die leidvollen Hürden vortrefflich zu meistern lernen und in ihrem Herzensschmerz prächtig gedeihen. Ihr sehnlichstes Bestreben wird Erfüllung finden.

Sie wird einst zu einer heiligen Lichtblume erblühen und im golden-göttlichen Schein ihre rosaschimmernde Liebesblüte entfalten. Jede ihrer zwölf samtweichen Blütenspitzen, umschmeichelt von smaragdgrünem Sternenglitzer, welcher den zärtlichen Küssen der Engel gleich. Und in dieser bezaubernden Lieblichkeit wird sie auf ewiglich im Herzen des himmlischen Edens ihre bedingungslose, nie endende Liebe verströmen.

IM ZAUBERREICH DER GEISTER

Reigentanz der hornschnäbligen Pfunzengreifer

»Die Grillen zirpen immerdar,
und wuseln rum in großer Schar,
ihr Spiel weckt Freud und auch die Lust,
vertreibt uns Kummer, Sorg und Frust.«

Schnipp-Schnapp

»Wir plustern unser Federkleid,
und wetzen mit der Schnabelschneid,
dann fahren wir die Krallen aus,
und fangen eine fette Maus.«

Schnipp-Schnapp

»So leben wir den Sommer lang,
erfreuen uns der Beute Fang,
bis unsre Bäuchlein sind ganz rund,
das gilt als schick und ist gesund.«

Schnipp-Schnapp

2. Das wagemutige Blütenstemperl

»Es ist das Privileg einer Frau, umworben und erobert zu sein.
Und es ist das Privileg eines Mannes,
sich im Glanz seiner siegreichen Verführung zu sonnen.«

Wir müssen reden!« Hannes stand unterm Türstock und drehte nervös seinen Hut in den Händen. Er sah müde aus. Sein Gesicht trug die schattenhaften Spuren der schlaflosen Nächte. Theres und Myrta waren soeben in reger Geschäftigkeit. Sie bereiteten die traditionelle Menarche-Feier vor. Schließlich sollte Myrtas großer Tag gebührlich gewürdigt sein.

Theres, von heißer Schamesröte überzogen, reichte ihm verlegen ein Glas gekühltes Pfefferminzwasser. Ein Hauch von einer Berührung, flüchtig und leicht wie ein Wolkenschleier – explosiv und mitreißend wie brenzliges Schwarzpulver. Theres fuhr erschrocken zurück. Sie wusste nicht, wohin mit ihrem Blick, mit ihren Händen – das Herz schlug ihr flatternd wie die Flügel eines aufgeschreckten Schmetterlings. Hannes fasste sich: »Pass auf, Theres. Ich muss gleich wieder zurück«, sagte er nunmehr, mit von verborgener Leidenschaft getragener, heiserer Stimme: »Meine Bless fohlt heute. Es ist ihr Erstes. Ich will sie in ihrer schweren Stunde nicht allein lassen ... sie ist doch so eine Brave. Es kann jeden Moment losgehen. Also, um es kurz zu machen: Theres, so kann es mit uns nicht weitergehen. Wir müssen Klarheit schaffen. Ich will dich nicht kompromittieren ... wirklich nicht, das musst du mir glauben. Und ich will mir dir gegenüber auch nicht zu viel herausnehmen. Aber so ... so ist das kein Zustand mehr. Wir brauchen einen Ausweg, eine faire Lösung. Und darum bitte ich dich: Gewährst du mir ein paar Stunden mit dir? Willst du mit mir kommen? Ich dachte, natürlich nur, wenn es dir genehm ist, ich fahre am Samstagabend bei dir vor. Mein Baserl, die Augie und ihr Mann Paul haben drüben in Ettling eine gediegene Speisenausgab. Eine ehemals alte Moormühle – jetzt umgemodelt und hergerichtet. Ganz bezaubernd und gemütlich. Wird dir gefallen. Den beiden können wir jedenfalls vertrauen. Die sind verschwiegen bis ins Grab. Und wir finden endlich Fried und Ruh, um uns auszusprechen. Was meinst du, wäre es dir recht? Kommt es dir zupass?«

Wie konnte er nur solche Fragen stellen? Natürlich, natürlich, natürlich war es Theres recht. Sie verzehrte sich doch vor Sehnsucht nach ihm. Hannes wandte sich ab zum Aufbruch. Da hielt er plötzlich inne, verharrte einen kurzen Moment, kam mit brennenden Augen erneut auf Theres zu und riss sie in seine Arme. Und dann tat dieses stets anständige, stets besonnene Mannsbild etwas so Unerwartetes ... Verruchtes ... Ungehöriges ... Wundervolles ... unbeschreiblich Schönes, dass man nur noch staunen konnte. »Theres ... Theres, ich halt es nimmer länger aus. Lass mich in dich rein ... ich halt es wirklich nicht mehr länger aus.« Seine Stimme bebte vor Erregung. «Ich bitte dich, lass es zu ... lass es endlich zu ...«

Hannes war nicht mehr Herr seiner Sinne. Er war unfähig, seine geladene Manneskraft noch länger zu beschwichtigen. Das Siegel seiner standhaften Unbescholtenheit war zerbrochen und besiegt – besiegt von den Verlockungen der weiblichen Verheißung. »Theres, ich brauch dich ... ich lieb dich ... lass es zu ... lass mich tun ...«

Jedes seiner geflüsterten Worte war ein Liebesschwur, war eine Beteuerung seiner aufrichtigen Zuneigung. Und Theres erlag dem Ansturm seiner Leidenschaft. Sie ließ sich vom Reiz seiner unbeherrschten Gier verführen und wurde weich und glatt wie Wachs.

Hannes preschte im fliegenden Galopp voran und forderte das lang ersehnte Königreich für sich ein. Er stürmte die Festung mit einer solchermaßen kühnen Verwegenheit, dass es eine reine Freude war.

Endlich! Zeit ist es worden! Unserem fabelhaften Amor sei's gedankt. Er, der ewig Rücksichtsvolle, der ewig Vernünftige nahm nun ohne langes Besinnen, was er begehrte. Hannes eroberte im Rausch der Ekstase, das ihm zugesprochene Paradies, besetze es und nahm es auf ewig in sein Besitztum. Hannes bedeckt Theres' Gesicht, ihr Haar, ihren Körper mit glutheißen Küssen, mit tausend zärtlichen Busserln und mit noch so vielem mehr. Grad so, als ob er sie auffressen wollt. Er wusste Theres zu beglücken, er wusste ihr Feuer zu schüren. Er war willig und fordernd, fließend und triebhaft, besänftigend und zielstrebig. Seine fieberheißen Hände waren überall, um zu streicheln, zu liebkosen, zu zerpflücken. Er zerrte an der Miederschnur, hakte ungeduldig auf ... ihr üppiger Busen quoll hervor. Hannes stöhnte vor Lust laut auf. Er spürte Theres Bereitschaft, sich für ihn zu öffnen. Er fühlte ihr Verlangen, ihn zu empfangen, ihn aufzunehmen und sich an ihm zu verschenken. Und er wusste, was zu tun. Ungeachtet allem Schicklichen hob er sie an, entblößte sie ...

Das Universum erbebte unter Hannes' männlichem Zutun. Und Theres zerrann unter seinem Ungestüm, unter seinem heißen Atem, unter seiner rauen Wange. Sie unterwarf sich glücklich der Unverrückbarkeit seines begehrlichen Eindringens. Ein spitzer Schrei der Qual, dann verschmolzen sie ineinander und lösten sich in den Wogen der lustvollen Unendlichkeit auf.

Selbst ein Poet vermag die Glückseligkeit nicht zu beschreiben, welche Herz und Seele zu erfassen vermag, wenn die endlos scheinende Einsamkeit durch die Wonne des vollkommenen Ineinanders aufgelöst wird.

»Mein Liebchen,
lass mich mit dir sein,
zu bangschön Lust verführen.
Mein Wanderstab ist Glücke dein,
brauchst ihn bloß zu berühren.

Mein Liebchen,
hoch, das Posthorn schallt,
will schenken dir traut Wonne.
Wenn's Echo hoch am Gipfel hallt,
dann lacht die liebe Sonne.

Mein Liebchen,
will gut Landmann sein,
und braches Feld bestellen.
Der Acker liegt noch still und rein,
mein Pflug wird ihn erhellen.«

3. Das Ängstliche Zuckerhütchen

»Prüfe, woher dein Wunsch kommt, bevor du ihn bemächtigst.«

Myrta, die sich still und diskret in den Garten zurückgezogen hatte – was direkt an ein Wunder grenzte, denn Myrta war im ›schwierigen‹ Alter angelangt und präsentierte sich demzufolge immer öfter unsensibel, fordernd und nervenaufreibend. Aber an diesem besonderen Tag kam dann doch noch einmal ihre feinsinnige Ader zum Vorschein und das Mädel zeigte sich überraschend entgegenkommend. Und dafür muss man schon sehr dankbar sein – also, ... still und diskret in den Garten zurückgezogen hatte, fand Theres verwirrt und mit aufgelösten Haaren vor. Theres wirkte so durchscheinend wie feuchtes Seidengespinst. Myrta lümmelte sich in den Schaukelstuhl und begann gemütlich auf und ab zu wippen. Sie fühlte sich sehr erwachsen. Geradezu allwissend und weise. Denn bereits auf dem Jahrmarkt hatte sie das amouröse Spiel durchschaut. Ich sag's jetzt mal mit unbehaglichen Gefühlen, aber unser liebes Mädchen wusste über die ›ganz bestimmten Dinge‹ viel mehr, als man vermuten möchte. Viel, viel mehr, als man vermuten möchte.

Ihr war die Kunde über die sorgsam gehüteten Schlafzimmergeheimnisse bereits zu Ohren getragen. Von wem kann ich nicht mit Bestimmtheit sagen. Ich hege zwar einen Verdacht, aber der findet noch keine Bestätigung. Aber eines steht fest: Myrta wusste zu diesem Zeitpunkt schon längst über die intimsten Begebenheiten Bescheid. Und so sah sie sich nunmehr in der erfreulichen Position, ihr Wissen nutzbringend einzusetzen, um ein grausames Machtspielchen zu treiben. Und dieses Machtspielchen gedachte sie, auch noch in vollen Zügen auszukosten. Myrta tat – wie so oft in letzter Zeit – auf unendlich naiv und unschuldig. »Du Theres, was ist denn eigentlich mit dir los? Du bist plötzlich so anders, so sonderbar, so weit weg. Ich bin wirklich, wirklich sehr besorgt um dich. Geht's dir nicht gut? Oder hast ein Geheimnis vor mir? Vor mir ... deinem Myrtalein, das dich doch über alles lieb hat.« Teenager können so grausam sein!

»Ja doch, Myrtalein, ja ich wollte es dir schon längst beichten. Aber dann ... dann kam immer was dazwischen. Aber heut an deinem großen Tag, da nehm ich mir die Zeit und weihe dich in mein Geheimnis ein. Es ist nämlich so: Ich mein, Myrtalein, du bist doch schon aus den Kinderschuhen raus, da kann ich mit dir ganz offen und ehrlich sprechen. Also, der Hannes und ich ...

Weißt Myrtalein, Hannes ist doch der schönste und großherzigste Mann von der Welt ... äh ... wie erklär ich dir das am besten?

Glaub mir, das ist jetzt nicht so einfach. Also Myrta mein Kind, du darfst das jetzt bloß nicht falsch verstehen: Der Hannes und ich ... Myrtalein, kannst du dich noch daran erinnern, was ich dir von den Bienchen und Blümlein erzählt hab? Also ...«

»Liebste Theres, ich vermag sehr wohl zu begreifen, was du mir zu erklären gedenkst«, hob Myrta schick und fein an, »aber was mein Verstand noch immer nicht zu realisieren vermag: Warum ist plötzlich deine Bluse falsch geknöpft und der Rock nach obenhin verrutscht?« Teenager können so gemein und gefühllos sein. Immer tricksen sie uns Erwachsene aus und schämen sich nicht mal dabei.

Nun denn, Schwamm drüber ... fahren wir alsdann fort: An diesem denkwürdigen Tag ging noch so einiges vonstatten. Weitere unplanmäßige Zwischenfälle waren angezeigt. Turbulenzen zogen auf.

Recht heftige, turbulente Strömungen sogar. Zusammengezählt derer Zwei.

Theres und Myrta saßen im lichtdurchfluteten Garten. Die Stimmung war rundherum heiter und vergnügt. Theres weihte Myrta soeben in vertrauliche Geheimnisse ein, da kam Hubert angefahren. Hubert Schnölzle, gebürtiger Kirchlilanger und seit seinem sagenhaften Karrieresprung höchstpersönlicher Leibdiener und Vertrauter seiner Majestät Maximilian August XII. Hubert hielt mit dem wendigen Einsitzer an und zog höflich seine Schirmkappe.

»Ja Hubert, schön dich zu sehen. Bist gar nicht am Hof? Warst lang nimmer da. Komm doch rein und stoß mit uns an.« Theres freute sich. Sie mochte Hubert seit der gemeinsamen Schulzeit. Er war ein feiner, anständiger Kerl.

»Theres, nichts für ungut, aber ich muss gleich weiter. Weißt du es schon? Der König zieht wieder in den Krieg. Die Nordischen stänkern rum. Sind bereits zwei Tagmärsch vor der Grenz. Hauptmann Stelzl ist gestern mit der Vorhut los. Will dem diebischen Räuberpack auflauern, bis wir mit dem Streitheer nachrücken. Unsere Königliche Hoheit bricht sodann in drei Tag mit seinem Gefolge auf.

Wird diesmal hart. Bin bloß schnell gekommen, meinen Eltern Lebewohl zu sagen. Jetzt fahr ich noch rüber zu Bruder Benedikt. Will meine Beicht ablegen. Dann ist mir wohler. Wer weiß, was auf uns zukommt.«

»Seine Majestät geht auf Feldzug? Und die Königin? Bleibt sie an seiner Seite? Zieht sie mit in die Schlacht?«

»Ja, ja freilich. Und zehn von seinen Lieblingsfrauen aus den königlichen Frauengemächern nimmt er mit. Kannst dir nicht vorstellen, was bei uns grad los ist. Diese aufmüpfigen Dinger mit ihren frechen Zungen. Ein riesen Spektakel und Durcheinander. Weißt es ja, wie es ist, wenn Weiber verreisen. Der ganze Frauenkram, der Hausrat, die Teppiche, die Badezuber und dann das laute Gekreische den lieben langen Tag. Eigentlich wollten sie alle mit. Das Los hat dann entschieden. Ach du meine Güte, da war was geboten. Aber der König hat höchstselbst gesagt, keine, die in guter Hoffnung. Und plötzlich wär keine mehr schwanger gewesen. Keine mehr schwanger! Weißt ja, wie sie alle an seiner Durchlaucht hängen. Und die Königin rast vor Wut und schmiedet an ihren Intrigen. Ist doch allgemein bekannt, wie sie eifert. Und ich mittendrin. Mir obliegt es, Ordnung zu walten. Die Gesellschafterinnen, die Zofen, die Sänften, die Schoßhündchen … ich sag es dir: furchtbar … f u r c h t b a r !!! Vor der Schlacht ist mir nicht bange, wirklich nicht. Aber das Weibervolk macht mir das Grausen. Zum Auf-und-davon-Laufen ist es. Den ganzen lieben langen Tag das Geplärre und Gezänke. Und nebenbei bemerkt: Die Zurückbleibenden wollen jetzt auch noch mehr haben. Kleine Tröstungen sagen sie. Hat der König nicht erst letzten Jahres ihnen den Lustpark erweitert und einen goldenen Brunnen setzen lassen? Wirklich, ein ganz bezauberndes Brünnlein, mit funkelnden Fischlein drin. Ganz bezaubernd.

Meiner Treu, wenn du mich fragst, ist die Staatskass nicht durch die Aufrüstung leer, sondern wegen seiner schnippischen, unverschämten Metzen. Da tragen die Damen schon Sorge für, dass nichts angespart sein kann. Aber mir sind noch die Händ gebunden, noch kann ich nichts ändern. Der König wünscht nach wie vor ihr Glück …«

Ihre Majestät Marie-Josepha war eine überaus kaltherzige und unangenehm wirkende Erscheinung. Durch die Blume gesagt: Ihre Königliche Hoheit schenkte weder dem liebevollen Miteinander noch den nachsichtigen Artigkeiten viel Raum und Aufmerksamkeit. Ihr blieb der weibliche Wesenskern der süßen Bezauberung bis zum bitterbösen Verwelken verborgen. Marie-Josepha verstand sich niemals darauf, Sein und Tun mit Zuversicht und Liebe zu füllen.

Obwohl von hochnobler Abstammung, wusste sie die Verantwortlichkeit ihrer edlen Geburt kaum zu ehren, noch stilvoll zu erfüllen.

Man konnte gut behaupten, dass die Königin durch ihre allzu reichlich bemessene Verschlagenheit bis in die tiefste Tiefe ihrer Seele verdorben war. Marie-Josepha war nicht wirklich unschön zu benennen. Nein, beileibe nicht. Ich hatte vor einigen Jahren die Ehre, ihr Porträt im Müggelheimer Volkskundemuseum zu begutachten.

Für alle Interessierten: Das Gemälde befindet sich in der Ehrengalerie linksseitig vorne. Und ich war erstaunt, wie viel Apartes sie an sich hatte. Sie wäre sogar außerordentlich hübsch zu bezeichnen gewesen, wenn nicht ein einziger Makel — der aber einem Schandmal gleich — den ansonsten ansprechenden Gesamteindruck gehörig verleidet hätte. Es waren ihrer Hoheit Augen, die nichts Gutes verhießen. In Marie-Josephas Augen loderte der kalte Wahnsinn und der ließ einem die Gänsehaut rieseln. Vor ihr und ihrem Blick trachtete jedermann, zu fliehen. Und das auch aus gutem Grund: Marie-Josepha war nicht anständig, sie war in keinster Weise vertrauenswürdig. Und sie bestätigte diese ungute Vorahnung von Anfang an. Seit ihrer Eheschließung, mit anschließend prunkvoller Krönung, erschütterten unerklärliche Todesfälle und unbegreifliche Fehlgeburten die Frauengemächer im Palast. Selbst der König war auf äußerste Vorsicht bedacht, wenn er Marie-Josephas Schlafgemach betrat. Er nahm ohne Beisein seines Leibvorkoster nichts aus ihrer Hand entgegen. Es ist betrüblich, aber Marie-Josephas berechnende Unanständigkeit trug dazu bei, sie in den Verruf, der zweitgefürchtetsten Frau vom ganzen königlichen Reiche sowie vom dunklen, tiefen Trönenwald, zu bringen.

Die Lage verschärfte sich von Monat zu Monat, denn selbst im fünften Ehejahr lag ihre Position noch immer ungefestigt. Marie-Josepha war ihrer Pflicht als königliche Gemahlin bislang noch nicht nachgekommen — der notwendige Thronfolger ließ auf sich warten. Noch war ihr diese Gnade verwehrt. So stand sie nach wie vor unter nervenzerrender Belastung und auf schwankenden Boden. Der einstige Glückstraum wurde zu einer unerträglichen Last — ihr weiterer Werdegang zu einer besorgniserregenden Irrfahrt. Marie-Josepha war mittlerweile den zuversichtlichen Beteuerungen ihrer Wahrsager und Zauberer überdrüssig und schickte die ganze verschimmelte Menagerie kurzerhand in die lebenslange Verbannung. Auch die täglichen Gebete unter Obhut ihres Beichtvaters Monsignore Chamell blieben bislang unerhört. Und ihr königlicher Gemahl wurde ungeduldig. Wie jedermann wusste, ging sein Auge bereits auf die Walz. Er holte sich bei den umliegenden Fürstenhöfen Erkundigungen ein. Die Zeit drängte — sie musste sich so schnell wie möglich von dem drückenden Gewicht ihrer Sorge befreien, wollte sie sich weiterhin des Königs Gunst versichern. Und so verwunderte es nicht, dass die verzweifelte Marie-Josepha den Bekundungen der wohlhabenden Baronin Hildegart von Zemmen – dreifache Witwe auf eigenen Wunsch – Glauben schenkte und diese entsetzliche Frauensperson zu sich in das einsame Lager holte. Hildegart von Zemmen wurde ihre engste Freundin und Vertraute. Die Baronin verstand sie zu trösten, aufzurichten und zu beraten.

Da hatten sich die zwei Richtigen gefunden!

4. DAS VERSCHÜTTETE GÄNSEBLÜMCHEN

»Erst wenn die Fahlheit durchschaut, zeigt sich der Reinheit Schatz.«

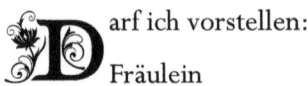arf ich vorstellen: Fräulein

ELISABETH SIGLINDE PURZELBERGER

Gründerin und Vorsitzende des achtbaren Kirchlilanger Jungfrauenverein, dergleichen unerschrockene Verfechterin von Sittlichkeit und Keuschheit und im unangefochtenen Status stehend als die gefürchtetste Frau vom
dunklen, tiefen Trönenwald gleichwie vom ganzen königlichen Reiche seiner Majestät Maximilian August XII.

»Moment mal«, werden Sie jetzt entrüstet einwerfen, »warum die ge-
fürchtetste Frau? Mit Verlaub bemerkt: Das klingt doch alles sehr ehrbar und
vertrauenswürdig. Und unumstritten ist das Bestreben von Fräulein Elisabeth
Siglinde Purzelberger im höchsten Maße lobenswert. Gerade im Hinblick auf
die heutige leichtfertige Jugend ...« Ja, ja und die Alten sind auch kein
Gramm besser. Aber bitte, bitte gedulden Sie sich noch einen klitzekleinen
Augenblick. Ich werde Ihnen sogleich Rede und Antwort stehen. Dann sehen
Sie es selbst.
Aber Obacht!!! Jetzt wird es richtig hart!!!

»Heilige Maria und Josef, das Fräulein Elisabeth. Schnell Myrta, versteck
dich!« Leider schon zu spät. Fräulein Elisabeths scharfen Adleraugen entging
nichts – aber rein gar nichts. Pardon, ich muss mich korrigieren: Fräulein
Elisabeth sah alles, wirklich alles und das genau so, wie sie es sehen wollte.
Fräulein Elisabeth, wie immer im streng geschnittenen, dunkelblauen Kos-
tümchen, die weiße Bluse nach oben hin zugeknöpft, die blickdichten Woll-
strümpfe hochgezogen, das Haar straff nach hinten geknotet und unter einem
Hütchen versteckt. Fräulein Elisabeth achtete stets sorgsam darauf, keine
Vergnügungen und Begehrlichkeiten anzuziehen.

»Haben die feinen Damen nichts zu schaffe? Darf man mal frage, was es zu feiern gibt? Müsst ihr nicht arbeite, wie es anständige, fleißige Leut tun? Sitzt's faul in der Sonn rum und stehlt's dem lieben Gott den Tag. So hab ich's gern. So gut möchte ich's auch mal habe, aber unsereins muss tätig sein. Würd mich schäme, am helllichten Tag zu faulenze.

Rege dich bei Tag und Nacht,
so ist es für brave Menschen erdacht.

Ihr solltet darüber mal nachdenke. Umsonst haben wir nicht zwei Händ und zwei Füß. Bloß dass ihr es wisst. Seid's doch noch jung, könnt`s ruhig mit anpacke. Wär ja noch schöner. Aber du Theres, du warst schon damals so eine Bixlmadam. Hab es nicht vergesse.

Warst dir doch von klein an zu schad zum Arbeite. Wolltest doch nie deine Händ schmutzig mache. Musstest ja unbedingt in die sündige Stadt zum S t u - d i e r e und hattest dabei nichts anders im Kopf, als den Mannsbildern schöne Augen zu mache. Und was hast jetzt davon? Jetzt bist immer noch einschich- tig. Darum schaust du auch die ganze Zeit so frustriert. Bist selber schuld. Theres, ich sag es frei raus: Hab nie viel von dir gehalte und du hast es trotz- dem noch geschafft, mich zu enttäusche. Und jetzt zu dir, Myrta. Gut, dass ich dich endlich erwischt hab. Wie alt bist denn jetzt? 14 Jahr, wenn ich mich nicht irr. Wird Zeit, dass du zu mir kommst und was Ordentliches lernst. Oder ist es ebbes schon zu spät? Hab ich am End übersehe, dich vorzubereite aufs harte Lebenslos? Das sag ich dir, wenn ich was hör, aber dann …«

Zur Erklärung: Es gab kein einziges lediges Mädchen, das nicht gezwungen war, Fräulein Elisabeths verhassten Jungfrauenverein beizutreten. Jeden Frei- tag – Frühling, Sommer, Herbst und Winter, ungeachtet der Witterung oder Feiertagszeit – wurde pünktlich von 17 Uhr bis 19 Uhr zum Appell geblasen. Und wehe, wehe eine von ihrer unglücklichen Schar fehlte. Fräulein Elisabe- ths Unmut war gefürchteter als das strafende Gericht am Jüngsten Tag. Für die hiesigen Strizzis mit ihren herumwirbelnden Liebeshormonkugeln war dieses regelmäßige Stelldichein natürlich ein gefundenes Fressen.

Und so schlichen sie unermüdlich Woche für Woche um das Amtshäuserl und horchten, schnüffelten und spionierten wie die frechen Raben. Aber Fräulein Elisabeth führte ein strenges Regiment. Die Eingangstür wurde ver- riegelt, die Fenster fest verschlossen und die dichten Vorhänge zugezogen. Weder Laut noch Kraut vermochten nach draußen durchzudringen. Und so schlugen die phantasievollen Wunschträume der frühreifen Burschen die ver- rücktesten Purzelbäume. Pünktlich zum siebenten Glockenschlage wurden

Tür und Tor geöffnet, Fräulein Elisabeth spitzte kurz raus und entließ die traumatisierten Mädels mit den immer gleichen Worten:

»Jetzt geht's gleich heim. Und lasst euch von den Sündhaften nicht ansprache. Bleibt's brav und keusch. Dann ist der liebe Gott mit euch.« Dann eilte Fräulein Elisabeth zum Herrn Amtsvorsteher, um Absprache zu halten. Was Fräulein Elisabeth verborgen blieb: Ums Eck, hinter den bauchigen Ginsterbüschen, warteten schon die Spitzbuben auf die eingeschüchterten Jungfern und spuckten gehörig große Töne. Sie pfiffen und grölten, witzelten und spöttelten – wie es halt die Pubertierenden machen, wenn sie nimmer wissen, wohin mit ihrer Kraft. Aber auch das eine oder andere Liebesband wurde dabei geknüpft. Man munkelte, dass so manch eine der sittsamen Mädchen überstürzt in den heiligen Stand der Ehe floh, nur um Fräulein Elisabeths Fittichen zu entkommen.

Fräulein Elisabeth war wie immer in voller Fahrt: »Also Myrta, grad, dass du es weißt: Am nächsten Freitag möcht ich dich sehe und dass du dich bloß nicht mit diesem dreckigen Lumpenpack einlässt.

Pfui Teufel nochmal, mir tät es so grause. Die waschen sich ja nicht mal, darum stinken sie auch wie die Moschusböck. Und überall wachsen denen die Haar raus. Da könnt man doch gleich einen Aff heirate. Darf gar nicht drandenke, sonst würgt's mich ...«

»Fräulein Elisabeth«, Theres wagte einen verzweifelten Vorstoß, »wo wollen Sie denn eigentlich hin?«

»Frag nicht so dumm. Wo soll ich schon hinwolle. Zum Barth ... zum Herrn Amtsvorsteher. Hab mit ihm ein ernstes Wörterl zu rede. Der Herr Amtsvorsteher ist wenigstens noch ein braver, anständiger Mann. Wenn ich den nicht hätt, dann ging's nur noch drunter und drüber bei uns. Aber jetzt klär ich ihn auf! Theres, stell dir vor, was jetzt schon wieder passiert ist ... Myrta, heb dir deine Ohren zu! Sofort!!! Hörst du schlecht? Ohren zu, sonst fangst eine!

Also Theres, drüben in Müggelheim tun sich neuerdings sittenlose Abgründ auf. In so einer Bummsbar ist jetzt eine von diesen liederlichen Revuetänzerinnen oder wie sowas heißt. Ein Flitterflitscherl halt. Ich sag's dir, eine ganz ausgeschämte Person. Einen großen Busen soll's habe und nackert auf der Bühn tanzt's rum und wackelt mit ihrem nackerten Hintern. Darf gar nicht drandenke, sonst würgt's mich gleich. Da renne's natürlich hin, die gamsigen Deppen und kriege große Glubscher. Gestern hab ich die Stoller Agnes erwischt, wie sie blökt hat drinnen im Wald. Derer ihr Dummkopf ist auch allerweil dort, hat's geflennt. Ganz gnädig hat er's und schenkt derer Pritschen Blumen und Pralinen. ›Bist selber Schuld‹, hab ich zur Agnes gesagt. ›Hättest bloß nicht heirate müsse. Hab dich immer davor gewarnt, aber hast es halt nicht abwarte können und Unzucht getriebe. Meinst, dass ich das nicht weiß? Aber du warst ja schon immer so eine Blunzen. Und dann hat's natürlich pressiert mit der Heiraterei. Das hast jetzt davon. Brauchst mir gar nicht die Ohren volljammern‹. Aber jetzt red ich mit dem Barth ... dem Herrn Amtsvorsteher. Das ist nicht so ein Saubär, der hat seine Sinn noch beisammen. Der Barthel muss jetzt durchgreife und den verloderten Hornochsen den eisernen Riegel vorschiebe. Wo kämmet man denn da hin ...«

Zur Erklärung: Wie das ganze Dorf wusste, schwärmte das keusche Fräulein Elisabeth für den charmanten Herrn Amtsvorsteher. Da konnte der arme Kerl noch so zappeln und sich winden, es war ihr kein Beikommen. Tagtäglich wartete sie ihm auf, um Absprache zu halten. Fräulein Elisabeth war schon recht verknallt in ihn. Man kann es ihr aber auch nicht verübeln, denn der Herr Amtsvorsteher hatte eine einnehmende Figur, war diplomatisch gewandt, vielseitig bewandert und belesen. Aber, ob er all seine Sinne tatsächlich beisammen hatte? Ich kann es beim besten Willen nicht beurteilen. Aber soviel soll noch über ihn verraten sein: Trinchen, Susilein, Bärbelchen, Zuckermäuschen, Pusteblumerl ...

»Also Myrta, ich möcht dich jetzt jeden Freitag bei mir sehe. Bloß dass du es weißt. Kannst dich schon mal darauf einrichte. Kriegst von mir den letzten Schliff, damit du gerüstet bist für das bucklerte Leben und nicht unter die Räder kommst ...« Fräulein Elisabeth hatte es geschafft. Myrtas Menarche-Feier war ins Wasser gefallen und die Stimmung auf dem Nullpunkt gelandet. Theres und Myrta zogen sich in das schützende Häuschen zurück, drehten vorsichtshalber den Schlüssel gleich zweimal um, holten sich Naschwerk und begannen mit der dringend nötigen Schockverarbeitung. Und so saßen sie, Trübsal blasend und schmollend rum. Der Nachmittag zog sich traurig und träge hin.

Myrta war mächtig am Grübeln. Fräulein Elisabeths wöchentliches Jungfrauentreffen war weiß Gott nicht ihr empfindlichster Kummer. Nein, weiß Gott nicht. Eine Frage lag ihr schon den ganzen Tag auf dem Herzen und drückte sie schwer. Und diese Frage war alles andere als belanglos. Jetzt hielt sie es dann doch nicht mehr länger aus und rückte mit der Sprache raus. Myrta umschlich die geknickte Theres und setzte zögerlich an:

»Du Theres, darf ich dich mal was fragen?«

»Was gibt's denn, mein Schatz?«

»Du kennst doch alle Leut hier. Da gibt es doch diesen einen ... diesen einen ganz besonderen Mann. Weißt, noch jung und so ... hat lange Haare und ein Schwert, kupfergolden und so ... Ach, ist eigentlich nicht so wichtig. Wirklich nicht, hab halt bloß gemeint.

Ist wirklich nicht so wichtig. Aber kennst du den zufällig?«

»Ein kupfergoldenes Schwert und lange Haare? Ich fress einen Besen, das kann nur der Alander sein. Sag grad, er ist wieder da. Das ist das Erste, was ich hör. Habt ihr euch getroffen? Hat er was gesagt?«

»Nein, nein ...« Myrta tat auf grenzenlos gelangweilt: »Wen meinst jetzt eigentlich, Theres? Ach so, den Alander ... Gestern hab ich ihn gesehen ... kurz. Wie du der Bäcker Walli beigestanden hast. Wirklich nur ganz kurz und so. Weiß auch nicht. Ist wirklich nicht so wichtig ...«

»Aber Myrtalein, freilich ist das wichtig. Was glaubst denn du, wie oft ich an ihn gedacht hab. Der Alander ist ein ganz Lieber. Er tut viel Gutes. Und dir hat er schon mal das Leben gerettet. Kannst dich noch daran erinnern, wie es war, als du so krank warst. Ich weiß nicht, was aus dir geworden wär, wenn er uns nicht beigestanden hätt.

Komm setz dich gleich zu mir ...«

Und so wurden schnellstens die Kerzlein angesteckt, der Vitrine die guten Kristallgläser entnommen, ein Fläschchen Beerenperlwein entkorkt und bis in die tiefe Nacht erzählt, gestaunt, geflüstert, geträumt ...

Was Myrta noch nicht ahnen konnte: Am Schicksalsrad wurde abermals gedreht. Eine pechschwarze Überraschung war bereits unterwegs zu ihr. Und es sollte Fräulein Elisabeth sein, die diese unliebsame Hiobsbotschaft zu überbringen hatte.

Aber noch war unser liebes Mädchen dem Himmel so nah ...

5. DAS ÜBERZUCKERTE KIRSCHKERNLEIN

»Selbst an König Arturs Tafelrunde wurde der Eidschwur gebrochen.«

Jetzt hab ich die Faxen aber dicke!!! Den trandrüsigen Sauerkopf lass ich in Ketten legen und schlepp ihn mit an die Front ... als Kanonenschuss. Dann ist der olle Pfeffersack doch noch zu was nütze!«

Ein reichverzierter Trinkkelch flog – ungeachtet der luxuriösen Seidentapisserie – scheppernd an die Wand, eine kostspielige Lockenperücke gleich hinterher sowie zwei bändergeschmückte Schnallenschuhe. Seiner Durchlaucht Maximilian August XII. war wieder die Hitz in den Kopf gestiegen. In dieser frühen Vormittagsstunde – erklärtermaßen – bereits zum dritten Mal. Der König war ein stattlicher, schöner Mann. Handfest, mutig und von stolzem Geblüt. Er war durchaus befähigt, fortschrittlich und vorausschauend zu denken und realitätsbezogen zu agieren. Ungeachtet der schamlosen Verleugnungen seiner Gegenläufer konnte man ihm auf gar keinen Fall seine aufrichtige Ehrbarkeit, noch die kühne Flamme des Verstandesgeistes in Abrede stellen. Aber sein unflätiges, aufbrausendes Temperament ... Des Monarchen unkontrollierte Zornesausbrüche waren weder angetan noch amüsant. Seine verzogene Launenhaftigkeit sowohl berüchtigt als ebengleich gefürchtet. Maximilian August XII. verlor immerfort und ohne ersichtliche Vorwarnung die Beherrschung. Ein kleines, kaum vermerkbares Fünkchen genügte und er schoss ab wie ein Musketenböller zum Jahreswechsel. In einer solch heißen Phase verlor er jegliches Gespür für Etikette, Anstand und Gerechtigkeit. Da war es in der Tat empfohlen, ohne langes Zaudern in die schützende Deckung zu flüchten.

Trotz dieses Makels verfehlte er seine Wirkung auf die Damenwelt nicht. Der König hielt – wenn ihn nicht grad der Hafer stach – seine Kavalierspflicht stets in Ehren. Ihm war an Frauen gelegen. Er wusste sie mit seinem Charme zu verwirren, mit schmeichelnden Komplimenten zu überhäufen, zu verwöhnen und großzügig zu beschenken. Und er war unermüdlich darum bemüht, dem weiblichen ... tja ... Amüsement dienlich zu sein. Kein Wunder, dass jede den hochnoblen Liebhaber exklusiv für sich in Anspruch nehmen wollte.

Und so flogen hinter den Kulissen die Fetzen, dass es nur so krachte.

Aber lassen wir besser dieses unerfreuliche Thema links liegen.

»Dem Haderlump mach ich Dampf unter seinem dicken Hintern!

Jetzt lad ich meine Zunderbüchs durch und jag ihm eine dermaßen saftige Abreibung in seinen fetten Ar...!«

Wie gesagt, der König tobte wieder. Seine Majestät sprang flink wie ein Hornissenstich auf, packte seine kleinwüchsigen Hofnärrchen am Kragen, stellte sie in Reih und Glied und schupste jeden einzelnen um. Er bestaunte noch kurz sein Werk, lachte vergnügt auf und fuhr sich zufrieden mit seinen reichbestückten Händen durchs Haar.

»Sodala, und jetzt weiter im Text ...« Maximilian August XII. konnte manchmal schon recht unsensibel und lieblos reagieren. Der Hofstaat atmete erleichtert auf, tat sich leis hervor und schickte sich an, ihren geliebten Landesvater erneut zu umschiffen. Der König hatte sich abreagiert. Vorerst war wieder Ruh.

Man sollte dem verwöhnten Monarchen diese lieblose Misshandlung nicht allzu krummnehmen.

Denn:

I.   Der leicht erregbare König war noch mit seinem inneren Kinde auf das Innigste verbunden und somit in der beneidenswerten Lage, seinen Spieltrieb sowie den damit einhergehenden, unbefangenen Einfallsreichtum ungehemmt und frei fließend auszuleben.

II.   Zur damaligen Zeit stand das soziale Prestige der kleinwüchsigen, wehrlosen Stampfelhutzler, weit unter dem der eh schon ganz unten angesiedelten, gefräßigen Stoppelratten mit ihren schuppigen Nacktschwanzerl. Man hielt sie, da gerade in Mode und der allerletzte Schrei. Irgendwie – so befand man in den aristokratischen Kreisen – waren diese drolligen Kerlchen gar putzig und niedlich anzusehen. Und so sammelte man die, in der freien Wildbahn lebenden Stampfelhutzler, zuhauf ein und zog ihnen lustige, bunte Kleidchen über. Dann ließ man die wackelnden Spaßmacher im Palast frei rumwatscheln, wo sie orientierungslos umherirrten und ihre Notdurft an jedem Eck und End hinterließen.

Stampfelhutzler

Wissenschaftlich ausgewerteter Abschlussbericht
von Prof. Dr. Dr. Raspelhausen

Herkunftsanalyse:

Stampfelhutzler gehen aus der bereits vor der Eiszeit ausgestorbenen Ahnengattung der gemeinen, stumpfkralligen Wurzelknollrasplern anher.

Stampfelhutzler sind vom biologischen Standpunkt sowie aus medizinischer Sicht weder dem pflanzlichen noch dem tierischen oder gar dem menschlichen Daseinsformen auch nur im Entferntesten zuzuordnen. Somit kann man sie anhand ihrer undefinierbaren Spezifik und obgleich ihrer fleischlichen Erscheinungsform – laut Prof. Dr. Dr. Raspelhausers seriöser Expertenansicht – getrost und ohne Anflug eines schlechten Gewissens, den noch unerforschten, evolutionsgegenläufigen, körperlosen Zwischenwisslern anheimgeben.

Entstehung:

Folgendes Forschungsergebnis wurde auf Basis einer reformierten und schonungslos wachrüttelnden Chaostheorie entwickelt. Mit strengster Genauigkeit und unter Einbezug aller gegebenen Wahrscheinlichkeitsaspekte berechnet und erarbeitet von Prof. Dr. Dr. Raspelhausen in Übereinstimmung mit Prof. Dr. Zappelbach.

Der vor einigen Jahrhunderten heftig irritierte Schöpfergeist (Irritation hervorgerufen durch einen katastrophalen Kometeneinschlag mit angrenzendem ohrenbetäubenden Urknall), kreuzte – da noch in größter Verwirrung – ganz aus Versehen und ungeachtet der Realitätstauglichkeit die großköpfigen Stampfelkrauler mit den plattfüßigen Hutzlerstampfern. Daher auch der urkomische, unpraktische Körperbau.

Namensfindung:

Durch die erfolgreiche – von Prof. Dr. Dr. Raspelhausen persönlich durchgeführte – komplizierte Abspaltung der Vorsilben Stampfel und Hutzler und dem darauffolgenden sorgfältigen Zusammenstöpseln derselben wieder, entstand – für diese keiner vernünftigen Logik entsprungenen Sonderwesensart – der ihnen nunmehr zugeteilte und höchst passende Name Stampfelhutzler.

Lebensbereiche:
Stampfelhutzler sind bevorzugt in laubreichen Laubwäldern sowie nadeligen Nadelgehölz anzutreffen. Selten in feuchten Feuchtgebieten und trockenen Trockensteppland und nahezu gar nicht in bergigen Gebirgsstreifen.

Anatomische Merkmale:
Stampfelhutzler bestehen aus einem urwüchsigen Rumpf und einer übergroßen Beköpfung, welche geziert von wuschelig gekraustem Haupthaar. Außerdem sind sie stolze Besitzer zweier kurios plattgedrückter Füßchen sowie zweier Händchen mit nach vorne auslaufendem Fünffingeranhang.

Fortbewegung:
Stampfelhutzler verfügen über einen wackeligen, besorgniserregend langsamen Watschelgang. Der wiederrum – und zu ihrer eigenen Belustigung – begleitet von unausgewogenen Gleichgewichtsstörungen. Diese ihrerseits hervorgerufen durch den unvernünftigen Gewichtsausgleich der unzweckmäßig kleinen Plattfüßchen (unten!) in Bezug zu der überdimensionalen Kopfformation (oben!).

Paarungsverhalten:
Zwischen Weibchen und Männchen konnte niemals ein Austausch von vertraulichen Liebesbekundungen und verliebten Schmusereien verzeichnet werden. Die Weibchen beleben ihre Männchen durch dreimaliges Zusammenklatschen ihrer Patschhändchen, worauf die Männchen spontan zu reagieren verstehen.

Charaktereigenschaften:
Stampfelhutzler bescheinigen sich als talentlose, unbeseelte Plumpssubjekte. Strenggenommen und ohne sich einer üblen Nachrede schuldig zu machen, sind diese gefühlslosen und schmerzunempfindlichen Wesen sogar als fähigkeitslos zu bezeichnen. Ihr Sozialverhalten ist gleich null Komma null. Ihr mümmeliger Gemütszustand trägt auch nicht gerade zum Vorteil. Denn sie sind nicht nur einschläfernd langweilig, sondern sie gehen in ihrer Fantasielosigkeit sogar so weit, sich provozierend humorlos zu präsentieren.

Daraus ergibt sich folgender Beschluss: Ihr geistiges Verständnis sowie ihr armseliges Anpassungsvermögen ist unter aller Kritik.

Jagd- und Fangbarkeit

Das Einfangen von Stampfelhutzlern ist so spielend leicht wie das Pflücken reifer Pflaumen, da sie sehr langsam in ihrer Fortbewegung. Selbst bei Panikausbrüchen können Stampfelhutzler keine nennenswerte Tempobeschleunigung aufweisen. Erleichternd kommt hinzu, dass sie kaum in Gang versetzt, auch schon wieder zu Boden kippen (siehe Erklärung Gleichgewichtsprobleme) und stocksteif liegenbleiben. Dort unten warten sie dann geduldig auf einen mitfühlenden Menschen, der sie aufsammelt und in ihr neues, gemütliches Zuhause bringt. Folgendes sei noch zu vermerken: Auch das unleidige (von wackeren Jägersmännern so verfluchte) Hasenhakenschlagen ist ihnen nicht zu eigen.

Gefährlichkeit:

Die wehrlosen Stampfelhutzler sind ohne schlechten Absichten und somit als harmlos und stocknaiv einzustufen. Sie würden niemals auf die Idee kommen, zu beißen, zu kratzen, zu strampeln oder zu zappeln. Selbst das argtäuschende, hundsgemeine Aufplustern ist ihnen wesensfremd. Lediglich die Geräuschempfindsamen unter uns sollten sich der Einsammlung und Heimhaltung entsagen, da Stampfelhutzler nervenbelastende Winsellaute und Fiepstöne von sich geben.

Anmerk: Im Gegensatz zum kläglichen Hundewinseln, welches bekanntlich der Not und Betrübnis entspringt, geben Stampfelhutzler durch winselndes Gewimmer ihr Vergnügen und Wohlgefühl zum Ausdruck.

Nützlichkeit:

Das lustige Aufsammeln der genügsamen Stampfelhutzler (Freizeitspaß für Jung und Alt) sowie die Eingliederung dieser verlorenen Individuen in die zivilisierte Wohlstandsgemeinschaft, ist ein unerlässlicher Bestandteil eines ganzheitlichen, konstruktiven Entwicklungsprozesses. Wie von Fachkreisen einvernehmlich bestätigt, schult es die komplexen Lernschritte des erstrebenswerten Miteinanders und unterstützt die Ausreifung des persönlichen Verantwortungsbewusstseins. Der tägliche Kontakt mit Stampfelhutzler beschleunigt nicht nur die persönliche spirituelle Entwicklungsspirale, sondern kultiviert auch die vorausschauenden Handlungsstrategien und last, but not least, spiegelt es die bevorzugten Lebenswerte einer aufgeschlossenen Gesellschaft wider. Denn das befriedigende Gefühl, durch ein soziales Engagement für das Allgemeinwohl nützlich und unentbehrlich zu sein, vermag sich sehr

beruhigend und gesundheitsfördernd auf das menschliche Nervenkostüm auszuwirken.

»Das Haupt im Staube, der Blick erfroren, die Schwingen gebrochen.
Der Aufruhr scheint besänftigt, man übergibt sich fügsam der Täuschung.
Der Verrat ist längst versunken, doch kann er niemals vergessen sein.
Ein keusches Banner schwebt über dem Abgrund der Hölle.«

6. Das aufmüpfige Butterkrapferl

»Gewiss, gewiss, mein König hold, es wird sich alles fügen ...«

Und jetzt versucht dieser Hornochs mit seinem blasigen Schmarren auch noch meine königliche Autorität zu schmälern. Jetzt reicht's mir aber. Mit dem mach ich kurzen Prozess. Jetzt soll er mich richtig kennenlernen ... den weid ich aus wie einen Gamsbock!«

Seine Majestät Maximilian August XII. war schon wieder in lodernder Wallung. Man kennt das bereits. Aber diesmal soll es ihm nachgesehen sein, denn Maximilian August XII. stand unter massiver Belastungsprobe. Er saß in der Zwickmühle des Zeitdrucks fest. So der Stand der Dinge: In zwei Tagen wollte er seiner Streitmacht den Befehl zum sofortigen Aufbruch beordern, aber Erzbischof Kronster verweigerte ihm nach wie vor die dringlich benötigte kirchenrechtliche Absolution. Es war nicht mehr Raum für langes Bedenken, es musste sich schnellstmöglich geeinigt sein.

Seine Hoheit saß wieder halbwegs gefasst auf dem Thronsessel, drückte die Hände an seine Schläfen und drehte seine Augäpfel himmelwärts.

»Ich bin vollkommen ruhig.

Ich bin erfüllt von Frieden und Freude.

Ich lebe in Liebe und Harmonie.

Ich bin prächtig und mächtig.«

Er atmete tief durch, bedachte sich kurz ... und schon begann sich, sein Haupt erneut zu umwölken. Seiner Majestät Erhabenheit drohte wieder zu kentern.

Hubert war sich der Verantwortung seines hohen Amtes stets gegenwärtig und verstand sich vorzüglich darauf, die Waagschalen zu seines Königs Vorteil auszuloten. Er trug beflissentlich Sorge um dessen Wohlergehen, liebte und diente ihm ergeben und erspürte des Fürstens Herzensstreben wie keine andere Menschenseele hier auf Erden. Hubert wusste mit seinem Herrn umzugehen und ihn mit umsichtiger Hand zu lenken und zu zügeln. Er hatte gelernt, sich zu gedulden, zu bedenken und den günstigsten Augenblick zu errechnen, um die Segel nach dem Winde zu setzen. Nach dem Winde zu setzen, um das abtreibende Schiffchen wieder auf fruchtbaren Kurs zu steuern. Schließlich sollte ertragreicher Fang eingeholt sein. So ersah er nunmehr die Gegebenheit für angebracht, sich ein weiteres Mal nützlich einzubringen. Gleichviel war gewiss: In diesem haarstäubenden Desaster durfte sich kein weiterer Missgriff ergehen.

Nun gedachte er, seine listenreiche Bauernschläue in diese verfahrene Staatskonstellation elegant miteinfließen zu lassen, um das Blatt für seines Herrschers Glück zu wenden. Hubert scheuchte unter Schwallen von Befehlen die ganzen Schlawiner, Speichellecker und Bedienten hinaus und stellte sich an seines Königs Seite.

»Hubert, jetzt spinnt er komplett. Der feiste Bummerl versucht mich anzuprangern und meiner Kompetenz zu lästern. Stell dir mal vor: Er verbittet sich meine Vielweiberei ... ha, ich und Vielweiberei. Er missbillige das sittenlose Treiben bei Hofe ... dass ich nicht lach, bei uns geht's frömmer zu als in jedem Mädchenpensionat.

Meine Palastdamen leben in Todsünde und seien dem wollüstigen Vergnügen verfallen. Der ist doch nicht mehr ganz dicht. Hubert, bin ich etwa nicht landaus – landein als Wächter über Moral und Tugendhaftigkeit gepriesen? Und dieses fade Gifthaferl fordert, dass ich meine rosenduftigen Herzerl aufgeben soll. Niemals! Nie und nimmer!!! Ist doch schön, wenn sie munter und lebensfroh sind. Da kann der alte Wurschtler noch so lang drumrumzuzeln, mit dem kommt er bei mir nicht durch. Das schwör ich dir! Dem dreh ich jetzt die Gurgel um und rupf ihn wie eine Weihnachtsgans ...!«

Das Dumme war, dass Erzbischof Kronster seinerseits in der Klemme saß. Ihm stand das Wasser bereits bis zum Hals. Hatte er doch für seine ehrgeizige Vision zu hoch gepokert und ungeschickterweise alles auf eine Karte gesetzt. Ein prunkvolles Gotteshaus sollte die Krönung seiner bislang fabelhaften Karriere sein. Die Pläne waren entworfen und entrollt, das Fundament ausgeworfen. Doch sprang es früher als befürchtet den Rahmen des Möglichen. Es schien, als hätte der Leibhaftige seine Hände im Spiel und schlage Kreuz und Kranz dagegen. Die Berechnungen und Bilanzen gebrach es an Lauterkeit und Kompetenz. Die Kostenvoranschläge und Schätzungen waren lediglich locker über den Daumen gepeilt und unvollständig angezeigt. Und jetzt auch noch die häufenden unvorhergesehenen Ärgernisse, Säumnisse und Einbußen. Nichts davon war jemals vorausschauend in Betracht gezogen. Der Firstbalken seiner hochfliegenden Narretei drohte einzustürzen. Es wurde auf Schlag eins zum Aderlass gebeten. Das Budget war – allem Protest zum Trotze – ausgeschöpft, die überfälligen Forderungen stapelten sich und die Baumeister beharrten für ihre Mannschaften auf die offenstehenden Entlohnungen. Sie drohten bereits mit Abzug.

Erzbischof Kronster hatte sein hochmütiger Stolz zu diesem utopischen Wunschtraum verführt und nun sah er sich genötigt – wollte er nicht Ruhm und Ansehen verlieren – hart zu feilschen. Er bedurfte zuvörderst großzügig angelegte Barschaften und zukünftlich regelmäßige geldliche Zuflüsse. An eine Niederlage war gar nicht erst zu denken – das wäre sein schmachvoller Untergang gewesen. Erzbischof Kronster konnte nicht kleinbeigeben. Und er war bereit – obgleich sich dieses hinterhältigen Vergehens bewusst – sich so weit wie nötig vorzubeugen, um zu erhaschen, was zu erhaschen war. Er brauchte unverzüglich Truhen und Säcke – vollgepackt mit Edelgesteinen, Goldtalern und Pfründen. Und so erdreistete er sich, Maximilian August XII. zu täuschen und zu erpressen. Er musste – um alles in der Welt und koste es was es wolle – seinen Belangen Nachdruck verleihen. Seine heilige Exzellenz konnte es sich nicht leisten, unverrichteter Dinge und mit leeren Taschen in seine Müggelheimer Residenz zurückzukehren. Die Schande wäre zu groß gewesen.

»... mein unzüchtiges Versessen übertrete die göttlichen Erlasse der Frömmigkeit und Keuschheit, wagt dieser schmierige Fettklops mir an den Kopf zu werfen. Mir!!! Den Obersten Lehnsherrn! Es beschmutze die ehrbare Opferrolle der Frau ... ha, soll sich dieser erbärmliche Muhackl doch selbst mal an seinen Zinken fassen. Diese selbstherrlichen Protzen ... Hubert, wenn ich bloß dran denk, wie die scheinheiligen Prediger die Weiber unterbuttern und hinters Licht führen. Denk doch bloß mal an ›Die keuschen Kreuzesschwestern im Dienste des Herrn‹. Wie die verscheißert werden, ist kaum zu glauben. Das kann man gar nicht mit anschauen. Und da kommt dieses wieselhaarige Zwetschgenmanderl daher und will mich ... m i c h belehren. Aber dem helf ich noch rein in die Schuh. Das wird mir diese schwachsinnige Zwiderwurzen noch büßen ...«

Vermaledeit, die Lage spitzte sich mehr und mehr zu. Angesichts der beiden kammgeblähten Kampfgockerl stand zu erwarten, dass es noch weiterhin Ärger geben wird.

»... die abgrundtiefe Anrüchigkeit bei Hofe verhöhne das Gebot der gottesfürchtigen Sittsamkeit. Frauen sind erschaffen, um in Demut und Bescheidenheit zu dienen und nicht zu tändeln und unzüchtig ausstaffiert dem Triebhaften zu frönen. Hubert, der spinnt doch.

Darum seh er sich gezwungen, sein Plazet zur Absolution zu verweigern. Aber dem läut ich jetzt die Grauselglock! Den schlacht ich ab wie eine S...!«

Nicht dass seiner Durchlaucht dem kirchlich-erbarmenden Straferlass große Bedeutung beigemessen hätte. Nein, nein, weit davon entfernt. Er stand dieser irreführenden Augenwischerei gleichgültig gegenüber. War er doch ein freidenkender und eigenverantwortlich handelnder Mann. Und überdies hielt er sich ohnehin für den Herrgott höchstpersönlich und nebenbei auch noch für den Nabel der Welt. Aber in diesem heiklen Fall musste selbst er – der machtvolle Herrscher – förmlich bleiben, wollte er keinen Skandal provozieren.

Als König und Landesvater stand er in Pflicht und Schuldigkeit, dem Usus des strengen Hofprotolles seine Achtung zu erweisen. Und das behagte – wie man sich lebhaft vorstellen kann – Maximilian August XII. ganz und gar nicht.

»Beleidigt dieser hintertriebene Rübenkopf unablässig meine Gutmütigkeit und Intelligenz. Aber damit ist es jetzt aus und vorbei!

Dem leg ich die Scharfkling an die Kehl ... den mach ich sowas von fertig ...«

Hubert stand nach wie vor nicht der Sinn, einzugreifen. Noch bedurfte es seiner Nachsicht. So ließ er das Unvermeidliche gelassen an sich vorüberziehen. Sollte sein gereizter Gebieter ruhig weiter mit dem Säbel rasseln.

»Weißt, was der alte Federfuchser will, Hubert? Regelmäßige Abgaben vom Adel will er einsacken. Drum stellt er sich so stur, dieser jämmerliche Leuteschinder. Reicht ihm noch nicht, was er seinen hungernden Gläubigern abschwatzt. Selber Dreck am Stecken und wagt es, mich ... dass ihm das nicht peinlich ist ... mich zu belehren. Den knöpf ich mir noch vor. Jetzt kehr ich mit eisernem Besen durch und räuchere das ganze engstirnige Gschwerl aus!«

Hubert ließ seinen König reden und toben. Er schenkte ihm nach wie vor geduldig sein Ohr.

»Jetzt soll mich dieser grantige Schmierlappen kennenlernen, das sag ich dir. Dem treib ich seinen ganzen sabbernden Schwachsinn noch aus. Den Spinner lass ich bei lebendigem Leib einzementieren und anzünden!« Der König atmete durch, drückte die Hände an seine Schläfen und drehte seine Augäpfel himmelwärts.

174

»Ich lebe in einem liebevollen Umfeld.

Mir geht es gut, weil ich von Liebe umgeben bin.

Mein Herz ist voller Dankbarkeit.

Ich bin prächtig und mächtig.«

Er besann sich einen Moment, setzte eine überheblich-eigensinnige Miene auf ... und ... und ... lachte laut heraus: »Und jetzt erst recht nicht! Ich geb nicht nach. Da kann der aufgeblasene Brozen lang drauf warten. Den schick ich auf die Ruderbank. Dort kann er zappeln, bis er schwarz wird!«

Huberts Stunde war gekommen. »Aber nicht doch, meine Majestät, wir sollten jetzt gepflegte ... geschmeidige Gefühle zutage fördern. Denkt doch an Eure Durchlaucht würdevolle Vornehmheit und hohe Berufung. Ihr seid nicht umsonst Inbegriff der fürnehmen Noblesse und Meister der Willenskraft geheißen.«

»Das will ich meinen ... Hubert.«

Hubert wusste seine Pflichten stets apart zu verrichten.

»Eure Majestät sollte sich nicht länger maßregeln lassen. Jetzt, so denk ich, wär es gegeben, die Frage des Vorrangs abzuklären.«

Der König wölbte eine Augenbraue. »Und ...?«

»Ich mein, es wär angeraten, Erzbischof Kronster mit seinen eigenen Waffen zu schlagen.«

Seiner Majestät spitzte auf. »Was meint er jetzt?«

»Prinzessin Marianne Constanze ist soeben bei Hofe angereist.«

Des Königs Antlitz verklärte ein freudig-heller Schein. »Die Mitzi ist da? Unser liebes Mitzilein ist wieder da ...«

Er atmete auf, lehnte sich zurück und begann gemütlich seinen Bart zu zwirnen. »So eine Freud, unser Mitzilein ist wieder da ...«

Maximilian August XII. war wieder guter Dinge. »Lass er sie holen ... und Hubert, mir steht's zu Sinnen, schick er auch gleich nach meinem Hofgenius. Seinem König verlangt es nach geistiger Erweiterung. Sein König wünscht neue Glaubenssätz. Frische, positive Glaubenssätz!«

Hubert verneigte sich. »Mein Fürst, beide warten bereits im Vorraum.«

»Dann eil er sich ... und Hubert, setz an. Wer hatt' mal wieder – quasi in allerletzter Sekund – den rettenden Geistesblitz?«

Hubert konnte nicht umhin, glücklich zu lächeln. »Selbstredend ... Meiner Gnaden Herrlichkeit!«

Hubert machte eine tiefe Verbeugung, wendete sich um und öffnete leise die hohe Flügeltür.

Zwei Tage später besegnete in der festlich geschmückten Hofkapelle Erzbischof Kronster das feierlich zelebrierte Beichtsakrament mit:

»So sprech ich dich los von deinen Sünden. Gehe hin in Frieden.
Im Namen des dreifältigen Gottes,
des Vaters, des Sohnes und des Heiligen Geistes.
Amen.«

Maximilian August XII. erhob sich von seinem Betstuhl, durchmaß würdevoll den langläufigen Korridor und strebte den königlichen Frauengemächern zu. Der König nahm Abschied von seinen weinenden Gespielinnen. Er wollte nicht ohne den liebkosenden Anklang der Besänftigung von seinen rosenduftigen Herzerln scheiden. Alsdann stob er mit fliegendem Militärrock und klirrenden Sporen zu seinen wartenden Gefolgsmannen in den Vorhof. Mit siegesgewissem Lächeln bestieg er den tänzelnden Hengst und hob seine erlauchte Hand:

»ABMARSCH!«

Da soll noch einer behaupten, Affirmationen (und Hubert) taugen nichts!

Prinzessin Marianne Constanzes neueste Errungenschaft – ein sagenhaft erlesenes, unerschwinglich kostspieliges Smaragd-Collier machte bei Hofe die Runde und ließ so manch einen, der habgierigen Neider, bis auf die Knochen erbleichen.

Für Erzbischof Kronster war es erstmals vorbei mit großen Gesten. Justament mit dem König, schlich er sich gebeutelt und bis auf das Blut blamiert, durch den abgeschlagenen Hinterschlupf und befehligte seinem Kutschlenker zum höchsten Pressieren. Die schwere Kalesche schoss wie ein Pfeil davon und hinterließ zum endgültigen Adieu lediglich eine dicke Staubwolke. Aber die verzog sich recht schnell wieder.

Blindlinks in die eigene Falle zu tappen, ist freilich kein Honiglecken und es läge die Vermutung nahe, dass der in Ungnade gefallene Geistliche, Kraft und Zuversicht in der reuevollen Bußfertigkeit zu finden suchte. Aber mit solch kindlichen Träumereien hätte man aufs falsche Pferd gesetzt. Es wäre auch zu schön gewesen, um wahr zu sein. Seine heilige Exzellenz hegte gänzlich andere Absichten. Ihn quälte die Vorstellung der inneren Umwendung und manierlichen Besinnung. Es hätte ihn vermutlich umgebracht. Und so umschatteten weiterhin Trugbilder sein vernarbtes, armes Herz. Fürwahr, er legte unverzüglich – trotz kalter Füß und berstenden Knöchlein – eine neue intrigenreiche Marschroute fest. Um es kurz zu machen:

Seine heilige Exzellenz gedachte, nach wie vor, im selben abtrünnigen Fahrwasser zu schippern. Vorrangig galt es für den Kirchenmann, so baldigst wie möglich das Königliche Pardon zu erwirken. Und so griff er im ranzigen Dunst seines unermesslichen Hasses nach dem silberschweren Losbecher und befüllte denselben mit fünf gezinkten Würfelchen.

Es schien, als habe er den Verstand verloren.

Heiliger Gral

»Wessen bedarf dein Glück?«

SECHSTER LOBGESANG

»Jetzt wird streng Richtwerk angeschraubt,
zur Freud die Qual gestellt,
erst wenn das Licht ans Böse glaubt,
wird's Dunkel wieder hell.

Viel Wunderliches wird vollbracht,
zum Segen soll's gereichen,
in mancher mondenlosen Nacht,
wird Hart das Mild durchweichen.

Die Tränen, welch die Seele weint,
sind himmlisch Schatzes Gut,
die Spaltung wird erneut geeint,
geweiht das menschlich Blut.

Doch noch bedarf es Glück und Leid,
um finden himmlisch Tor,
wir geben Schutze und Geleit,
bis zum glückjubelnd Chor.«

Halleluja

VI. DAS BESTREBEN

KLANGSCHWINGUNG:

»MEIN FÜHLEN BRINGT HEIL.«

MYSTISCHER RÄTSELGESANG

LUDWIG VAN BEETHOVEN

»SEHNSUCHT«

LIED FÜR GESANG UND KLAVIER WOO 134

1. Das bittere Heiltränklein

»Wie klingt ein Klang, den man nicht hören kann?«

Seit Menschengedenken hielten die geheimnisvollen Schicksalsfeen all-jährlich große Versammlung. Im stillen Nichts trafen sich die altertüm-lichen Gefährtinnen, flüsterten und mauschelten, beratschlagten und bekun-deten. Fleißig waren sie zugange. Emsig warfen sie ihre scharfen Blicke ins kristallene Glas, verrechneten, bedachten und notierten. Es wurde gewebt und geschliffen, gedreht und gewinkelt, getrocknet und geleimt. All den vie-len Bittstellern sollte das verdienstliche Plansoll zugesprochen werden. Dort oben – im luftleeren Zwischenreiche – setzten die gestrengen Richterinnen wie eh und je ihre unumstößlichen Maßstäbe fest. Maßstäbe, welche hervor-gehoben aus den Gesetzen der geistbeseelten Gebote.

Freud und Schmerz, Fähigkeit und Erkenntnis, Talent und Verrichtung, Begebenheit und Fügung. All diesen wundersamen Kleinoden wollte der be-rechtigte Platz auf Erden zugewiesen sein. Ihre mitgebrachten Gaben waren auf dem Richttisch hoch aufgetürmt. Eigenartige Päckchen und verschlagene Schatullen, bauchige Karaffen und fetttriefende Kelchgefäße, hölzerne Chi-mären und graumattes Scherbengut, gelackte Trophäen und fleckige Pfand-rollen, farbenfrohe Seidenballen und kosendes Geschmeide, hellklingende Windspiele und federleichte Flockenpracht …

Die ausersehenen Schätze wurden ausgespannt, mit dem Zollstock vermes-sen, ausgewogen und nach Verdiensten aufgeteilt. Man konnte nicht umhin, jedem Menschenwesen seine gerechte Belohnung im ausgleichenden Werte zuzuführen.

»Und unser liebes Kind? Wir haben nicht an unser liebes Kind gedacht! Es ist nichts mehr für sie übrig!«, riefen die Zauberschwestern erschrocken auf. Alle Augen richteten sich ängstlich auf die Oberste Rätin. »Die Göttin be-wahre mich davor! Niemals könnte ich diese wunderschöne Seele vergessen.« Die hohe Herrin erhob sich von ihrem Throne, öffnete mit bedächtiger Hand die eingelassene Bundeslade und entnahm ihr ein schwefeldampfendes Schäl-chen – randvoll gefüllt mit Bitterwelk, Schimmelhornpilzen, Giftkrautstampf und Sturmwüterich.

Feierlich hob sie es gen Himmel:

»Die Auserwählung hat entschieden:
Für unser geliebtes Mädchen das Beste vom Besten,
die Huldvollste all unserer Gnaden.

Für Myrta:

DIE

ENT-TÄUSCH-UNG.«

Im Zauberreich der Geister

Reigentanz der fahldunstigen Sonnenträumer

»Ein Kreisel flitzt und tanzt geschwind,
das weiß doch wirklich jedes Kind,
und geht ihm mal die Puste aus,
zerstampfen wir ihn wie ne Laus.«

Simms-Summs

»Es ist nicht schön, wenn's langsam geht,
wir wollen, dass er schnell sich dreht,
und lustig brummelt noch dabei,
dann ist es Sternenhexerei.«

Simms-Summs

»Ganz bunt muss er bemalet sein,
und quietschen auch noch obendrein,
wir halten uns ganz dolle fest,
damit es uns nicht fallen lässt.«

Simms-Summs

2. DAS AUSGETAUSCHTE ALTÄRCHEN

»Dreh bei … dreh bei Gebieterin, bevor die Torheit uns verschlingt!«

… bum … bum … bum … bum … bum … bum … bum …

Die große Warntrommel wurde geschlagen. Es musste etwas Furchtbares, etwas ganz Schreckliches geschehen sein.

Myrta befand sich gar nicht wohl. Eine bleierne Schläfrigkeit machte sich in ihr breit und zog sie nach unten ab. Sie fror und schwitzte in einem und jeder Schritt wurde zur Qual. Grad so, als würde sie schwere Eisenketten mit Bleiklumpen hinter sich herziehen. Theres war mit der frühmorgendlichen Bummelbahn nach Müggelheim aufgebrochen. Zum Frisör – wie sie sagte – ein schmuckes Kleidchen kaufen, süßen Blütenbalsam für die Haut und Lippenfein so rot wie der Mohn. Sie gedachte, zum ersten Stelldichein mit Hannes, so verführerisch und adrett wie nur irgend möglich anzutanzen.

… bum … bum … bum … bum … bum … bum … bum …

Myrta wurde es grau und flau. Das Stahlkorsett der angstvollen Befangenheit wurde nochmals enger geschnürt. Sie konnte kaum noch atmen. Ihr schoss die gruselige Saga von der keuschen Prinzessin in den Kopf. Die unsäglich Leidende wurde von einem herzlosen Übeltäter an ein schroffes Felsgestein gehämmert und schmachvoll hängengelassen. Hungrige, gierige Nebelstelzchen pickten ihr beide Augen aus. Bei lebendigem Leibe … beide Augen aus … Myrta schleppte sich nach draußen. Jätete Unkraut, hakte Beete. Die Arbeit ging ihr nicht recht von der Hand. Sie wischte sich den kalten Schweiß von der Stirn.

… bum … bum … bum … bum … bum … bum … bum …

Der leidige Föhnsturm wirbelte staubiges Blätterwerk auf. Ein einsames, schon arg zerfledertes Dorfblatterl flog vorüber und blieb an einem Dornenbusch aufgespießt, hängen.

Myrta dachte an die gruselige Saga mit dem bösen Dreschriesen, welcher der lieblichen Prinzessin beide Arme und Beine ausriss und die bedauernswert Unglückliche sodann genüsslich auffraß. Bei lebendigem Leibe genüsslich und laut schmatzend auffraß ... Ein aufgescheuchter Rabenschwarm flog kreischend auf und flüchtete sich zum hohen Kirchspitz.

Myrta erinnerte sich an die gruselige Saga mit der verstoßenen Prinzessin. Die Leidgeprüfte band sich – gebrochen vor Kümmernis – einen schweren Mühlenstein um ihre schmalen Hüften und stürzte sich vor aller Augen in den tiefen, dunklen Dorfbrunnen, wo sie jämmerlich ertrank. Bei lebendigem Leibe gurgelnd, qualvoll und jämmerlich ertrank ... Die Ärmste wurde von keiner einzig Seel betrauert. Wirklich und wahrhaftig, von keiner einzig Seel ...

... bum ... bum ... bum ... bum ... bum ... bum ... bum ...

Myrtas Bauch begann zu krampfen. Ihre Augen juckten und brannten. Himmel, A... und Wolkenbruch! Offensichtlich war man der Ansicht, dass die ganze Misere noch zu wenig ins Gewicht fiel und zum Fettwerden sowieso nicht reichte. Ein vollkommen atemloses Fräulein Elisabeth raste um die Kurv und drängte luftschnappend durchs Gartentürchen. Da konnte nichts Gutes bei rauskommen.

»Myrta, jetzt krieg ich gleich einen Herzkasperl, so reg ich mich auf. Gut, dass ich dich antreff. Geh sofort rein ins Häuserl und sperr den Riegel vor. Mach bloß keinem auf, hörst du. Und dass du mir nicht in den Wald reingehst, das sag ich dir. Ein Mörder treibt sich dort rum. Ein ganz Gefährlicher soll's sein. Alle sind außer Rand und Band. Ich sag's dir, grad zugehe tut es im Holz. Der Meuteführer ist mit seinen drei Schweißhund grad los und sucht nach der Fährt. Und die Treiber dresche schon die Bäum und das Dickicht ab, mit ihren Holzprügeln und langen Stang. Grad scheppern tut's. Die Hetzer sammeln sich noch. Mit Messern, Äxt und Mistgabeln sind's bewaffnet. Koche tun's vor lauter Wut. Den Gratler überstellens erst gar nicht lang der Gerichtbarkeit, haben's geschrien, den erschlage sie gleich an Ort und Stell. Wenn'st mich fragst, ist es nicht schad um ihm. Wenn der abkratze tät, wär's mir grad recht und billig. Myrta erschrick jetzt nicht, aber der Mistbazi hat heut Nacht die Scheun vom Pladerer Rudl angesteckt. Alles ist lichterloh abbrennt und seine einzige Kuh, die Berta, ist dabei auch noch jämmerlich draufgegange. Und wie's der aufgeschachtelte Mausdreck so will, ist jetzt noch rauskomme, dass der Bandit auch dem Rudl sein braves Töchterl mitgenomme hat. Geraubt ... entführt!!! Das Lenerl hätt doch nächste Woch heirate wolle. Hat sich schon so drauf gefreut.

Nicht auszudenke, was er mit ihr anstellt. Vielleicht hat er sie auch schon abgeschlachtet. Die ganze Sach ist noch stockduster. Der Rudl ist vor lauter Sorg zusammenbroche. So ein Unglück ... so ein Unglück! Aber was soll ich dazu noch lang sage? Der Lump ist doch bekannt dafür, dass er's bei jeder probiert. Der war doch schon immer drauf scharf, bei den sittsamen Jungfern ganz vorn anzustehe, um den ersten Stich zu mache. Das Lenerl ist nicht die erste, die er zusammenpackt. Der falsche Fünfziger hat doch noch nie was ausgelasse und jedem Madl seifig Red geschwunge. Seine Masche halt ... immer auf ritterlich und lieb schmuse. Das kann er, der Holzfuchs, der abgebrühte. Hat den damischen Zupfhennen die Sahn schön um die Goschen geschmiert und jede ist auf seinen Schmäh draufreingefalle. Und wenn's brenzlich worde ist, ist er auf und davon. Hatt doch noch jede in der Not sitze lassen. Einen Scheiß hat er sich um sie gekümmert. Einen Scheiß! So dumm, wie die verzogene Fratzen sind, lassen's aber auch jeden gleich rein. Die narrischen Luder haben doch nie auf mich gehört. Immer erst das Kleingedruckte lese, hab ich ihnen jahrein, jahraus gepredigt, das K l e i n g e d r u c k t e lese! Ausgelacht haben's mich und dann saublöd aus der Wäsch geschaut. Pfui Teufel, mir tät's Grausen vor so einem langhaarigen Gammler. Nicht mit einem langen Steck würd ich so einen anlange. Da wär ich mir schon zu schad zu. Sowas hab ich nicht nötig, das sag ich dir. Horch Myrta, die Hund geben Laut. Und jetzt ... hörst es ... das Signal vom Muschelhorn. Jetzt haben's die Witterung aufgenomme. Auskomme tut der Gangster nimmer, das schwör ich dir. Jetzt wird aufgeräumt mit dem sittenlosen Saustall. Wenn's den Dreckskerl habe, dann aber Dankeschön mit Handkuss. Dann geht's ihm an den Krage. Weißt Myrta, er war ja jetzt lang nimmer da. Ich mein fast, dass es sieben Jahr sind. Grad gehobe hat's mich, als ich den Landstreicher wieder geschaut hab. Ihm und sein bissig's Hundsvieh. Hab eh damit gerechnet, dass es wieder Unruh gibt. Da ... hörst das Halali? Jetzt blasen's die Jagdhörner. Jetzt wird aufbroche zur Sauhatz ...«

Myrtas Herz stand still. »Um Gottes willen Fräulein Elisabeth, weiß man denn, wer es ist?«

»Freilich. Der Weiberheld ist doch bekannt wie ein bunter Hund.

Vielleicht hast ihn schon mal wo laufe sehn. Allerweil schwarz anzoge ist er und oben am Schädel hat er ein eingestanztes Babberl drauf. Da ... da schau her, da oben über der Nas, so ein eingeritztes Pickerl. Pfui Teufel, wenn ich nur daran denk, dann würgst's mich schon. A ... A ... ich bin so aufgeregt, jetzt komm ich ums Verrecke nicht drauf, wie er heißt. So ein heidnischer ... gottloser Nam ist's. Wart ... jetzt liegt er mir auf der Zung. Wart, gleich hab ich ihn. A ... A ... Alander! Ja, Alander heißt der Rumtreiber.«

Myrta stand wie angepflockt, ihre Knie wurden butterweich. Fräulein Elisabeth warf ihr einen tadelnden Blick zu. »Myrta, warum bist denn plötzlich so kasweiß? Reiß dich bloß zusamme, das sag ich dir.

Kipp mir ja nicht um. Jetzt geh sofort rein und sperr gut ab. Nicht dass dir auch noch was passiert. Ich muss jetzt weiter, meine Jungfrauen warne und zum Barth ... zum Herrn Amtsvorsteher, mit ihm Absprach halte.«

Myrtas bisquitfarbener Elfenbeinturm zerbarst in hunderttausend Stückerl. Alles erbebte ihn ihr und um ihr. Die frostkalten Schauderängste des haltlosen Fallens sprengten ihr Körper, Herz und Verstand. Vor Myrtas Augen drehte es sich. Sie schleppte sich mit letzter Kraft nach drinnen, erbrach sich und fiel bewusstlos zu Boden.

Dort blieb sie regungslos und zum Sterben bereit, liegen. Mit Myrtas traumwandlerischer Jungmädchenzeit war es vorbei.

Ein geheimnisträchtiges Bouquetgebinde – so betörend wie aus 1001 Nacht – begann sich zu öffnen und seine heilbringenden Segnungen zu verströmen. Der unwiderstehliche Duftreigen aus den sagenumwobenen Gärten des Morgenlandes sollte Myrtas Errettung vor dem Tode sein. Die stärkenden, schutzdurchwirkenden Akkorde von Ambra, Rosenholz, Zypresse und Steinmoos fingen Myrtas entgleitendes Sein auf, festigten es in ihren Grundpfeilern und führten es wieder dem Erdenleben zu. Weißdornblätter, Nelkensamen, Sanddornbeeren und Zaubernüsse erfrischten mit ihrem fröhlich-heiteren Schwingungsreichtum Myrtas Sinne und belebten ihr zu Tode erschrockenes Herz. Safran, Labdanum, Muskat und weiße Orangenblüten umschmeichelten mit ihrem würzig-cremigen Schmelz Myrtas verwirrte, hilflos umherirrende Seele. Schwertlilien, Paradiesäpfel, Zistrosen und Vanille bekräftigten ihr neuen Lebenswillen und Lebensmut. Sanft und leicht wurde unser liebes Mädchen nach oben ins Leben zurückgetragen. Myrta kam wieder zu sich. Nahm alles wage, wie durch einen Wasserspiegel wahr. Starke Arme hoben sie an, betteten sie auf weiche Kissen und deckten sie fürsorglich zu. Dann fiel sie wieder in eine gnadenreiche Umnachtung und löste sich im geweihten Zwischenreich der Duftengel auf.

Myrta träumte von einer liebreizenden, zarten Prinzessin, die mit einem verschleierten Zaubernachen zur Zyklopen-Insel übersetzte und ihrem grausamen Schänder kurzerhand das Genick brach. Bei lebendigem Leibe gnadenlos das halsstarrige Schurkengenick brach. Ein gepfefferter Schlag mit ihrer Bratpfanne genügte.

BRAVO!!!

Ein ernstblickendes Saatkorn erhob sich von seiner spartanischen Schlafstatt. Die hagere Gestalt von einer schlichten Kutte umwandet, die hohe Stirn bereits tiefklüftig von Denkerfalten durchzogen, die schmalen aber dennoch sinnlichen Lippen von einem strengen Zuge getragen. Es hatte die Kraft der Macht – es war zur Führerschaft geboren. Des Saatkorns edle, gradläufige Nase ... ja, die Nase zeugte eindeutig von dessen auserwählter Sendung. Zweifellos strahlte es Intelligenz und Erhabenheit aus, grad so wie ein verkleidetes Königskind. Und es polarisierte. Es wirkte alt und jung, dunkel und hell, präsent und enthoben, unauffällig und auffällig zugleich. Seine übertriebene Kühle, seine trockene Verneinung, erschien auf den ersten Husch fremdartig und erschütternd. Aber man durfte sich von diesem Eindruck nicht aufs Glatteis führen lassen.

Ein Blick in des Körnchens gründige Augen genügte, um die inwendige, brodelnde Feuerglut der Leidenschaft zu erkennen. Und das machte es mehr als faszinierend, mehr als einnehmend.

»Nun drängt sich mir die Frage: Welches Gelübde will ich ablegen?«

Mit am Rücken verschränkten Händen begann es, auf- und abzumarschieren. Die hölzernen Sandalen klapperten auf dem steinernen Boden. »Unter welchem Bekenntnis will ich fortan wandern? Die Eitelkeiten der Welt kümmern mich wenig. Sie sind mir geradezu misslieb ... bemühend. Die aufpolierten Maskeraden ... die oberflächlichen Belustigungen waren mir doch schon von jeher schwer zu Lasten. Der grelle Tand, das unsinnige Geschwätz ... alles kalter Kaffee. Verteidigung und Angriff ... Schnee von gestern. Das sorgenlose Vagabundieren, das selbstauferlegte Büßerleid ... Veto!

Nichts davon könnt mir noch von Gefallen sein. Schlussstrich drunter! Von all diesem lächerlich-ironischen Schnickschnack will ich mich fortan distanzieren. Nein, nein die Klarheit, die Mathematik, die Berechnungen erwärmen meinen Geist. Die Zentrierung, das Geordnete, der gerade Schnitt macht mir die Seel vor Freud springend. Jedoch mir ist nicht Arg vor niedrig Diensten, wenn es der Vollendung dienlich nützt.« Es stockte, sammelte sich kurz, holte ein Stück Weißkreide hervor und begann an der schmucklosen Wand seine Visionen zu skizzieren. Und es entwarf in wenigen Stunden ein fantastisches Lebenskonzept. Ob es beibehielt, was es sich versprochen? Fraglos, es vermochte alles zu realisieren, was es sich erdachte. Es besaß die Geistesgröße, die Qualitäten der Vernunft, der Planung und der Umsetzung perfekt aufeinander abzustimmen und sie dann aus dem Effeff heraus zielsicher und erfolgsversprechend auszurichten. Doch erst in den Fängen einer liederlichen Liebschaft – und das war das Einzigste, was es nicht vorausschauend einzukalkulieren vermochte – wurde des Körnchens größter Wunsch erfüllt.

Die Vollendung des Magnum Opus.

Seit jenem ehrwürdigen Gedenktage thront diese anbetungswürdige Lichtblume im feierlichen Ruhme des göttlichen Jubelglanzes. In finitum – seine zwei erhabenen, türkisstrahlenden Kelchblätter in der holden, ätherblauen Blütenhülle in zärtlicher Liebe miteinander vereint.

Auf ewig in inniger Andacht – auf ewig im heiligen Elysium.

3. Das treibende Körklein

»Hab ich das Verderben jemals willkommen geheißen? Eingeladen, sich bei
mir häuslich niederzulassen und gemütlich auszubreiten – zweckdienlich
sozusagen – um mich ungeniert von früh bis spät schikanieren zu können?
Erinnern kann ich mich jedenfalls nicht daran ...«

Nur Mut, liebes Myrtalein, auch die Gehässigkeit lohnt der näheren Betrachtung.
»Warum?«

Darum, darum ...

Seit jenem ungeheuerlichen Vorfall mit Alander blühte der große Apfelbaum am Dorfplatz zum dritten Male. Myrta war in ihrem achtzehnten
Lebensjahr. Wie nicht anders zu erwarten, fischte sie nach wie vor im Trüben. Die unbeschwerten Kinderträume waren ausgeträumt und die lyrischen
Schwärmereien weggebeutelt. Allerweil noch stimmte ein klirrender Eiszap-
fen ihr Herzensfühlen auf Mollfrequenz und ihre Seele blies in ungehöriger
Weis einen blechernen Trauermarsch nach dem anderen. Es war zum Stock-
narrisch werden.

Der Liebeskummer hatte seine brandigen Schleifspuren tief in Myrtas Herz
eingemeißelt. Das einst so rosige Sonnenmädel hatte gar nichts mehr von der
blühenden Jugendfrische an sich. Sie wirkte stumpf, verkrampft, verloren
und kraftlos. Ohne Zweifel, das Gift tat seine Wirkung. Myrta war ausgeblu-
tet und verbraucht.

Das verzagte Mädchen saß nachdenklich auf ihrem splitterharten Büßer-
schemel. »Wie wär es zu halten? Folgt das Beispiel der Umsetzung oder die
Umsetzung dem Beispiel?«

In den ersten Monaten nach dem entsetzlichen Einbruch mit Alander
suchte das verzweifelte Kind Erleichterung im Vergessen. Man konnte es ihr
nicht verdenken.

»Natürlich, natürlich. Was wär auch Besseres zustatten gewesen. Oder hab
ich wieder einmal was verbummelt? Wundern würd es mich nicht.«

Aber, so sehr sie sich auch dagegen zu wehren versuchte, so sehr sie auch
zeterte und bettelte, sie vermochte das Bildnis ihrer enttäuschten Liebe nicht

abschütteln. Allzu fest war es in ihr verankert. Das Leben wurde ihr zu einer bitteren Ödnis.

»Wenn du das sagst, dann wird es wohl auch stimmen. Du musst es ja wissen, wie es in mir drinnen ausschaut. Wo du doch die Weisheit mit der Schöpfkelle reingeschaufelt hast.«

Sie versprach sich, alles zu tun, um ihr reines Gewissen vor den schmierigen Schlacken der furchtbaren Zumutung zu schützen.

Myrta war keine Kämpfernatur. Sie wollte ihren braven, redlichen Lebenswerten nach wie vor die Stange halten.

»Und wenn schon. Schließlich alles eine Sache der Seelenreinheit und Herzensgüte. Aber ich frag mich nur, was dich das überhaupt angeht? Oder ist dein Leben dermaßen langweilig geworden, dass du jetzt schon bei anderen rumschnüffeln musst ... nur, um auch mal was erzählen zu können. Das tät mir schon leid für dich. Ganz, ganz ehrlich, das tät mir schon leid für dich ...«

Der brutale Stinkerdämon nahm auf Myrtas zartseidene Empfindsamkeiten keinerlei Rücksicht und warf ihr wutentbrannt den schweinsledernen Fehdehandschuh zu.

»Verzeihung, du liederlicher Streithammel, aber ich wünsche keinen Händel und vermeide jedes Gefecht. Denn sowas schickt sich nicht! Und jetzt verpiss dich und lass mir meine Ruh!«

›Wie wahr, wie wahr, du gibst dich schon vor dem Duell geschlagen‹, hallte es höhnisch in ihrem wunden Herzen wider.

Und so blieben auch die unliebsamen Bekenntnisse des vermeintlichen Verrates unverarbeitet in ihrem Herzen luftdicht verpackt und schwerlastig liegen: »Bei jeder probiert er es ... will immer den ersten Stich machen ... hat doch noch nie was ausgelassen ... noch jede in ihrer Not sitzen lassen ...« Die Kränkung hielt sich standhaft.

»Ach, woher denn. Wo denkst denn bloß jetzt wieder hin? Das ist doch nichts weiter als wieder einmal eine deiner fadenscheinigen Spekulationen. Denn, um es genau zu nehmen: Es ist mir schon längst nicht mehr arg. Es ist mir mittlerweile sogar wurschtig und egal. Wurschtig und Piepschnurzegal!!!«

Oh ja, Myrta fragte sich oft, ob es sich überhaupt noch lohnte, weiterzuleben. Für was? Für wen? Einerlei, wie sie es drehte – nichts wollte sich aufeinander reimen. Die verpfuschten Verse blieben kantig und knochig. Warum nicht gleich dem grausamen Spaß zum endgültigen Boxenstopp zwingen?

»Einfach in modrigen Luftdunst auflösen. Das wär ein Abgang, der meiner würdig.«

Immerhin: Alle anderen waren vergnügt und räkelten sich behaglich in ihrem Wohlsein. Nur sie ... ja, was war mit ihr? Hatte sie überhaupt was Eigenes, was Sinnvolles in sich, das hervorzubringen sich lohnte?

»Guter Rat von mir: Überspann jetzt bloß nicht den Bogen und überschätz nicht meine Geduld. Aber, das muss ich dir lassen, die Idee kommt mir nicht ungelegen. Warum die freudige Aussicht auf persönliche Bereicherung verschmähen?«

Myrta begab sich auf den steinigen Weg der Selbstfindung.

»Dann will ich's mal in Anklang bringen, denn nur der Fleiß bewegt das Leben. So, wohl an und frisch zur Tat geschritten. Wer suchet, der auch fündig wird!«

Aber so sehr unser lieber Schatz auch grub und forschte, es fanden sich nur zwei lächerlich verkrumpelte Seelengaben vor:

DIE UNGENÜGEND UND DIE TRÄGHEIT.

»Nur mal ganz nebenbei bemerkt und ohne dir nahe treten zu wollen:

Erstens, ich kenn da zufällig eine ›Schriftstellerin‹ ... eine gewissermaßen selbsternannte ›Schriftstellerin‹, die würde doch alles dafür geben, wenn sie außer ihrer aufgeblasenen Arroganz noch irgendwas ... also irgendwas anderes aufzuweisen hätt. Aber wie gesagt: Ich will dir nicht zu nahe treten. Man kennt ja deine aufbrausende Launenhaftigkeit.

Zweitens, man soll Gott für alles danken und ich bin ihm sehr, sehr dankbar für das, was er mir geschenkt.

Denn jetzt wird es so richtig spannend. Es stellt sich für mich eine weltbewegende Frag: Was ist toller? Stummerl oder Stumperl?«

Sie glaubte sich ungeliebt, verraten und nicht ohne Grund abgelehnt. Wer könnte schon eine Versagerin, ein Bettelmädchen, eine Verschmähte freiwillig an sein Herz drücken.

»Warum sagst es nicht gleich, wie es wirklich ist? Gesteh es doch allen ehrlich ein: Mir fehlt es an Busenfülle. So, endlich ... jetzt liegen die Karten offen auf dem Tisch. Jetzt ist mir vorerst wohler.«

Myrta war müde vom Kampf, den sie nie gewollt und den sie niemals als ihren eigenen anerkannte. Von Selbstzerfleischung zerfetzt und von Selbstvorwürfen erstickt, blieb sie schließlich zu Tode ermattet und aufgerieben liegen – sie gab sich besiegt. Sie unterwarf sich dem Entsetzlichsten vom Entsetzlichsten. Zu Recht will ich meinen: Dem Höllenspektakel war eh nicht beizukommen.

»Was soll's denn noch? Vermasselt ist vermasselt ...«

Vollkommen ausgedörrt, übergab sie sich dem Unvermeidlichen. Myrta ließ sich mit wackligen Köpfchen und eingefallenen Wangen fallen und sinken. Sie sank und sank – ganz runter bis zu ihrem schaurigen Urgrund.

»Adios, meine Lieben, mir langt's ...«

Folgender weiser Ausspruch könnte für unser liebes Myrtalein zu einer unerwarteten Lösung führen:

›In jedem Unglück liegt ein Glückssternlein versteckt.

Es wartet voller Ungeduld, entdeckt und aufgesammelt zu sein.

Warum also mehr leiden als nötig?‹

»Möcht's mir gar nicht ausdenken, aber was tät ich ohne deine guten Ratschläg ...«

Es kam, wie es kommen musste. Der gefürchtete Quälgeist nistete sich in ihrem Inneren ein und wurde ihr nicht nur ein ungebetener Mitbewohner, sondern auch ein überaus lästiger Störenfried.

»Das ist doch mal wieder typisch für mich! Hauptsach, der Teufel hält immer sein Wort. Aber wenn's denn nun mal sein soll. Haut's ruhig weiter auf mich drauf ...«

Der Bösewicht freute sich über Myrtas herzliche Gastaufnahme. Er fühlte sich zum ersten Mal so richtig verstanden und angenommen. Er wollte auf immer ihr treuer Wegbegleiter bleiben. Er drückte Myrta an seine spröde Brust und sprach ihr unter Ehrenwort seine Gönnerschaft zu. Und er gedachte weiterhin, sie für die beglückende Freundschaft großzügig zu entlohnen. Es sollte ihr schließlich an nichts fehlen. Das verstand sich von selbst und war doch das Mindeste, was er für sie tun konnte. Zu Tränen gerührt, ernannte er Myrta zu seiner hochgeschätzten Verbündeten und gleichberechtigten Teilhaberin. Zur Verbündeten und Teilhaberin seiner abgestumpften Unzumutbarkeiten.

»Vielen herzlichen Dank auch! Was noch verlockend wär, zu klären: Was ist eigentlich die Steigerung von ›Perverser Abscheulichkeit‹?«

Das Schöne daran: Es war nicht die feige Schwäche, die Myrta dazu drängte, sich aufzugeben. Nein, es war die Liebe – die Liebe zu sich selbst. Sie folgte – im unbewussten Wissen – den Impulsen ihrer innigsten Sehnsucht. Der Sehnsucht nach ihrer verlorenen, abgründigen Wahrhaftigkeit.

Endlich konnte sie zu ihren irdischen Schlammwurzeln, zu ihrem dunklen Wesenskern, zu ihrer abgespaltenen Zwillingswahrheit vordringen. Der Weg war frei – sie musste ihm nur folgen. Denn erst dann, wenn auch ihr verdrängtes, dunkles Sein ergründet, durchfühlt und integriert wurde, war ihr der schwungvolle Aufstieg nach oben geebnet.

»Beiläufig bemerkt: Wieviel Gesülze kann ein Normalsterblicher ertragen, bevor er dem endgültigen Wahnsinn verfällt?«

Zu diesem besagten Zeitpunkt war Myrta ihrem Seelenheil näher denn je.

»Schön wär's ...«

Myrta hatte jetzt drei lange Jahre des Wartens, Hoffens und Zerrens hinter sich. Von Alander fehlte nach wie vor jede Spur. Der unstete Zugvogel war entwischt, fort und verschwunden.

»Bin grad froh drum. Der Blödian kann bleiben, wo der Pfeffer wächst.«

Die aufgeheizten Gemüter hatten sich wieder beruhigt. Es gab neue Schrecknisse, an denen man anknüpfen und sich aufhängen konnte.

»Ich versteh mich aufs Gönnen. Jedem Schnaggerl sein Gaggerl ...«

Vielleicht wär es jetzt angeraten, uns eine kleine unschuldige Zerstreuung zu gönnen. Darf ich mich so glücklich schätzen und Ihnen allen ein intimes Bekenntnis anvertrauen?

»Hört, hört! Man möchte uns ein intimes Bekenntnis anvertrauen. Ich platz gleich vor lauter Freud. Ein i n t i m e s Bekenntnis ...«

Also, auch ich war im Liebesbandeln noch niemals auf Rosenblüten gebettet. Die erste große Liebe – huldvolle Göttin steh mir bei – durchtränkt von den faden Ausdünstungen der Gewohnheit und Langeweile. Was Wunder, sie war dem Untergang geweiht. Es folgte ein zweiter, hoffnungsvoller Anlauf. Aber auch dieses Unterfangen war von den tragischen Kräften eines strittigen Unsterns überschattet. Mein Leben wurde schwarz wie das kalte Grab. Die Verzweiflung richtete mich fast zugrunde ...

»Ich staune! Man möchte meinen, so überheblich du allerweil deine Reden schwingst, wärst in der Lage, beziehungstechnisch alles auf die Reihe zu bringen. Aber wie mir scheint, ist dem dann doch nicht so. Traurig, wirklich traurig, dass du dann, trotz alledem, anderen gute Ratschläg erteilst. Wirklich traurig, sehr, sehr traurig ...«

Ich verlor in jenen schweren Jahren sehr wohl die Fassung und besaß nicht einmal mehr Kraft genug, es zu verbergen. Mir ist die unerträgliche Trauer des Verlorenseins, die verzweifelten Schreie in den einsamen Wüstennächten, das unversiegbare Weinen in der Einöde der Verlassenheit ...

»Ja doch, ja doch! Ist eine harmlose Zwischenfrage gestattet? Wie war gleich dein Vorname? Madame Selbstmitleid, wenn ich mich nicht irre.«

… und auch die Trostlosigkeit der inneren, abgrundtiefen Leere nicht fremd. Wirklich nicht. Die Wunden bluteten noch lange nach. Ich reichte auf die übliche Weise ein Gesuch bei der Göttin ein.

Vergebens! Ich haderte mit mir und meinem Schicksal. Ich wurde dem leidigen Schuldschein mehr als überdrüssig. Der Zinssatz für das bisserl Freud erschien mir doch zu hoch gelegt …

»Naja, manchen kann man es halt mit gar nichts recht machen!«

Aber ich hab meine Lektion gelernt: Das Unglück geschieht nicht von allein. Es kommt nicht von ungefähr. Ist halt nicht ertragreich, wenn man den Kurier mit der Botschaft verwechselt. Ich hab es mir ehrlich eingestanden. Und ich hab gelernt, mit fröhlichen Liedern die Nacht zu vertreiben. Natürlich, so leicht, wie man sich das vorstellt, ist das auch wieder nicht …

»Vielmals um Vergebung! Darf ich untertänig um eine kleine Abschweifung ersuchen? Weiß zufällig jemand den Wischlappen? Hier ist es plötzlich so glitschig … so schmierölig. Das Schmalz, das viele, viele Schmalz …«

Aber heut bin ich dankbar dafür. Der Weihrauch des bodenlosen Wahnsinns hat mich geläutert, meine Seel ist aus dem tausendjährigen Schlaf erwacht. Nichts von alldem diente jemals meinem Unglück, sondern erwies sich als Rahmenbedingung für das befreiende Erkennen, für die geistige Reifung, für die beschauliche Zufriedenheit …

»Dauert dieser schwachsinnige Schwachsinn eigentlich noch lang? Mir ist schon mehr wie schlecht und ich müsst dann auch mal …«

Es ist halt ein weitverbreiteter Irrtum, man könnte die Liebe greifbar machen. Man macht sich doch vergebens geltend, wenn man die eigene Persönlichkeit beschneidet, nur um weiterhin einer unrealistischen Vorstellung von Liebesträumereien nachzurennen …

»Von dir Gscheidhaferl kann ich noch so viel lernen. Du bist so lebenserfahren und redegewandt. Richtiggehend weise. Wirklich, mein Herz ist von Dankbarkeit erfüllt, weil ich von dir noch sooooooo viel Wissenswertes lernen kann.«

… da verpatzt man sich doch die Offenherzigkeit der täglich geschenkten Wunder …

»Manch einer predigt Wein und trinkt selbst abgestandenes Schlammwasser. Ist übrigens im heiligen Buch der Wahrheit nachzulesen: Seite 172 / Absatz B / Zeile 3.«

Ist es denn nicht vielmehr befriedigender, sich frei zu bewegen und das Glück in den unschuldigen, zarten Nuancen zu erspüren? Im Zuge der Graugänse, im strahlenden Leuchten der Blümlein, im ...

»Ich möchte die Brillanz deiner geistigen Ergüsse keinesfalls schmälern, aber ehrlich gesagt, empfinde ich dein Nähkästchengeplauder als unzumutbare Zumutung. Deine ganze abgehobene Spinnerei ist – und das noch mit Untertreibung ausgesprochen – mehr als überflüssig. So überflüssig wie ein ausgekochter Hühnerkropf.«

... und wenn das Wollen erstmal ruht und die Betrachtung zum Leben erwacht, dann lernt man mit offenen Augen, die Welt zu erschauen. Und mit etwas gutem Willen ...

»Jetzt wird's mir aber langsam zu bunt. Das ist doch nicht mehr auszuhalten! Steig mir doch mit deiner Schulmeisterei sonst wo hin.« Myrtas Lider waren schon halb abgerollt. Sie raffte sich mühsam auf und schlurfte müde zur Tür. Schwerfällig drehte sie sich nochmal um.

»Weißt du was? Von dir dummer Nuss lass ich mir keinen Strick drehen. Von d i r nicht! Und jetzt rutsch mir den Buckel runter, und zwar kreuzweis und mondscheinküssend.«

Unser geliebtes Nesthäkchen wendete sich verdrossen ab. Sie schleppte sich in ihr Bettchen, zog die Decke über den Kopf und pflegte die trostlose Behäbigkeit.

4. Das rasselnde Kettlein

»Wer will mich am Singen hindern, selbst wenn es mein Untergang wär?«

Fährmann: »Steig ein, steig ein in meinen Kahn,
der Dummheit ist Genüg getan.
Ich bring dich fort vom Niemandsland,
versprech dir's in die blanke Hand.«

Myrta: »Sprichst du mit mir, du Rippgestell,
scheinst mir ein klappriger Gesell.
Reißt recht weit auf dein grienend Maul,
tust stark, als wärst ein junger Gaul.«

Fährmann: »Was hältst du mir für freche Red,
meinst wohl, weilst jung, drum alles geht.
Doch sieh dich vor, bist nicht grad fesch,
schlappst mausgrau rum, ein Mann will's resch.«

Myrta: »Ha, gut gekontert, schleimig Molch,
die Zung so scharf wie blitzend Dolch.
Doch zimperlich wie dümmlich Magd,
die Wahrheit dir wohl nicht behagt.«

Fährmann: »So gib nun Fried und komm mit mir,
was willst denn auch noch länger hier?
Drei lange Jahr hast du verschenkt,
drei Jahr zu viel, wenn's man bedenkt.«

Myrta: »Was geht's dich an, du tumber Tor,
ich leih nicht länger dir mein Ohr.
Meinst gar, du kannst mir Führer sein,
dass ich nicht lach, bin gern allein.«

Fährmann: »Wenn'st meinst, dann zieh nur weiterhin,
              ein Motzgesicht, pfleg Wanzensinn.
              Ich mach jetzt meine Leine los,
              und lenk die Bark ins wild Getos.«

Myrta: »Halt ein, halt ein, hab mich bedacht,
              mein Hoffen hat nicht viel gebracht.
              Doch sprich mir erst, was ist dein Lohn,
              hab nichts bei mir als spöttisch Hohn.«

Fährmann: »Mein Wert ist tief in dir versteckt,
              und mit Geröll und Schlamm bedeckt.
              Die Unschuld ist's, nach der mich giert,
              steck sie mir an, dass sie mich ziert.«

Myrta: »Mir ist es recht, du triefend Greis,
              das nenn ich einen fairen Preis.
              Was du begehrst, liegt lang schon brach,
              ich hol's hervor, vom Todgemach.«

Fährmann: »So soll der Handel gültig sein,
              hier meine Hand, jetzt schlag gleich ein.
              Dein Wort noch drauf, so will's die Sitt,
              dann ist's vollbracht, ohne lang Bitt.«

Myrta: »Nimm auf den langen Steuerstab,
              und spute dich, es wird schon Tag.
              Hüh hott, geschwind, mach endlich zu,
              vorbei ist's mit der Rast und Ruh.
              Und richt dir deine Augenklapp,
              die wackelt schon, hängt windschief ab.
              Ist nicht bequem fürs Augenlicht,
              wenn's hint und vorn an Schönheit bricht.
              Und knöpf dir deine Joppe zu …«

Der alte Fährmann verdrehte genervt sein einziges Auge, nuschelte etwas Unverständliches in seinen Bart, nahm das hölzerne Ruder zur Hand und stieß ab. Lautlos gleitete die verschleierte Zauberbarke hinaus in die weite, dunkle See und trug unser geliebtes Myrtalein mit sich fort. Mit sich fort ins Schattenreich des Ungewissen ...

5. Das blubbernde Teichlein

»Der Mäher knechtet mir das Herz.
Wie könnt ich ihm entrinnen?«

Ein Geschwärzter wilderte im Revier. Er legte sich auf die Lauer, entsicherte die Wolfsflint und brachte sie schussbereit in Anschlag.

Jede Faser seines Körpers war zum Zerreißen angespannt, glühte und vibrierte vor Jagdfieber. Heute wollte er zuschlagen. Die kostbare Beute durfte nicht entkommen. Der geheimnisvolle Stutzer war Myrta schon lange auf der Fährt, war geduckt ihrer Spur gefolgt, hatte sie aus dem Versteck heraus beobachtet und ausgekundschaftet. Er wusste um jede ihrer Neigungen, Stärken und Schwächen. Ihr Fang war bis ins kleinste i-Tüpfelchen hinein durchdacht und ausgereift. Der Köder geschickt ausgelegt. Und seine Mühen machten sich bezahlt. Das Wildbret lachte ihm. Unsere arglose Myrta biss sogleich an und die Falle schnappte zu. Es sollte einen großen Wandel mit sich bringen.

Freitag, 16.45 Uhr
Myrta schleppte sich lustlos die staubige Dorfstraße entlang. Wieder einmal der verhasste Strafgang zum allwöchentlichen Jungfrauentreff. »Vielleicht sollte ich in Fräulein Elisabeths Fußstapfen treten und nach ihrem Ableben die schwere Bürde der sittlichen Aufrechterhaltung auf meine Schultern laden. Wär nicht das Allerschlechteste, könnt damit zwei Fliegen mit einer Klappe schlagen. Hätte eine lebenslange Aufgabe und zu meiner nervlichen Entlastung ein glaubhaftes Alibi für meinen Ledigenstand. So wie's ausschaut, bleib ich übrig.« Sie kam am Wirtshaus vorbei. Der leichte Sommerwind trug Fetzen von Stimmengemurmel und Gelächter zu ihr rüber. Myrta füllte sich wie magisch angezogen. Leise schlich sie durch den Torbogen in den geräumigen Innenhof und versteckte sich hinter einem aufgeschichteten Holzstapel. Ihre Augen huschten umher. Alander stand am Brunnen, ein Bein auf dem steinernen Rand abgestützt. Er hatte sich verändert. Sein Haar war kurzgestutzt und sein Kinn zierte ein mit Silberringlein eingeflochtener Bartschmuck. Er wirkte entspannt und zufrieden. Die dralle Küchenmagd Elsa reichte ihm soeben vom aufgeladenen Brotzeitbretterl einen würzigen Kräuterkäs. Sie sang dabei ein lustiges Stanzerl. Alander lachte glücklich auf.

Die beiden waren aber auch ein Blickfang. Man konnte es deutlich spüren: Sie waren sich gut. Zwischen ihnen herrschten Harmonie und Eintracht. Elsa schnitt den rassen Radi ein und steckte Alander zwischendurch immer wieder süße Beeren in den Mund. Er ließ es nur allzu gerne geschehen, ja neigte sich ihr sogar entgegen und zupfte neckend an ihren dicken Zöpfen. Beide verstanden sich aufs Wort.

Elsa war keine Unrechte. Sie hatte es ihm Leben noch nie leicht gehabt. Es wurd ihr nichts erspart und nichts geschenkt – aber gleich gar nichts. Doch trotz allem Ungemach blieb sie eine Frohnatur. Sie stand ihrem schweren Los gelassen und zuversichtlich gegenüber und fand in allem und jedem einen guten Kern. Kurzum: Elsa war freundlich, fleißig und anständig.

Myrta mochte sie eigentlich sehr gern, aber jetzt, jetzt ... Des Teufels Fäden lenkten das weitere Geschehen. Unser Myrtalein stand wie erstarrt. Auf so eine Erschütterung war sie nicht vorbereitet. Der Anblick brach ihr Herz und Genick. Der beißend-scharfe Stachel der Eifersucht war tief in sie gerammt. Ihr wurde schummrig.

Sie röchelte ... holte tief Luft. »Er ist wieder da und hat schon die Nächste am Wickel. Kein Gedanke dran, sich bei mir zu melden ... bei mir vorbeizuschauen. Ich hätte ihm doch alles verziehen. Wie hab ich um sein Leben gebangt, mich nach ihm verzerrt, gelitten und meine Augen wundgeweint. Und wie hab ich mir unser Wiedersehen schön erträumt. Wie wir einander in die Arme fliegen, uns küssen und das Liebesband erneut bestärken. Ich hätt doch alles für ihn getan, hätt mein Leben für ihn gegeben und er ... er hat mich all die Jahre hinters Licht geführt. Hat mich fallen lassen wie eine heiße Kartoffel und auf mir nichts dir nichts so einfach verlassen.«

Oh Scheck, verloschen war der Liebe milder Schein.

Ein dunkler Engel nahm sich Myrta an und verwies mit zäher Geste auf den Listenreichtum der schmutzigen Triebe. Myrta wurde ausfallend bis ordinär: »Kreuzteufel nochmal, war ich blöde Gans behämmert. Ich spar mich für ihn auf und dieses ... dieses gottverdammte Schwein steckt seinen g... S... (ich ziehe es vor, diese entsetzlichen Ausdrücke nicht zu erwähnen), »... überall rein.« Allerdings frag ich mich schon, woher unser Liebling einen dermaßen abschlägigen Lumpenslang herhatte. War sie zu oft ohne umsichtige Begleitung aus? Myrta stürzte in den Ekelschacht der speitrüben Schlämme. Der letzte Hoffnungsstrahl entglitt ihr wie ein schlüpfriges Aalgetier. Sie zitterte so sehr, dass sie sich abstützen musste.

»Nein, nein …«, durchschüttelte es sie. »Es ist unvorstellbar, ich kann es nicht glauben. Dieser treulose Bastard hat mich mit Füßen getreten. Er hat es gewagt, mich zu belügen, mich zu betrügen … mich zu demütigen. Es ist nicht zum Aushalten, wie gemein das von ihm ist. Es zerreißt mir das Herz. Oh mein Gott, ich vergeh vor deinen Augen und du lässt es zu. Ziehst seelenruhig deiner Wege und spottest meiner. Du bist nicht besser als er … keinen Zollbreit besser als er. Du bist das Übel selbst. Darum hat dich Petrus auch verleugnet. Wie überaus klug von ihm …«

Den hasserfüllten Dämpfen entstieg ein rotblasiger Greifer. Er half dem schlotternden Menschenkindlein wieder auf die Beine und straffte sie durch Lästerflüche. »Daher weht also der Wind. Dieser leichtfertige Hallodri hat nicht umsonst seinen zweifelhaften Ruf. Und diese bescheuerte Dirn – nichts für weiter gut, als zum Hühnerrupfen und Latrinen reinigen – ist so dumm und merkt nicht, wie sie vom Regen in die Traufe kommt. Denkt, sie hat ihn für sich allein. Ha, Alander kann man nicht über den Weg trauen. Das hat mir schon damals das Fräulein Elisabeth glaubhaft versichert. Alle hatten es gewusst. Bloß ich war so verstockt und wollt es nicht wahrhaben. Dieser Windhund setzt seinen Charme doch immer zu seinen eigenen Gunsten ein. Schenkt jedem dahergelaufenen Weibsstück seine Lieb, solang es ihm zum Vorteil scheint …«

Ich möchte vorsorglich darauf hinweisen, dass Myrta zu diesem Zeitpunkt nicht mehr zurechnungsfähig war.

»Hab's mir doch schon allerweil gedacht, dass dieses schamlose Luder aus dem verrufenen Dirnenviertel kommt. So wie sie ihm schöntut … ihn anhimmelt. Und wie sie sich ihm an den Hals wirft … billiger geht's nimmermehr. Sollens ruhig ineinander verliebt tun, die Abrechnung lässt nicht mehr lange auf sich warten. Das schwör ich in Luzifers Pranken!«

Myrta beutelte ein Schüttelfrost. Malefitz nochmal, jetzt meldete sich auch noch ein dümmlich-trunkener Schattenspuk zu Wort und verschaffte sich durch unangenehme Quietschlaute, Aufmerksamkeit. Er pumpte sich zur vollen Größe auf und wedelte aufgeregt hin und her. Großspurig reichte er Myrta das letzte Strohhälmchen. Sie atmete wieder tief durch … und wurde hochnäsig und geschmacklos. »Diese fette Kuh weiß halt, was bei Männern zieht. Deckt ihre mangelhaften Manieren mit ihren großen Brüsten ab. Glaubt tatsächlich, sie kann sich so ohne Weiteres von allen sittlichen Regeln ausschließen. Aber was will man auch von einer Dahergelaufenen, wie sie es nun einmal ist, anderes erwarten? Solch eine weiß sich eben nicht zu benehmen.

Da fehlt es ringsherum am Feingespür für Stil und Anstand. Ich bemitleide sie. Ja, ich bemitleide sie aus ganzem Herzen. Sie kann nichts für ihre beschränkte Geistesfassung und ihren schlechten Geschmack. Im Hinterhof bekommt man halt keine so vorzügliche Bildung, wie sie mir zugetragen war."

Alander hob seinen Kopf, sah für einen kurzen Moment in Myrtas Augen. Sein Blick blieb gleichgültig, keine Miene regte sich. Er wendete sich wieder Elsa zu, umfasste lachend ihre Hüften und zog sie an sich. Myrta sah sich außerstande, auch noch diesen harten Kanten zu schlucken. Sie ging in die Knie. Der furchtbare Schock der ENT-TÄUSCH-UNG zwang sie zu Boden. Alles in ihr begann, zu bibbern und zu beben. Sie wusste nicht mehr, was zu tun.

»Barmherzige Mutter Maria, steh mir bei! Ich kann es nicht länger ertragen. Sei meiner Seele gnädig und lass mich sterben ...«

Myrtas kindliches Flehen drang an der Göttin barmherzig Ohr. Die Sanftmütige schickte ihr nicht die ersehnte Erlösung – nein, nein, es kam viel besser. Sie schickte – mütterlich umsorgend und in weiser Voraussicht handelnd – Myrta die schicksalshafte Fügung. Sie schickte ihr die wundersame Auferstehung und ein lichtes, wegweisendes Liebesgeschenk obendrein ...

6. Das schnippische Zwirbeltürmchen

Die alte Mondin ging auf, als ich mich verloren glaubte. Sie lockte mich mit schmeichelnd-schauriger Red: »Lass mich mit dir sein und dein müdes Herz mit meiner ungestillten Lust benetzen. Ich tränke dich mit meinem Licht, dass du befähigt, was mir von Urzeit an versagt. Meines Schoßes heimlich Sehnen soll deine Schritte lenken.

So küss mir nun den faltig Samt ...«

Die wundersame Auferstehung!

Die Geburtsstunde einer neuen Wahrheit schlug. Myrtas zweites Ich – Myrtas verschüttete dunkle Seelenpriesterin – entstieg wie Phönix aus der Asche dem todesähnlichen Schlaf. Grobschlächtige, buhlende Gesellen drängten sich nach vorn, beugten sich über die dunkle Wiege und begutachteten neugierig das winzige, noch unförmige Etwas. Eifersüchtig schubsten und stießen sie sich. Sie rülpsten und spuckten, stänkerten und ohrfeigten, röchelten und dampften. Es ging auf keine Kuhhaut mehr. Das kleine Kindchen öffnete seine Äugelein, blinzelte, verzog eigensinnig das Gesichterl und hämmerte mit beiden Fäustchen an die nussschälernde Wiegenwand, dass es nur so schepperte. Die verloderten Halunken verstummten – ob dieser Ungezogenheit – irritiert, nahmen vorsichtshalber noch einen ordentlichen Schluck aus der Buddel und starrten dann wie gebannt auf den Neuankömmling. Die kleine Eva ließ sich davon nicht lange Bange machen, sondern schnappte sich flink wie ein Sperber die spitzigen Enterhäklein, schleuderte sie eins ... zwei ... drei auf die erstaunte Ganovenbande und kreischte in schrillen Tönen: »He, wer von euch Pennern sieht sich befleißigt, mir behilflich zu sein? Oder soll ich euch Schnapshälse gleich über die nackte Planke jagen? Verdient hättet ihr es!« Ja schaut euch doch mal dieses Mädel an. Noch von so geringfügigem Ausmaß und grasgrün hinter den Ohren und versteht sich schon darauf, ihren Wünschen mit einem dergleich ausgewählten, ja geradezu vortrefflichen Wortschatz Nachdruck zu verleihen. Man möchte es nicht glauben, was es alles gibt. Auch bei den Schmugglerkerlen ging es jetzt so richtig ab. Es gab für sie kein Halten mehr, sie kochten über. Tosender Beifall hob an. Sie klatschten, schunkelten, jodelten und pfiffen und kriegten sich auch sonst nicht mehr ein. Man sieht, bereits der erste Kaperversuch dieses energischen Prinzesschens war von Erfolg gekrönt. »Jo, jo … hier, hier … ich, ich«, schrien sie wie verrückt durcheinander und schnippten mit ihren Fingern in der Luft. Jeder wollte der Lieblingspate von diesem süßen Schatz werden. Und das muss man ihnen lassen: Sie legten los wie die grüne Minna. Sie legten sich wirklich mächtig ins Zeug, Sie schärften dem Früchtchen die Krallen, schmiedeten stählerne Harpunen, dengelten die gefürchteten Schwarzsensen, sammelten Geschosse für die Zwillen und spitzten die fiesen Giftpfeile. Noch niemals zuvor sah man diese faulen, nichtsnutzigen Strolche so beflissen und schaffig.

Myrta kam wieder zur Besinnung. Sie fühlte eine noch nie gekannte Vitalität – eine noch nie gekannte Stabilität, einen noch nie gekannten Tatendrang. Nährende, funkelschwarze Fähigkeiten und Ansatzpunkte flossen ihr zu. Sie stiegen in ihr hoch, gingen mit ihr schwanger und richteten sie wieder auf. Sie schenkten ihr kraftstrotzende Energien, inspirierende Zielsetzungen und … die Freiheit! Unser liebes Mädchen sollte nie mehr so sein, wie wir sie gekannt. Ein entsetzlicher Gedanke schoss Myrta in den Sinn. Sie lachte hart auf.

»Die Qual hat sich also doch noch gelohnt. Mein Herzensschmerz macht sich bezahlt. Er hat mir die Gnade des Verstehens gebracht. Offensichtlich bin dazu bestimmt, dem Gerechten als rächender Arm zu dienen. Ich werde über die Bestrafung, meine mir zustehende Wiedergutmachung herbeiführen. Es kommt mir gelegen. Und darum soll es auch so sein!« Dann fiel sie noch einmal in eine dämmrige Ohnmacht.

Das lichte, wegweisende Liebesgeschenk!

Myrta vernahm aus ihrer tiefsten Tiefe das Echo eines Knackens. Sie lauschte nach. Nach langen, bangen Sekunden … der nächste Knack … und noch einer. Ein verschollenes Sämlein erwachte zum Leben.

Ungeduldig drängte es aus ihrem langweiligen Verlies der leidigen Opferrolle. Es pochte und schabte, rumste und bumste. Es hörte nicht auf zu kratzen und zu stampfen, bis das granitharte Mäntelchen ihres Kerkers in tausend Stücklein zerbrach.

»Freilich, sonst noch was. Wär doch noch schöner. Aber nicht mit mir. Nicht mit mir! Nur Schwächlinge lassen sich einbremsen!«

Es schleuderte ungeduldig die restlichen Schalenplättchen beiseite, sprang auf, klopfte sich den Staub ab, schnappte nach dem alten Reisigbesen, schwang sich drauf und stob los.

»Hui-hui mein Beslein flieg geschwind …

Macht Platz da oben! Platz sag ich … aus dem Weg ihr Pfefferrüben! Jetzt komm ich!!! Freie Bahn für die Gewinner!«

Und lauthals sang es drauflos, dass es nur so schallte:

»Ich bin die narrisch Zaubermaus,
und such mir jetzt ein Knusperhaus.
Ich bin die freche Zutzen,
fang gleich mir einen Stutzen.
Dem klau ich seinen Zauberstab,
ich darf's, ich bin die Hexenwab!«

Hex-hex … hex-hex … hex-hex …

Man kann es schwerlich nachempfinden, aber dieses unbändige, aufmüpfige Dingelchen wird sich zu einer heiligen Lichtblume – zu einer tausendstrahligen Blütenkrone entfalten. Es wird – unter den frohlockenden Bimmelklängen der Himmelszymbeln – in vertrauensvoller Hinneigung den Zenit überschreiten und in die Herrlichkeit des göttlichen Liebeslichtes einfließen. Aus dem preisenden Hosanna ihrer, in Purpurmalve schimmernden Selbstvergessenheit – die so rührend zart, wie ein unschuldiges Veilchen – wird ein geheiligter Dufttraum entschweben, der auf ewig die Glückseligen umkränzt.

Aber noch war der Gestank unerträglich.

Myrta kam wieder zur Besinnung. Schlagartig schoss ihr ein zweiter entsetzlicher Gedanke in den Sinn. »Die böse Usch! Die böse Usch wird mir die Rache auf das Erfreulichste versüßen. Gleich morgen geh ich zu ihr und hol mir ein Quantum ab, um diesem treulosen Herzensbrecher den Garaus zu machen.«

Sie sprang auf, streifte ihren Rock zurecht und eilte nach Hause ...

7. Das flinke Webschiffchen

»Jeder neue Gedanke ist gleich einem Würfelwurf.
Folgt man seiner Spur, so wird sich das Leben wandeln.
Zum Hohne wie zum Heile. Je nachdem ...«

Jetzt schauen wir erst einmal nach ...« Ursula, in nachtblauem Musselin, das Schultertuch von einer Spitzenbordüre umlegt, das Haar kunstfertig nach hinten eingeflochten, wies Myrta den Stuhl:

»Ich vermute, du willst dich setzen.« Ursula nahm ihr gegenüber Platz und tat sich an, Myrta in die tiefgründige Welt des Tarots einzuführen. Sie mischte durch, legte den siebenstrahligen Madonnenkranz und deckte die ersten zwei Karten auf. »Ja, da schau her. Der Alander ist es. Hab es mir schon fast gedacht.«

Myrta war nicht minder bestürzt. Ihr wurde unbehaglich. Und sie handelte, wie sie seit Jüngstem immer handelte, wenn sie zu scheitern begann – sie wurde patzig. »Wenn du es genau wissen willst:

Ja, es ist Alander, dieser verräterische Schuft.«

Ursula deckte die dritte Karte auf. »Du richtest so hart, weil du liebeskrank bist. Du tust dir damit selbst weh. Alander trägt keine Schuld. Was ihn betrifft, solltest du dich vorerst mit dieser Feststellung begnügen. Schein und Sein sind eben zweierlei. Leg dir erstmals selber Rechenschaft ab und meide die bösen Unterstellungen.

Dann wird dir leichter ums Herz. Musst es dir nicht schwerer machen, als es ohnehin schon ist. Lass es erstmals darauf bewendet und wart ab. Alander ist ein feiner Kerl. Zeig dich verständnisvoll und geh überlegt vor. Der Tag wird kommen, wo sich alles klärt.«

Aber Myrta sperrte sich gegen Ursulas einträgliche Empfehlungen. Sie blieb streitsüchtig und schrie mit greller Stimme: »Warum der beschwichtigenden Worte? Was scher ich mich um Geduld und Vernunft? Warum ihn schonen? Was legst du dich eigentlich so sehr für ihn in die Stränge? Hahahaha ... meinst, ich merk es nicht? Es liegt dir doch selbst an ihm. Möchtest ihn wohl auch mal zwischen deinen Beinen spüren ...«

Ursula nahm das lange Schüreisen zur Hand: »Weil ich noch nicht darüber nachgedacht hätt? Er ist doch ein blitzsauberes Mannsbild. So ein rassiger Junghengst könnt mir schon zum Vergnügen sein.

Aber brauchst keine Sorge tragen. Der Matze weiß seine Mannespflicht zu erfüllen. Er bestellt es mir recht gut.« Myrta wurde weiß wie die Wand. Ursula stocherte weiter. »Myrta, ich mag die Menschen nicht so recht. Nur drei stehen mir wirklich nah. Der Matze, der Alander und Bruder Benedikt. Vor denen hab ich Achtung, die liegen mir am Herzen. Jeder auf seine Art. Drei tolle Burschen ... Der Alander war ja lang nimmer da. Aber er hielt all die Jahre Verbindung mit mir. Wie gesagt, er ist mir ein guter Freund.«

Myrta schwammen die Felle davon. Sie wurde pampig und frech: »Das mag schon sein ... ist mir auch einerlei. Pack zieht es eben zu Pack. Das weiß doch jedes Kind. Eine Krähe pickt der anderen kein Auge aus ...«

»Vorsicht mein Fräulein, deine Rede ist verletzend. Ich dulde diesen unverschämten Ton nicht in meinem Haus. Es ist nicht statthaft, wie du mir gegenübertrittst. Dir mangelt es an Respekt.«

»Weils wahr ist ...«

»Also Myrta, sei vernünftig. Lass mich wissen, was Alander dir angetan, dass du ihn zu vernichten trachtest?«

Myrta war nicht zugänglich. Sie sah sich noch immer als Opfer. »Was er mir angetan? Kannst du das nicht in deinen Karten lesen?

Aber sei's drum, ich will es dir verraten: Er hat mich im Stich gelassen ... das hat er mir angetan. Ich hab ihn geliebt und hab mich zu ihm bekannt. Ich hätt alles für ihn getan. Ich hätt mein Leben für ihn gegeben. Doch er hat nur über mich und meine Liebe gelacht. Und diesen Verrat lege ich ihm schwer zulasten. Dieses ruchlose Vergehen verzeih ich ihm nie. Das wird er mir büßen. Er wird seine Schuld abtragen. Tröpfchen für Tröpfchen abtragen. Ich will mich entschädigt sehen.«

Ursula hielt den spitzen Gluthaken nach wie vor: »So, so, er hat dich im Stich gelassen. Und deshalb bläst du jetzt zum Zapfenstreich?

Myrta, findest du das nicht etwas arg übertrieben? Deine Bitternis ist erschreckend. Es ist geradezu bedenklich, wie heftig du zu reagieren vermagst. Deine Stimmungsschwankung bedarf einer genaueren Betrachtung. Und darum Myrta, was meinst du: Welche Hintergründe veranlassen dich, Alander zu brandmarken?«

Myrta gab sich weiterhin verstockt: »Aha, jetzt muss ich mich also auch noch vor dir rechtfertigen. Schelte mich ruhig herzlos, aber dieser ungerechte Vorwurf zieht wie ein Dunstschleier an mir vorbei. Da kannst du die Tatsachen noch so verdrehen, deshalb bleibt er doch ein erbärmlicher

Lügenbold. Und darum wird er seinen gerechten Lohn einkassieren, ob dir das gelegen kommt oder nicht.«

»Meine Liebe, du machst den Eindruck, als ob du nicht weißt, von was du sprichst. Der Alander ist vertrauenswürdig. Du musst dir ehrlich gegenüber sein. Du bist nur deshalb so erzürnt, weil er noch nicht um deine Gunst ersucht. Dir fallen doch alle Perlen aus der Krone, wenn du ihn verurteilst. Frag dich lieber einmal, warum du noch nicht den Verführer in ihm wachgerufen. Brauchst dich nicht zu wundern, wenn er nach anderen Ausschau hält. So vernachlässigt, wie du ausstaffiert bist. Du lässt dich gehen. Zeigst dich wie ein Mauerblümchen und führst dich auf wie ein verzogenes Kind … bloß, weil es einmal nicht nach deiner Nase läuft. Ganz so, meine Liebe, geht es nicht. Meinst etwa, mit deinem Kleinmädchengetue kannst den Alander für dich einnehmen? Du wärst gut damit beraten, wenn du dich selber erst einmal hinterfragen würdest.«

»Verständlich, dass du zu ihm hältst. Nur allzu verständlich, denn du bist vom selben, unguten Schlag. Du bist wie er, aus einem Wolfswurf hervorgegangen. Ihr seid euch so gleich. Ihr seid Jünger des Teufels. Man sieht euch nicht, man hört euch nicht. Und doch seid ihr allgegenwärtig. Ihr seid nirgends und überall. In der Nacht, im Verborgenen treibt ihr euer Unwesen. Und deshalb deckst du ihn auch. Nur deshalb!«

»Sachte mein Kind, sachte. Deine Manieren lassen zu wünschen übrig. Mit mir kannst du nicht so verfahren. Darum besinne dich und zeige dich verträglich.«

Myrta blieb bockig: »Beschuldigst du mich jetzt auch noch der Überheblichkeit? Nur weil ich sag, wie es ist? Anscheinend seid ihr alle unantastbar, nur ich darf getreten und verprügelt sein.«

»Myrta, jetzt halt an dich. Mit dieser Trotzhaltung kann man keine vernünftige Lösung herbeiführen. Wenn du dein Glück nicht verwirken willst, dann werde einsichtig und hör auf mich. Und nochmals: Deine Sichtweise bedarf der dringenden Klärung. Mit solch einer Verdrießlichkeit im Herzen wirst du ihn nicht zurückerobern.

Das kann ich dir im Vorhinein versprechen.«

»Du missverstehst, ich will ihn nicht zurück. Ich will Sühne. Ich will, dass er leidet.«

»Ach so, du willst Vergeltung? Für was, wenn ich fragen darf? Dafür, dass er dir so viel Gutes getan? Oder dafür, dass er noch nie böse und herablassend über dich gesprochen?«

»Nein für das, was er anrichtet. Er ist ein Brandstifter. Er hat die Scheun vom Pladerer Rudl angesteckt. Die Leut leben seither in Angst vor ihm und seinen unberechenbaren Tun.«

»Halt ein, halt ein. Du verrennst dich da in eine Sache, die dir nicht gut bekommt. Du wirkst auf mich wie eine Bittstellerin, die um die Gerüchteküche schleicht und sich mit kläglichen Brotkrümel zufriedengibt.« Als Myrta nichts einzuwenden vermochte, fuhr sie fort. »Jetzt komm wieder zu dir. Lass mich kurz nachhaken: Woher kommen denn die Weisheiten, die du so vehement vertrittst?«

»Die Leut haben's gesagt ...«

»Ach, die Leut haben es gesagt. Die Leut reden viel, wenn der Tag lang ist. Sie sollen sich besser selbst anschauen. Jeder von diesen Schwätzern hat eine Leiche im Keller vergraben. Du solltest dich hüten, solch üble Nachreden zu verbreiten. Bring die Gerüchte zum Schweigen. Lass uns neue Fakten schaffen ...« Ursula legte die vierte Karte auf. »So, jetzt bauen wir die Geschichte um, damit alles im rechten Licht erscheint. Bist du dir ganz sicher, dass du Alander nicht Unrecht tust? Warst du dabei, hast du mit eigenen Augen gesehen, was er getan?«

»Nein, brauch ich auch nicht. Schließlich hat mir das liebe Fräulein Elisabeth glaubhaft versichert ...«

»Und jetzt auch noch das Fräulein Elisabeth. Interessant. Und darum stimmt es? Mit dieser Einstellung kommst du zu keinem Erfolg. Klatschen, tratschen und Niederträchtigkeiten säen. Die Dummheit geht nicht vor der Wahrheit! Merke dir das ...«

»Nein, was du nicht sagst.«

»Myrta, hör zu: Ich betrachte dich als meinen Schützling. Du bist im Moment verstört und verletzt. Ich bemühe mich, dir durch die Klarheit neue Zuversicht zu bringen. Ich deute nicht, ich liefere dir stichfeste Argumente. Denn die Karten lügen nicht. Sie zeigen die Wahrheit auf ...«

»Ich glaub dir kein Wort. Du willst mich verwirren, um ihn zu retten. Aber das wird dir nicht gelingen. Mein Entschluss steht nach wie vor fest.«

»Nein, ich verfolge kein persönliches Ziel. Mir steht es nicht zu, dich zu übertölpeln. Ich will dir lediglich den rechten Weg weisen, denn in deinem weiteren Lebensverlauf ist es nicht vorgesehen, dass du in einer rußigen Schornsteinnische einsam verschmachtest. Es wäre geradezu sinnwidrig, wenn du dich deinem glücklichen Los widersetzen würdest. Dir lacht Besseres ... viel Besseres. Aber wenn du das Siegertreppchen besteigen willst, dann lerne von dieser Sitzung. Präge dir gut ein, was ich dir anvertraue und nutze dieses Wissen. Also pass auf: Ja, der Alander hat die Scheune angezündet ...«

»Ha ...« warf Myrta zänkisch ein: »... jetzt gibst du es selber zu. Dieser hinterhältige Mistkerl ...«

»Aber es hatte seinen guten Grund. Der schwarze Tod lauerte in diesem verstunkenden Bretterschlag. Der Fluch der Pestilenz hätte uns alle empfindlich getroffen. Und was die arme Kuh Berta betrifft, die war nicht mehr zu retten. Alander hat sie von ihrem Leid erlöst.

Der Rudl hat sie doch an der Kette verhungern lassen.«

»So, so ... wenn du meinst. Du kannst mir viel erzählen. Aber du gestattest mir doch, dass ich selbst entscheide, was ich glaube oder nicht. Aber dem ungeachtet, da wär noch die Sache mit dem Lenerl. Alander hat das Lenerl entführt. Niemand weiß, was aus ihr geworden ist. Seit Jahren keine Spur ... kein Lebenszeichen von ihr. Ihre sterblichen Überreste wurden auch nie gefunden. Frag doch deine Karten, wo er sie verscharrt.«

»Du sorgst dich um das Lenerl? Wir wissen doch beide, dass Alander dem Lenerl kein Haar gekrümmt hat. Die Missgunst ist Grundlage deiner maßlosen Verdächtigungen. Aber ich will dir beistehen. Das Lenerl hält sich bei ihrer Großtante versteckt. Sie macht dort eine Lehr zur Näherin. Ja glaubst du, das arme Mädel wollte aus freien Stücken den alten Kracher heiraten? So blindgläubig kannst nicht einmal du sein.«

Myrta blickte überrascht auf: »Wie? Was? Meinst du etwa den Kracher Ott, diesen schmierigen Tattergreis?«

»Den Selbigen.« Ursula griff nach dem kleinen Porzellanglöckchen: bimm-bimm, bimm-bimm. Matze steckte seinen Kopf durch den Türspalt. »Matze, unsere Sitzung dauert länger. Brüh uns doch frischen Tee zur Stärkung. Aber nimm von dem Guten, der ganz oben steht. Und Matze ... bring uns auch vom Honigstreusel mit.« Ursula deckte die nächste Karte auf. »Also Myrta, mit dir kann ich ganz offen reden, du wirst nichts weitertragen. Ja, der Pladerer Rudl wollte sein Lenerl mit dem Kracher Ott zusammenlegen.«

»Aber Ursula, das kann doch nicht dein Ernst sein. Davon war mir nichts bekannt. Dieses eklige Scheusal ist doch das Widerlichste, was es gibt ...«

»Eben ...«

»Und wie schmuddelig und ausgebeult er sich gibt. Ich trau mich wetten, dieser Rüpel erwirbt Wams und Beinling aus dritter Hand. Und ganz gesund schaut er mir auch nicht mehr aus ...«

»Siehst du, meine Rede. Weißt Myrtalein, er trägt die Seuch in sich. Und er ist fleißig darum bemüht, sie weiter zu verbreiten.«

»Um Gottes willen! Du meinst wahrhaftig die Seuch? Dann lägen seine Zeugungen bereits im Mutterleib auf der Todesbahre ...«

»So schaut's aus. Der Kracher ist des Nächtens viel in der Stadt unterwegs. Reißt die kleinen Lumpenmädchen an sich und tut ihnen Gewalt. Er ist krank in seinem Herzen. Er schändet und verstümmelt sie. Dann lässt er die hilflosen Mädchen in der Gosse verbluten. Diese armen Dinger können sich nicht wehren. Die haben niemanden, der sie beschützt.«

»Aber Ursula, das ist ja entsetzlich. Aber warum die bettelarmen, unschuldigen Lumpenmädchen? Die tun doch keinem was ...«

»Er meint, das frische Blut hält ihn bei Kräften und ihre Unschuld ist die Gewähr für einen Logenplatz im Himmel. Und außerdem gedenkt er nicht zu begleichen, was er heißwütig verschlingt. Er ist unersättlich in seiner Gier nach Fleisch und Blut.«

»Aber Ursula, kann man denn gar nichts dagegen tun? Dieser jämmerliche Geizkragen gehört doch hinter Schloss und Riegel. Diesen furchtbaren Verbrechen muss so schnell wie möglich ein Ende gesetzt sein.«

»Glaub mir Myrta, ich hab den gleichen Faden schon gesponnen. Für mich wär es ein Leichtes, ihm einen Denkzettel zu verpassen. Aber mich reut mein gutes Gift. Ich bin eine Künstlerin ... ein Feingeist. An so eine kümmerliche Gestalt verschwend ich nicht mein Talent.

Das wär wie Perlen vor die Säue geschmissen. Und obenhin, ich würd daraus auch keinen Vorteil ziehen. Vielleicht haben wir Glück und es erschlägt ihn bei Zeiten der Blitz.«

»Ursula, da bin ich ganz eins mit dir. Da bin ich ganz deiner Meinung. Aber warum gibt der Pladerer Rudl sein einzig Töchterl so einem teuflischen Wüstling zur Frau?«

»Weißt Myrtalein, wie es der Gepflogenheit unter ›ehrbaren Männern‹ so entspricht. Der Pladerer Rudl lebt ihm Untergang. Er hat wirtschaftlich versagt. Er eignet sich nicht fürs Rechnen und Haushalten. Und taugt auch sonst nicht viel. Jetzt hängt er wieder an der Flasche und zerfließt im Selbstmitleid. Und darum hat er das Lenerl an den Kracher Ott verschachert. Es blieb ihm auch keine andere Wahl. Musst wissen, der Kracher —

dieser zerrupfte Halsabschneider − hält alle Pfandrollen in seiner Hand und erpresst den Pladerer Rudl damit. Der Schuldturm hätt auf den Rudl gewartet. Nicht gerade die allerfeinste Heimstatt … Das Lenerl hat Alander angefleht, dass er sie aus diesem unwürdigen Handel befreien mag. Und Alander hat nicht gezögert. Du kennst doch sein mitfühlendes Herz.

Aber wir schweifen ab. Lass uns zum Ausgangspunkt zurückkehren …«

Doch Myrta war noch nicht abzubringen: »Sowas ist unvorstellbar. Ich hab von all dem nichts gewusst. Niemals hätt ich an so etwas Verheerendes gedacht. Da wär mir gar der Erlkönig, dieser garstige Griesgram lieber, als dieser miese …«

»Also Myrta, jetzt lass uns zur Besinnung kommen. Wenden wir uns wieder deinem Geschick zu. Wo waren wir stehengeblieben?«

»Beim Erlenkönig …«

»Myrta, untersteh dich, mich zu verwirren. Wir sollten zu deinem Eigendünkel zurückkehren. Also, welche Vorbehalte machst du Alander noch?«

»Welche Vorbehalte? Ich beschuldige ihn der Untreue. Er hat in mir die Hoffnung erweckt und dann ist er auf und davon. Heute hier, morgen dort und dann wieder da. Jetzt hat die aufdringliche Elsa meine Nachfolge angetreten. Es steht noch im Raum, welcher Magie sie sich bedient, um ihn zu halten. Aber ich komm ihr noch dahinter. Doch das soll jetzt nebensächlich sein. Fest steht, dass beide ihr ausschweifendes Verhöhnen noch bereuen werden. Sie werden dafür büßen …«

»Ich dachte, du liebst ihn? Du würdest alles für ihn tun? Und derweilen kannst du ihm nicht mal das bisserl Freud zusprechen? Schöne Liebe. Besinn dich erst mal auf dich selbst, bevor du von Liebe sprichst. Denn das Ganze grenzt schon an Selbstsucht und Kaltherzigkeit. Schließlich ist Alander nicht dein Leibeigener.«

Myrta sah sich noch immer außerstande, beizugeben: »Ursula, ich hab meine Entscheidung nicht umsonst getroffen. Das kannst du mir glauben. Ich werde meinen Plan umsetzen. Mit dir oder ohne dir.

Ich bin schon so tief gefallen, da kommt es jetzt auch nicht mehr drauf an …«

»Myrta, ganz wie dir beliebt. Ich kann dir nur raten, erwachsen zu werden. Auf dem Kriegspfad der Eifersucht läufst du in Messers Schneide, das sag ich dir.«

Myrta änderte ihre Strategie. Sie verlegte sich aufs Betteln. »Bitte, bitte liebste Ursula, steh zu mir. Zeige dich mir gegenüber verständnisvoll. So verständnisvoll wie eine liebende Mutter. Mach nicht meine letzte Hoffnung zunichte. Ich hab doch wirklich alles versucht, dass es ohne Feindschaft gut wird. Doch vergebens. Was könnt ich denn jetzt noch anderes tun? Wie sollt ich jemals diese Erniedrigung verkraften, wenn nicht durch einen siegreichen Gegenangriff. Meine Selbstachtung … mein Selbstwertgefühl. Er hat mir alles mit seiner brutalen Gleichgültigkeit zunichtegemacht. Mir bleibt nur dieser Weg. Entweder er oder ich …«

Ursula durchschaute das falsche Spiel. Sie blieb besonnen und deckte die sechste Karte auf.

»Myrta, ich kann dir Gutes verheißen. Gottes Mühlen mahlen zu deiner Freud. Zwar hast du jetzt noch einige Hürden zu nehmen, aber dann … dann wird sich dein innigster Wunsch erfüllen«

»Alander wird hängen?«

»Myrta! Myrta, du vergisst dich! Sei bitte nicht so gewöhnlich. Du verhedderst dich schon wieder in den Fallstricken deiner Rachegelüste. Lass ab, nimm endlich Abstand von deinem Blutdurst.« Ursula deckte die letzte Karte auf. »Und was dein Vorhaben betrifft, Gift wird nicht nötig sein. Wirklich nicht …«

»Ursula, du versuchst mich, zu überlisten. Aber das lasse ich mir nicht bieten. Alander hat mich gedemütigt und beschämt. Ich muss ihn leiden sehen. Er soll um meine Gnade betteln. Vorher find ich keine Ruh. Darum bitt ich dich von ganzem Herzen, steh zu mir.

Gib mir das qualvolle Versiechen. Ich bitt dich, tu es für mich. Ich hab doch sonst niemanden …«

»Und jetzt baust du auf mein Mitleid.«

»Nein, nein, ich appelliere an deinen Geschäftssinn. Schau, ich hab dir mein ganzes Erspartes mitgebracht.« Myrta stülpte ihr Täschlein um. Ursula blickte erfreut auf die rollenden Münzen. »Ja, wenn das so ist. Das ändert natürlich alles. Gedulde dich und fass nichts an.

Finger weg von den Karten. Ich schau, was sich tun lässt …«

Ursula stand auf und schloss die Tür hinter sich. Sie vermengte Kartoffelmehl mit Zuckerkristallen und feingestoßenen Nusskernlein.

Füllte die Mixtur in ein kleines Silberdöschen, versiegelte es mit heißem Wachs und zierte es mit einem rosenfarbenen Schleifenband. Ursula zeigte wie immer Hang für den geschmackvollen Stil.

Sie hob ihr Werk vor sich: »Wie außerordentlich ansprechend und gekonnt. Mein Gott, bin ich gut ...«

8. Das arglose Pinselchen

»Mein Herz liegt mit Eisen und Balg verwehrt.
Und dennoch:
Wie könnt ich dich jemals verstoßen?«

Ein mildes Lüftchen hob an. Aus dem Erdreich entstieg ein schwerer, süßlicher Duft. Die Sonne versank hinter dem Gipfel, eine einsame Drossel lockte noch mit ihrem Gesang. Die Abendluft war getragen von einem unbestimmten, einem wehmütigen Sehnen.

Myrta lag auf dem Rücken und schaute in die Kronen der wippenden Bäume. »Wer weiß, vielleicht trägt Ursula tatsächlich Sorge um mich und ich sollte mir ihre Ermahnungen zu Herzen nehmen. Ganz unrecht hat sie mit ihren Vorhaltungen jedenfalls nicht. Ich war mit meinem Urteil zu vorschnell und jetzt plagt mich das schlechte Gewissen. Das kommt davon, wenn man sich über andere erheben will. Ich gebe es offen zu, die Anmaßung ist eine bröselnde Hochburg. Dort findet man kein Weiterkommen ...« Sie sprang auf und setzte ihren Weg fort. »Mir obliegt es nicht zu richten, solange ich selbst nicht ohne Fehl und Tadel. Was hab ich mir bloß dabei gedacht? Ich werde ab sofort meine boshafte Zunge im Zaum halten und mein Augenmerk auf das Erdulden richten. Schließlich will auch ich der einstigen Erlösung teilhaftig werden ...« Myrta umrundete einen Ameisenhügel. »Natürlich, Alander trägt schon auch eine Mitschuld. Er hat mich sausen lassen. Ich werde es notgedrungen billigen, aber anständig ist das von ihm nicht. Da lass ich keine Ausrede gelten. Denn dieses sein Vergehen ist nicht zu unterschätzen. Aber ich werde vorläufig noch großzügig darüber hinwegsehen und gegen ihn keine weiteren Anspielungen mehr vorbringen. Natürlich bloß, um unnötige ... um unangenehme Aufmerksamkeiten zu vermeiden. Nicht dass der Verdacht auf mich fällt, wenn ich ihm doch noch eine gesalzene Prise unterjubeln sollte. Aber vorerst übe ich mich in Verständnis und verschone ihn noch. Zwangsläufig ...«

Myrta zweigte zur Weidenhalde ab. »Wenn ich es recht bedenke, steht ihm seine männliche Kühnheit gut an. Und er ist auch keiner von diesen übelriechenden Schluckspechten, die immer nur rumstänkern und alles besser wissen. Überdies kann ich ihm ein löbliches Streben nicht vollends abspenstig machen. Denn das mit der Scheune und der Kuh Berta grenzt schon an eine

Heldentat. Vielleicht ist er doch nicht ganz so verweichlicht, wie es mir im ersten Augenblick erschien. Aber trotzdem: Einen weiteren Anspruch auf ihn werde ich nicht mehr erheben und an eine erfolgreiche Zurückeroberung will ich gar nicht erst denken. Und ich werde heimlich ein wachsames Auge auf ihn werfen, denn beim nächsten Ausrutscher geht er hops ...« Myrta bog zur Steingrotte des ›Erhabenen Lorbeerbuschs‹ ab, steckte ein Kerzlein an und kniete nieder.

»Ich wünschte, eine gute Fee würde kommen und mich aus diesem Albtraum erlösen ...«

Tamburinschellen und fröhlicher Gesang drangen zu ihr. Es konnte nicht von allzu weit kommen. Myrta folgte den Klängen und duckte sich hinter einem tiefhängenden Ast. Und wieder einmal geriet ihr Leben aus allen Fugen. Alander und Elsa! Sie hüpften ausgelassen wie Kobolde um ein prächtig angelegtes Lagerfeuer, lachten, sangen und tanzten. Alander wirkte so glücklich wie noch nie. Elsas Haar hatte sich gelöst. Ihre dicken Locken fielen wie ein rauschender Wasserfall den Rücken hinab. (Vielleicht sollte ich erwähnen, dass Myrta feinseidiges, glattes Haar hatte). Elsas Schnürleibchen schmiegte sich eng um Brüste und Taille, ihr schwingender Rock legte die schmalen Fesseln frei. (Vielleicht sollte ich auch noch mit anfügen, dass Myrta wieder einmal eher mimosenhaft ... eher bieder gekleidet war). Elsa sah unwiderstehlich ... sie sah berückend verführerisch aus. Alander hüfte soeben auf einem Bein an Elsa vorbei, fasste nach ihr und zog sie übermütig mit sich.

Das übertraf wieder einmal alles. Wie faustdicke Hagelkörner schmetterte das vergnügliche Treiben auf Myrta nieder. Sie war überrumpelt, ihr wurde tumb im Kopf. Myrtas Herz zerschellte am scharfen Riff des Ausgeschlossenseins, zersplitterte am Wellenbrecher des Unwürdig- und Mangelhaftseins. Die brandenden Stromschnellen der Eifersucht übertönten das eindringliche Flüstern ihrer Seele. So erlaube ich mir: »Myrtalein, bleib um Himmels willen ruhig und gefasst. Tue bitte, bitte nichts Unüberlegtes. Lass dich jetzt bloß nicht zu überstürzten Handlungen hinreißen, sonst ist das Unheil zum Greifen nah ...« Es ist mir jetzt arg, aber meine beschwörenden Worte kamen zu spät. Der Wind trug sie wie leere Bohnenhülsen mit sich fort. Die Sturmglocken schlugen an, Myrtas Augen verengten sich zu schmalen Schlitzen: »Na warte, mein Lieber, jetzt werde ich dir das Handwerk legen. Wenn du Zwist suchst, dann kannst du Zwist haben. Auch ich kann Schindluder treiben. Mach dich auf was gefasst, denn beim Lanzenstechen liegst du mir unter ...« Myrta war nicht müßig und traf sogleich die nötigen Vorbereitungen. Sie richtete sich auf, warf noch einen vernichtenden Blick zurück und raste im wilden Laufschritt querfeldein zum Steinmetzhof. Myrtas Tun war aus der Verzweiflung geboren. Der Wunsch nach Erleichterung führte sie auf diesen brandgefährlichen Pfad. Aber sei es, wie es will: Dem Schicksal war es einerlei. Es nahm ungerührt seinen Lauf ...

Korbinian, ein in sich gekehrter, bescheidener Bursch war seit Kindesbeinen in unser Mädel verliebt. Sein Herz lechzte nach ihr, er war sterbenskrank vor Verlangen. Und darum kam Myrta der arme Kerl gerade recht. Es lag ihr nicht viel an ihm und Korbinian wusste nicht, wie ihm geschah ...

Myrta hatte Glück im Unglück. Das Hauswesen lag still. Korbinian saß mutterseelenallein auf einem Steinblock und schliff die Meißel. Sie trat wortlos zu ihm, nahm seine Hand und führte ihn die wacklige Steilstiege zum Taubenschlag hoch. Nicht gerade ein komfortables Plätzchen ...

Korbinian kam nicht sogleich ihrer Aufforderung nach. Er sah sich außerstande ... er stand wie versteinert. Myrta half nach. Sie öffnete ihre Bluse, schob seine Hand unter ihren Rock und zurrte an seinem Ledergurt. Und dann explodierte seine aufgestaute Kraft. Ich will vertraulich sprechen: Es war auch für Korbinian das erste Mal. Er war allzu ungestüm, allzu fahrig und verlangend. Mei, woher hätte er es auch besser wissen können. Der unbedarfte Bursch hat es halt so gesehen, draußen auf der Weide, wenn der Stier ... Er wusste noch nicht, einen weiblichen Körper zu verwöhnen, ein Frauenherz zu umschmeicheln. Aber im Laufe der Zeit wird er sich noch schlüssig werden und den Bogen rausbekommen. Es braucht halt alles ein bisserl Übung.

Denn: »Nur wer stetig schmiedet, wird ein guter Schmied.«

Myrta ließ den Beischlaf regungslos über sich ergehen. Gesprochen wurde keine einzige Silbe. Myrta dachte an Alander. Ihre Wangen wurden heiß: »Mutter Maria, wie kann es sein? Ich liebe Alander immer noch. Ich liebe ihn mehr als alles andere ... ich liebe ihn, aber mit Verachtung im Herzen.«

Die Reue umschloss sie wie ein eiserner Ringwall. Sie verschluckte die Tränen. »Göttin vergib mir mein schamloses Vergehen. Ich weiß, ich tue nicht recht. Ich habe mich entehrt, jetzt gibt es kein Zurück zu ihm. Die Sünde der Beschmutzung lastet nunmehr auf mir, ich unterwerfe mich klaglos deiner Rechtsprechung ...«

Korbinian ließ von ihr ab. Sie erhob sich, gab ihm einen flüchtigen Kuss und lief nach Hause.

Erst Tage später erinnerte sich Myrta an das kupfergold-leuchtende Schwert. Sie hatte es zum wiederholten Male nicht bei Alander gesehen. Myrtalein, wie auch? Seit dem unglückseligen Tage, wo du Alander mit Elsa am Brunnen erwischtest, schwebt es unablässig über dir.

Fassen wir Mut. Denn dadurch bleibt zu hoffen, dass unser liebes Mädchen ein Schlupfloch findet, um den Dickicht des Gemetzels zu entkommen. Und – wo Rauch da auch Feuer – ein gewogenes Segenssprüchlein kann nie und nimmer von Schaden sein: »Möge die himmlische Schäferin ihr Lämmlein gut hüten und auf der Frühlingswiese der lebhaften Springblümchen weiden.« Doch!!!

Am wolkenverhangenen Horizont zog etwas auf!

Etwas sehr, sehr Ungemütliches ... etwas unerträglich Schreckliches!

»Ein Geisterschiff, oh Schreck ... oh Schmach,
es wird ihr bringen Ungemach!«

Richtig, denn Myrta wurde gehörig ins Gebet genommen. Ihre Lage war alles andere als erfreulich. Was war geschehen? Unser verzweifeltes Mädchen war bereits achtzehn Tage über der Zeit. Sie rechnete soeben wieder nach. Ihr schwamm es vor Augen. Sie tupfte sich Rosmarinwasser an die Schläfen und betastete ihren Bauch. »Wenn ich aus dieser Misere mit heiler Haut rauskomme, dann werde ich mich ändern. Das gelobe ich auf meinen Katechismus! Ich werde mich niemals mehr in Intrigenspiele verbeißen. Ich werde wieder lammfromm und kreuzbrav sein, sowie es von mir erwartet wird.

Ich werde mein Bestes tun, um mich von diesem sündhaften Vergehen reinzuwaschen. Ich werde den Schleier nehmen, um hinter Klostermauern mein Seelenheil zurückzuerlangen. Ich werde dem Schweigegebot meine Zusage machen, sowie die Gelübde der Keuschheit, der Armut und des Gehorsams ablegen. So soll es geschehen ...«

Unser Mädchen legte sich beklommen ins Bett. Sie hoffte, die Plagegeister der Ängste mit dem Schlaf zu überdauern. Ihr Herz lag in tiefer Trauer und weinte: »Alander, liebster Alander, was habe ich getan ... Sei meiner gütig, ich kann doch ohne dich nicht sein ...«

Eine heftige Windböe stieß die Holzläden auf. Die Stores bauschten sich. Myrta schrak hoch und eilte sich, um sie erneut zu verriegeln. Etwas Schillerndes ... etwas Metallglänzendes lag auf der Spiegelkommode. Eine ätherfeine, eine von Anmut durchwirkte Silberrose.

Sie war die Zartheit selbst und kündete doch von ihrer ewigen Beständigkeit. In ihrem inneren Leuchten barg sie ein seliges Gelöbnis. Das Gelöbnis der einzig wahren Liebe …

Wessen begnadete Hände dieses lichtschimmernde Blütengebilde dem Sternenstaub enthoben, stand jenseits von allem Harm. Er war ein Fühlender, ein Verstehender. Ihm gebührt die höchste Wertschätzung – ihm gebührt der Ritterschlag. Wessen zärtliche Küsse die Knospe zum Blühen erweckt, wusste um das heilige Geheimnis … wusste um das Heil des Vertrauens. Ihm soll unser innigster Dank gelten. Möge er immerdar im Lichte des göttlichen Segens wandeln …

Auch Myrta war zutiefst berührt … ihr wurde warm und lind. Sie drückte die geheimnisvolle Liebesgabe an ihr Herz, schlüpfte in die Kissen und fiel in einen tiefen, traumlosen Schlaf.

Bei Sonnenaufgang setzte ihre Blutung ein.

Heiliger Gral

»Was hegst du im Geheimen?«

SIEBTER LOBGESANG

»Das Himmelstor ist gut bewacht,
nur hehre Seel darf rein,
erst wenn das einig Heil erbracht,
kann die Erlösung sein.

So heißt es nochmal durchgerührt,
erhitzt, geklärt entzweit,
das Herz durch dinghaft Leid berührt,
das Heiligtum entweiht.

Ins tiefe Trauer setzen wir,
das Trugbild nochmal ein,
die Flur zerreißt das MIR mit DIR,
und wendet UNS zum MEIN.

Nichts Welkes darf den Himmelsduft,
zur Unzierde gereichen,
nur in der weihvoll Segensluft,
kann man die heilig Huld erreichen.«

Halleluja

VII. DAS VERMÄCHTNIS

KLANGSCHWINGUNG:

»AVE ...«

MYSTISCHER RÄTSELGESANG

LUDWIG VAN BEETHOVEN

»ZÄRTLICHE LIEBE – ICH LIEBE DICH«

LIED WoO 123

1. Das schmunzelnde Klötzchen

»Dem Besonnen macht der Erfolg nicht überheblich
und der Misserfolg nicht verzagt.«

Wenn man sich aus seiner gemütlich eingerichteten Komfortzone hervorhebt, tapfer und zielstrebig die Schikanen des tiefen, dunklen Trönenwaldes erfolgreich überdauert, an den südlich gelegenen – von tiefen Fallgruben durchzogenen – Bergwiesen mit einer scharfen Rechtsbiegung beikommt, sodann das turmhohe Gestrüpp der giftigen und allerseits gefürchteten Disteldornen durchzwickt und durchsägt, den messerscharfen Gebirgsgrat mit seinen klaffenden Rissen unbeschadet meistert und zu guter Letzt, das neunhundert Meter hohe schroffe Felsengezacke tollkühn hinaufkraxelt, findet man sich an der berühmt-berüchtigten Glanzeskrone des Gemeinen Kretzgebirges wieder. Das ehrwürdigste aller Ziele ist erreicht, die ultimative Sternstunde des Lebens eingeläutet. Denn dort oben, am zugigen Gipfelspitz, thront seit Menschengedenken der sagenumwobene heilige Ruhestand des

›Mystischen Rätsels‹.

Nur die abenteuerlustigsten Wahrheitssucher und verwegensten Kniffellöser drängte es zu dieser unwegsamen, imaginären Instanz der göttlichen Wahrhaftigkeit. Viele sind aufgebrochen, doch nur wenige fanden den Weg zurück. Der lange Marsch war gar zu beschwerlich. Experten der Sternenkunde orientierten sich am Stande des Himmelgestirns, hartgesottene Seebären anhand der Kompassnavigation, Floraspezialisten am spezifisch-charakteristischen Blütenstand der flächendeckenden Steingewächse und Fauna-Koryphäen an den Flugformationen der Schwarmflieger und richtungsweisenden Zuckungen des mehr als überreichlich vorhandenen Reptiliengetiers. Ich persönlich finde die zahlreichen, fest justierten Wegschilder ›Zur erhabenen Rätselstätte Glück auf‹ sehr passabel und kommod.

Aber noch andere knochenstarrende Gefahren lauerten auf dem makabren Wege. Man musste unbeschadet, wahnwitzige Teufelslichter und blutdürstige Quallensauger passieren, an überirdisch schönen wie ebenso arglistigen Hexenhatzeln und pestigen Drosselwürgern – um mal einige zu nennen – vorbei und die hinterhältigen Treibsandkrater und schlüpfrigen Moorabsacker vorrausschauend umgehen. Das ganze Unterfangen war zwar äußerst schwierig und besorgniserregend, aber nicht gänzlich unmöglich. Und ist der eine oder andere schlussendlich doch noch ›Berg Heil‹ oben angelangt, dann konnte er mit sich zufrieden sein. Denn er hatte das Unmögliche möglich gemacht und seine wohlverdiente Belohnung stand wartend parat. Eine wuchtige, von reichlich Grünspan überlagerte Messingtafel, barg die tiefgründige, spiritistische Inschrift, die wie folgt lautet:

>>Eckig ist rund, krank ist gesund,
laut ist leis, gerade ein Kreis.
Weich ist hart, grausam ist zart,
rot ist blau, der Mann eine Frau.
Den Sinn zu erraten, ist jedem geraten.
Es liegt auf der Hand, benutz Herz und Verstand.«
Toi-toi-toi!

Bitten recht schön um mildherzige Almosen.
Scheine und Hartmünzen in den Schlitz des linksseitig angebrachten
Opferkasterls stecken und dreimal an der Kurbel drehen.
Vergelt's Gott!

Im Zauberreich der Geister

Reigentanz der flaumigen Glitzerpuschel

»Wir sind die Tänzer auf dem Seil,
der windstill Lüfte spielend Teil,
was kümmert uns der Schluchten Tief,
wir schweben überm irdisch Mief.«

Flitz-Flatz

»Mit purpur Schirmchen in der Hand,
viel Glöckchen hell am lauen Band,
das Käppchen keck auf wuschlig Haar,
die Schühchen samten ganz und gar.«

Flitz-Flatz

»Die Spinnlein sind uns wohlbedacht,
sie weben seidig Fädchen sacht,
drauf gaukeln wir im Liebesschein,
zu zwein, mit angehobnem Bein.«

Flitz-Flatz

2. Das patzige Tintenfleckerl

»Innigste Hinwendung macht das Leben erst gehaltvoll.
Die Zuversicht ist das Aroma der Bekömmlichkeit.«

Oh, jetzt wird es aber unaufschiebbar, dass wir uns wieder Theres zuwenden. Nicht dass wir am End noch was verpassen. Denn bei der Ärmsten überschlugen sich die Ereignisse.

Die Zeit der rauen Schafskälte stand vor der Tür. Der ungnädige Servatius gab sich die Ehre und zeigte durch fröstelndes Machtgehabe seine harte Herrschaft an. Er waltete den Tag im Zuge seines feuchtkalten Unmutes und einer fetten, steifen Nordostbrise. Sein trostloses Gemüt zog sich zur abendlichen Stunde in sich zurück und das kalte Dämmerlicht wurde aufgesaugt – erbarmungslos aufgesaugt, von einer schweren, regenreichen Nacht.

Gleichwohl, Theres eingehüllt in einer warmen Decke, mit flauschigen Schluppen und molligem Schaltuch, kuschelte am knisternden Kaminfeuer und nippte zufrieden an der dampfend-heißen Zimtschokolade. Die Kerzen warfen ihren milden Schein und die Butterplätzchen lagen griffbereit. Es war ihr behaglich und wohlig zu Mute. Eigentlich sollte sie sich in der Jahresversammlung der ›Befreiten, selbstbestimmenden Lichtkämpferinnen‹ zeigen. Aber sie verspürte weder Lust noch Bedürfnis, ersah darin keinen Sinn und auch kein Vergnügen und obendrein: Bei diesem Sauwetter jagt man keinen Hund aus dem Haus. »Nein, nein – sollen sie sich heute allein begnügen und sich wichtig nehmen. Die Welt wird sich auch ohne mein Zutun weiterdrehen und gemächlich ihre Runden ziehen. Und morgen, ja morgen will ich wieder all den aufregenden Spielchen beistehen und wie gewohnt meine Pflicht und Schuldigkeit erfüllen.« Theres gedachte, die unfreundlichen Nachtstunden mit poetischen Inspirationen zu füllen. Sie lächelte versonnen. Die vergangenen drei Jahre waren getragen vom Sternenglanz der glitzernd-verspielten Romanze. Und morgen jährte sich zum dritten Mal der Stichtag ihres ersten heimlichen Liebesstelldicheins mit Hannes. Seit jenem stürmischen Brückenschlag holte sie Hannes jeden Sonnabend ab. Sie tritschelten gemütlich zur Moormühle, ließen sich auf das Allerfeinste verwöhnen, erheiterten sich beim gespritzten Trunke und plätscherten lüstern auf dem Wellenschaum ihres sinnlichen Glückes dahin. Jeder gemeinsame Augenblick wurde ausgekostet.

Man hielt Händchen, flüsterte zartbesaitete Liebesbekenntnisse, lachte im Höhenflug der herzlichen Beteuerungen und steuerte in erregter Erwartung dem nächsten atemberaubenden, erotischen Abenteuer entgegen. Denn auf dem Heimweg liebten sie sich in den Blumenwiesen, in den Kornfeldern oder an einem der verschwiegen gelegenen Bachufer. Von breitgefächerten Farnwedeln sorgsam verdeckt, ging es auf Tuchfühlung. Sie küssten, liebkosten, zärtelten und erfreuten sich an den mannigfaltigen Entdeckungen der sexuellen Lustbarkeiten. Weich gebettet auf dicken Mooskissen ließen sie sich nur allzu gerne von den verführerischen Aromen der Wildkräuter, der Getreideähren und Sommerblumen betören und fanden im erregenden Duft ihrer Begierde zur Vereinigung. Beide genossen die verlockenden Spielereien, schenkten sich vertrauensvoll einander hin und trieben es ausgelassen wie die Murmeltiere. Es waren versteckte, verbotene Momente der schwelgenden Ekstase. Alles war spannend und schön. Theres war wie immer hingerissen: »Mein Hannes kennt wie kein anderer die Geheimnisse der Sinnlichkeit. Er weiß mich stets auf das Entzückendste zu verführen und zu besiegen ... mich immer wieder zu erstaunen und zu beglücken. Ich könnte mir keinen einfühlsameren Herzliebsten wünschen. Nicht umsonst lieb ich ihn mehr als mich selbst. Er ist ein Mann der Ehre, ein Magier der Bezauberung, ein Gott der erotischen Verführungskünste ..." Theres verlor sich in ihren erwärmenden Fantasien.

Plötzlich durchschoss sie ein stahlharter Blitz. Sie stutze, etwas begann sich in ihrem Inneren zu regen, etwas Unheimliches war erwacht und wollte anerkannt sein. Brüske, schauderhafte Emotionen der Unsicherheit stiegen in Theres auf. Es schwante ihr Furchtbares, es dämmerte ihr Entsetzliches: Warum um alles in der Welt sprachen sie nie über eine gemeinsame Zukunft, nie über die alltäglichen Sorgen und Begebenheiten? Alles Bodenständige wurde feinsäuberlich unter den Tisch gekehrt, dem anderen vorenthalten und verschwiegen – so als gäbe es nichts als den Wunschtraum ihrer Liebe.

Bislang war das wöchentliche Zusammenkommen für Theres vollkommen ausreichend und erfüllend. Doch jetzt, ganz abrupt – sozusagen Hals über Kopf – drängte es sie zu einer Festigung ihrer Beziehung. Aus dem dunklen Gräuel ihres Unbewussten stiegen Gefühle der Unzufriedenheit auf. Fragen stellten sich. »Hatte ein solch abgehobenes Miteinander eigentlich Dauer und Bestand? Wie sollte es – langfristig gesehen – weitergehen? Was, wenn die schaurigen Heimlichtuereien aufflogen? Wohin führt ein solch verlogener Weg?

Augenscheinlich schnurstracks in die Hölle ...«
Die Glocke des kleinen Klosters ›Der demütigen Gottesbrüder im Geiste‹
schlug zur Mitternachtsstund. Mein lieber Scholli – der Startschuss für den
gestrengen Bonifatius.

»Was Bonifatius berührt mit eisiger Hand,
erstarrt, zerbricht, wird zum grausig Totenpfand.«

»Die Herrschaften erlauben doch ...« Der weißbärtige Eisheilige blieb sich
auch diesjährig treu und schickte die gemeine Kälte seiner trügerischen Küsse.
Auch Theres blieb nicht unverschont. Er verlinkte ihr Herz mit den hässlichen
Frostbeulen des Misstrauens und der Zweifel. Ihre verdrängten Ängste und
Besorgnisse wurden deutlich spürbar, unübersehbar, unüberhörbar – un-
barmherzig präsent.
      Sicherlich, Hannes war zärtlich und fürsorglich. Er benannte sie mit herz-
allerliebsten Kosenamen: Schatzi, Schätzelchen, Liebling, Butterelfe,
Schmetterlingsfee, Herzensprinzessin ... Er salbte ihr wollüstiges Miteinander mit: «Ich wusste vom ersten Augenblick an, dass wir zusammengehören
... Ich geb dich nie mehr wieder her ... Du bist mein Ein und Alles ... Ich
liebe dich ... Was wär mein Leben ohne dich ...« Auf Theres wirkten seine
vertraulichen Flüstereien bislang ergötzlich, zutiefst befriedigend. Sie ersann
sie als bindende Gunstbeweise seiner Treue und Zuneigung. Aber plötzlich
...
      Bonifatius war weder zimperlich noch untätig und schickte seinen eisigen
Polaratem.
      Theres schlotterte. »Waren Hannes Bekenntnisse nicht lediglich Mittel
zum Zweck?« Das bislang untadelige Bild von ihm verzerrte sich. »Immer
wieder die gleichen schalen Gelöbnisse. Aber nichts verändert sich wirklich.
Alles belässt er seelenruhig beim Alten beruhen. Sind seine einschmeicheln-
den Liebeserklärungen nichts anderes als ein geschicktes Täuschungsmanö-
ver? Trägt irgendwas zum eigentlichen Sachverhalt bei? Ist am Ende der Fre-
vel Grundlage unserer vermeintlichen Vertrautheit? Nie spricht er von Schei-
dung, nie von einer erhofften Zukunft, nie von gemeinsamen Kindern ...«
      Brühwarm fiel Theres seine verdrießliche Eigenart beim Beischlaf ein. Wie
sehr verletzte sie der Abbruch des Liebesaktes durch sein vorzeitiges Zurück-
ziehen ... sein kontrolliertes Entgleiten kurz vor dem Höhepunkt. Bislang
war sie von seiner Vorsicht gerührt. Sogar stolz auf seine Selbstdisziplin. Aber

jetzt, plötzlich ... Theres fror wie ein Schneider. Immer wieder diese unentschuldbaren Kränkungen, diese Erniedrigung ihres weiblichen Selbstwertes. »So hab ich es gern: Zuerst in mir drinnen heiß laufen und dann an der frischen Luft in hohem Bogen absamen. Dieser Schwachkopf ... was nutzt mir seine Fingerfertigkeit, wenn er damit meinem größten Wunsch nicht beikommt? Ist dieser oberflächliche Lustgewinn denn nichts anderes als eine Phrase, ein wahnwitziges Vergnügen, ein Krampf der Lächerlichkeit?« Erst jetzt bemerkte Theres den Verrat an sich selbst, ihre Enttäuschung, wenn die monatliche Blutung einsetzte. Wie sehr wünschte sie sich von Hannes ein Kind. Ihre biologische Uhr tickte. Ewig konnte sie nicht mehr warten ...

Bonifatius setzte zum tödlichen Streich an.

Theres wurde jämmerlich, sie erstarrte zu einem Eisklotz, »Wenn er mich vom ersten Augenblick an geliebt hat, warum, so frag ich mich, hat er dann die stolze Sophie geheiratet? Und noch dazu so übertrieben hastig geheiratet? Er konnte es doch gar nicht abwarten und zerrte sie buchstäblich vor den Traualtar. Ganz nach der Devise: So geschwind wie der Wind ... oder ... Raus aus dem Trott, geheiratet wird flott. War eine üppig ausgestatte, imposante Hochzeitsfeier und wie es hieß, allesamt sehr, sehr glücklich und vergnügt.

Wurd noch lang drüber geschwätzt, wie schön es war ... Ha, draufgespukt und abgekehrt! Das stinkt doch alles zum Himmel ... Mal kurz hochgerechnet: Da ist jetzt schon einiges an Schlechtigkeit aufgelaufen. Warum die Wahrheit weiter leugnen? Ich bin doch nichts weiter als eine angenehme Abwechslung für ihn. Ich blödes Schaf mach es ihm aber auch leicht. Er ist doch nicht willens, irgendetwas zu verändern. Warum sollte er auch, wenn er auf diese Weise alles haben kann. Und zu meinem allergrößten Leidwesen:

Letzten Sonnabend war er auch so verdächtig merkwürdig ... wortkarg, in sich zurückgezogen ... direkt abwesend. So hab ich ihn noch nie erlebt. Seine plötzliche Unnahbarkeit traf mich so unvermutet wie ein verschlagener Vipernbiss. Zum Abschied hat er auch noch das nächste Treffen abgesagt. Zum ersten Mal ein Treffen abgesagt ... alles kurz und bündig gehalten. Ohne einer weiteren Erklärung ... von Betrübnis ganz zu schweigen. Ganz offensichtlich ist schon eine Jüngere in meine Fußstapfen getreten. Er denkt wahrscheinlich, dass dort die Stulle dicker mit Butter bestrichen ist. Wenn er sich bloß nicht irrt ...«

Bei Theres flossen die ersten Tränen. Harte, kratzige Tränen.

»Seine aufgelegten Schmeicheleien sind doch allesamt nur aus dem Hut gezaubert. Mehr war das nicht. Aber warum hab ich nie etwas bemerkt? Hab ihm vertraut und mich in seinen Armen geborgengefühlt? Warum hab ich mich selbst belogen, mich verleugnet ... nie etwas angesprochen? Ehrlich eingestanden: Ich Dummerchen traute mich nicht. Wollte die Harmonie nicht zerstören, wollte ihm nicht zur Plage sein. Aber jetzt geht mir ein Licht auf ... ein glasklares Licht geht mir auf! Seine Süßholzraspelei fällt mir schon lange auf die Nerven. Hab es mir doch lediglich schöngeredet ... Überhaupt, je länger ich darüber nachdenke, umso deutlicher durchschau ich sein verlogenes Spiel. Aber diese unverschämten Dreistigkeiten kann er sich ab sofort aus dem Kopf schlagen. Die werden jetzt abgehakt, denn sowas möchte ich nicht mehr haben. Ich hatte ja keine Ahnung, wie unser Treiben lasterhaft und verabscheuungswürdig war. Da hab ich mir einiges zuschulden kommen lassen. Hab mitgespielt beim Ehebruch. Und noch dazu: Er betrügt – ohne Anflug eines schlechten Gewissens – seine Ehefrau mit mir und mich wiederum mit seiner Ehefrau. Er hält uns alle zum Narren. Endlich ist es raus und ausgesprochen! Ich glaub nicht, dass ich das noch länger ertragen kann. Schluss, aus und vorbei!!! Jetzt ist für mich der perfekte Zeitpunkt gekommen, um grundsätzliche Dinge näher anzuschauen und abzuklären. Lieber ein Ende mit Schrecken, als ein Schrecken ohne Ende. Ich muss wieder festen Boden unter den Füßen gewinnen und mich ab sofort für eine glückliche Zukunft bereithalten. Ich will diesen verloderten Zustand nicht weiter hinnehmen. Jetzt mach ich kurzen Prozess! Diesen Lustmolch schnapp ich mir und ... und zerknack ihn wie eine dickwanstige Blattlaus. Ich pack ihn am Schlafittchen und schüttle ihn so lange durch, bis es ihm zweierlei wird.

Dieser aufgeblasene Hohlkopf kommt mir nicht mehr so glimpflich davon. Ich werde gewisse Themen rücksichtslos ansprechen. Mal sehen, wie er sich windet und rauszureden versucht.«

Theres erlag ihrer Traurigkeit. Sie schluchzte, stieß und weinte ... Verständlich: Das vergnügliche, unbeschwerte Leben war ihr allemal lieber. Aber da muss sie jetzt durch. Da hilft alles nichts. Kopf hoch liebste Theres, irgendwie wird es sich schon finden und dann wirst auch du wieder den lieblichen Klängen der Liebessphären lauschen. Hoffentlich ...

Aber was mich schon die ganze Zeit beschäftigt: Kann es wirklich sein, dass wir uns alle in Hannes getäuscht haben? Ist es möglich, dass die Niedertracht sein wahres Geschäft ist? Dass hinter seinem gewinnenden Lächeln der berüchtigte Wolf im Schafspelz lauert?

Einiges spricht dafür ... wiederum ... einiges dagegen.

Verlieren wir uns nicht weiter in sinnlose Spekulationen. Wir wollen mal abwarten und schauen, wie sich alles entwickelt. Noch liegen nur Vermutungen auf der Hand ...

3. Das unsichtbare Ankerlein

Trönenwalder Binsenweisheit:
»Wer kopflos wird, steht zum verdrehten Winkel hin.«

Wenn einem der Nachtmahr auf den Fersen ist, wenn er brandschatzt, zwickt und kneift, dann ist es nur zu verständlich und geradezu naheliegend, dass man sich leichthin der Vernunft verweigert und auf's Geradewohl losirrt. Und dann ... dann ist man nur noch einen Katzensprung davon entfernt, sich im Pfuhl – im sumpfigen Moor eine Schutzfeste zu suchen. Ich will nichts beschönigen: Es ist nicht mehr als eine Galgenfrist. Der Totengräber wartet schon mit seinem Maßbanderl ... mit seiner Spitzhack und Schaufel. Denn im schlickigen Sumpfland bei den Krüppelweiden, bei den Wollgräsern und den von Tragik durchwehten Riedfeldern wird man selten bis gar nicht fündig. Da könnt man ja gleich den Teufel mit dem Beelzebub austreiben. Außer man hat das unverschämte Glück und trifft auf einen weisen Schamanen. Dann sieht die Sache schon ganz anders aus. Aber solche Fügungen sind leider rar gestreut ... allzu rar gestreut. Darauf verlässt man sich besser nicht.

»Na schön, zugegeben ... noch herrscht kein Mangel an Verdruss.

Aber ich hab mir das Schlamassel selbst eingebrockt und ich werde es auch wieder auslöffeln. Da bleib ich mir treu und geh, wenn es sein muss, über Leichen. Das wär doch gelacht, wenn ich mit diesen paar blauen Flecken nicht fertig werden würd. So schnell geb ich mich nicht geschlagen. Mit dem bisserl Liebeskummer kommt man mir noch lange nicht bei ...« Theres saß in der Bummelbahn nach Müggelheim. Sie hatte sich viel vorgenommen, sie hatte vielversprechende Pläne.

»Ich mach nach wie vor keinen Hehl draus: Hab freiwillig ... nur allzu freiwillig den stinkenden Ziegenbock zum Gärtner ernannt.

Einfältig, wie ich war, hab ich mich wie ein blauäugiges Waldkäuzchen aufs Kreuz legen lassen. Und wie ich mich noch darüber gefreut hab. Unverständlich, denn so ein Missgriff ist schon jenseits des gesunden Menschenverstands. Beschämend, allzu beschämend, aber noch lange kein Weltuntergang. Soll ich mir deshalb Asche aufs Haupt streuen? Hahaha, soweit kommt's noch, diese Blöße geb ich mir nicht. Da könnt ich mir gleich einen Sack mit zwei Gucklöchern und langen Eselsohren überstülpen. Ich denke nicht dran! Aber nun genug in der Vergangenheit rumgeheult. Jetzt wird nicht mehr länger gefaulenzt! Ich schau ab sofort nach vorn und durchbreche mit harten Bandagen den Fluch meiner Gutgläubigkeit. Das ist schon mal der erste Schritt und das Allerwichtigste sowieso. Und dann werde ich mich neu erschaffen. Begehrenswert, geheimnisvoll ... unwiderstehlich. Da wird dieser Grobian blöde glotzen, wenn ich wieder aufsteh und so etepetete, wie eine Königin einherstolziere. Wenn ich mich so siegreich erheb wie der gute Priester die geweihte Hostie. Hahaha ... Holzklötz wird er glotzen ...«

Theres nahm ihr rotsamtenes Merkbüchlein zur Hand und begann eifrig zu notieren:

Regelung meiner Neuerschaffung – behufs Eröffnung eines aufregenden, spannenden Lebenskapitels!

Alles wird umgemodelt ... alles ... alles ... alles ... wirklich alles!

1. Jetzt werden andere Saiten aufgezogen. Ich werde ihn mit seinem eigenen Reglement schlagen. Dann kann dieser aufgeblasene Gimpel mal am eigenen Leibe spüren, wie gut das Betrogenwerden tut. Und ein saftiger Schuss vor den Bug hat noch niemandem geschadet, vor allem, wenn man wie er ein Herz aus Stein hat!

2. Ich will ihm nacheifern. Als Erstes leg ich mir ein oder zwei Liebhaber zu. Können auch drei ... vier sein. Wenn schon – denn schon!

Und warum auch nicht? Zu verlieren gibt's nichts mehr, aber noch viel zu gewinnen. Soll dieser trottelige Tölpel ruhig sehen, was für ein toller Lehrmeister er mir war und was ich alles an Niedertracht von ihm gelernt hab!

3. Jetzt, wo ich wieder solo und noch dazu überglücklich (!) bin, kassiere ich meine Vergütung ein. Hiermit bestätige ich mir wie folgt: Ich werde erfolgreich, bewundert und umworben sein! Da würd sich doch alles aufhören, wenn das zu viel verlangt wär. Noch dazu in Anbetracht, was ich durchgemacht hab!

4. Ich bleib künftig in Habachtstellung und mach keine so leichtsinnigen Zugeständnisse mehr ... da wär ich schön bescheuert. Und ich werde mit gefälschten Einsätzen pokern. Aber im Gegensatz zu diesem Armleuchter, lass ich mir nicht auf die Schliche kommen. Ich werde vorsorglich den Einen gegen den Anderen ausspielen. So bleibt alles im Dunkeln, ich nenn Spaßfaktor 10 mein Eigen und der Kirchenkooperator kann andere von der Kanzel herab anprangern.

5. Sollte ich jemals wieder diesem nichtsnutzigen Hochstapler begegnen – was Mutter Maria hoffentlich zu verhindern weiß – pah ... dann würdige ich ihn mit keinem einzigen Blick!

Die Bummelbahn fuhr pünktlich am Hauptbahnsteig vor. Theres sprang ab und flitzte los. Sie wirkte dergestalt getrieben und gehetzt, dass die Vermutung nahelag, dass sie vor ihrem gebrochenen Herzen davonlief. »So, jetzt geht's zur Sache ... nichts wie hinne:

Zu allererst lass ich mir Locken legen. Solche, wie man sie neuerdings bei Hofe trägt. Die passen ganz ausgezeichnet zu meinem neuen Lebensgefühl. Dann besorge ich mir enggeschnittene Kleidchen mit Schlitz, offenherzige Blüschen, spitzenunterlegte Seidenwäsche ... und lebensfrohe, auffällige Schaltücher. Und zum Auftragen ein verführerisches Parfum. So vielversprechend und verlockend wie die sündhafteste Sünde. Und zum Schluss stifte ich der Kapelle ›Zu Marien‹ drei Weihekerzen. Zum Dank, dass ich diesen Betrüger los bin ...«

Theres fegte wie ein Sturmwind um die Häuserblöcke, stolperte über ein herrenloses Hündchen, fing sich wieder ein, stürzte aufgebracht weiter und erreichte schließlich atemlos die vielgerühmte Prachtmeile der Stadt. Die Gediegenheit dieser schmucken Promenade war ein Anblick für sich. Die blitzblank gekehrten Trottoirs umsäumten eine Allee aus entzückenden Zürgelbäumchen. Theres schenkte ihnen keine Sekunde Aufmerksamkeit. Die, von Meisterhand angelegten, wie bunte Mosaike, anmutenden Blumenrabatte, unterstrichen auf das Exquisiteste den gepflegten Gesamteindruck dieser märchenhaft schönen Ziermeile. Theres hatte keinen Blick dafür. Sie eilte fliegenden Schrittes an der alteingesessenen und allseits beliebten Teestube ›Zu den zwei Pelzweiberln‹ vorbei, schaute im Vorbeihuschen ins ausladende Boulevardfenster, fuhr erschrocken zusammen und stoppte scharf ein. Dann geschah erstmals gar nichts mehr, die Welt stand stille. Theres war wie betäubt. Sie stand einfach nur da. Stand eine halbe Ewigkeit so bewegungslos wie eine desolate Elendsgestalt in der Winterstarre. Dann barsten der Unglücklichen die Haare, ihr Busen erbebte und ihre Zähne klapperten.

Theres' Pulsschlag setzte aus, das Blut begann zu klumpen und ihre Pupillen weiteten sich zu der Größe eines Vollmondes. Die Bedauernswerte hatte das Schaurigste vom Schaurigsten ersehen – den Hochverrat. Sie hielt sich am Kopf, holte tief Luft und wagte einen zweiten Blick. Hätte sie besser nicht getan, denn dadurch erlitt sie den wohl kläglichsten Schiffsbruch aller Zeiten.

Gütiger Himmel ... Hannes!!! Und nicht nur Hannes allein, nein ... Hannes mit Ehefrau im trauten Tête-à-tête.

Ein entkorktes Fläschchen Riesling stand auf dem Beistelltischchen, ein halbgeleertes Schälchen mit süßen Kipferln und zartschmelzenden Pralinen nebenbei. Er füllte soeben die Gläser nach. Beide lächelten, prosteten sich zu. Hannes wirkte entspannt, erleichtert ... glücklich. Beide sprachen vertraut miteinander, schienen sich wieder einig zu sein. Allem Anschein nach hatten sie sich ausgesöhnt.

Sophie hob zu einer längeren Rede an. Er hörte ihr schweigend zu, nickte immer wieder zustimmend mit dem Kopf und drückte ihr zu guter Letzt dankbar die Hand. Sophie setzte erneut an, weidete sich an ihrer Wichtigkeit und genoss in vollem Rahmen seine Aufmerksamkeit. Ein vorwitziges Sonnenstrählchen stahl sich durch den gekippten Fensterflügel, verfing sich in Sophies aufgetürmter Haarpracht und seilte sich übermütig zu ihrer linken Hand ab. Es blitzte auf. Es blitzte dermaßen gewaltig auf, dass es einem das Augenlicht verschlug. An Sophies Mittelfinger steckte ein riesengroßer, fetter Diamantring. Ohne Zweifel ein Hochkaräter, unverkennbar ein unschätzbares Wunderwerk der Juwelierkunst. Würdig eines Versöhnungsgeschenkes.

Theres' Gesicht entstellte sich vor Schmerz. Ihr Herz brüllte wie am Spieß. Sie konnte nicht mehr klar denken, das Drangsal des Scheelkreuzes brachte sie um den letzten Rest Verstand. Die Geknechtete saß im Höllenschlund des glutrot brennenden Fegefeuers. Ihre Füße machten sich selbstständig und stürzten wie zwei tollwütige Keilerhunde drauf los. Sie rasten mit Theres durch das hektische Großstadtgetriebe. Theres schnappte über. Sie stieß die verblüfften Passanten zur Seite, schubste sie von hinten rüde an und drängelte sich rücksichtslos an ihnen vorbei. Es wurde duster ... ein kalter Schnürlregen setzte ein. Theres wusste nicht mehr, wo sie war. Sie wollte es auch nicht wissen. Es war unmaßgeblich. Sie jagte, wie vom Teufel besessen, weiter und immer weiter, bis in den schlammigen Untergrund der trostlosen Schattenstadt.

Die Rathausuhr schlug zur zwölften Stunde. Zwei stramme Burschen im Sonntagsstaat kamen in aufgestachelter Stimmung aus einer ... wie soll ich mich jetzt bloß ausdrücken, ohne Ihre Genierlichkeit ungebührlich anzutasten? Ich will's mal so formulieren ... sie kamen soeben aus einem schummrigen Etablissement, in welchem keine Mühen gescheut wurden, um die überarbeiteten und unverstandenen Herren mit freizügigen Tanzdarbietungen von ihren Alltagssorgen abzulenken. So, jetzt passt's … Noch unter dem rotschimmernden Straßenbirnderl blieben sie stehen, schlugen ihre Krägen hoch und steckten sich Braunstumpen an. Mir kommen die Zwei irgendwie bekannt vor. Schauen wir doch mal genauer hin. Jetzt bin selbst ich der Sprache entledigt! Das sind doch wirklich und wahrhaftig der flotte Herr Amtsvorsteher und sein guter Spezi, der Müller Schorschi!

Philosophierender Gedankenaustausch zweier gestandener Mannsbilder:

»Kruzifünferl, hat die lange Haxerl gehabt …«
»Wie's so was bloß gibt? Haxerl, bis zum seligen Himmel rauf …«
»Und wie sie geturtelt und gelacht hat …«
»Brrrr … wenn ich da an meine fade Alte daheim denk, dann frierts mich gleich wie einen Kinihas …«
»Und ihre zwei riesigen Bomben … so ein großer Busen …«
»Mir gehst, wie zwei prallgefüllte Luftballons, so groß. Hatt direkt Bammel, dass sie bei dem Gehopse zerreißen. Da wenn's bumm-bumm gemacht hätt, da wär was los gewesen. Das sag ich dir …«
»Schorschi, was meinst, sind die echt?«
»Schwer zum sagen … bei dem schlechten Licht …«
Dann trat Stille ein. Sie bliesen Rauchringlein in die Luft und schauten verträumt zu den Himmelswölklein empor. Schließlich setzte der Herr Amtsvorsteher den Dialog fort:
»So wie die Wolken stehen, kommt in zwei Tag eine Hitzenswell auf uns zu.«
»Jo, ich hab schon alles hergerichtet. Das gibt ein gutes Heu und eine fette Milch. Bei mir kriegst nicht so ein gepantschtes Milchlackerl wie die Stoderer es haben.«
Sie zogen wieder an ihren Stumpen. Der Herr Amtsvorsteher setzte erneut an: »Fesche Klapperl hat's angehabt …«
»Wie's grad auf so turmhohen Absätz rumtanzen kann?«
»Mei Schorschi, wenn sich ein Weiberleid was einbildet …«
Sie verloren sich wieder in Gedanken, pafften und reflektierten in stiller Andacht. Der Herr Amtsvorsteher nahm den Faden erneut auf: »Derer wilden Hex brauchst mit dem üblichen Larifari erst gar nicht kommen …«
»Sowieso, einen Knickerten nimmt die nicht …«

»Schorschi, wie steht's jetzt bei dir daheim? Benzt dich die Deinige immer noch?«

»Barthel, kannst mir glauben, ich gehör schon längst der Katz. Zu meinem Leidwesen ist sie jetzt auch noch bei den ›Befreiten, selbstbestimmenden Lichtkämpferinnen‹ eingetreten. Mir gehst, jetzt hat's eine neue Handhab parat: Schorschilein, ich möchte doch auch, aber wenn du den ganzen Tag so hantig mit mir bist, dann bin ich halt untenrum wie zugenäht. Einmal schad, aber das kann ich mit meinem Willen nicht beeinflussen. Da sind höhere Mächte am Werk. Weise Mächte am Werk. Musst dich halt mal zusammenreißen und ein bisserl freundlicher sein, dann hat's schon die Hoffnung, dass es wieder klappen könnt.«

Sie standen wieder still, pafften und grübelten. Der Herr Amtsvorsteher brachte ihr Gespräch erneut ins Rollen: »Arme Sau, da stehst aber sauber im Platschdatschi drin …«

»Barthel, bis zum Hals steck ich drin. Zieh schon ernsthaft in Erwägung, ob ich nicht in die Selbsthilfegruppe der abgewiesenen Männer reinschau, um mich mit denen auszutauschen. Erfahrungswerte sammeln und so …«

Der Herr Amtsvorsteher überlegte kurz: »Hast bei ihr schon mit einem bunten Sträußerl anklopft?«

»Mit einem bunten Sträußerl? Ja glaubst, dass das was hilft?«

»Hundert pro! Da stehen die Mädels drauf. Pass mal auf: Mir ist aufgefallen, dass auf deiner Bachwiesen neuerdings so ein fleckig-rostiges Unkraut aufgeht. Das ist mir nicht geheuer. Schaut hochpressant aus. Kann mir gar nicht erklären, wo es herkommt. Von uns stammt es jedenfalls nicht. Wenn das deine Küh fressen, dann kann ich für nichts mehr garantieren. Morgen reißt es mit Stumpf und Stiel aus, machst ein hübsches Sträußerl draus und schenkst es ihr. Dann bist das Giftkraut los und dein Schatz lässt dich wieder ran. Und jetzt lass uns abhauen, nicht dass wir noch erwischt werden …«

In diesem Moment lief ihnen die Theres in die Arme. Selbst ein Blinder mit Krückstock hätte bemerkt, wie die beiden bis unter die Haarspitzen erschraken. »Also Theres, das ist jetzt nicht so, wie es ausschaut … wirklich nicht«, setzte verlegen der Herr Amtsvorstehen an. »Nein wir sind gezwungenermaßen, also rein dienstlich hier. Das Fräulein Elisabeth hat …«

Schorschi, sprang ihm zur Seite: »Ja Theres, das Fräulein Elisabeth … was die dem armen Barthel Tag für Tag aufhalst, das steht auf keinem Blatt. Die arbeitet ihn eines Tages noch komplett auf. Jetzt hat er halt mal selber nachgeschaut, was an ihrer ganzen Ratscherei dran ist. Was bleibt denn dem lieben

Barthel anders übrig? Schließlich, bevor er handelt, muss er sich doch vorab ausführlich informieren. Er in seiner Stellung muss sich davor hüten, blindlings Anklagen auszusprechen. Und darum darf er sich nicht von seitens seiner ethisch-moralischen Grundsätze erweichen lassen. Da muss er einfach rigoros den Stier bei den Hörnern packen ...«

Der Herr Amtsvorsteher: »Genau, da hat der Schorschi vollkommen recht. Rigoros muss ich den Stier bei den Hörnern packen. Schließlich wird von mir erwartet, dass ich mit dem neumodischen Verlauf Schritt halte, um weiterhin die sittliche Aufrechterhaltung gewährleisten zu können. Das verlangt mein Beruf ...«

Schorschi: »Und ihn allein den schweren Gang machen lassen? Ich bin doch sein bester Freund, konnte ihn doch nicht hängen lassen ...«

Der Herr Amtsvorsteher: »Eben, der Schorschi und ich haben doch schon damals Seite an Seite im Garderegement seiner Königlichen Hoheit gedient. Da sind wir wie Blutsbrüder zusammengewachsen.

Da haben wir gelernt, was Kameradschaft bedeutet. Da haben wir gelernt, für die Sicherheit Sorge zu tragen ...«

»Theres, da wurde uns das Abc der Wachsamkeit und ...« Schorschi hob seinen Zeigefinger, »A c h t s a m k e i t Tag und Nacht eingetrichtert. Und wir wurden bis auf die Knochen abgehärtet. Barthel, da hab ich doch recht, oder? Aber Theres, was da drinnen abgeht, haut dem Fasserl den Bonzen raus. Wir haben die ganze Zeit die Augen zugemacht und uns in Grund und Boden geschämt ...«

Der Herr Amtsvorsteher: »Ja, die Augen zugemacht vor lauter Peinlichkeit. Es war einfach nur noch furchtbar ... grauenerregend furchtbar. Aber was mach ich nicht alles zum Wohle meiner Gemeinde. Da muss ich wirklich jedes Opfer bringen ... jedes, jedes erdenkliche Opfer bringen. Und wenn es noch so schwer anfällt.

Das bin ich meiner Verantwortung schuldig. Immer vorausschauend auf dem Laufenden sein, um mögliche moralische Verstöße schon im Urkeim zu ersticken ...«

Schorschi: »Ja, auf dem Laufenden, auf dem neusten Stand muss der fleißige Barthel sein und jedes Opfer bringen. Wenn's auch noch so hart ankommt. Theres, das verstehst du doch. Sag bittschön nichts meiner Alt... meinem Spatzerl. Du kennst sie doch, bei sowas versteht sie keinen Spaß. Und letzter Zeit ist sie noch reizbarer ...«

Der Herr Amtsvorsteher: »Ja, noch reizbarer und so was von empfindlich. Da hätt der Schorschi kein Auskommen mehr und du weißt doch, wie der Schorschi sein Spatzerl gern hat. Und sag bittschön auch nichts dem Fräulein Elisabeth, denn dann wär ich erledigt. Ein für alle Mal erledigt. Die alte Schreckschrauben würd mich um einen Kopf kürzer machen. Da könnt ich besser gleich auswandern ...«

Schorschi: »Ja, dann müsst der brave Barthel die Koffer packen und ich mit dazu ...«

Erst jetzt bemerkten sie, wie geistesabwesend Theres dastand. Mit ihrem versteinerten Gesicht, ihren glasig-leeren Augen, sprachlos und hochtrauma-tisiert. Die beiden Spitzbuam musterten sie nochmals eingehend, schauten sich erleichtert an, nahmen Theres in ihre Mitte und hakten unter. »Komm Theres, komm mit uns, wir bringen dich nach Haus. Brauchst nicht mehr zu zittern, jetzt sind wir bei dir. Jetzt kann dir nichts mehr passieren – alles ist gut. Wir kümmern uns um dich ...«

Diese zwei liebenswerten Schlawiner ...

4. DAS BESCHLAGENE SPIEGLEIN

»Ohne inneren Kompass scheitert der Mensch.
Gleichgültig warum und worin.«

Wer jemals durch Judas niederträchtigen Schlagstock ins Hintertreffen geraten ist und durch die schlotternde Teufelsschlucht des Liebesleides mit Geißelpeitschen getrieben wurde, kennt die Höllen der Herzensschmerzen, die schamvolle Schmach des Gewissens, die Qualen der eigenen Gärung und der fassungslosen Verlorenheit. Die tobenden Ängste zwingen einen doch regelrecht zur Falschmünzerei, zum überstürzten Hudeln und zu den wahnwitzigsten Vorgehensweisen, die wie Kraut und Rüben übers Feld schießen. Man ist nur noch von dem einzigen Wunsch beherrscht, schnellstmöglich Oberwasser zu gewinnen, um diesen inneren, unausstehlichen Atmosphärenpegel auf ewig zu entwischen. So schlüpft man hoffnungsvoll in die vertrackten Zehrgässlein, wappnet sich mit dem Schutzschild der Selbstverleugnung und webt ein Fangnetz aus lächerlich dürftigen Absichten und Ablenkungsversuchen. Es ist, als müsste alles auf jetzt und gleich über das Knie gebrochen werden.

Es ist, als müsste man das zappelnde Herz mit beiden Händen aus der Brust reißen, um es ungehindert und mit schadenfroher Genugtuung genüsslich abwürgen zu können. Alles menschlich, alles nachvollziehbar und alles bereits von mir auf die Probe gestellt. Aber leider alles auch Pustekuchen. Mit diesen Fisimatenten hat man die Karte der Heimsuchung gezogen. Da wird die Luft dünn und dünner, bis man zuletzt daran zu ersticken droht. Und so melden sich früher oder später geheimnisvolle Mächte zu Wort und reißen mit stählernen Stulphandschuhen die Abgrenzungen der Eigenentfremdung und Entgötterung nieder, um das klamme, vom Heimweh geplagte Menschlein, wieder mit seinen dunkelbrausenden Seelenanteilen zu vereinen. Daraufhin reichen sie in zärtlicher Bedacht ihre geheiligten Hände, um in einem transformierenden Prozessionstanz die genötigte Seele zu läutern und emporzuheben, auf dass sie gestärkt und von Edelmut durchflutet ihrer weiteren Bestimmung Folge leisten kann.

Auch bei Theres war von einer Entwarnung weit und breit noch nichts zu spüren. Nach wie vor standen ihr die Haare zu Berge und sie war von den leidigen Bedrängnissen mehr als bedient – bedient bis obenhin. Es stand so schlimm, dass sie befürchtete, im tosenden Meer ihres Martyriums auf ewigen Tauchgang zu gehen. Und so klammerte sie sich an die unpässlichen Ratschläge ihres verletzten Stolzes und machte dermaßen hässliche Patzer, dass es selbst einem bärbeißigen Plündervandalen unangenehm gewesen wär. Noch vor dem ersten Sonnenstrahl verfasste sie ein Schriftstück, in dem sie Hannes im schnippischen Ton mitteilte, dass sie postwendend und ohne Verzögerung die Beziehung für beendet ersehe. Unnötigerweise ließ sie ihm obendrein noch wissen, dass sie sich bereits anderweitig orientiert hätte, im siebenten Himmel schwebe, auf ein freundschaftliches Verhältnis mit ihm keinerlei Wert mehr lege und schloss – im dringenden Bedürfnis ihm noch einen quittierenden Tiefschlag zu verpassen – mit folgenden Zeilen:

»Für Dein verständnisvolles Fernbleiben danke ich schon mal im Voraus. Da ich jetzt meine ganz große Liebe gefunden habe, wirst du sicherlich verstehen, dass du mir nur noch ein lästiger Klotz am Bein wärst.

Hochachtungsvoll: Theres

PS: Jetzt weiß ich endlich, was wahres Glück bedeutet!«

Sie klebte ein Briefmarkerl drauf, warf das unglücksselige Brieflein ein, begab sich zu Bette und blieb drei Tage liegen. Wie sehr sie unter der Trennung von Hannes litt, ließ sich daraus ersehen, dass ihre Seele zu Tode erschöpft alle viere von sich streckte, ihr Kopfkissen von den Tränen durchweicht und ihr Herz gebrochen darniederlag. Theres war die einsamste und verlorenste Kreatur auf dem Erdenball.

»Mach auf Theres! Mach auf! Schick dich an, wir dürfen keine Zeit verlieren!«

Ein lautes, ungeduldiges Pochen an der Türe schreckte sie aus ihrem Jammertal. Die Atzenberger Kathi stand atemlos vor ihr und fuchtelte aufgeregt mit beiden Händen. »Theres, gut, dass du da bist, jetzt muss es ruckzuck gehen. Beeil dich, zieh dir was über. Hab ich ein Massel, da steht ein Kanderl Kaffee. Ich schenk mir gleich selber ein … Du, und noch schnell nachgefragt: Was ist denn mit deiner Myrtenstauden passiert? Drei Jahr lang hat's wie verdorrt ausgeschaut, hat alles hängen und liegen lassen und plötzlich treibt sie wieder. Sag einmal, hast jetzt einen anderen Dung? Tausend und Abertausend neue Triebe und Blüten hat's. Grad munter aufgehen tut's da draußen. Da kann aber jetzt ein üppiger Brautkranz geflochten sein.«

»Brautkranz? Kathi, welcher Brautkranz?«

»Ja bist nicht ganz bei der Sach? Redest daher wie eine Schlafwandlerin. D e i n e n Brautkranz mein ich. Und wie siehst denn überhaupt aus? Herrjemine, du schaust aus wie dein leibhaftiger Schatten selbst. Bei aller Liebe Theres, aber unter einer glücklichen Braut stell ich mir schon was anderes vor. Freust dich denn nicht?

Du bist ihm doch schon seit Ewigkeiten verfallen und jetzt, wo es soweit ist, weinst du. Deine Augen brunzeln wie zwei aufgeschwemmte Winteräpfel. Trag's mir nicht nach Theres, aber die brunzeln wie zwei aufgeschwemmte Winteräpfel mit knallroten Runzelkanten. Was hast denn plötzlich? Jetzt, wo deinem Glück nichts mehr im Weg steht, läufst du rum wie eine Vogelscheuche. Was ist denn los mit dir? Hast plötzlich Torschlusspanik oder hat er dir auf der Zielgeraden doch noch den Laufpass gegeben?«

»Wie Torschlusspanik? Den Laufpass gegeben? Ich versteh dich nicht. Den Strauch hab ich doch für meine liebe Myrta gepflanzt. Gleich im Frühjahr nach ihrem zehnten Geburtstag. Das Myrtenkränzlein soll doch sie schmücken ... an ihrem großen Tag.

Wenn sie mit ihrem Bräutigam vorn am Hochaltar steht.«

Theres setzte sich zu Kathi an den Tisch. »Ich dacht eigentlich auch, dass die Pflanze eingeht. Hab sie gehegt und gepflegt und trotzdem ist nichts Rechtes aus ihr worden. War schon in Sorg ... schlechtes Omen und so. Und jetzt treibt sie? Nicht zu fassen, wie gibt's denn sowas? Ist jahrelang erbärmlich schlapp rumgestanden und jetzt trägt sie plötzlich. Ich begreif es nicht ...«

»Theres, ganz viele weiße Blüten hat sie, und wenn man vorbei geht, dann schnappt man nach Luft, weil's gar so fein schmeckt. Aber wieso für die Myrta? Ich dachte, du wirst zum Traualtar geführt. Heiratet die Myrta etwa auch?«

»Kathi, wieso heirate ich? Wer sagt denn sowas? Ich versteh überhaupt nichts mehr. Heiratet jetzt mein Myrtalein? Kathi, ich schwöre dir, sie hat mir kein Wort davon gesagt ...«

»Papperlapapp Theres, schweif bloß nicht vom Thema ab. Das hätt mir grad noch gefehlt. Und jetzt red endlich ... wann ist denn euer Hochzeitstermin? Oder ist er säumig, hat er noch nicht um dich angehalten? Brauchst doch vor mir nicht das Unschuldslamm spielen, immerhin sind wir doch beste Freundinnen ...«

»Ich weiß nicht recht, von was du sprichst ...«

»Theres, jetzt reiß dich aber mal zusammen! Natürlich musst du es halten, wie du es für richtig hältst. Ganz klar! Und wenn du dich ausschweigen willst, dann schweig dich ruhig aus. Das ist dein gutes Recht. Ich versteh das. Allerdings find ich es schon ein bisserl schwach, dass du mich von den Vorbereitungen ausschließt. Wir sind doch schon so lang miteinander befreundet ...«

»Kathi, von welchen Vorbereitungen ausschließen? Was ist denn heut bloß los mit dir?« »Theres, ich mein, alle wissen es und reden von nichts anderem mehr. Und vor mir tust, als wenn nichts wär.

Der Kramer hat wegen euch eigens die hintere Kammer ausgeräumt und zur Buchmacherei umfunktioniert. Und ein paar Stehtischerl hat er aufgestellt. Zur Abfertigung der durstigen Kundschaft. Was da gezecht und gelacht wird ... zugehen tut's bei ihm wie in einem Bienenstock. Ein rein und raus ist das. Der Ärmste kommt gar nicht mehr nach mit dem Einkassieren und der vielen Schreiberei.«

»Sag bloß ... aber wieso wegen uns die hintere Kammer ausgeräumt? Da liegt doch seine kreuzlahme Mutterschwester drinnen. Kein Wunder, wenn die nicht mehr aufkommt, sie muss doch auch schon gute Hundert sein. Wo ist sie denn jetzt abgeblieben?«

»Glaub mir Theres, das willst du nicht wirklich wissen. Das tut auch nichts zur Sache. Aber wegen dieser elendigen Umschichterei hängt in der Kramerei der Haussegen schief. Aber was soll er machen? Bei dem täglichen Gedränge ... er war eh schon im Verzug, hat sich bis zuletzt geweigert. Und jetzt hat ihn der Zugzwang in die Enge getrieben. Freiwillig hätt er es nie und nimmer getan. In Notzeiten muss die Familie halt zusammenhalten und jeder sein Scherflein miteinbringen. Die Wetten gehen nun mal vor ...«

»Aber Kathilein, was für Wetten? Was meinst du denn damit? Ich kenn mich nicht mehr aus ...«

»Die Wetten um den fraglichen Tag ... auf welche Datierung eure Trauung fällt. Und alle sind schon ganz zappelig und kribbelig, weil das Aufgebot immer noch nicht aushängt. Jeden Tag schauen wir nach. Und aus Bruder Benedikt kriegen wir auch nichts raus. Was wir den schon in die Mangel genommen haben. Aber er stellt sich quer. Sagt, er weiß von nichts. Theres, du kannst es mir doch verraten, dann geh ich gleich runter und setz mein Erspartes.«

»Aber Kathi, wer kommt denn auf sowas? Wir haben doch immer alles streng geheim gehalten und ...«

»Freilich, aber der Jager Hansel hat euch auf seiner Nachtpirsch mehrfach in flagranti erwischt. Also, wie ihr euch beehrt habt und so ... Mei, was soll er machen? Der Hansel war doch beim Baras in die Berg drinnen. Da wurde es ihm von der Obrigkeit förmlich eingeblasen, dass man sich lautlos anzuschleichen hat, wenn man erfolgreich auskundschaften will. Da darf man ihm nichts nachtragen und auf gar keinen Fall zur Verantwortung ziehen. Da würd man sich an ihm versündigen. Und dann ist es doch auch so: Wenn der Hansel ein paar Maßerl zu viel hat, dann plaudert er einmal gern und schwingt sich auf zum großen Dichterfürsten. Du weißt es doch selbst, da wird er so unsensibel wie ein ausrangierter Feldpanzer. Im Vertrauen gesagt: Der Hansel leidet wie ein angestochenes Schwein unter seiner Redseligkeit am Stammtisch. Was er sich da schon für einen Ärger eingeheimst hat, das kannst du dir gar nicht zusammenreimen. Aber nach dem fünften Humpen sieht er sich halt mal außerstande, die Klappe zu halten. Und am Schluss unterhält er das ganze Wirtshaus mit seinen Räubergeschichten. Ach du grüne Neune, warum ziehst du jetzt so ein beleidigtes Gesicht? Versteh dich gar nicht, ist doch ganz possierlich, wenn man im Mittelpunkt der Gespräche steht. Und auf den Hansel brauchst auch nicht sauer sein.

So ist er halt einmal. Da kann er nichts dafür. Sowas ist erblich, hab ich mir sagen lassen. Sein Vater hat's auch schon so gehalten und sein Großvater selig sowieso. Aber mach dir keine Sorgen. Du brauchst dir wirklich nichts dabei zu denken. Wir alle verstehen das. Da sagt keiner was. Keiner sagt auch nur ein einziges Sterbenswörtchen. Da ist auf uns Verlass. Wir tuscheln und munkeln nur auf Geheimwegen. Damit kein Uneingeweihter was mitbekommt. Und wir sind uns allesamt einig, dass euer langjähriger Vorspann, der – das musst du selber zugeben – von eher kläglicher Geburt war, nichts im Rampenlicht zu suchen hat. Aber schon gleich gar nichts. Da würden wir uns für euch schämen. Und darum wird bei uns Kirchlilanger dichtgehalten. Punktum! Und selbst der Herr Amtsvorsteher hat sich schon eingeschaltet und alle vorgewarnt. Wenn da einer dem Fräulein Elisabeth was stecken sollt, hat er gedroht, dann kriegt er es mit ihm zu tun. Das Verklaghaferl wird von ihm eigenhändig geteert, gefedert und aus dem Dorf gejagt. Ja aber Theres, warum schirkelst du denn plötzlich? Du, das schaut ganz furchtbar aus ... das ist direkt unheimlich. Dreh mir bloß nicht durch. Oder bist so erschrocken? Ich kann's nicht fassen ... hast du davon nichts gewusst? Das ganze Dorf spricht doch von nichts anderen mehr. Und alle stehen vor Freud auf dem Kopf. Und von auswärts kommen auch schon die ersten Wetteinsätze rein. Jeder nutzt die

Gelegenheit für ein bisserl Abwechslung und Spaß. Bei allem Verständnis, aber das kannst du doch keinem krummnehmen. Wir sind doch alle so dankbar dafür, dass sich bei uns mal was rührt. Das muss man doch verstehen. Hast du von den Hochzeitswetten wirklich nichts mitbekommen? Ja, dass es sowas gibt ... und die stolze Sophie hat doch schon ...«

»Was hat die stolze Sophie? Ich sag's dir, was die stolze Sophie hat. Einen Ring hat die stolze Sophie. Einen Versöhnungsring und mir ist jetzt schlecht. Mir dreht sich alles. Was ist denn heut bloß los? Ich versteh die Welt nicht mehr ... und warum bist denn eigentlich gekommen, Kathi? Warum hast gesagt, dass es ruckzuck gehen muss?«

»Ach du liebes Bisschen, jetzt hätt ich's beinah vergessen. Das Roserl schickt mich. Musst gleich zu ihr, sie liegt schon in den Presswehen und du weißt doch, wie schnell es bei ihr geht ...«

Des einen Freud – des anderen Leid!
Und nichtsdestoweniger:
In der Schlammsiede gedeihen die duftigsten Blumen und in der Wüste ist das glücksverheißende Himmelsgestirn zum Berühren nah.

Doch schauen wir nun, was sich sonst noch so tat ...
Unser zauberhafter, bestrickender Amor lümmelte wie ein knuddeliger Schmusebär auf seiner rosig-weichen Wolke und ließ sich vom lauwarmen Winde treiben. Er war frohen Mutes, er war entspannt, sorgenfrei und wohlgelaunt. Soeben erreichte er den tiefen, dunklen Trönenwald, da hörte er auch schon eine ihm bekannte Stimme.

»Oho, da unten geht's schon wieder rund ...« Er setzte sich auf, ließ seine Beine lässig baumeln und beugte sich nach vorne. Um besser hören und sehen zu können. »Aha, das Fräulein Elisabeth ist wieder am Lästern. Und gachgiftig wie immer. Bin mal gespannt ...«

»Amor ... Amor, wer soll denn das sein? Gibt's den überhaupt? Und so einem Babberdeckeluhu soll man die Achtung erweise? Und der Depp wird auch noch hoch in Ehren gehalte? Ja mir gehst, hast gehört. Hoch in Ehren gehalte wird dieser Lapp und von wem, wenn man frage darf? Zum Schluss gar von den armen, traurigen Heidenmenschen? Oder von den Wilden im Urwald, die immer noch nackert rumlaufe und nicht lese und schreibe könne? Hirnbrandig genug wären's allesamt dazu. Sowas Damisches hab ich schon lang nimmer gehört. Den auskochten Krampf haben sich doch bestimmt wieder diese langhaarigen Drückeberger von nebenan zurechtzimmert, damit sie eine Ausred habe, für ihr unzüchtiges Treibe bei Tag und Nacht. Diese Faulpelze wisse doch mit ihrer Zeit nichts Besseres anzufange, als den lieben langen Tag in ihren versauten Kommunen

… oder wie das heißt … pfundweis zu hasche und in ihrem Diridari durch die Stang sittenlos aufzubocke. Ich hab bei dene Nichtsnutzen oft genug angeläut und ihnen die Leviten gelese. Hab mich schirlig aufgehängt, um diese Blutsauger aus dem Dreck zu ziehe. Aber diese Parasiten wolle doch gar nicht bekehrt werde und fleißig arbeite, so wie's die folgsamen, braven Gottesleut tun. Herr Amtsvorsteher, dazu sag ich nur eins: Pfui Teufel … darf gar nicht dran denke, sonst würgt's mich. Amor … ist des überhaupt ein richtiger Nam? Da könnt man doch gleich geringeltes Ringelschwanzerl oder brischerlnasser Brischerlsteck heiße. Soweit kommt's jetzt noch.

Wenn einer meint, dass er mit diesem bacherlwarmen Hutzelsud bei mir durchkommt, dann ist er falschrum gewickelt. Dene Krampen leucht ich heim. Und ihr sogenannter Amor … des lacke Zitronenkracherl … ist schneller weg vom Fensterloch, als dass er bis drei zähle kann. Amor, Amor … Herr Amtsvorsteher, sind's mir bittschön nicht bös, aber jetzt würgt's mich gleich … «

Unser hochgeschätzter, heißverehrter Amor krauste seine Stirn. Fräulein Elisabeths taktloses Benehmen verletzte ihn. Und das wie gehabt und gewohnt. Er sah sich wieder einmal von seiner schlimmsten Widersacherin erniedrigt. Sein Minenspiel verhieß nichts Gutes. »Na warte meine Süße, noch bin ich der Gebieter über Werden und Sein.« Mit behänder Geste öffnete er seine geheimnisvolle Schatztruhe und kramte nach dem schwarzblanken Pechbogen.

Mürrisch brummelte er vor sich hin: »Die Spaßbremsen braucht sich gar nicht so aufspielen, als wenn's die Königin von Saba wär. Wenn das gnädige Fräulein Elisabeth meint, dass sie mich übers Ohr hauen kann, dann hat sie sich von vornherein geschnitten. Mit meinem Großmut ist es jetzt aus und vorbei und ihre Schonzeit bis in alle Ewigkeit abgelaufen. Derer bux ich jetzt eine saftige Ladung rein und zwar schneller, als die Gendarmerie erlaubt. Da wird sie sich anschauen. Hab eh zu lang gewartet, jetzt wird's allerhöchste Eisenbahn, dass sie sich vor meinem unübertrefflichen Genius niederwirft und die weiße Fahne hisst.« Er zog den Köcher zu sich her und suchte nach dem gefürchteten Wehwundpfeil. »Und überdies, mein guter Freund, der Herr

Amtsvorsteher, sollte schon längst in besseren Kreisen verkehren. Den armen Hund hol ich jetzt aus dieser unzumutbaren Indisposition raus. Was der all die Jahre ausgehalten hat ... Aber es soll nicht umsonst gewesen sein. Zur Belohnung schick ich ihm jetzt, ganz was Aufregendes ... ein Schmankerl schick ich ihm, da wird er sich freuen. Und jetzt heißt es sich sputen und keine weitere Minute verlieren, nicht dass Fräulein Elisabeths schlechte Gesellschaft doch noch auf ihn abfärbt.« Grad wollte er abfeuern, da hörte er erneutes Gezänke. Wieder Gezänke der beleidigensten Art. Er legte unverrichteter Dinge sein scharfes Geschoss zur Seite und spitzte seine verführerischen, wie aus feinstem Marzipan geformten Ohren. Armor beugte sich nach vorn, um besser linsen und lauschen zu können. »Aha, unser liebes Myrtalein. Und wieder einmal geladen wie ein Schießprügel bei Schlechtwetter ...«

»Elsa, ich sag's dir jetzt klipp und klar: Brauchst mich gar nicht mehr zu grüßen. Von einer wandelnden Bettmatratze, wie du eine bist, lass ich mich nicht anreden. Meinst, weil du jeden bei dir rüber lässt, dass du was Besseres bist? In deiner Schlafkammer geht's doch zu, wie auf einem Wohltätigkeitsball zur Weihnachtszeit. In meinen Augen bist du so unbeholfen und unnütz wie ein ausgefranster Kehrichtbesen. Du taugst doch nicht mal zum Fischeschuppen und Sauerkrautstampfen ...«

»Soso, mein Sorgenkind lässt wieder zu wünschen übrig. Wird in letzter Zeit auch immer frecher und vorlauter. Die Eifersucht frisst sie bald vollends auf. Fünf vor Zwölf, dass ich im Töpferl umrühr, damit die Milch nicht anstockig wird. Aber jetzt, wo ich schon da bin: Was macht denn die liebe Theres? Da schau ich auch noch kurz vorbei ...«

Theres lag wie steifgefroren ... sie lag wie eine frostige Eisleiche in ihrem Bettchen.

»Auweia, ist mein Thereserl gestorben? Hat sie etwa ohne meinem Einverständnis das Zeitliche gesegnet? Liegt schneeweiß da und rührt sich nimmer.« Er beugte sich noch weiter nach vorn. Theres Brustkorb hob und senkte sich ... schwach, aber immerhin.

»Da legst dich nieder. Jetzt bin ich aber froh, dass sie doch noch am Schnaufen ist. Oje, hab ich mich jetzt aufgeregt. Wär um ein Haar von meiner Wolke gerutscht, vor lauter Schreck und Kümmernis.

Malefitz nochmal, so wie die Lage steht, bin ich grad noch auf den letzten Drücker gekommen. Aber wie mache ich es jetzt am Geschicktesten? Da braucht es mein ganzes Fingerspitzengefühl, um alles erfolgversprechend und auf Dauer anzulegen. Und das Fräulein Elisabeth darf auch nicht vergessen sein ... Hm, hm, eigentlich wollt ich ihr eins überbraten, aber irgendwie find ich kein Vergnügen mehr daran. Hab direkt Komplexe davor. Mein göttlicher Zorn ist verraucht, das Wetter ist so schön ... grad schad zum Aufregen und Vorwürfe machen. Und irgendwie hab ich das Fräulein Elisabeth auch in mein Herz geschlossen. Ich will ihr nimmer bös sein. Und überhaupt, wenn sie erst einmal auf den Geschmack gekommen ist, dann wird sie mir auch zur Gefälligkeit sein. Was soll's, ich erledige alles in einem Aufwasch ...«

Er lächelte rätselhaft, spannte seinen regenbogenfarbigen Glitzerbogen, zielte und ...

5. DAS BLINKENDE LATERNLEIN

»Eine Schlehenblüte wird es dir im Traume flüstern:
Herzlieb, du fehlst … ich sehn mich nach dir.«

efühle. Wie sehr bestimmen sie uns Frauen. Gefühle wollen so vieles, sie erlauben sich alles, sie kommen und gehen, wie's ihnen gefällt. Solch manches Mal fröhlich und neckisch wie bunte Fähnlein im Winde, solch manches Mal leicht und heiter wie Heublumensamen im Sommertraum. Aber auch die Schweren … die Dumpfen bleiben nicht aus. Solche, die gnadenlos wie Gefängniswärterinnen, die quälend wie Raubeinknechte. Diese gallebitteren Wermutstropfen, auf die man gerne verzichten könnte. Sie fallen gleich Heuschrecken über uns ein und töten der Lebenssonne wärmenden Strahl. Was könnte da noch in unseren Kräften stehen, um dem entgegenzuhalten? Was könnte noch lohnen? Ihre Macht ist zu groß – wir sind wehrlos, wir sind schutzlos, wir sind ausgeliefert. Wir liegen mit gebundenen Händen und weinen. Da bedarf es dann eines tapferen, lauteren Mannes, der beherzt einzugreifen versteht, um uns dem Untergang zu entreißen. Sonst wehe …

Die Alraunwurzeln brummelten ihr Klagelied. Auf Theres wartete eine unerquickliche Zeit. Ihr Herz lag in Schutt und Asche, ihr Gemüt in Schimpf und Schande. Sie wagte sich nicht mehr vor die Tür.

Nichts konnte sie trösten, nichts ihr Befinden aufhellen. Sie hatte nicht nur ihren Liebsten, sie hatte obendrein auch noch ihr Gesicht verloren. Gelinde gesagt, es gab keinen Anlass zur Hoffnung mehr. Der König ihres Herzens blieb fern, bei den Leut ward sie zum lachenden Gespött. Man möchte sich in Theres' Verzweiflung gar nicht hineinversetzen.

Jetzt wär das Nibelungenkäppchen – das magische Tarnkäppchen, welches die Unsichtbarkeit verleiht, auf das Hochherzlichste willkommen. Wenn ich nur wüsste, wo es zu finden wär, ich würde es holen und unserer gebrochenen Theres bringen.

Myrta trat leise zu Theres, setzte sich auf die Bettkante und streichelte ihr über das Haar. »Theres, musst aufstehen. Die stolze Sophie wartet unten, sie lässt sich um nichts in der Welt abwimmeln. Hat's scheinbar recht gnädig. Sei doch so gut und steh auf, damit sie ihren Willen bekommt. Du weißt doch, wie barsch sie werden kann, wenn jemand sich ihren Wünschen entgegenstellt. Komm Theres, komm steh auf. Ich geh dir zur Hand ...« Theres, durch und durch zerrüttet und bis auf das Mark geschwächt, wankte nach unten.

Sophie ihrerseits im prachtvollen Putz, der geschwungene Hut mit üppigem Federbausch geschmückt, sah erstaunt auf. »Schaust schlecht aus Theres. Möchte meinen, jetzt wo deinem Gl...«

»Sophie, verschon mich mit langen Reden, machen wir es kurz: Was führt dich zu mir?« »Theres, ich wollt mich mit dir besprechen.

Wollt Klarheit schaffen, bevor ich euch allen – dem Herrn sei's gedankt – den Rücken kehr. Aber eins muss ich vorher schon noch loswerden: Du lebst nicht grad wie in einem Schlaraffenland. Mir bleibt es ein Rätsel, wie man mit so wenig Schnickschnack und Bequemlichkeit auskommen kann. Aber – den Englein sei es nachgesehen – jedem das seine. Jetzt mach zu, brüh uns Kaffee. Und mahl die Bohnen frisch ...« Sophie streifte ihre perlseidenen Handschuhe ab und legte sie vor sich auf den Tisch. »Also, Theres ich gehe von hier fort, lass uns zum Abschied das Kriegsbeil begraben. Herrschaftszeiten, hörst du mir überhaupt zu? Was gaffst du denn allerweil auf meinen Ring? Gell, der gefällt dir ... zu sowas kommst du natürlich nicht. Den – der Allmächtige sei mir auf ewig geneigt – den hat mir mein Bärchen geschenkt. Ein vorgezogenes Verlobungsgeschenk. Schau raus aus dem Fenster, dann siehst ihn selbst ...«

Vor einer goldumrandeten Kutsche stand ein elegant gekleideter, gutaussehender Edelmann mit graumeliertem Haar. Zwei Kutscher in Uniform versuchten, die sechs feurigen Rappen zu besänftigen, deren aufwendig gearbeitetes, münzbeschlagenes Geschirr nur so klirrte. Der berittene Leibschutz stand in Acht, zwei kleine Pagen hielten zum Schutz vor der Nässe einen plüschumsäumten Baldachin über ihn. »Da schaust Theres, was ich jetzt für einen pfundigen Schatz hab. Du, der ist zu gebrauchen, das sag ich dir. Der hat Goldtaler wie Heu. Den lass ich nimmer aus, darauf kannst du deinen Kopf verwetten. Sein Stammbaum geht bis zu den Kreuzrittern zurück. Barmherziger Sohn Gottes, welche Wonne ... allesamt durch und durch blaues Blut. Gehobener Adelsstand bis zum letzten Spross. Endlich einer, der mir die Position zu bieten vermag, die mir von Geburtswegen zusteht. Ich hab jetzt wieder Zofen, Gesellschafterinnen, Untergebene ...«

»Aber Sophie, willst ihn nicht hereinbitten? Bei diesem Regen noch dazu ...«

»Wozu? Er soll gleich lernen, wer bei uns das Sagen hat. Und das bisschen auf mich warten – der himmlischen Liebe sei stets Genüge getan – wird ihm guttun. Das facht die Sehnsucht an. Möchte mit dir unter vier Augen bleiben. Hat es Hannes dir schon verraten?«

»Hannes? Was verraten?«

»Er wollt dich doch damit groß überraschen … war er noch nicht da? Also, dann hörst es jetzt von mir: Ich hab mich mit ihm geeinigt.

Um des lieben Frieden Willens stimme ich unserer Auflösung zu. Letztens in Müggelheim haben wir den Kontrakt ausgehandelt und beim Advokaten gleich beglaubigt. Meine Abfindung ist schon ausbezahlt. Viel hat er jetzt nimmer, das sag ich dir gleich. Musst halt tüchtig mitanschieben und sparsam bleiben, dann wird es schon wieder werden. In drei Teufels Namen, er liegt mir doch schon seit Jahren mit der Trennung in den Ohren. Er liebt dich … leider … aber das weiß ich schon lang. Hat oft genug im Schlaf nach dir gerufen. Was hab ich dich dafür gehasst – gnädige Barmherzigkeit vergib einer Gefallenen – und ihn bis auf die Höllenbrunst verachtet. Darum hab ich euch auch so lange hingehalten. Aus Rache versteht sich. Und dafür bitt ich dich um Nachsicht … das war nicht wirklich angebracht. Aber – Hosianna in der Höhe – es hat meinem unwiderstehlichen Charisma keinen Abbruch getan. Und darauf kommt es doch an, oder? Dass eine Tagelöhnerin … eine einfache Gänsemagd, wie es dir auf der Stirn geschrieben steht, mir jemals Rivalin sein könnte, hätt ich niemals für möglich gehalten …«

»Ich darf doch bitten Sophie … ich darf doch bitten …«

»Und da sah ich eben rot. Das verstehst du doch, oder? Doch lass unsere Feindschaft vergessen sein. Theres, unser Ehebündnis taugte vom ersten Tag an nichts Gescheites. Ich hätte nie einen Mann unter meinen Stand ermutigen sollen. Christus erbarme dich meiner, das war der Sündenfall schlechthin. Ich habe meine Lehre daraus gezogen. Aber dreimal darauf geflucht, was blieb mir damals noch großartig über? Nach dem plötzlichen Tod von meinem Papa – dem Herrn befohlen – war alles recht schnell aufgebraucht. Meine Mama – der Jungfrau beschieden – und ich … wir lebten weiterhin in Saus und Braus. Die Hinterlassenschaft war über Nacht verschwunden und – Knüppel aus dem Sack – der Schuldenberg häufte sich. Wir sahen uns von Gläubigern belagert, von unseren Gönnern verlassen.

Was hätt ich denn machen sollen? Ich hab nie gelernt, meinen Unterhalt selbst zu bestreiten. Fürs Werkeln bin ich nicht zu haben. Da braucht auch keiner den Stab über mir brechen. Ich kann nichts dafür. Der liebe Gott hat mich fürs Herrschen und Befehligen erdacht …«

»So, so Sophie … so, so …«

»Und so hielt man es – oh süßer Herr Jesus – auch in meinem Vaterhaus. Ich wurde zu einer vornehmen Dame erzogen. Man unterwies mich im Obrigkeitsdenken. Darum ist mir auch der Hoheitswert von Titeln und Reichtum auf das Bewundernswerteste verinnerlicht. Mein Papa – dem Höchsten ergebenster Diener – hielt für mich Gouvernanten, Hauslehrer und Maestros der Musikkunst in Stellung. Allesamt handverlesen und dem Standesdünkel untertänig.

Ich genoss die Erziehung der höhergestellten Töchter. Das war noch ein schwärmerisches Leben. Ich wurde von früh bis spät verhätschelt und hofiert. Nach Willen des Gerechten wurden mir die hingebungsvollsten Komplimente erbracht und selbst in Minnegesängen mein Liebreiz verherrlicht. Damals beim Maienfest kam ich mit einer hochnoblen Gesellschaft angefahren. Wir jungen Leut wollten uns unter das urwüchsige Volk mischen, um die Zeit hinzubringen.

Die Langeweile plagte uns. Und da sah ich Hannes, wie er so allein dastand … so ratlos wirkte und dem Hopfenbrau zusprach. Er ist mir gleich ins Auge gesprungen … hab gleich gemerkt, dass bei dem was zu holen ist. Kreuz Birnbaum, er war nicht gerade umgänglich, er blieb den ganzen Abend einsilbig und muffig. Das trag ich ihm heut noch nach. Da hätt ich mir schon denken können, dass eine andere im Spiel ist. Aber glaub mir Theres, von dir wusste ich damals noch nichts. Also, ich hab ihm recht schön getan, fleißig zugeprostet und dann zum Schlafen in einen verlassenen Schober gezogen. Hab mich – juchhuuuu, das Leben ist schön – nackig zu ihm gelegt, sodass er meinen musst … du weißt schon. Wie es halt der Brauch so will …«

»Sophie, ich weiß von derartigen Bräuchen nichts. Aber habt ihr …?«
»Ach woher denn, da gehören schon zwei dazu. Am Morgen darauf war er freilich durcheinander. Er ist aufgesprungen und hat mich grußlos verlassen. Aber dank meiner Umsicht wusste ich, wo er zu finden war. Und nach einer Woche trieben Mama und ich es auf die Spitze. Wir bauten bei ihm die Belagerung auf und richteten uns gleich gemütlich ein. Wir ließen uns nicht mehr vertreiben. Wir verstanden, unseren weiblichen Vorteil zu nutzen, und setzten ihm sogleich den madigen Brand. Von wegen, er hätte mir meine Unversehrtheit geraubt … zu allem Überfluss sei jetzt auch noch was von ihm unterwegs und das ganze Pipapo halt …«

»Nach einer Woche schon? Ja, ist der Hannes da nicht stutzig geworden? Nach einer Woche schon …«

»Sonst noch was, wir haben schon das Unsere getan und dafür gesorgt, dass er den Braten nicht riecht. Nebst auf die Bibel – uns armen Sünderinnen sei vergeben – nebst auf die heilige Bibel haben wir es geschworen. Da blieb er dann auf der Strecke ... da konnte er nicht mehr aus. Musst schon verstehen, es gab für uns kein heimwärts mehr. Es war doch alles weg. Unser prächtiges Stadthaus, unser Schmuck, das gute Silber, die erlesenen Möbel, die Gemälde ... alles gepfändet. Wo hätten wir denn schlafen sollen? Etwa unter einer Brücke?«

»Aber Sophie, wie hast du es dann mit dem Kind ... dem angeblichen Kind geschaukelt?«»Nichts leichter als das: Ich hab gewartet, bis er am Morgen zur Feldarbeit aufbrach und am Abend vorgejammert, dass ich die Leibesfrucht unter den schrecklichsten Krämpfen verloren hätt. Weil er mich allein gelassen und ich blind vor Angst gestolpert bin. Ich legte mich für eine Woche ins Bett und drehte mich weinend zur Wand. Ich spielte in Überzeugung die Untröstliche ... die Tieftrauernde. Darauf bin ich heute noch stolz. Du siehst, alles eine Frage der Bewerkstelligung ...«

»Und jetzt? Ich dachte, du bist endlich guter Hoffnung? Obwohl ... das Gerücht hält sich schon weit über der Zeit ...«

»Ach so, weil ich ein bisserl zugelegt hab. Ich hab es mir eben schmecken lassen. Weißt, die seelische Belastung wegen dir ... ich fühlte mich zurückgestellt. Ich brauchte Ablenkung. Aber diese zusätzlichen paar Pfündchen tun meiner Geschmeidigkeit keinen Abbruch. Meine Schönheit steht nach wie vor in Blüte und ich bin immer noch gertenschlank wie ein jungfräuliches Mädchen. Wer was anderes behauptet, lügt wie gedruckt. Und von was hätt ich denn auch schwanger werden können? Vom Heiligen Geist? Diese paar Mal mit Hannes kannst du an einer Hand abzählen. Es hat doch hinten und vorn nicht gepasst. Es war uns mehr Pflicht als sonst irgendwas. Theres, unter dem Mäntelchen des Stillschweigens: Ich bin ein temperamentvolles ... ein heißblütiges Weib. Ich will belustigt ... ich will begattet sein. Und dann kreuzte ein Willigerer meinen Weg. Und der – sein holdes Andenken sei immer bei mir – war einer Zeugung nicht fähig. Das kam mir gelegen. Was hatte ich mit dem für eine Freud, aber ich bin trotzdem heilfroh, dass jetzt alles hinter mir liegt. In eurem Kuhkaff sagen sich doch Has und Fuchs gut Nacht. In einem Irrenhaus könnt es nicht schlimmer sein. Mit den Hühnern ins Bett, raus aus den warmen Federn, wenn's Gickerl kräht. Und schon in aller Herrgottsfrüh mit anpacken ... Das widerstrebt meiner empfindsamen Natur, ich bin eine Höhergestellte ... ich bin von kultiviertem Geistesstand. Geboren, um als

Königin der Nacht zu glänzen. Bälle, Opern, Theateraufführungen ... der amüsante Lebenswandel steht mir zum Wunsch. Und all diesen unbeschwerten Vergnügungen kann ich jetzt wieder nach Herzenslust frönen.«

»Wie ich seh, bist du nicht nur randvoll bis oben hin begünstigt, sondern auch rundherum unternehmungslustig und wohlauf. Manch einem fällt das Glück in den Schoß. Aber, was ich noch fragen wollt:

Wo hast du denn dein Bärchen her? Wo hast denn deinen Sterntalerprinzen aufgegabelt?«

»Heilig Pfefferkuchen, da war mir die böse Usch ein Meilenstein. Weißt Theres, die Ursula steht mit geheimen Mächten im Bunde. Die sind sich ganz Dicke. Sie kennt da so vertrauliche Zeremonien – holla die Waldfee – so erfüllende Rituale, um das Schicksal zu begünstigen. Ich verdanke ihr viel – sehr viel ...« Sophie stand abrupt auf und hob ihre Schleppe an. »So Theres, jetzt ist alles gebeichtet und bereinigt. Meine Zeit ist kostbar. Ich bin darauf erpicht, unverzüglich abzureisen ...«

»Und ich möchte nicht so unhöflich sein und dich nötigen, noch länger zu bleiben ...«

»Brav, Theres brav ... denn jetzt geht es auf zur Sommerfrische in seine südlich gelegenen Ländereien. Ich hab die Erholung bitter nötig, das kann ich dir sagen. Jetzt lass ich mich erst einmal so richtig verwöhnen. Und bis zum Herbst führt mich mein Bärchen bei Hofe ein. Dann schnapp ich mir auch noch den König ...«

»Sophie, das geht dann doch zu weit! Glaubst denn du allen Ernstes, dass du überhaupt bis zu seiner Königlichen Hoheit vorgelassen wirst? Und wie man hört, ist er bestens eingedeckt. Da stehen die erlauchtesten Damen vor. Edelfräulein, deren Eleganz und Lieblichkeit ohnegleichen ...«

»Wie nicht anders zu erwarten: Die Transuse lässt wieder mal grüßen! Aber deine unqualifizierte Miesmacherei lass ich gar nicht an mich ran. Und zu deiner Kenntnisnahme: Ich bekomme alles, was ich will! Diese geschmacklosen Schabracken schlag ich um Längen. Und mein Papa – er sei im Herzen des Gütigen – hat mir immer wieder beigepflichtet, dass ich nicht nur elfengleich betörend, sondern auch überirdisch bezaubernd bin. So einzigartig und wunderschön, dass selbst Könige mir zu Füßen liegen werden ...«

Zwischendurch sei festgestellt: Sophie hatte das Glück herausgefordert und damit das triumphale Los gezogen. Ein treues Goldeselchen ging ihr bei Fuß. Theres hatte das Unglück herausgefordert und ebenfalls das große Los gezogen. Sie durfte aus dem Schierlingsbecher trinken.

Offenkundige Trönenwalder Redewendung:
»Ein Mann steht und kämpft,
eine Frau liegt und weint,
ein Mönch kniet und betet.«

Unserer lieben Theres war ein schweres Kreuz aufgeladen – die bittere Reue tat ihr Übriges. Theres lag wie ein aufgelöstes Bündel in ihrem Alkoven. Man konnte gar nicht behutsam genug mit ihr umgehen. Ihr Herz war von Schöllkrautranken überwuchert, von Faulbaumwurzeln ausgesaugt. Und erst ihr Gesichterl ... ihr Gesichterl jagte einem die kalte Angst ein. Es war nur noch ein fahler, ein unscheinbarer Fleck. Ich will es nicht totschweigen, Theres wirkte, wie lebendig begraben. Kaisertreu dem Motto: Aufstehen wäre ratsam, aber für immer liegenbleiben ist besser!

Weiß Gott, Theres war im Liebesleiden wahrlich kein Schulmädchen ... keine Unerfahrene mehr und trotzdem: Aus ihrem Zustand lässt sich leicht erschließen, dass sie sich wiederum in der moorigen Schwärze der schmerzvollen Gefühlsregungen verloren hatte. Jegliches Vertrauen war erloschen, jegliche Weitsicht verlustiert. Theres war nicht mehr fähig, den verfilzten Liebesknoten zu lösen – sie war nicht mehr fähig zu einer umwendenden ... zu einer zuversichtlichen Sichtweise. Es war zu viel Verwirrung – zu viel Bestürzung in ihr.

Es hätte schon allerhand Gutes auf sich, wenn sie sich wieder der drei wandelmagischen Zauberklänglein besinnen würde.

Die Atmosphäre in ihrem Kämmerchen war leichenhaft – noch unwirtlicher, noch weitaus gruseliger als eine Vampirmette in einer brachliegenden Totengruft.

Ganz klar: Theres war mit dem unseligen Brieflein an Hannes eindeutig zu weit gegangen. Diese Schelte war nicht angebracht, so eine Kränkung gebietet sich nicht. Denn auch Männer sind verletzbar. Sie hätte es zartfühlender ... bedächtiger handhaben sollen.

Doch was getan, ist getan. Was könnte Hannes dieser ungehörigen Abfuhr noch entgegensetzen? Wie könnte er noch einlenken? Sich versöhnlich zeigen? Ob er jemals wieder um sie werben wird, ist schwerlich vorstellbar – so gut wie ausgeschlossen. Wir könnten von Glück sprechen, wenn er Theres Zuneigung noch erwidern würde. Doch allzu viel gibt es nicht zu erwarten. Wir haben Grund genug, besorgt zu sein. Denn sollte Hannes tatsächlich fernbleiben, dann Gnade ihr Gott ...

»Nicht nur die sonnige Wonne, auch der dunkle Schrecken trägt seine Glorie.«

Es war eine eigentümliche Nacht – eine Feennacht. Der volle Mond ging auf, unbekümmerte Lichtkreiserl tanzten am Sternenzelt. Ein Sperlingskäuzchen rief nach seiner Liebsten, die Fröschlein im Tümpel plantschten und quakten.

Theres träumte von einem Engel. Er kam zu ihr herabgestiegen, legte seine liebkosende Hand auf ihr Herz und flüsterte ihr drei geheimnisvolle Worte ins Ohr.

Theres erwachte – da war was. Sie horchte ...

Gefühlvolle, träumerische Zitherklänge drangen durch das geöffnete Scheibenglas. Oh, welch unvermutete Überraschung! Wie überaus entzückend – ein verliebter Spielmann bringt ein Ständchen! Theres spähte durch die dichten Traubenreben nach unten.

HANNES!!!

Die Tür flog auf und Theres stürzte sich, wie Gott sie schuf (also wieder einmal splitterfasernackt!) an seine vertraute, an seine beglückend-bergende Brust ...

6. DAS LACHENDE BÄLLCHEN

»Nur wer die Liebe kostet, weiß, wie süß ihr Kuss.«

Sieh an, das liebe Myrtalein. Wo willst denn noch hin? Wird doch schon dunkel ...«

»Alander, das ist meine Sach. Ganz allein meine Sach. Geht dich nichts an.«

»Ei, darf man denn nicht mal mehr freundlich fragen? Also nochmal von vorn: Wo willst noch hin?«

»Wie schon gesagt: Das ist meine Sach. M e i n e   g a n z   e i g e n e   S a c h! Und jetzt geh mir aus dem Weg, sonst lernst mich kennen ...«

»Heilige Hollerstauden, mein Zuckerpüppchen pratzelt wie ein kleines Katzerl. Du mit deiner schlechten Laun ... Mit dir möcht ich nicht verbandelt sein. Aber, das steht eh nicht zur Debatten, denn mir sind die Schnurrigen rundherum lieber.«

»Ja, ist das denn die Möglichkeit? Das Trottelgesicht kann richtig charmant sein. Aber übernimm dich nicht mit deiner ›Liebenswürdigkeit‹. Mir imponierst du damit nämlich nicht. Und jetzt nichts für ungut. Ach, und noch schnell hinten drangehängt: Das Glück ist heut auf deiner Seite. Grad im Moment bin ich noch großzügig gestimmt. Also, wenn du eine Tracht Prügel willst, brauchst nicht lang drum betteln. Die kannst du umsonst haben. Mir juckt eh schon die Hand.«

»Ach ja? Aber jetzt nochmal von vorn, mein Turteltäubchen. Wo willst noch hin? Wenn du zu deinem Schatz willst, kannst gleich kehrtwenden. Er schleicht grad wieder um euer Häuserl.«

»Alander, jetzt reicht's. Halt bloß den Ball flach. Und nur mal so nebenbei gepfiffen: Von dir Einfaltspinsel lass ich mir nicht dreinreden. Ich tanz nicht nach deiner Nasen. Und ich sag's dir jetzt zum letzten Mal: Was ich mach und tu, geht dich gar nichts an.«

»Es geht mich schon was an ...«

»Nein!«

»Wohl!«

»Nein!«

»Wohl!«

»Dumpfbacke, wo wir grad so einträchtig beisammen sind: Wo ist denn deine g e l i e b t e Elsa abgeblieben? Habt's euch gezankt oder hat sie dich abserviert. Bist wieder einschichtig und auf der Such nach einer Dummen?«

»Honigmäuschen, das ist m e i n e Sach ... das geht d i c h überhaupt nichts an. Aber was ich nicht versteh: Warum hackst denn immer auf der Elsa rum? Bist richtiggehend bös mit ihr und grüßt sie nimmer. Elsa ist doch wirklich ein liebes Mädel und hat dir noch niemals was getan. Sie nimmt sich dein Benehmen schwer zu Herzen, hat sich letztens bei mir ausgeweint. Herzilein, eigentlich wollt ich dich davor verschonen, aber jetzt sag ich dir's ganz ehrlich ins Gesicht. Du schlägst mehr und mehr der Geierwally nach.«

»Ha, erwischt! Der feine Herr ist in die Elsa verliebt. Ich lach mich kaputt ... der schnöselige Schnösel ist richtig verliebt. Drum nimmst du sie auch in Schutz und mir machst bitterschwere Vorwürfe. Jetzt würd mich aber schon noch eins interessieren: Bist du immer so dämlich oder hast heut ein paar Stamperl zu viel vom Blutwurzler gezwitschert? Und jetzt gib's zu, dass du was mit deiner geliebten Elsa hast und nebenbei noch hinter jedem anderen Rock her bist. Ich würd mich an deiner Stell sowas von schämen. Jämmerlich ... wirklich, wirklich jämmerlich ist das ...«

»Du brauchst bloß zu gackern. Bist schließlich auch kein unbeschriebenes Blatt mehr. Und wie du den Korbinian hänselst. Führst ihm am Gängelband und treibst deine schlechten Scherze auf seine Kosten. Trittst seine Aufrichtigkeit mit Füßen und ziehst seinen Treuesinn ins Lächerliche. Das nenn ich selbstsüchtig und jämmerlich. Myrta, mein Schatz, siehst du denn nicht, wie sehr er leidet? Schenk ihm doch endlich reinen Wein ein, damit er sich von dir lösen kann. Es wartet eine andere auf ihn. Sei doch endlich einsichtig und steh diesem Glück nicht länger im Weg ...«

»Schwabbliges Arschgesicht ...«

»Hochnäsiges Schnuffelhäschen ...«

»Rattenfänger ...«

»Ich glaub, ich hör nicht recht. Was hast du mich geheißen? Rattenfänger? Ich sag's dir jetzt in aller Ruhe, schimpf mich ja nie mehr Rattenfänger, sonst ...«

»Rattenfänger, Rattenfänger ... rüpelhafter Rattenfänger ...«

»Und weißt, was du bist? Du bist ein ... ein geschwätziges Klatschbaserl.«

»Wie hast du mich grad genannt? Ein geschwätziges Klatschbaserl?

Jetzt platzt mir gleich der Kragen ... du ... du ...«

»Ja sowas: Meine zartbesaitete Cinderella spielt die Beleidigte. Geh doch zurück in dein Wolkenparadies, wenn du die Wahrheit nicht verträgst.«

»Du mieser, dicker Biberzahn ...«

»Schnatterlieserl ... Schnatterlieserl ...«

»Und du bist gemein ... gemein und primitiv. So gemein und primitiv wie ein verstaubter Strohballen.«

»Und du bist albern ... so albern und kindisch wie ein rosaroter Zottelstein.«

»Alander, ich hasse dich! Hoffentlich seh ich dich alten Meckerzausel nie mehr wieder.«

»Schnuckilein, und hoffentlich seh ich dich auch nie ... nie mehr wieder.«

»Alander halt ein. Lass uns vernünftig sein. Zum Lebewohl will ich dir noch was Wichtiges mit auf dem Weg geben: Pappnase, vielen Dank! Ich danke dir, denn du machst es mir sehr leicht, dich zu hassen.«

»Tausendschönchen und ich danke dir. Denn du machst es mir noch viel leichter, dich zu hassen.«

»Dann ist es ja gut ...«

»Ja, dann ist es mehr als gut. Ich sehe, wir verstehen uns. Jetzt ist alles geritzt und geregelt zwischen uns.«

»Also, auf Nimmerwiedersehen, du verkorkster Stänkermolch.«

»Genau, auf Nimmer-Nimmerwiedersehen, du verzogene Mimose.«

Sie sahen sich tieftraurig in die Augen, wendeten sich ab, drehten sich gleichzeitig nochmals zueinander ... und flogen sich in die Arme. Sie schmusten, liebelten und zärtelten bis zum Sonnenaufgang.

Es sollte fortan nie mehr ein böses Wort zwischen ihnen fallen.

Die Nachtigall stimmte die ertragsreiche Blütezeit ein. Die munteren Lerchen trugen die frohe Kunde übers ganze Land:

»Trallali-trallala,
das Herzenspaar ist sich gewahr.
Trallali-trallala,
das Herzenspaar ist sich gewahr ...«

7. Das verheissungsvolle Kränzlein

»Stamm Kain lass ab von Fleh und Klage,
vermeide Zwietracht, Gier und Schmerz.
Dann bringt die Ernte reich an Gabe,
und füllt mit Lieb dir Sinn und Herz.«

Eine Hasenheimstatt ist etwas ganz Feines. Da können wir Menschen noch einiges von lernen. Das Staunen beginnt bereits mit den unsichtbaren, weitverzweigten Tunnelgängen, die hinabführen in die geheimnisvollen Tiefen des Erdenreiches. Allesamt ganz hohe Bergbaukunst – immer frisch gefegt, immer vorbildlich in Schuss gehalten. Die heimeligen Wohnstuben sind in den behütenden Schoß der Erdengöttin gelegt. Wenn man ganz, ganz leise ist – so sagt man – kann man dort das Pochen ihres liebevollen Herzens vernehmen. Doch weiter: Sommers sind die Räumlichkeiten bekömmlich temperiert – trocken und angenehm kühl, zur kalten Winterzeit sorgt ein kleiner Bollerofen für Wärme und Behaglichkeit. Man trifft auf filigran gefertigte Kupferstiche und originalgetreu pinselgemalte Gemälde ihrer namhaften Vorfahren, auf Wände mit fröhlich-bunten Kleistertapeten und Tischtöpfchen voll blühendem Ruprechtskraut. Und so wohlig und beschaulich geht es weiter.

Die kuschligen Bettkörbchen sind mit frisch aufgeschütteten, duftigen Heukissen weich gepolstert und die Böden mit flauschigen, moosfaserigen Teppichwaren ausgelegt. Funkenkäfer, Glühwürmchen und Sonnenlichtsteinchen sorgen bei Tage und Nacht für einen bezaubernden, mildschimmernden Schein.

Vater Hase legte das Buch der wundersamen Legenden beiseite, nahm den Zwicker von der Nase und steckte gemütlich seine lange Pfeife an.

»Aber Schatz, du sollst doch hier drinnen nicht rauchen. Das Kind ...« Mutter Häsin setzte soeben die Kartoffeln auf.

»Papa, wenn ich mal groß bin, mache ich mich auch auf die Suche nach dem Heiligen Gral. Dann habe ich eine glänzende Rüstung wie die edlen Tempelritter und ein schnelles Pferdchen, das mich in ferne Länder trägt. Und wenn ich durch ein Stadttor reite, blase ich auf meiner Trompete ...«

»Aber Peterchen, unser Hasengeschlecht weiß doch schon seit Urzeiten, dass der Heilige Gral nur in einem selber aufzufinden ist.

Nur die Menschen suchen noch voller Verzweiflung und ohne Rast und Ruh in der Außenwelt nach ihm. Sie sind so einfältig ...«

»Um nicht zu sagen, rücksichtslos und tyrannisch ...« Mutter Häsin schabte Gelbe Rüben.

»Ja, Peterchen, da stimmen wir deiner Mutter bei. Vertraue den Menschen nicht, denn viele von ihnen sind noch grausamer als die abgebrühten Sumpfholzreißer mit ihren spitzen Fängen.«

»Peterchen, höre auf deinen Papa«. Mutter Häsin zupfte den Salat.

»Trau – schau – wem! Lass dich weder von den Menschen noch von den Sumpfholzreißern anlocken und einfangen. Sonst landest du wie mein Großcousin väterlicherseits in ihrer Bratenröhre. Papa, kannst du dich noch daran erinnern, wie schön der Heinerle auf unserer Hochzeit gesungen hat? Niemals hätten wir daran gedacht, dass es mit ihm so ein tragisches Ende nehmen würde ...« Sie wischte sich ein paar Tränlein ab.

»Ja, ja mein Schatz, das war ein ungewöhnlich dramatischer Abgang. Sowas sucht seinesgleichen. Und nun Peterchen, nenn mir die drei Schlüsselchen ... die drei magischen Klänglein, die das verschlossene Zaubertor zu deinem Heiligen Gral öffnen. Wie heißt das erste Klänglein? Das Wort, das unserer Hingabe und Wertschätzung Ausdruck verleiht. Dessen Macht so groß, dass es selbst Steine in Gold verwandeln kann?«

»Danke.«

»Das ist mein Sohn! Mutter hast du das gehört? Unser Peterchen kann sich alles behalten.« Er kraulte Peterchen unter dem Kinn.

»Peterchen, das hast du sehr gut bemacht!«

Mutter Häsin wiegte die Krauspetersilie. »Aber um nochmals auf die Gefährlichkeit der Menschen zurückzukommen: Peterchen, lass dich von ihnen niemals auf dein Schnäuzlein küssen. Das ist unappetitlich – sie übertragen die fruchtbarsten Krankheiten. Die Habsuchtsplattern, die Neidbeulen, die Verräterfisteln, das schreckliche Kältefieber der Unverfrorenheit, die Maul-und Klauenseuche ...«

»Aber Schatz, doch nicht die Maul-und Klauenseuche ...«

»Doch, doch, auch die Maul-und Klauenseuche. Dr. Langohr hat es mir lang und breit erklärt. Die Sache ist nämlich die: Die Menschen übertragen auch die Maul- und Klauenseuche, weil sie, ohne lange zu fragen, alles in sich reinfuttern. Alles, was keucht und fleucht oder bei drei nicht schnell genug auf dem Baum ist. Sie stellen sich leider noch nicht der Problematik ihrer Allesfressersucht, sondern schlängeln sich mit den unzulänglichsten Ausreden raus: Die wissenschaftlich empfohlenen Proteineinheiten sind nicht nur lebensnotwendig, sondern müssen dem menschlichen Körper regelmäßig über die tierfleischliche Nahrungsquelle zugeführt werden oder die Pflege der Geschmacksknospen ist das A und O jeglicher Lebensgrundlage und die Visitenkarte des Erfolgreichen … Dr. Langohr sagt, es ist nicht nur lebensgefährlich und unendlich ermüdend, sondern auch vollkommen sinnlos, sich auf das Volk der Menschen einzulassen. Da zieht man so oder so den Kürzeren, man ist mit ihnen durch die Bank angeschmiert. Weißt Peterchen, die Menschen sind zurückgeblieben. Sie haben bei der Futteraufnahme noch kein natürliches Instinktverhalten entwickelt. Dr. Langohr sagt, dass sie darin dem blasenleibigen … dem unförmigen Hatzelwurm ähnlich sind. Wie dieser haben auch die Menschen noch ein unterbelichtetes Bewusstsein und darum ist ihnen die feinstoffliche Sinneswelt auch nicht erschließbar. Sie können nichts dafür, sie sind halt so. Alles läuft darauf hinaus, dass sie nach wie vor, mit ihrer eigenen Blindheit geschlagen sind. Es sei – so Dr. Langohr – unter diesen Voraussetzungen auch kein Wunder, dass sie selbst ihren eigenen Gott vermampfen …«

»Schätzchen, welchen Gott?«

»Gemeint ist unser Herr Jesus Christus … das barmherzige Lamm Gottes. Dr. Langohr hat es in seiner frisch gedruckten Abhandlung auf das Penibelste festgehalten: Scheinheilig, wie die Menschen nun einmal sind, singen sie voll frommer Inbrunst das Agnus Dei, um das Heilige Christuslamm für sich einzunehmen … es um den kleinen Finger zu wickeln und dann – dies sei im übertragenen Sinne zu verstehen – gehen sie hin und verputzen, ohne mit der Schulter zu zucken, die unschuldigen, arglosen Lämmlein. Knusprig gebraten und mit rahmfeiner Rosmarinsoße angerichtet. Selbst – oder gerade – zum heiligen Fest der Auferstehung. Und damit – sagt Dr. Langohr – schreiben sie Geschichte. Die wohl traurigste Geschichte seit Bestehen unseres Erdenballs.«

»Haha, sie haben halt den Messias zum Fressen gern. Aber die Gier ihrer Gelüste ist schon erschreckend. Mittlerweile müsste es selbst ihnen hinlänglich bekannt sein, dass sie damit zuwider – will ausdrücken – gegen das Evangelium der Frohen Botschaft verstoßen.«

»Man könnte es meinen, aber dem ist nicht so. Dr. Langohr sagt, dass es bei den Menschen deshalb noch hapert, weil sie ein minderbemitteltes Denkorgan besitzen. Sie sind für so einen Gedankensprung weder fähig noch bereit. Ihr Hirnapparat ist noch nicht vollends ausgereift. Sie haben in ihren

Köpfen unentwegt Kurzschlüsse und elektromagnetische Störfelder. Und darum können sie sich dieses Widerspruches auch nicht erkenntlich werden. Nicht aus Böswillen – so Dr. Langohrs Meinung – sondern zu Recht sind sie am hintersten Ende der Evolutionskette einrangiert ...«

»Schätzchen, diese Argumente haben was für sich. Und Dr. Langohr muss es wissen. Wenn er es sagt, dann stimmt es auch.«

»Mama, fressen die Menschen auch die kleinen, putzigen Kälbchen?«

»Freilich, liebes Peterchen. Und grad die Kälbchen fressen sie besonders gern. Da kennen die nichts. Es bringt sie in den begehrten Ruf eines Feinschmeckers ... eines Gourmets. Oje, oje es übersteigt meine Mittel, wer mehr zu bedauern ist: Die Kälbchen oder die Menschen? Nur der Schwarzrußige allein weiß, wie es zu solch unbeugsamen Grundsätzen kommen konnte. Peterchen, stell dir vor, selbst am Heilig Abend, am Fest der Liebe ... Oh Schreck, oh, ach, da treiben sie es ganz besonders schlimm. Und die Erdengöttin weint und weint ...«

Vater Hase zog seinen Leibrock enger – ihn fröstelte. »Sie sollten schon ein bisschen darauf achten, was sie tun. Denn solch Benehmen ist wenig vorteilhaft, wenn nicht gar peinlich. Aber man sollte sich auch tunlichst davor hüten, alle über einen Kamm zu scheren. Es gibt da große Abweichungen. Ein wahrer Segen, dass wir in diesem Leben wahrhaftige Liebesmenschen zu Fürsprechern haben ...«

»Das kannst du laut sagen. Aber horch, es geht noch weiter: Dr. Langohr sagt, wenn sich bei denen im Oberstübchen droben nicht bald was tut, dann kippt ihnen früher oder später der ganze Laden weg. Glaub es oder glaub es nicht: Dr. Langohr ist der festen Überzeugung, dass der Tag kommen wird, wo sie selbst ihre eigenen Brunnen und Felder vergiften werden. Man kann nur noch den Kopf schütteln. Dr. Langohr meint, es wäre im Interesse aller, wenn den Menschen diesbezüglich und auch anderweitig ein paar Lichter aufgehen würden. Damit unsere Erdenheimat wieder zu dem werden kann, zudem sie erkoren. Zu einem frühlingsfrischen, üppigen Garten Eden ...«

»Schatz, es ist müßig, sich darüber zu streiten. Es wird mit ihnen schon noch werden. Die Zeit macht selbst das sprödeste Leder geschmeidig. Und wir sollten nicht vergessen, dass wir auch – oder ganz besonders – den Menschen zu Dank verpflichtet sind. Und nicht nur im Sinne der Alchemie, sondern auch im Sinne der Moral.

Und wisst ihr warum? Weil sie ihre Köpfe hinhalten, um unseren Erkenntnisstand mit vortrefflichen Ergänzungen aufzustocken. Denn nur durch ihre wahnwitzige Selbstsucht und die damit einhergehenden Folgekonsequenzen können wir alle Variationen des Scheiterns miteinsichtig werden. Und das ist mehr, als man verlangen kann. Und nun wieder zu dir, Peterchen: Wie heißt das zweite Schlüsselklänglein zum Öffnen deiner Schatzkammer? Das Wörtchen, das alle Verstrickungen löst und selbst eine versiegende Quelle zu neuem fröhlichen Sprudeln erwecken kann? Das mystische Silblein, das Stillstand zu Lebendigkeit und Dürre in Fruchtbarkeit zu wandeln vermag?«

»Ja.«

»Erstklassig! Mutter, hast du das wieder gehört? Der Junge ist ganz Papas Kind. Er wird in der Gelehrtenwelt zu einem Idol werden.«

Vater Hase strich sich zufrieden seine Barthaare aus.

»Ja, Peterchen, das hast du ganz hervorragend gemacht.« Mutter Häsin deckte den Tisch. »Aber um nochmals darauf zurückzukommen: Mein Vetter zweiten Gades – der Berti – ist auch in ihrem Kochtopf gelandet. Das war vielleicht eine blutige Hinrichtung.

Tante Irmengard hat es aus Versehen mitbekommen. Wir mussten sie einliefern ... weiß Gott, sie ist heute noch verhaltensauffällig ...« Mutter Häsin schenkte ihrem Mann Punsch nach.

»Ja Mutter, ja ... angesichts dieser Tatsache sind viele Menschen wie die reinsten Bestien. Man steht fassungslos davor. Diese Haudegen würden selbst das letzte Eingehörn noch schießen. Peterchen, und darum bleib stets vorsichtig und scheu. Nimm immer gleich Reißaus, wenn du einen von ihnen siehst. Nicht, dass sie dir auch noch das Fell über die Ohren ziehen. Aber lasst uns jetzt verträglich sein, denn die ganze Spiegelfechterei nützt keinem. Anklagen – und seien sie noch so berechtigt – sind wenig förderlich. Bleiben wir unserer eigenen Verantwortung allgegenwärtig und geben auch den Menschen und ihrem Tun unser beherztes Ja. Ein dreifaches Ja sogar.

Und wisst ihr warum? Ich will es erläutern: Ein Ja, weil wir erst durch ihr zweifelhaftes Gemütsstreben hautnah miterleben können, in welche Verhärtungen Hybris und Machtansprüche führen! Ein weiteres Ja, weil wir erst durch ihren eigennützigen Tatendrang Klarheit darüber erlangen können, wie viel Pein und Schaden die Rücksichtslosigkeit anzurichten gewillt! Und das dritte Ja, weil wir erst durch ihre Habgier und Rachsucht uns darüber schlüssig werden können, wie befreiend und beglückend, sich Zufriedenheit und Achtsamkeit auf Herz und Geist auszuwirken vermögen! Doch lassen wir jetzt davon ab. Wenden wir uns wieder der Geistesphilosophie zu: Peterchen, wie heißt das dritte Schlüsselchen. Das Wörtchen, welches das selig-blühende

Himmelskränzlein windet. Dieses heilbringende Känglein, das gleich Aussöhnung, Frieden und Erhöhung ist?«

»Einig.«

»Mutter, hast du das gehört? Mein Sohnemann ... mein Sohnemann. Von ihm wird man noch hören.« Er tätschelte Peterchen den Rücken.

»Ja, ja mein Lieber. Der gerät ganz nach dir. Aber, was ich noch sagen wollte: Der Berti war doch so ein stolzer, kräftiger Rammler ...«

»Papa, was ist ein Rammler?«

»Mutter hast du das jetzt wieder gehört? Unser Sonnenschein ... unser Augenstern! Ihm kommt nichts aus, ihm kommt gleich gar nichts aus. Aber Peterchen, lassen wir das noch gut sein. Dafür findet sich später ... wenn du älter bist, Zeit. Machen wir weiter: Peterchen, und wenn man diese drei Zauberklänglein mit Hingabe spricht und alles annimmt, was sie auch immer bringen und bewirken mögen, welches wundersame Geschehen setzt dann ein?«

Zwei Augenpaare starrten auf Peterchen. Die Luft fieberte, sie war zum Zerreißen angespannt ...

»Dann beginnt der Heilige Gral zu leuchten und zu erstrahlen, um allen Lebewesen Segen und Glück zu schenken.«

»Mutter, hast du das jetzt gehört? Ja hast du Töne! Ich halte ganz große Stücke auf seinen ausgezeichneten Verstand. Und um das Thema Mensch abzurunden, sollten wir uns versöhnlich zeigen und auch mit ihnen e i n i g gehen. Und wisst ihr warum? Denn nur wenn man sich mit dem Teufel verbrüdert, kann dieser durchlichtet und erlöset sein. So Peterchen, und jetzt iss noch schön dein Breichen auf, denn es wird höchste Zeit. Das kleine Traummännchen wartet schon auf dich. Und du willst doch ausgeschlafen sein, wenn wir morgen auf das große Fest gehen ...«

»Schatz, wer ist denn alles eingeladen? Kommen die Mümmelmanns vom Eichenzweig auch?«

»Soviel ich weiß, ja. Unsere Hohe Frau hat alle geladen. Selbst die Elfen und Feen ... einfach jeden und alles.«

»Aber zu den Mümmelmanns setzte ich mich auf gar keinen Fall. Das sag ich schon mal vorneweg. Er kann seine Pfoten nicht bei sich lassen. Er grapscht ...«

»Mutter, hat er dir schon wieder an den Hint...«

»Pscht, nicht vor dem unschuldigen Kind ...«

»Papa, was ist grapschen?«

»Mutter, hast du das jetzt wieder gehört? Peterchen, du wirst eines Tages deinen Weg gehen. Soviel steht fest. Und Mutter, wenn du nicht zu Mümmelmanns willst, dann setzen wir uns eben zu den Hoppelmaiers …«

»Jetzt gibst du es also selber zu! Ich hab dich doch schon lange in Verdacht. Es ist schon provozierend, wie locker und freimütig du alles eingestehst …«

»Schätzchen, ich weiß jetzt überhaupt nicht, was du meinst?«

»Ich meine, dass du in SIE, in diese hochnäsige Frau Hoppelmaier verliebt bist. Aber mach nur zu, wirst schon merken, was du davon hast. Setzt dich ruhig zu ihr an den Tisch. Dann können gleich alle sehen, dass du eine neue Flamme hast. Mach nur zu … Ich setze mich morgen jedenfalls zu Mümmelmanns …«

»Schätzchen, ich hab mit Frau Hoppelmaier noch keine fünf Sätze gesprochen. Ich kenne diese Frau doch so gut wie gar nicht …«

»Papa, was ist verliebt?«

»Mutter, hast du das jetzt gehört? Der Bursche ist einmalig! Peterchen, auf deine Intelligenz und Wissbegierde kann man nur stolz sein.«

»Ich habe es vernommen … ich habe es vernommen. Und jetzt zu dir, mein Freundchen. Ich weiß alles! Ich hab dich nämlich erwischt, als du sie letztens so seltsam … auf die eine ganz bestimmte Art und Weise angeschaut hast. Das reichte, um meine Vermutung zu bestätigen …«

Man muss wissen, Vater Hase war ein Mann von Format und Kavalier der ganz alten Schule. Er brachte so allerlei zuwege und vermochte jedes heiße Eisen aus dem Feuer zu holen. Silentium, Silentium, jetzt können wir von ihm lernen: »Schätzchen, das von letztens tut sich noch? Doch, da habe ich es tatsächlich an Höflichkeit fehlen lassen. Ja, ich bekenne mich schuldig! Es war von mir unverzeihlich, dir durch mein schlechtes Betragen solchen Gram zu bereiten. Aber glaub mir, es war mir keineswegs zum Vergnüglichen. Du musst verstehen, ich war in Schock versetzt … ich war wie vor den Kopf gestoßen. Denn diese Frau Hoppelmaier ist über Nacht erschreckend alt und faltig geworden. Und nicht nur das, sie ist auch dermaßen breitflächig aus dem Leim gerudert. Gar kein Vergleich zu dir. Sie ist und bleibt nur ein fahler Abglanz deiner Schönheit.

Wenn ich an deine gute Figur bloß denke, mein Spätzchen, wird mir schon ganz heiß und kribbelig. Das soll dir erst einmal eine nachmachen … nach all den Jahren noch dazu. Du bist und bleibst die Beste – mein Liebchen …«

Er stupste neckend sein Näschen an ihr Näschen und gab ihr einen … nein zwei … ja sag einmal, ganze drei liebe Küsschen.

»Und jetzt Peterchen, ab ins Körbchen. Damit du morgen gut ausgeruht bist ...«

»Papa, ich will nicht mit. Ich trau mich nicht mehr ...«

»Aber Peterchen, morgen kann dir nichts Böses widerfahren. Denn die Mildherzige selbst – die Himmelsmutter Maria hat uns alle zu Tische geladen. Das Fest wird der Inbegriff einer gütegleitenden Idylle sein. Kein Prunk und Protz wird uns zur Schwere liegen. Allein die Liebe wird die Würde bedingen und das Glück durch sie fröhlich sein. Die Englein werden jubeln und jauchzen und die Buntgefiederten singen und tanzen. Es wird sein wie im Paradies. Doch ei, es ist schon spät! Mutter komm, reich mir die Flöte und sing dazu. Wir wollen unser Peterchen ... unser Prinzenkind mit einem Wiegenlied in den Schlaf geleiten ...«

Und es dauerte auch gar nicht lange, da fielen Peterchen die Augen zu. Es wurde ganz, ganz lauschig und still. Und dann? Dann zeigte Vater Hase seiner Häsin, wie lieb er sie hatte ...

Es war, als trete man in die Arkaden der Seligkeit. Es gab keinen Morgen, es gab keine Nacht. Das Licht war ein anderes. Es war heiligenscheinend – strahlend und hell wie ein Glanz aus Gold – fließend und sanft wie ein Band aus Seide. Die Luft war von elysischen Düften balsamiert. Das ganze weite Land entfaltete sich zu einem harmonisch schwingenden Refugium. Der Wald stand glücklich und satt, die Felder lagen befruchtet und still, der Flor trug reich an Blatt und Blüte. Schon von Ferne hörte man das fröhliche Schellen der Glocken. Die Himmel wurden aufgetan. Ganze Heerscharen stiegen hernieder, um ihren Lobpreis zu singen ...

Zwei Brautpaare folgten Bruder Benedikt durch das Portal der kleinen Kapelle ...

Heiliger Gral

»Was neigt sich dir zu?«

EPILOG

Magret fand zwei Jahre nach Myrtas Flucht zu einem beschaulichen, erfüllten Leben. Dem einschneidenden Wendepunkt ging eine Gewalttat ihres Mannes vorab – bei Magret setzten die verfrühten Wehen ein. Der langersehnte Sohn verstarb nach wenigen Augenblicken in ihren Armen. Doch es wurde Magret die Gnade zuteil, einen besonderen Herzschlag lang in seine Augen einzutauchen, um sich mit ihm und durch ihn wiederzufinden. Ihr unfassbarer Schmerz trug nun den von Myrta gelegten Erkenntnissamen zur Gewissheit.

Magret verließ noch in selbiger Nacht Mann, Haus und Hof und floh mit ihrem toten Kinde in den tiefen, dunklen Trönenwald, wo sie entkräftet zusammenbrach. Alander barg die Besinnungslose, brachte sie zur ›Heiligen Quelle‹ und übergab sie in die Obhut der dortigen Priesterinnen. Myrtas kleinen Bruder bettete er am lichten Saume eines Birkenwäldchens in ein kleines Gräblein und umpflanzte dieses mit milchweißen Christrosen und Zwergmispeln. Die Schwesternschaft wachte über Magrets Genesung – Körper, Herz und Seele heilten unter der liebevollen Zuwendung. Magret empfing über die Jahre alle Einweihungen, fand zu Vertrauen und Ansehen und verblieb bis zu ihrem Ableben in dieser herzlich, fröhlichen Tempelgemeinschaft. Sie hegte freundliche Gefühle für ihren Mann, hielt ihr Treuegelöbnis in Ehren, kehrte aber niemals mehr zu ihm zurück.

Matthäus ging mit seiner Frau in tiefer Verbundenheit hin. Man fand die Verblichenen, engumschlungen auf dem Bänkchen bei der uralten, ehrwürdigen Eiche. Ein kupfergold-leuchtendes Schwert schwebte über ihnen. Beide lächelten. Man vermochte sie nicht voneinander zu lösen – sie waren zu einem Einzigen verschmolzen.

So, wie sie abberufen, wurden sie beigesetzt – engumschlungen, mit aneinander geschmiegten Wangen. Ihre Ruhestatt ist leicht auszumachen, denn Sommer wie Winter wird es über und über von scharlachroten Blüten bedeckt und wohlig behütet.

Theres verschied hochbetagt. Sie hinterließ einen Sohn, eine Tochter, drei Enkelkinder und einen Urenkel. Hannes saß bei ihr und hielt ihre Hand in der seinen. Theres kam noch einmal zurück: »Hannes, weißt noch unseren allerersten Tanz ... damals auf dem Maienfest?« Und Hannes verstand. Er legte sich zu ihr, nahm sie in seine Arme und wiegte sie wie im Tanze. Ihre Lippen fanden zueinander. Theres letzter Atemzug verblieb bei ihm. Auf den Jahrtag folgte Hannes ihr nach. Sie schritten gemeinsam durch die schöne Pforte der himmlischen Herrlichkeit.

Und Myrta Maria und Alander? Wir können uns ihrer Zuwendung gewiss sein und gewiss bleiben. Denn sie bringen weiterhin Hoffnung und Freude in das Schattenreich der Welt. So erscheinen sie nach wie vor den wahrhaft Liebenden, um das Herzensbündnis mit dem höchsten Gut ... mit ihrer Liebe zu segnen. Der Duft von sieben heiligen Lichtblüten kündet ihr Kommen. Wie mir einvernehmlich und überzeugend beglaubigt wurde, nimmt man ihre Erscheinung wirklich, wie zugleich unwirklich ... enthoben wahr. Sie scheinen wie aus Licht – wie vom goldenen Glanz der himmlischen Glückseligkeit durchwirkt und belebt. Zeigt Myrta Maria ihre silberschimmernde Liebesrose, dann wird das Glück nie mehr getrübt.

Das Pärchen bleibt in Liebe und Treue einander verbunden – bis in alle Ewigkeit miteinander vereint.

Ich will es nicht leugnen, mir ist die Offenbarung von Myrta Maria und Alander bisher noch immer verwehrt. Aber die mystische Liebesrose – die Huld ward mir geschenkt, sie zu erschauen. Ich war von ihrer Selbstlosigkeit zutiefst berührt, von ihrer Aufrichtigkeit zutiefst beschämt. Die Beglückung ihrer Nähe, das Entzücken ihrer Anmut, die Bereicherung ihrer Reinheit machte mich ahnend – erschien mir wie ein wonnevolles Himmelswunder. Da erst erfasste ich, weshalb die Liebe als das Wundervollste, als das Herrlichste, als das Allerhöchste gepriesen wird. Und mir war gar, als hörte ich ein zartes Singen ...

»Im Arm der Liebe ruht sich`s wohl ...«

Ihr Andenken bleibt mir Zauber – ist mir selig Verheißung und Ersehnen.

Hier schließt meine Erzählung von den munter-beschwingten Liebesreigen im dunklen, tiefen Trönenwald. Die Turmuhr schlägt – der Abschied naht. Es gilt meiner weiteren Bestimmung zu folgen, wohin sie mich auch führen mag. Ich danke Ihnen für Ihre Begleitung und Aufmerksamkeit und wünsche Ihnen alles Glück auf Erden. Mögen auch Sie im Arm der Liebe geborgen sein – mögen Sie allezeit von ihr gewiegt und getragen werden.

Der Schleier fällt zum letzten Mal. Ich trete mit Tränen im Herzen zurück und verbleibe bis zum erhofften, abermaligen Beisammensein mit einem leisen

Servus.

ÜBER DIE AUTORIN

Marie-Luise Fischer wurde im Frühjahr 1960 in der Nähe von Wasserburg am Inn geboren.

Schon von klein an folgte sie ihrer Sehnsucht nach geistigen Wahrheiten und göttlichen Erkennens und Erfahrens.

2004 verließ sie den auf Sicherheit und Vernunft betonten Weg und folgte dem Ruf ihres Herzens. Seitdem löste sie sich mehr und mehr von religiösen Dogmen und allgemeingültigen esoterischen Wertvorstellungen und wendete sich den mystischen Grundlagen der weltlichen Ent-zwei-ung und erneuten Zusammenführung gegenpoliger Erscheinungsformen zu. Einer inneren Kraft folgend, vertiefte sie über die Jahre mehr und mehr ihr Wissen um Licht und Schatten, Gut und Böse, Spaltung und Ganzwerdung.

Ihr Bestreben gilt dem liebevollen Verständnis von Leben und Menschsein, dem wertfreien Annehmen und Integrieren aller ureigenen Schattierungen und letztendlich der Wiedervereinigung zusammengehörender Aspekte – im Sinne der naturkosmischen und göttlichen Gesetzmäßigkeiten.

WEITERE BÜCHER DER AUTORIN

Jade und Titan … von Liebesreigen und Sternenglanz - Heilkraft Sexualität (2016)
Formate und Ausgaben:
E-Book (4,99 EUR – BOD)
Hardcover (16,99 EUR - BOD)
Paperback (9,99 EUR - BOD)